文明互鉴：中国与世界

本书荣获第十届"孙平化日本学学术奖"

帝国风景的历史性与内在性
——国木田独步文学研究

刘 凯 ◎ 著

图书在版编目（CIP）数据

帝国风景的历史性与内在性：国木田独步文学研究 / 刘凯著 . — 2版 . — 成都：四川大学出版社，2024.4
（文明互鉴：中国与世界 / 曹顺庆总主编）
ISBN 978-7-5690-6633-3

Ⅰ．①帝… Ⅱ．①刘… Ⅲ．①国木田独步－文学研究
Ⅳ．① I313.064

中国国家版本馆CIP数据核字（2024）第057570号

书　　　名：	帝国风景的历史性与内在性——国木田独步文学研究
	Diguo Fengjing de Lishixing yu Neizaixing——Guomutian Dubu Wenxue Yanjiu
著　　　者：	刘　凯
丛　书　名：	文明互鉴：中国与世界
总　主　编：	曹顺庆

出　版　人：	侯宏虹
总　策　划：	张宏辉
丛书策划：	张宏辉　欧风偃
选题策划：	张　晶　于　俊
责任编辑：	于　俊
责任校对：	余　芳
装帧设计：	墨创文化
责任印制：	王　炜

出版发行：	四川大学出版社有限责任公司
地　址：	成都市一环路南一段24号（610065）
电　话：	（028）85408311（发行部）、85400276（总编室）
电子邮箱：	scupress@vip.163.com
网　址：	https://press.scu.edu.cn
印前制作：	四川胜翔数码印务设计有限公司
印刷装订：	四川五洲彩印有限责任公司

成品尺寸：	170mm×240mm
印　　张：	17.5
插　　页：	2
字　　数：	298千字

版　　次：	2020年9月 第1版
	2024年4月 第2版
印　　次：	2024年4月 第1次印刷
定　　价：	78.00元

扫码获取数字资源

四川大学出版社
微信公众号

本社图书如有印装质量问题，请联系发行部调换

版权所有　◆　侵权必究

前　言

在日本近现代历史上，明治时代（1868—1912）诗人、小说家国木田独步（1869—1908）是一个比较特殊的存在。20世纪的日本文学史和思想史往往将国木田独步描述为"自然主义文学的先驱""人道主义者""良性民族主义者"等纯文学作家的积极形象。但历史事实是，国木田独步不但以从军记者的身份奔赴了甲午战争的战场，也作为报社主编在日俄战争中为"大日本帝国"摇旗呐喊。他与日本帝国主义的互动也让他的文学作品，诸如《爱弟通信》《武藏野》等代表作在第二次世界大战中被日本读者再次提起，然而这一切都被日本现代文学史和战后的国木田独步研究选择性地遗忘了。

尽管国木田独步的创作生涯只有十几年的时间，但是他的人生与整个明治时代的历史几乎重叠。他的文学活动不仅仅是个人行为，更是其积极介入历史和政治实践的一种方式。我们发现，国木田独步正是在写作甲午战争报道的过程中，迅速确立了对"大日本帝国"的民族国家认同。几年后写作的散文名篇《武藏野》也是在这种认识的延长线上写成的，从而与日本国内地理学著作的国家想象和殖民北海道的历史发生了互文。与此同时，在积极介入国家历史活动的过程中，国木田独步的内心世界也出现了一定程度的摇摆犹疑。这表现为他对基督教信仰的执着，对超自然世界的向往，对人生意义的苦恼和追问。这也是同时代知识人在日本走向帝国主义的过程中精神上出现集体苦闷的表现。但是，与内村鉴三、幸德秋水、石川啄木等人直接批判日本的帝国主义性质不同，国木田独步始终有帝国主义的冲动，到日俄战争爆发时他在《牛肉与马铃薯》《难忘的人们》中展现的个人苦闷就与这种冲动合流了。

本书想要强调的是，如果脱离了国木田独步与日本近现代史的复杂关联，我们对他的所谓"人道主义"普遍性的理解将会是片面的，甚至会带有欺瞒性。此外，本书还从比较文学的角度考察了周作人和夏丏尊在20世纪20年代对国木田独步小说的译介，澄清了最早的两位中文译者对国木田独步文学文本的取舍和对其历史性的凸显与遮蔽。

目　录

第一章　绪论：重读国木田独步　001
1.1　选题缘起　003
1.2　文献综述　010
1.3　本书结构　017

第二章　给日本国民的"私信"
　　　　——《爱弟通信》中的甲午战争叙事　021
2.1　学术史回顾与问题提起　024
2.2　作为"国民"的叙述人的诞生　029
　　2.2.1　"当如何通信？"　029
　　2.2.2　对同时代舆论的呼应　037
　　2.2.3　战时通信在日俄战争后的再发现　040
2.3　话语的共振　042
　　2.3.1　另一个第一人称　042
　　2.3.2　作为战争动员制度的家书　049
2.4　交错的视线：在"欧洲人"与"中国人"之间　057
　　2.4.1　"他者"的多元化　057
　　2.4.2　"同情"的逻辑　064
2.5　政治的道德与道德的政治：被压抑的内面及其回归　067
　　2.5.1　关于"两重性"　067
　　2.5.2　作为事件的战争叙述　071
　　2.5.3　关于"虚脱"感　076

第三章　书写家园——《武藏野》中的政治地理图景　081
3.1　"分隔"与"观察"　083

3.2 作为问题的"风景之发现" 089
  3.2.1 断裂与连续 089
  3.2.2 走出"风景" 098
3.3 膨胀的领土、内聚的风景与同时代的地理学知识 101
  3.3.1 "日本风景论"的季节 101
  3.3.2 绘制帝国日本的版图 112
3.4 殖民地的风景 119
  3.4.1 到北海道去 119
  3.4.2 视差之见中的北海道 126

第四章 自然、人生与国木田独步的帝国主义冲动 133

4.1 回应"自然主义" 135
4.2 "精神的革命"：后自由民权运动时代的思想状况之一种 141
  4.2.1 德富苏峰的"平民主义"和"新青年"论 141
  4.2.2 "精神的革命"：国木田独步读爱默生、
     华兹华斯 149
4.3 "自然"的转生：甲午战后一种新精神空间的诞生 158
  4.3.1 成为"自然之子"：国木田独步再读爱默生、
     卡莱尔、华兹华斯 159
  4.3.2 "自然"的转生：从北海道到武藏野 165
4.4 信仰的边界 176
  4.4.1 "难忘的人"为何难忘？ 176
  4.4.2 "惊异"的人生哲学 184
  4.4.3 谁的"普遍性"？ 195

第五章 文本旅行：被突显的与被遮蔽的
   ——以周作人、夏□尊的国木田独步文学译介为中心 201

5.1 中国的国木田独步文学研究述略 203
5.2 《小说月报》革新、文学研究会的成立
  与《现代日本小说集》的出版 206
5.3 发现国木田独步："思想革命"话语中的小说翻译 211

5.3.1　从《日本近三十年小说之发达》

　　　　到《现代日本小说集》　*211*

5.3.2　《少年的悲哀》与《巡查》　*217*

5.4　国木田独步的女性观和婚姻观：兼谈夏丏尊的

《国木田独步集》　*221*

5.4.1　从"恋爱神圣论"到"女子禽兽论"　*222*

5.4.2　夏丏尊和周作人对国木田独步的取舍　*227*

第六章　结　语　*237*

附录一　国木田独步年谱简编　*245*

附录二　国木田独步中译文学作品目录（1921—2015）　*251*

一、发表于报刊上的单篇作品（按发表时间先后）　*253*

二、单行本（按出版时间先后）　*256*

参考文献　*259*

后　记　*271*

第一章

绪论：重读国木田独步

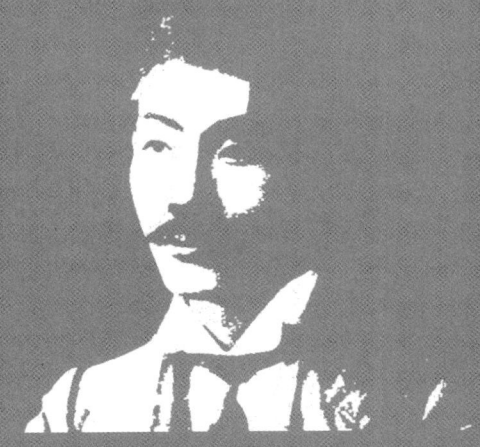

1.1 选题缘起

在日本现代文学史上，国木田独步文学的定位是一个比较有意思的问题。从宏观上看，国木田独步被描述为日本自然主义文学的先驱，或者是从浪漫主义转换到自然主义的文学者，再或者是一个充满同情心的人道主义者。直至今日，几乎所有的日本现代文学史都如此叙述。从具体内容看，在过去近百年的研究史上，围绕国木田独步文学的论争就从未停止过。早在日俄战争刚刚结束时，他就被刚刚兴起的自然主义论者拉进了自己的阵营，尽管他本人对此百般否认；进入大正时代（1912—1926），以白桦派为代表的理想派和人道主义者不满先前自然主义者的评价，又试图对国木田独步进行再评价；此后我们还可以看到，在20世纪三四十年代的战争时期，国木田独步又成了一个帝国日本对外扩张的鼓吹者；第二次世界大战结束后，竹内好等人又在他的作品中追认了某种体现东亚各国连带感的人道主义要素，这一点也成为当代日本研究者对国木田独步文学的基本态度。诸如此类围绕国木田独步的文学论争，一方面当然是因为旧有文学史写作的需要，出于叙述的方便往往要对作家作品给出一个定论；另一方面，在看似已有定论的前提下研究者之间的论争却又从未停止。在笔者看来，比这场在话语上围绕国木田独步的争夺更为重要的是，其中暗示着国木田独步文学的难以化约性和历史复杂性。

国木田独步（1869—1908）出生于 1869 年 9 月 17 日①，比北村透谷（1868—1894）和德富芦花（1868—1927）小一岁，比夏目漱石（1867—1916）小两岁，比二叶亭四迷（1864—1909）小五岁。而在他之后出生，年龄相仿的还有高山樗牛（1871—1902）、田山花袋（1871—1930）、岛村抱月（1871—1918）、柳田国男（1875—1962）等。在明治维新（1868）前后出生的这一批文学家正值日本在政治制度和社会文化上实行广泛改革的时期，他们虽然有诸多不同，但大都是在明治维新后的新式中小学教育中成长起来的，并且在《大日本帝国宪法》（1889）颁布前后数年间接受西方式的大学教育。可以说，他们是随着明治国家一同成长起来的，加藤周一将这一代人称为"1868 年的一代"②。这一代人不得不面临的共同的问题是，如何处理"自我"与"国家""社会""传统""西方"之间的关系。

　　与少年时读"左国史汉"、接受汉学教育的夏目漱石不同，国木田独步的中小学时代都是在日本西南部山口县的新制学校度过的。与同时代的大多数人一样，在自由民权运动中度过中小学时代的国木田也深受中村正直的《西国立志编》（1871）、福泽谕吉的《劝学篇》（1872—1876）等所谓启蒙畅销书的影响。③ 而身为山口县法院一名下级官吏的长子，他自然也背负着"出人头地"的使命。由于生来头脑灵活、性格敏锐，国木田在山口中学校的成绩一直优异，在十余门功课中尤以历史、地理、绘画和外语见长。④ 据他后来回忆，自己在当时也是"一心想成为贤相名将，想要名留千古"⑤。所以，当他 1888 年 5 月考入东京专门学校（现早稻田大学）时选择了英语普通科，两年

---

　　①　国木田独步的出生日期历来是一个比较有争议的问题，《定本国木田独步全集》（1978）和各类文学史著作一般都记作 1871 年 7 月 15 日，但是平冈敏夫对此重新考证后认为，正确的日期应该为 1869 年 9 月 17 日，本书以平冈的考证为准。参见：平冈敏夫. 銚子の独步——明治二年に生まれた [M]//平冈敏夫. 北村透谷と国木田独步. 東京：おうふう，2009. 本书所引文献，除特别标明译者外，均为笔者所译。

　　②　加藤周一. 日本文学史序说（下）[M]. 叶渭渠，唐月梅，译. 北京：外语教育与研究出版社，2011：292.

　　③　根据前田爱的考察，在明治时代的前 20 年间（1868—1888），这两部著作也常常作为日本中小学教科书使用，是当时日本青少年最主要的读物。两部书所倡导的自由主义思想和清教徒式的自律观念影响极大。参见：前田爱. 明治立身出世主义の系谱 [M]//前田爱. 前田爱著作集 2. 東京：筑摩书房，1989.

　　④　川岸みち子. 定本国木田独步全集：别卷二 [M]. 東京：学習研究社，2000：52.

　　⑤　国木田独步. 我は如何にして小説家となりしか [M]//定本国木田独步全集：第一卷. 東京：学習研究社，1978：495.

后又升入英语政治科，主修政治经济学和历史。

与此同时，当国木田独步开始大学学习的时候，政治与社会的形势进入了明治维新后的第二个转变期。1887年12月《保安条例》颁布，刚刚写完《三醉人经纶问答》（1887）的中江兆民和其他五十多人被驱逐出东京，紧接着《大日本帝国宪法》（1889）、《教育敕语》（1890）又相继出台。明治政府的这一系列举措宣告了自由民权运动时代的终结。有意思的是，根据前田爱的考察，明治政府在明治十五年（1882）后逐渐意识到了《西国立志编》等书对青少年的鼓动作用，遂迅速将其从教科书中剔除出去了。① 这一做法与自由民权运动走向低潮是同步的。在运动失败后，出人头地主义的路线迅速变窄，大批青年进入了目标丧失的状态。而在精神上填补这个空白的则是基督教、德富苏峰的平民主义和政教社的国粹主义。

北村透谷在运动失败后转向了基督教，并且以文学的方式继续斗争。德富苏峰（1863—1957）虽然也是基督徒，但是作为横井小楠的外甥，他继承了横井的实学传统，并且在英国功利主义经济学的知识基础上写出了《将来之日本》（1886）与《新日本之青年》（1887）两本书。他在书中将福泽谕吉（1835—1901）那一代人称为"天保的老人"，认为他们已经成为过去，代之而起的则是"新日本的青年"，日本社会也已经从政治斗争的时代进入了生产建设的时代。这种观点在舆论上迅速转移了青年们的注意。"青年"话语在此时的集中出现扭转了明治维新以降的政治实践方式。② 在一定意义上可以说，德富苏峰成立的民友社（1887）和《国民新闻》社（1890）在整个明治二十年代（1887—1897）起到了意见领袖的作用。此前激进的政治行为逐渐被充溢着苦闷和虚脱感的文学行为所取代。

二叶亭四迷也是在这一年（1887）出版了小说《浮云》的第一编。主人公内海文三是一个青年公务员，正在因被免职而苦恼，但更让他苦恼的是自己倾心的恋人却移情别恋，内海文三的无力感充斥全篇。森鸥外在德富苏峰的劝说下写出了《舞姬》（1890），发表在《国民之友》上。主人公太田丰太郎要

---

① 前田愛. 明治立身出世主義の系譜［M］//前田愛. 前田愛著作集2. 東京：筑摩書房，1989：94.
② 木村直恵.「青年」の誕生——明治日本における政治的実践の転換［M］. 東京：新曜社，2001.

在德国恋人和回国工作之间做出选择。当他回到日本之后，内心又自责不已。宫崎湖处子的《归省》（1890）同样由民友社出版，讲述了一个青年学生自东京返乡后的经历，作者在结尾处表达的对未来生活的迷茫也绝对不是个例。

与此时一边在东京帝国大学（现东京大学）英文科念书，一边写汉诗的夏目漱石不同，国木田独步通过民友社下属的青年文学会结识了德富苏峰、坪内逍遥等人。1891年初在抗议校长的活动中退学后，国木田加入了基督教会。此后他通过德富苏峰和牧师植村正久继续学习，但是读书的兴趣由从前的政治经济学转为华兹华斯、卡莱尔、爱默生等代表的英美文学。在基督教思想和英美浪漫主义文学的影响下，国木田开始梦想成为一名诗人。需要注意的是，目前为止大多数研究者都认为国木田独步的文学观念很多直接来自德富苏峰，但是正如本书第三章将要分析的，二人在文学观点上也存在不少分歧。国木田独步的确经由德富苏峰和民友社获得了英美文学知识，但是其文学观的确立却是从批判德富苏峰开始的。

此外，虽然国木田独步的兴趣转向了文学，但这并不是说他完全放弃了此前的政治理想。在大分县做了一年乡村教师后，他再次回到了东京。此时甲午战争刚刚开始。国木田在德富苏峰的邀请下兴奋地踏上了甲午战争的战场，为《国民新闻》社写战争报道。他也因此一举成名，并从此开始了正式的文学写作。在《将来之日本》中宣称倡导和平主义的德富苏峰在战争中写了《大日本膨胀论》（1894），平民主义迅速转为倡导对外扩张的帝国主义。第二次世界大战结束后至今的研究者都习惯于将国木田描写成一个甲午战争的受害者，但是一个自明的前提往往被忘却了，即国木田独步首先是一个战争报道的写作者，是侵略战争的积极参与者。

在这里需要指出的一点是，甲午战争作为日本历史上第一次帝国主义性质的对外战争，不仅改变了东亚乃至世界近代史的格局，而且在这场战争中日本政府以全国总动员的方式最大化地运用了新兴的活字印刷媒体——新闻报刊。1869年2月明治政府颁布《新闻纸印行条例》之后，民间报刊的发行得到许可；从此时至甲午战争爆发的25年间，除官报和无数地方报纸外，以东京和大阪东西两大都市为中心涌现出了几十家全国性的新闻报社，如《朝日新闻》（大阪1879，东京1888）、《读卖新闻》（1874）、《每日新闻》（1872）、《东京日日新闻》（1872）、《报知新闻》（1872）、《二六新报》（1893）等。另外，像福泽谕吉、德富苏峰等知识界的名人同时也都是重要的媒体人，他们分别创办了《时事新报》（1882）和《国民新闻》（1890）。

新闻媒体作为一种现代信息传递方式，不仅可以跨越时空将消息从一地传递到另一地，更影响读者对新闻事件的认知。新闻作者的写作方式、报纸的刊载和传递方式等都决定着读者对消息的理解和认知。具体到战争报道，它决定着远在日本国内的数千万读者对战争的全部认知。一方面，政府在战争期间会更加严格地管制战争消息的发布，我们在国木田独步的日记中也能看到他在出发前领取许可证件的记录。因此，虽然战争期间是新闻媒体最为繁荣的时期，但同时也是各类新闻条例颁布最多、被查处的报刊社最多的时期。① 另一方面，官报和民间报刊也想尽各种办法进行战争报道。最先的战况报道由官报发布，其后战地记者再以速报的方式跟进报道战斗的概况、死伤人数等，再次是记者根据战况开始将报道故事化，写成长篇报道，最后还有对士兵的直接采访，或者刊登士兵的见闻等。此外，民间报社派驻的大量从军记者的身份也是多样化的，画家、诗人、小说家都有。国木田独步更是以家书这种新颖的方式为《国民新闻》吸引了大量读者。正是各媒体在战争报道上的一系列发明使得报纸的销量短时间内迅速增加：《国民新闻》从战前的每日7000份增加到两万份，《大阪朝日新闻》从76 000份增加到117 000份，《东京朝日新闻》每日增加到76 000千份，《万朝报》增加到50 000份，而在日本东北部偏远地方的《岩手公报》也由每日1500份增加到3000份。② 报纸销量增加的背后是无数个被战争报道动员起来的读者（国民），战争带来了媒体的发达，媒体反过来也在创造战争。用小森阳一的话说，这俨然是一场"活跃在报纸版面上的活字战争"③。

对战争报道的研究不能仅仅停留于文本本身，更要看到写作者的书写行为是整个国家战争报道体系的一部分。书写首先是一种有目的的行为，它将写作者本人和读者都编织进文本的网络之中。另外，我们还可以看到，在日俄战争中，已经成为《近事画报》社主编的国木田独步再次创新了战争报道的方式，他采用的素描、照片、文字相结合的方式又取得了巨大"成功"。而他10年

---

① 原田敬一. シリーズ日本近現代史⑥：日清・日露戦争［M］. 東京：岩波書店，2011：158.
② 原田敬一. シリーズ日本近現代史⑥：日清・日露戦争［M］. 東京：岩波書店，2011：161.
③ 小森陽一.「ゆらぎ」の日本文学［M］. 東京：日本放送出版協会，1998：58.

前写的甲午战争报道也是在日俄战争后被结集为《爱弟通信》再次出版。对国木田独步与战争的关系的研究不能离开这个历史背景。

甲午战争结束后，内村鉴三幡然醒悟，转而反对战争，提倡和平主义。东京帝国大学哲学科毕业的高山樗牛（1871—1902）很快凭借写作文艺评论成了《太阳》杂志的主编，开始倡导"日本主义"（1897）。德富苏峰也接受政府的聘请成为内务部敕任参事官（1898）。而幸德秋水作为中江兆民的学生，同安部矶雄、片山潜一起成立了社会主义研究会。与此同时，在战争中内心受到挫折的国木田决定移民北海道以重拾信仰，但是计划没能实现，他最终住在东京郊外的涩谷村，此后根据在那里的自然观察写出了著名的《武藏野》（1898）。

在那个时代，国木田独步对"自然"的观察和描写行为并非个例。地理学者志贺重昂在甲午战争中出版《日本风景论》（1894）以降，文学和美术领域向"自然"的转向即呈现为一种集体行为。除国木田独步外，我们还可以看到高山樗牛的《自然的诗人》（1896）、田山花袋的纪行文集《日光》（1899）、德富芦花的《自然与人生》（1900）等。此外，《太阳》杂志在这一时期还特别开设了纪行文专栏，内容涉及日本各地的风物描写。值得注意的是，这些纪行文是与同时代地理学知识的增长同步的。后者往往成为前者得以展开想象的知识前提。地理（国家领土）与纪行文（风景）之间有怎样的内在关联？为何两者会同时出现在甲午战争之后的日本？这都是本书要解答的问题。

同时，我们还可以看到，国木田独步自1891年开始就对华兹华斯、爱默生、卡莱尔产生了浓厚的兴趣，并且梦想着成为他想象中的"自然之子"。但是这个想法不论是在佐伯当乡村教师时，还是在北海道的短暂旅行中，都未能实现。恰恰是《武藏野》实现了他的想法。但为何是甲午战争后的《武藏野》？是怎样的前提给了他对自然的自信？要知道，华兹华斯（William Wordsworth，1770—1850）在年轻时对法国大革命充满了憧憬，并且只身去了法国。回国后他搬家到乡间湖畔，之后与柯尔律治（Samuel Taylor Coleridge）一起出版了《抒情歌谣集》（1798）。当卡莱尔（1795—1881）写完《衣服哲学》（1831）、《论英雄、英雄崇拜和历史上的英雄事迹》（1841）等代表作的时候，英国已经在鸦片战争中打败了清王朝。出生在新英格兰地区的牧师爱默生（1803—1882）在拜访卡莱尔之后，回到美国写出了《论自然》（1836）和《美国学者》（1837）。此时美国的政治经济和社会文化发展正处在上升期，而爱默生也正在展开对加尔文教的批判。问题是，是什么因素使得华兹华斯的"表现论"、卡莱尔的"自然的超自然主义"和爱默生的"超验主义"汇集到了国木田独步那里？是什么样的历史条件勾连了四者的文学动机？国木田独步本人又对这三者做了怎样的取舍？这些都是需要我们进一步追问的。

国木田独步发表《武藏野》之后，一种全新的、现代的对日本帝国风景的观看方式和书写模式诞生了。并且，《武藏野》也被后世的日本文学史逐步确立为日本现代文学中风景描写的典范。但我们也注意到，在这种一般性的叙述层面背后，鲜有研究者会去追问：写作者本人的内在动力与外在条件是什么？这种风景描写的语言特征是什么？它是在怎样的历史前提下得以出现并固定下来的？

当我们对国木田独步的文学与思想进行考察时，不能将其视作一成不变的实体，相反要将他放到其本来的历史语境中，充分发掘他与同时代的关系以及他的文学作品的历史纵深。通过上面的简单梳理可知，一方面国木田独步直接参与了近代日本最为重要的一系列国家行为（甲午战争、日俄战争、北海道殖民），他的文学活动也是从甲午战争正式开始的；另一方面他又通过华兹华斯、卡莱尔、爱默生等英美文学者以及基督教思想，获得了新的世界观和人生观，而这些新获得的知识又促使他在所身处的近代日本乃至东亚的历史推移中不断地调整自己的想法。个人与国家、社会、历史之间的复杂关联也体现在这里。因此，对上述问题的追问，绝不是对某一位作家的独立研究，而是牵连到整个日本现代文学在明治时代如何发生并成立的问题。

有鉴于此，本书首先会将国木田独步从以往的"纯文学"或作家作品论的研究视野中释放出来，将其放回一个相对广阔的历史语境中重新审视。因为在国木田独步那里，文学是有关人生的，但也是有关政治和历史的，只不过他的政治表达是文学的。我们不能简单地将他的文学和历史现实割裂开来。其次，以往的国木田独步研究大多都限定在"日本现代文学研究"这一国别文学的范围内，本书将尝试跳出这一固有视野，从比较文学的角度出发，把国木田独步放到与英美文学、中国现代文学的关联中，重新考察他在空间上的纵深。因为通行的日本现代文学史研究多以"日本"为中心或以"日本—西洋"

为基本参照系,"日本"或"西洋"在其中都容易被本质化,从而遮蔽文本生成过程的复杂性。

1.2 文献综述

最早试图评价国木田独步的文学生涯的,是明治时代末期的自然主义文学论者。在相马御风的《明治文学讲话》中,我们可以看到国木田独步被明确地界定为自然主义文学的先驱。① 相马御风认为,国木田小说的主要特点在于机械式的命运观、性欲描写以及对人生问题的思考。这种观点很显然和自然主义论者的文学标准是匹配的。重要的是,这个观点不但影响了迄今为止的日本现代文学史写作,而且也影响了周作人和夏丏尊对国木田独步文学的态度(详见本书第五章)。

江马修后来因不满于自然主义论者对国木田的评价,在《作为人与艺术家的国木田独步》(1917)② 中力图发掘国木田独步思想中的人道主义。而且,作为国木田独步的第一部传记,他全面地讲述了国木田一生的轨迹。他一方面尽可能全面地记录国木田在各个人生阶段的所发生的变化,另一方面则始终尝试在这种变动中总结出贯穿其中的精神信仰。今天看来,江马修的研究虽然没有给出一个确切的结论,但是与后来分段论式的研究相比,更多地呈现出了国木田本人思想的多种面相,而不是简单地将其归纳到一种文学流派中。

吉江乔松明确地将国木田的文学创作活动分成三个阶段:从甲午战争至第一短篇集《武藏野》(1901)出版为第一期,代表作为早期诗歌、散文《武藏

---

① 相马御风. 明治文学講話 [M]//佐藤義亮. 新文学百科講話(後編). 東京:新潮社,1914:777.
② 江馬修. 人及び芸術家としての国木田独步 [M]. 東京:新潮社,1917.

野》、短篇小说《源老头》《难忘的人》等；此后到1904年为第二期，其间发表了《牛肉与马铃薯》《巡查》《运命论者》《女难》《空知川畔》等名篇；第三期为日俄战争至其去世的时段，代表作品有《号外》《穷死》《竹栅栏》等。① 吉江意识到了国木田在这三个创作时期中表现出的某种不同，但是没有对其进一步说明。不过，他的观点被后来的部分研究者继承并得到了进一步的提升。如广桥一男将这三个时期分别概括为浪漫主义时期、浪漫主义到自然主义的过渡时期、自然主义时期，馆冈俊之助将其概括为抒情时代、现实时代和自然主义时代。② 类似的观点也被后来的诸多传记和文学史写作继承下来，如叶渭渠、唐月梅合著的《日本文学史：近代卷》对国木田评价如下："从浪漫主义转向自然主义，又从浪漫主义的诗歌精神进入现实主义的散文精神，给日本自然主义文学运动带来新的机遇的作家之一，是国木田独步。"③

不过，就在吉江乔松发表其国木田独步论的同时，盐田良平在《国木田独步》一书中指出，应当将国木田作为自然主义作家予以承认，同时也要意识到日本自然主义有其自身的特征，是世界自然主义的特殊部分，"即在形式上可以说，明治自然主义更接近英国自然主义（实际上是浪漫主义）和大陆自然主义的混合"④。盐田看到了自然主义概念在明治日本的混杂性与不确定性，但同时也想借用这种混杂性的界定重新评价国木田独步。在他看来，英国自然主义（浪漫主义）也好，欧洲大陆自然主义也好，实际上都对应着现实的世俗社会，因此国木田独步的精神世界表现为一种二元论的模式，即拥有一片"诗心"的同时，又过分执着于现实和俗世，最终既被世俗所束缚，又为人情所累，又因不能获得解放而感到悲伤。⑤ 盐田基于二元论的分析在将现实社会对象化的同时，尝试从国木田的作品中发掘出某种合理的连续性，但是盐

---

① 吉江乔松. 国木田独步研究 [M] // 佐藤義亮. 日本文学講座13：明治時代：下編. 東京：新潮社，1932.
② 広橋一男. 国木田独步 [M] // 現代文学総説 I. 東京：学燈社，1942；館岡俊之助. 自然主義作家ノート [M]. 東京：泉文堂，1944；北野昭彦. 国木田独步の文学 [M]. 東京：桜風社，1974：2.
③ 叶渭渠，唐月梅. 日本文学史：近代卷 [M]. 北京：经济日报出版社，2000：263.
④ 塩田良平. 国木田独步 [M]. 東京：岩波書店，1931：4-5.
⑤ 同上，第33页。

田并未对这种连续性究竟为何物详细说明。

盐田良平的相关论述后来被收入《现代日本文学全集57：国木田独步集》（筑摩书房，1956）和《日本近代文学大系10：国木田独步集》（角川书店，1970）中的"解说"部分。盐田在前者中将国木田独步的文学描述为"清新的写实主义、抒情的浪漫主义和神秘的人生观"[①]，而在后者中，盐田则从二元论的角度出发，关注国木田在早期从政治挫折转向文学创作和社会批判的现实情况。他认为国木田独步文学的主题在于其自身的矛盾性，即"人的内在的相克与社会性矛盾"[②]。可以说，以盐田为代表的二元论或矛盾论在被收入"文学全集"或"文学大系"这样的大型丛书之后，对国木田独步文学形象的建构进一步起到了定格的作用。

坂本浩在《国木田独步：人与作品》这部较早的、全面且细致梳理国木田生平和创作的研究专著[③]中，将国木田的生涯以1897年为界划分为"浪漫时代"和"现实时代"，前者包括其学生时代、赴佐伯担任乡村教师的时期、从军记者时代、与佐佐城信子的恋爱时代和浪漫主义时代（诗歌创作的时代），后者包括其与榎本治子结婚后生活趋于稳定的时期、自然主义时代和与疾病做斗争的时期。坂本的划分虽然也难以摆脱分段论的旧有模式，但是在最后他明确表示："我相信独步之为独步的特色在于，他针对那种现实主义（写实主义、自然主义）执着地浴血奋战时所抱有的浪漫主义和理想主义。"[④] 坂本的论述与盐田虽然在概念的使用上有所不同，但实际上都遵循了"理想对现实"的二元论模式。

与盐田良平同时代的中岛健藏采用了类似吉江乔松的三段论视角，比如在同样收入《现代日本文学全集57：国木田独步集》一书的《国木田独步论》中，他以散文集《武藏野》的出版、日俄战争的爆发为转折点，将国木田的

---

① 塩田良平. 解説 [M]//現代日本文学全集57：国木田独歩集. 東京：筑摩書房，1956：421.
② 塩田良平. 国木田独歩集解説 [M]//日本近代文学大系10：国木田独歩集. 東京：角川書店，1970：46.
③ 在此前后比较有代表性的相关传记研究还有江马修的《人及び芸術家としての国木田独歩》（東京：新潮社，1917），斋藤吊花的《独歩と武蔵野》（1942），《国木田独歩と其周囲》（1943），福田清人的《国木田独歩の生涯》（1952）等，但是在内容上大都停留在对客观事实的平铺直叙或是作者本人对国木田的事实性追忆上。
④ 坂本浩. 国木田独歩 [M]. 東京：三省堂，1942. 后收入"有精堂選書"，参见：坂本浩. 国木田独歩人と作品 [M]. 東京：有精堂，1969：239.

生涯分为前、中、后三期。同时中岛健藏讨论的问题也集中在国木田独步的人生观和自然观上，基本上与此前的论述大同小异。不过值得一提的是，中岛健藏后来在《明治文学全集 66：国木田独步集》（筑摩书房，1984）中重写了一篇《国木田独步论》。这篇文章的不同之处是，中岛有意识地想要重新评价国木田独步："总体而言，在年轻时期私淑吉田松阴并接近德富苏峰的独步仍然是时代之子。独步生涯的主要部分是甲午、日俄两场战争之间的十年。至于他的社会观，除却抒情的人生观照，则是单纯的。他的意识形态与同时代人也没有区别。当然，他也不是幸德秋水那样的反战论者。他的人生观会引导他走向某种对社会的批判，但他的社会批判又不是从正面切入的。"[1] 我们可以看到，在经过近 30 年的时间后，中岛或多或少地是在有意识地尝试跳出纯文学的视野，想要从历史的角度来评价国木田独步，不过他的论述也仅止于此。

另外，同时代的笹渊友一在对以北村透谷、岛崎藤村为代表的文学团体的《文学界》的研究中，同样基于对"自然主义"说的反驳，进一步将国木田放置在日本近代浪漫主义文学的谱系中加以解释。笹渊认为浪漫主义文学的要素贯穿于国木田文学的始终，但同时国木田也与北村透谷等《文学界》同行有所不同。国木田的明朗、真率、单纯的气质有别于《文学界》同行浓郁的厌世情调，他的理想虽然与社会之间有矛盾，但是也并未像《文学界》同行那样显示出高蹈的姿态，而是对社会采取积极介入的态度，这也是其能够一直与民友社安然相处的原因。[2]

围绕国木田独步的文学究竟为何种主义的论述，归根结底是论者要通过这种界定（或者说话语上的争夺）将国木田独步定位在各自想要的文学史位置上的问题。众所周知，这种研究方法的弊端在今日已经为学界共知，一方面，任何一种基于单一的、均质性的标准所确立的"主义"都会遮蔽历史发展的复杂性与多义性，更何况是国木田独步这样一个内心敏感、思想复杂多变的作家；另一方面，在以"自然主义"或"理想主义"等文学史上的后设概念对国木田的文学进行定义时，论者实际上对这些概念并未详细辨析或考证，而是

---

[1] 中島健蔵. 国木田独歩論 [M]//明治文学全集 66：国木田独歩集. 東京：筑摩書房，1984：348.
[2] 笹淵友一. 文学界とその時代——《文学界》を焦点とする浪曼主義文学の研究（下巻）[M]. 東京：明治書院，1970：1369－1370.

往往将其作为自明的前提加以使用，对概念的使用也大多基于一种感觉式的判断，从而造成了解释上的混乱。不过尽管如此，作为一个历史时期的研究成果，上述各研究虽然存在方法上的局限，却也为我们更好地贴近国木田本人的生活和创作活动提供了前提条件。这都是值得肯定的地方。

或许正是基于这种认识，当然也是由于日本现代文学研究的外在条件和内在需要在新时期所发生的转变，从20世纪70年代开始，针对国木田独步文学的研究论著在内容丰富性和数量上都呈现爆发式增长。在作家研究领域最有代表性的两部著作为平冈敏夫的《短篇作家国木田独步》[1] 和川岸みち子[2]的《国木田独步的全貌》[3]。两部著作都以国木田本人的生平活动轨迹为线索力求展现作家本人在各个不同时段的面貌，在"求全"这一点上与上一个时期的研究视角没有根本上的不同。

但是两者也各有其新颖性。平冈在著作中更加注重总结归纳至20世纪80年代初的有关国木田的作品的先行研究，他对国木田生平的考察更多是为分析作品的内容而服务。不过，由于这本书是为新典社的"日本的作家"丛书而作，作者以对以往研究的总结介绍为主，并未对国木田的作品展开更多具有原创性的分析。但是笔者认为，这本书的意义在于，平冈在一个相对总体性的视野上将国木田独步研究从作家论转向了以作品研究为中心的阶段。如果再联系平冈写作此书的几年前《定本国木田独步全集》（1978）的出版以及多方研究资料的逐渐完善，这本书在研究方法上的过渡性意义就更加明显。

与平冈形成鲜明对比的是，川岸基于对一手资料的长期调查和整理，全面且细致地考察了国木田独步一生的所有活动细节及其与周围人物的关系。可以说，在国木田独步传记写作领域，后人已经很难再有余地。虽然川岸在写作中很少对国木田独步的文学作品展开分析研究，但是她的近似"年谱详编"式的写作和对大量一手资料的梳理为我们更进一步的研究提供了细致、全面且可

---

[1] 平冈敏夫. 短編作家国木田独步[M]. 東京：新典社，1983.
[2] 川岸みち子的名字中的"みち子"有多种对应的汉字拼写法，如道子、美智子、美知子等，很难译成特定的汉语名，笔者在此暂且使用日文表记方式。
[3] 川岸みち子. 国木田独步の全容[M]//定本国木田独步全集：别卷二. 東京：学習研究社，2000.

靠的背景资料。

平冈、川岸两位前辈学者的工作对应着20世纪70年代以降国木田独步研究的多样化和一批学院内的专业研究者的出现。在此时期，几乎所有的研究者都尝试从不同的角度去呈现国木田独步及其作品的样貌，力求解读出一个更具差异性的国木田独步。与此前的分段论、传记研究、作家论的研究方法不同，20世纪80年代以降的研究者在文学研究方法论和文学研究学科本身渐趋专业化的背景下，围绕国木田独步的研究基本上以单篇论文和论文结集为主，论者探讨的问题也日趋零散化、细密化。代表性的研究者及其著作主要有桑原伸一的《国木田独步——山口时代研究》《国木田独步与吉田松阴》[1]，北野昭彦的论文集《国木田独步的文学》《论国木田独步〈难忘的人们〉及其他》《宫崎湖处子国木田独步的诗与小说》[2]，山田博光的《国木田独步论考》《北村透谷与国木田独步——比较文学的研究》[3]，芳泽鹤彦的《国木田独步论——走向真诚之路》[4]，泷藤满义的《国木田独步论》[5]，中岛礼子的《国木田独步——初期作品的世界》《国木田独步——短篇小说的魅力》《国木田独步研究》[6]，芦谷信和的《独步文学的基调》《国木田独步的文学圈》[7]，新保邦宽的《独步与藤村——明治三十年代文学的宇宙》[8]，铃木秀子的《国木田独步论——文学者独步的诞生》[9]，栗林秀雄的《国木田独步·志贺直哉论考——

---

[1] 桑原伸一. 国木田独歩——山口時代の研究 [M]. 東京：笠間書院，1972；桑原伸一. 国木田独歩と吉田松陰 [M]. 山口：白藤書店，1974.
[2] 北野昭彦. 国木田独歩の文学 [M]. 東京：桜楓社，1974；桑原伸一. 国木田独歩《忘れえぬ人々》論他 [M]. 東京：桜楓社，1981；桑原伸一. 宮崎湖処子国木田独歩の詩と小説 [M]. 大阪：和泉書院，1993.
[3] 山田博光. 国木田独歩論考 [M]. 東京：創世記，1978；山田博光. 北村透谷と国木田独歩——比較文学的研究. 東京：近代文芸社，1990.
[4] 芳澤鶴彦. 国木田独歩論——シンセリティーへの道 [M]. 東京：林道舎，1984.
[5] 滝藤満義. 国木田独歩論 [M]. 東京：塙書房，1986.
[6] 中島礼子. 国木田独歩——初期作品の世界 [M]. 東京：明治書院，1988；中島礼子. 国木田独歩——短編小説の魅力 [M]. 東京：おうふう，2000；中島礼子. 国木田独歩の研究 [M]. 東京：おうふう，2009.
[7] 芦谷信和. 独歩文学の基調 [M]. 東京：桜楓社，1989；芦谷信和. 国木田独歩の文学圏 [M]. 東京：双文社，2008.
[8] 新保邦寛. 独歩と藤村——明治三十年代文学のコスモロジー [M]. 東京：有精堂，1996.
[9] 鈴木秀子. 国木田独歩論——独歩における文学者の誕生 [M]. 東京：春秋社，1999.

以明治・大正时代为视角》①，伊藤久男的《国木田独步——求道的轨迹》②，小野未夫的《国木田独步论》③，丁贵连的《作为媒介者的国木田独步——从欧洲到日本、再到朝鲜》④。此外还有数百篇论文，限于本书篇幅，暂不一一罗列。这一时期的研究，一方面对国木田文学的解释更加注重差异性，极大地丰富了国木田文学作品及其思想的内容，但是另一方面也带来了一些问题，过于丰富且多样化的解释方法致使一个能动的、具有连贯思想的国木田独步形象逐渐变得碎片化，文学者国木田独步的思想样貌亦渐趋模糊。⑤

此外，在这一时期，除专业的国木田独步研究者外，柄谷行人和小森阳一的研究也都具有重要的意义，这些内容我们将会在本书第三章详细介绍。柄谷的"风景之发现"基于对透视法和言文一致运动的考察，在认识论的层面发现了二者在逻辑上的同构性，进而指出这种同构性最早出现在国木田独步的《武藏野》和《难忘的人们》两部作品中。武藏野的"杂木林"和"难忘的人们"都是第一次作为真正的风景（客体）而存在，与之对应的则是一个新的"我"（主体）的诞生。⑥ 小森则基于什克洛夫斯基的"陌生化"理论，以国木田引用的二叶亭四迷翻译的《幽会》（屠格涅夫）为切入点，认为《武藏野》的成书过程内含了一个从法文到俄文，再从俄文到日文的多次转译过程，国木田的言文一致文体正是在多重的翻译过程中确立起来的，而这也是日本现代散文文体的开端。⑦ 柄谷和小森试图在日本现代文学史的图景中重置国木田独步文学的位置，都将其认定为各自所理解的"起源"，为国木田独步文学的研究乃至日本现代文学研究带来了重要的认识转折。

---

① 栗林秀雄. 国木田独步・志賀直哉論考——明治・大正時代を視座として [M]. 東京：双文社，2001.
② 伊藤久男. 国木田独步——その求道の軌跡 [M]. 東京：近代文芸社，2001.
③ 小野未夫. 国木田独步論 [M]. 東京：牧野出版，2003.
④ 丁貴連. 媒介者としての国木田独步 [M]. 東京：翰林書房，2014.
⑤ 一个有趣的现象是，上述研究著作大都以"国木田独步论"或"国木田独步研究"作为书名，这或许是出于研究者们各自的研究习惯，但也恰恰从另一方面反映了研究者们很难从整部著作中提炼出一个核心的且富有张力的表述方式，从而回答国木田究竟提出了什么问题，他是如何解决的，他的内在动力及其思想内核是什么等问题。
⑥ 柄谷行人. 风景之发现 [M]//日本现代文学的起源. 赵京华，译. 2版. 北京：生活・读书・新知三联书店，2006：1-34.
⑦ 小森陽一.「ゆらぎ」としての近代散文 [M]//「ゆらぎ」の日本文学. 東京：日本放送出版協会，1998：20-44.

柄谷和小森基于各自的理论前提从外部考察国木田的文学作品，二人在各自论述中预设的高度化约的理论前提致使《武藏野》中富含的历史复杂性以及一系列前文本都没有得到充分的发掘。萨义德曾经指出，就研究对象的角度而言，"起源"（origin）的视角带有一定的被动性，研究对象被放置在某种后设的认识框架下审视，相反"开端"（beginning）概念更具有主动性，后者始终关注的问题是，一个写作者是在什么样的条件下、针对什么主题、在哪里、往什么方向开始写作的。① "开端"是一个写作者主动介入历史，与自己身处的社会历史条件发生关联的能力，也是在这一过程中不断做出选择并将自身从社会历史条件中分离出来的行动。同样，在本书中，我们将进一步看到，柄谷和小森基于外部视角的考察固然具有敏锐的穿透性，但是无法观照到研究对象自身的思想发展脉络，因此也就无法充分回答：是什么样的内在动力驱使国木田独步将目光转向了对自然的描写与思考？他面临怎样的问题？他是如何解决的？他个人所面临的问题与同时代的社会历史现实又是如何产生互动的？要回答这些问题，我们首先要再一次回到国木田的文本，回到它"本来所是"的历史语境中。

1.3
本书结构

　　在绪论之后，本书将首先聚焦于国木田独步的甲午战争报道《爱弟通信》。原因不仅在于国木田独步凭借此作第一次在文坛公开亮相，更重要的是今天对国木田独步文学的基本态度大都来自甲午战后的研究者对这部战争报道的评价。在第二章中，笔者将首先从文本叙事的角度切入，具体分析国木田独

---

① 萨义德. 开端：意图与方法 [M]. 章乐天，译. 北京：生活·读书·新知三联书店，2014：22-23.

步在战争报道的写作方式上的创新尝试。紧接着讨论这种战争叙事与来自国家层面的帝国主义话语之间的互文关系。与此同时，笔者也将考察新兴新闻媒体和战争的具体关系，并在这一前提下重新审视国木田的战争报道在战时的动员作用。最后，我们也将分析国木田独步在战争叙事中表现出的复杂性，因为一方面他积极参与了侵略战争，但另一方面在战争中他的内心也出现了摇摆犹疑。而这种矛盾性历来是被研究者所忽视的，这也恰恰能够打破我们一直以来对国木田独步的单一印象。

在第二章的基础上，第三章将重点讨论国木田独步的散文《武藏野》。与以往从写作技巧或理论分析的角度展开讨论的研究不同，笔者尝试将这部散文作品放到一个更广阔的历史视野中重新考察，挖掘其背后的一系列前文本的存在。首先我们将会看到国木田自甲午战争时起通过志贺重昂、内村鉴三等人所获得的地理学知识，而这种知识与他的写作之间存在互动的关系。其次，我们再将目光转向国木田曾经去过的殖民地北海道，考察国木田独步如何再现北海道的风景。因为恰恰是他对北海道的描写构成了武藏野风景的参照。该章要厘清的是，在貌似简单抒情的风景描写的背后，却有一系列客观历史条件在知识层面时刻规定着写作者的认识。

第四章将在前面两章讨论的基础上，重新梳理国木田独步文学的成长过程。该章要追问的是：什么样的内在动力驱使着国木田独步的文学创作？他提出了什么问题？又是通过怎样的方式解决的？鉴于近些年的研究过于断片化，导致一个鲜活的作家形象逐渐变得模糊。该章以更加贴合历史脉络的方式尽力追寻贯穿国木田独步文学生涯的连续性，同时又照顾到其每个阶段的特殊性。首先要厘清的是他与德富苏峰和民友社的关系。民友社作为国木田独步的一个重要知识来源，可以说是国木田独步踏上文学之路的起点，国木田本人与德富苏峰也保持密切的关系。同时，笔者还将提及国木田与他的牧师植村正久的文学关系，而这点是一直被忽略的。其次，围绕国木田独步提出的问题，笔者考察了他如何通过阅读华兹华斯、卡莱尔、爱默生等人的著作来寻找答案。与先行研究中的单向关系考察不同，笔者将对国木田与三者之间的关系做一次综合性的梳理。我们还将发现，国木田正是在对三者的反复阅读中，结合自身的历史经验不断刷新自身的认识。在对上述关系进行梳理之后，笔者选取几篇国木田独步的代表作进一步分析他的思想形态，同时兼顾他与同时代几位代表性作家的互文关系。最后，笔者将再次讨论国木田独步内心世界与他的帝国主义冲动的关系。

　　与前面几个部分不同的是，笔者在最后一章中首先将视角转换到五四运动前后的中国，以比较文学研究的视野将国木田独步拉出"日本现代文学"的范围，考察他的文学作品是如何进入中国现代文学的。笔者选取了最早的两位译者周作人和夏丏尊作为切入点，对他们的译介活动和历史背景做一次还原。首先厘清他们的翻译动机。其次，在此前提下，我们重返这些翻译作品发表时的日本语境，做一次比较考察。我们将会看到，国木田独步的作品从明治后期的日本旅行到五四运动后的中国时经历了怎样的复杂过程。周作人和夏丏尊都以各自不同的方式发现了国木田独步，同时国木田独步的文学也成为二人思想活动的重要参照。

第二章

给日本国民的"私信"
——《爱弟通信》中的甲午战争叙事

第二章 给日本国民的"私信"——《爱弟通信》中的甲午战争叙事

战争报道是近代战争与近代印刷媒体相结合的产物。刊登在报纸或杂志上的战争报道不仅传达了远方正在发生的那场战争的战况，也是处于后方的军属了解父兄子弟安危的（对于绝大多数人而言是唯一且最便利的）途径，更是他们对战争和国家命运展开想象的精神基础。换言之，战争报道为读者提供了有关战争的知识。甲午战争是日本作为以绝对天皇制为基础的民族国家对外展开的第一次帝国主义战争。这场战争对当时日本国内日趋发展成熟的新闻报道体系而言既是机遇也是挑战。新闻报社既要基于竞争和经营的目的尽力获取有关战争的信息，又要通过对战争报道的方式做出变革以掌握对战争的话语权和解释权。如甲午战争期间，仅《国民新闻》报社一家就向前线派遣了30余人的从军记者，其中除专职记者外，还包括诗人、社会学者、画师等身份各异的文士。[①] 身份各异的写作者笔下的战争报道也各式各样。

小森阳一曾将这一时期至日俄战争前后的战争报道依据内容概括为五种类型：第一，官报的概括性报道，主要以数据为主；第二，死伤者的所属部队、阶级、出生地等信息；第三，战场特派员对具体战斗过程的后续报道；第四，对战斗场面进行部分或全方位的描述，并以体验者或目击者的话为证词，戏剧式地描写战斗的状况；第五，战死者的履历、遗属的信息以及战死者本人的遗墨等。[②] 其中除第一、二种主要为客观信息的传达之外，后面三种基本出自战场特派员或从军记者之手，而且大都以连载的方式伴随着战事的进展一同登在报纸上。特派员或从军记者所写的战争报道由于不可避免地会带有个人的主观色彩，因此也常常受到研究者的青睐。这不仅仅是因为从中可以读到写作者本人对战争的态度，更是因为这些写作者当中的相当一部分人在战争结束后成长为较有影响力的文学作家，因此对于战争报道

[①] 根据《国民新闻》1895年1月3日刊登的公告可知，当时该社的特派员或从军记者驻扎的地点有大孤山、金州半岛、广岛大本营、渤海军舰千代田号、朝鲜京城、仁川、釜山以及旅顺口等地，几乎涵盖了陆海两个战场。另据大谷正统计，甲午战争期间日本国内各报社向陆军各师团派驻的从军记者前后合计193名、画工16名、照相师5名。参见：大谷正. 日清戦争と従軍記者［M］//東アジア近代史学会. 日清戦争と東アジア世界の変容：下巻. 東京：ゆまに書房，1997：352.

[②] 小森陽一. 変死への欲望——戦死報道と軍神神話の成立［J］. 文学，1994（夏季号）：54-55.

的解读也牵连到他们在日本近现代文学史上得到的评价,更关系到如何讨论日本近现代文学在其成立期与各历史脉络的复杂纠葛,而在这当中最为特殊的一位就是后来的短篇作家国木田独步。

2.1
学术史回顾与问题提起

　　1894 年 9 月 6 日,国木田独步结束了在鹤谷学馆①为期近一年的教学工作,回到东京另谋生路。9 月 17 日,因《国民新闻》报社正值甲午战争期间人手不足,他被社长德富苏峰聘为编辑。10 月 1 日,同事人见一太郎②提议国木田担任报社的从军记者奔赴战场,他当即允诺。10 月 19 日,国木田登上日本海军联合舰队补给舰千代田号,至 1895 年 3 月 13 日战争结束后返回东京,历时约五个月。其间他在舰艇上经历了花园口登陆、旅顺和大连湾登陆战、威海卫大海战等重要战役。他用极富个性的文笔以及假托为其弟弟写信的方式报道了这场战争。他的战时通信不仅在为数众多的战争报道中脱颖而出,而且也

---

　　① 当时位于日本大分县佐伯市的一所私立学校,由坂本永年创办。1893 年 9 月,国木田独步经多方周旋后,在德富苏峰的建议下,携带着矢野龙溪的介绍信到鹤谷学馆担任教师,教授英语和代数两门科目。这段经历后来成为他写作短篇小说《源老头》(1897) 和《春鸟》(1904) 的主要素材,而后者被认为是日本明治时代自然主义文学的代表作之一。
　　② 人见一太郎(1865—1924)曾是德富苏峰的学生,1885 年入德富创办的大江义塾学习,后入东京专门学校(现早稻田大学)学习,毕业后到德富的报社工作。当时在大江义塾的同学中有德富芦花、宫崎滔天等人。此外,人见一太郎在东京专门学校期间曾创办 "青年协会",国木田于 1888 年入学东京专门学校后也加入了该团体。德富苏峰、竹越与三郎、中江笃介、植木枝盛、尾崎行雄等人都为该团体提供赞助。参见:川岸みちこ. 定本国木田独步全集:别卷二 [M]. 東京:学習研究社,2000: 69-70.

第二章　给日本国民的"私信"——《爱弟通信》中的甲午战争叙事 | 025

为他在日本博得了极高的人气①。日俄战争后，这一系列战时通信于国木田去世的同年被以《爱弟通信》②为题结集出版单行本。③

近年来，围绕国木田战时通信的研究呈现一个主要趋势，即对比他的战时通信和战时日记，从中找出相互龃龉之处，进而对作者本人做出再评价。比如，战时日记中所写而在战时通信中没有出现的国木田本人随军队登陆花园口与和尚岛时强抢当地农民财物的场景，西田胜认为这是国木田对"战争犯罪的最初的自觉"④，而"《爱弟通信》中的忠君爱国色彩的描写以及对中国的轻蔑态度"实际上是在当时军方报刊审查制度下不得已而为之的"屈从的产物"⑤。与此同时，国木田对清朝战死士兵、农民以及战胜后对俘虏的略带同情的描写也成为讨论的焦点，芦谷信和认为其中体现了国木田的人道主义精神

---

① 据山田博光考察，甲午战争结束后的1895年9月，国木田独步为移民而赴遥远的北海道选定土地时，曾在歌志内市的旅馆受到当地数名年轻读者的欢迎。参见：山田博光．国木田独步論考 [M]．東京：株式会社創世記，1978：73. 国木田独步1895年9月23日的日记中也写道："芳贺及依田两青年来访。"参见：国木田独步．欺かざるの記：後篇 [M]//定本国木田独步全集：第七卷．東京：学習研究社，1978：361.

② 国木田独步．愛弟通信 [M]．東京：左久良書房，1908.

③ 依时间先后，国木田独步在《国民新闻》上发表的战时通信有：《年少士官》（1894-09-21，本篇署名国木田生）、《海軍従軍記》（1894-10-21）、《艦上の観工場（第一信追加）》（1894-10-23）、《波濤》（1894-11-1、11-11、11-12分三次连载）、《大連湾進撃》（1894-11-18）、《艦上の天長節》（1894-11-19）、《大連湾占領後の海事通信》（1894-11-21）、《威海衛偵察及其近傍》（1894-11-27）、《海上雑信》（1894-11-28）、《艦上に空しく腕を撫す》（1894-11-29）、《艦隊の旅順攻撃》（1894-12-2）、《旅順陥落後の我艦隊》（1894-12-7、12-8分两次连载）、《大連湾掩留の我艦隊》（1894-12-13）、《艦中の閑日月》（1894-12-18）、《艦上近事》（1894-12-21）、《大連湾雑信》（1895-01-6、01-08、01-09分三次连载）、《海上の忘年会》（1895-01-10、01-11分两次连载）、《千代田艦の偵察》（1895-01-24）、《威海衛大攻撃》（1895-02-03、02-18分两次连载）、《威海衛攻撃詳報》（1895-02-23）、《敵艦降服》（1895-02-23）、《威海衛大攻撃　北洋艦隊全滅！》（1895-02-25）、《分捕軍艦の回航》（1895-03-09）、《最幸にして再戦功ある千代田艦》（1895-03-12）、《敵艦広丙号捕獲詳報》（1895-03-12）、《水雷砲艦龍田号》（1895-03-26）。其中第一篇《年少士官》为从军前所作，最后一篇《水雷砲艦龍田号》为战争结束回到东京后所作。单行本《爱弟通信》收录了第一篇并将其排在《海軍従軍記》之后，而最后一篇则没有收录。与此同时《爱弟通信》对其他各篇亦有增删和再编辑，此点笔下下文再述。《定本国木田独步全集》第五卷《爱弟通信》是以原版本即《国民新闻》所载通信为底本，悉数辑录了以上各篇。本书以《定本国木田独步全集》所录《爱弟通信》为底本，辅以单行本《爱弟通信》。另外，国木田独步在发表短篇《秋夜》（秋の夜，国民之友，1897-10-10）时正式使用这个笔名，而在此前发表文章时，署名虽然各异，但主要为其本名国木田哲夫，战时通信的署名亦同。目前学界在讨论《爱弟通信》时的惯例是将战时通信与单行本《爱弟通信》作为同一个对象进行处理，虽然两者存在一定差异。本书将尝试对这两个文本做出初步区分，并进行对照式的解读。

④ 西田勝．近代日本の戦争と文学 [M]．東京：法政大学出版局，2007：82.

⑤ 同上，第85页。

和对战争的不合理性的批判。① 丁贵连亦据此指出，国木田虽然也没有脱离那种"蔑视邻国的忠君爱国主义"，但是他在战时通信中的描写"既没有敌我之别，也没有文明与非文明之比较"②，他是"怀着对那些甚至不知道本国正在发生战争的人们的同情写作的，他的视线所捕捉到的邻国的样貌与其他的从军记者明显不同"③。而在更早以前，国木田的传记作者之一平冈敏夫对上述问题给出的评价是，国木田在战时日记中写下了无法在战时通信中公开发表的个人感受，在这种两重性中，他的反省与个人感受恰恰使得公开的、表面的《爱弟通信》的文章更具魅力。④ 围绕国木田这两个文本的解读还有很多，但如上所述大都分享了一个共同的前提，即将国木田的战时通信（或《爱弟通信》）与战时日记对立起来，从后者中选取出一些片段用以质疑或反驳前者。在经过一系列类似的解读之后，一个人道主义的、爱好自由和平的、反对战争的国木田独步的形象逐渐被确立并固定下来。然而，值得注意的是，这种处理方式在回答下列问题时的有效性是值得怀疑的，即国木田为何要在家人的极力反对之下毅然答应奔赴战场？他为何要在精心构思后以给弟弟写信的方式报道战争并能够在当时的日本国内"大放异彩"⑤？他的内在动力与外在条件是什么？

与此同时，一个颇有意味的现象是，与当代国木田独步的研究者相对照，同时代人和国木田的早期研究者对战时通信（或《爱弟通信》）的理解颇为不同。1908年的单行本《爱弟通信》书后所附的广告语对该书做了如下推介："只要文学不唯是和平的产物，战争中也会有许多诗材。《爱弟通信》是著者于海军从军之际所得的金玉文字，自在地捕捉了于惨烈的战斗中生出的诗材，纵横述说，盖可谓好一个战争文学。"⑥ 国木田的生前好友，同时也是国木田传记最早的写作者斋藤吊花这样写道："甲午战争于我邦是乾坤一掷之快举，作为阵头的一员，他（国木田独步）用手头的笔观察战争，他的脑海里深深地刻印着海洋之国若旭日般升起的势头。一个强大的日本的全貌在他的笔下了

---

① 芦谷信和. 国木田独步の文学圏 [M]. 東京：双文出版社，2008：29-35.
② 丁貴連. もう一つの小民史——国木田独步と日清戦争（上）[J]. 外国文学，2011，60：13.
③ 同上，第14页.
④ 平冈敏夫. 短篇作家国木田独步 [M]. 東京：新典社. 1983：96.
⑤ 德富苏峰. 蘇峰自伝 [M]. 東京：中央公論社，1935：295.
⑥ 国木田独步. 爱弟通信 [M]. 東京：左久良書房，1908：5.

然在目。因此他那满怀感激之情的通信能够大放异彩并不让人感到意外。"①如此,国木田留给同时代人的印象更像是一个为帝国日本摇旗呐喊的文学者。与同时代人形成对照的是,竹内好在战后指出国木田的民族主义情绪是素朴且单纯的,国木田在《爱弟通信》中表现出作为战胜国国民的喜悦的同时,也通过对战败的中国人表达同情体现出了同为东亚人的亲近感。② 福田容子之后又在竹内好的基础上从爱国心的角度试图进一步在国木田那里发掘出与民主主义相结合的国民间的连带、协力、尊敬、互爱之情。③ 由此可见,战前与战后初期的评价虽然都试图在民族主义的脉络上对国木田进行定位,但是两者的出发点并不相同,竹内与福田的论述的背后其实暗含着战后日本知识界一个常见的逻辑,即一方面要与战前日本对外侵略扩张的国民、国家主义的历史诀别,另一方面又要在战后自由民主主义制度下重新建立起新的自我认同。在这一前提下,国木田被作为一个素朴的、单纯的"良性民族主义者"(竹内好)从近代的历史中发掘出来。实际上,前述当代国木田研究者们的论述也是在这种逻辑的延长线上展开的,只是结论不同。基于这种逻辑展开的回溯式的解读也难免会将研究者本人的愿望及其同时代的话语模式投射到国木田身上,进而造成标签化的现象。山田博光后来在谈到竹内好的观点时也不无批判地指出,国木田的"素朴与单纯"恰恰在于他完全没有意识到自身可能会被侵略战争所利用,因为"贯穿于《爱弟通信》的民族主义的根本性格首先是四千万国民(当时日本总人口)作为同胞的一体感"④。

另外,除上述日本国内的研究外,近年在中国也出现了仅有的一篇研究《爱弟通信》的论文。在《国木田独步〈爱弟通信〉与历史的隐秘脉络》⑤ 一文中,张杭萍从批判侵略战争这一前提出发,指出随军记者的身份限制了国木田对人性展开思考。虽然在日记中出现了作家和随军记者这两种身份的背离,甚至出现了一些基于人性思考的对战争的微弱反抗,但是国木田"心中根深

---

① 斎藤弔花. 国木田独歩及其周囲 [M]. 東京: 小学館, 1943: 105. 括号内文字为笔者所加。
② 竹内好. ナショナリズムと社会革命 [M] // 竹内好評論集第三巻: 日本とアジア. 東京: 筑摩書房, 1993: 108. 此文最初发表于杂志《人间》1951 年 7 月号,后收入单行本《国民文学论》(東京: 東京大学出版会, 1954),此时日本文艺界的"国民文学论争"激战正酣。
③ 福田容子. 独歩における愛国心 [J]. 文学, 1970 (5): 56.
④ 山田博光. 国木田独歩論考 [M]. 東京: 株式会社創世記, 1978: 75.
⑤ 张杭萍. 国木田独步《爱弟通信》与历史的隐秘脉络 [J]. 日本问题研究, 2014 (5).

蒂固的尊皇思想"始终难以抵御来自战争的诱惑。在张杭萍看来，国木田独步的形象似乎更接近一个"军国主义"者。我们先不论"军国主义"这一后设的概念能否完全适用于描述国木田本人乃至当时日本的社会历史状况（虽然当时日本国内也存在反战的言论），这种批判往往会因无法避免苦大仇深的情绪化，从而导致对文本的简单化处理，阻碍我们通过文本介入对历史的复杂脉络的综合把握。因为战时通信或《爱弟通信》既是个人写作的产物，也是甲午战争这一历史事件的产物。国木田的有关战争的文本并不是一个自始至终一成不变的"主义"的集合，文本内部的以及文本之间的连贯、龃龉和矛盾既是个人心境的投射，也是与整个历史事件乃至整个时代的一次对话与较量，因此它也折射出历史的复杂性和矛盾性。不过，张杭萍的研究也提醒我们去思考一个问题：在民族国家确立之后的历史框架中，一个外国研究者如何进入对方国家的语言、历史与文本？"外国研究者"或"民族国家"等现代的概念能否完全作为我们讨论历史的前提？所谓"越界"的"界"是否也会成为我们进入历史的障碍？

围绕国木田的甲午战争报道的讨论不应当仅仅停留在国木田个人对战争的态度的问题上，否则国木田本人会在讨论的过程中逐渐被实体化为某一个主义者。这个讨论也不应当仅仅关注甲午战争给予了国木田怎样的影响，否则他本人的能动性就会被忽略。因此，这种讨论更应当是我们要如何评价这场近代史上的重大事件，如何理解在面临国家与社会大变局时作为知识分子的国木田及其同时代人所做出的回应，这种回应本身也是推动时代向前发展的动因之一。战时通信发表当时以及《爱弟通信》出版后的读者完全将国木田视作一个鼓吹战争的文学者，忽略了与《爱弟通信》在同一时间由同一出版社出版的《不欺记》①中的战时日记。而战后以及当代的国木田研究者试图在一个积极的意义上将国木田从日本近代以降不光彩的历史中拯救出来，但是这样一种愿

---

① 国木田1893年2月至1897年5月的日记，分前、后两篇由左久良书房与隆文社合作先后出版于1908年10月15日、1909年1月5日，而《爱弟通信》正好出版于前后两篇之间，准确日期为1908年12月4日。"不欺记"日语原文为"欺かざるの记"，是作者本人在写作当初便取下的标题，与日记中反复出现的"sincerity"（真挚、真诚）一词意思接近。因此也有研究者将其译为《诚实日记》，但笔者更愿意直译，因为作为动词否定形式的"不欺"比作为名词的"诚实"更能表现作者本人在日记中不断地进行自我反思、否定、确认以及内心纠结的过程，笔者认为这也许正是国木田用前者而不是后者命名的原因。

望也使得他们没有能够（或者说也不愿意）看到战前读者对这部作品的另一种意义上的强烈认同与评价。仅有的一篇来自中国的论文又将其视为一个军国主义者加以政治性的批判。虽然这种基于政治立场的批判作为一个对整个历史事件的把握没有问题，但它也是高度化约的，会削弱国木田的复杂性。

因此，来自不同历史时期和不同政治语境的研究最终造成了国木田在甲午战前和战后乃至当代呈现出近乎被撕裂的形象。问题的关键似乎不仅仅在于国木田的战时通信与战时日记之间被夸大的差异性，也不仅仅是战时日记被忽略与否的问题。实际上我们在后文将会看到这两个文本之间是既关联又断裂的，不但这两个文本之间，而且这两个文本与同时代的语境之间也存在多重的互文关系。因而更为重要的问题应当是这种被撕裂的形象本身所透露给我们的信息，它在暗示我们国木田的文本与思想本身似乎存在某种单一结论所无法回收的复杂性与多义性。在此前提下，本书将以一种更为贴合文本与历史脉络的方式进一步追问：国木田的文本叙述是在怎样的前提下得以成立的？又发生了怎样的变化？他本人究竟提出了怎样的问题？又做出了怎样的回答？如此我们才能理解国木田本人在甲午战时和战后的选择以及他此前得到的差异性评价，并借此把握历史的脉络。

2.2
作为"国民"的叙述人的诞生

2.2.1 "当如何通信？"

如本书开头所述，国木田是以给弟弟写信的方式报道战争的，而这个书信体的形式本身也是研究者们关注的焦点，但我们应当注意到国木田的写作方式也并非从头至尾都是一致的。关于此点，近年已经有研究者指出。红野谦介认为，战时通信中大部分内容的叙述方式实际上与同时期其他战争报道的客观的平铺直叙没有区别①，但这个文本的特点是中间穿插了第二人称（"爱弟"）的叙述，这个穿插着出现的第二人称实际上在文本中预设了一个作为报告者的叙述人。② 与以往研究者不同的是，红野谦介将国木田的战时通信文本化并发现了一个叙述人的存在，但遗憾的是，他没能进一步展开论述。在指出这一点之后，他的论述与其他研究者一样又回到了对书信体本身的描述上，即将书信体的第二人称作为一个自明的前提进行分析。

事实上，国木田的战时通信的文体变化非常复杂。第一封信《海军从军记》与同时期其他战争报道一样是相对客观的平铺直叙，间有第一人称出现，主要记录国木田在登上战舰千代田号之前的路途见闻；从第二封信《波涛》开始到第十一封信《大连湾挽留之我舰队》都采用严格的书信体形式写作，每封信均以第二人称"爱弟"开头，正文以第一人称为主，同时穿插着第二人称"爱弟"，人物对话、风景描写、客观记录亦偶有出现；而自第十二封信《舰中的闲日月》开始至第二十三封信《广丙号捕获详报》（最后一封）中书信抬头"爱弟"这个称呼消失，但是正文中时而出现的"吾""余""读者诸君""爱弟"等称呼仍然在提示谈话对象和叙述关系的存在，即在人称、语气、叙述方式等方面仍然基本保持了书信写作的连续性。

此外，从文章句式上看，在第一封《海军从军记》至第十四封《大连湾杂信》、第十六封《千代田舰的侦查》、第十九封《敌舰降服》至第二十三封《广丙号捕获详报》中，正文句子均以"なり""たり"结尾，描写战争场面的文字词句变化多样，多用体言终止形和用言终止形；与此相对，第十五封《海上的忘年会》、第十七封《威海卫大攻击》和第十八封《威海卫舰队攻击

---

① 石仓和佳甚至用一种较为绝对的语气指出："独步的通信文本文的性质与其他《国民新闻》记者的报道相比并不突出。"参见：石倉和佳. 独歩と蘇峰——《国民新聞》における日清戦争報道より[J]. 関西英学史研究，2010（5）：5. 然而，铃木久仁夫早在1991年就已经将国木田的通信文与同时发表在《国民新闻》上的从军记者久保田金仙、枕戈生（熊谷直亮）、松原岩五郎等人的报道做过比较研究，发现国木田的描写与上述几人都有很大差异。参见：鈴木久仁夫. 国木田独歩の《愛弟通信》について［M］//安川定男先生古稀記念論文集編集委員会. 近代日本文学の諸相. 東京：明治書院，1991：39-47.

② 紅野謙介. 想像の戦争 戦場の記録——《愛弟通信》《第二軍従征日記》《大役小志》を中心に［M］//小森陽一，成田龍一. 日露戦争スタディーズ. 東京：紀伊國屋書店，2004：45.

详报》中正文句子的句尾变成了"候"（そうろう）文体①，叙述语气变得较为严肃，但是第十八封《威海卫舰队攻击详报》中描写战斗场面的部分仍然保持了第一人称的叙述和变化多样的句式，语气非常激越，文字也较有画面冲击感。这些文体上的变化并不仅仅是为了指出战时通信并非一个均质的文本（事实上这种复杂多变性在当时的新闻报刊也是较为罕见的），而更想在此基础上追问这样一个叙述人是如何以及在怎样的前提下出现的。从上面的梳理可知，国木田并非从第一封信开始就采用第二人称的方式写作，第一封信和第二封信之间实际上有一个过渡。

国木田于1894年10月19日登上军舰千代田号，10月22日开始以"爱弟"开头创作《爱弟通信》，在同一天的日记中他也写道："通信的方法定为给弟弟写信"②，即在此之前的时间里，国木田应当就通信的写作方式做过思考，而这个思考的过程被他写在了第二封信《波涛》的开头部分。《波涛》共分三个部分连载于《国民新闻》，是国木田登上战舰千代田号后的第一封信，他是这样开头的：

申读者诸君：

"当如何通信？"此为海军通信者余最初之自问。通信容易，而择其方法难。

踏浪远征，第一所感乃"吾国民"之念、"同胞"之念。

余有一弟，今亦勤务于《国民新闻》社。……③

与其他从军记者不同，国木田一开始便将战争报道的写作本身问题化了。

---

① 日语文言文中的补助动词，表示比较郑重、尊敬的说法，多接在"に""て""で"以及形容词连用形之后，与现代日语中的"でございます"接近。小森阳一在《日本近代国语批判》（陈多友译，长春：吉林人民出版社，2003）中曾就《爱弟通信》的句末表现指出："事态安定之时，作者使用的是表明书简文格式的文末表示'候'，但是状况一旦紧迫，'候'体便消失得无影无踪，变成分分秒秒传达实况的散文了。"小森注意到了"候"文体的出现与消失，但这并不完全是由外在事态来决定的，实际上在第九封信《舰队的旅顺攻击》之前都是事态较为安定的时期，文体表现反而异常多样化。因此文体的变化应当更多取决于作者内心的变化。

② 国木田独步．欺かざるの记：後篇［M］//定本国木田独步全集：第七卷．東京：学習研究社，1978：240.

③ 国木田哲夫．波濤［M］．国民新聞，1894-11-1//定本国木田独步全集：第五卷．東京：学習研究社，1978：15.

就这段文字的叙述方式而言,此时的"余"以《国民新闻》社派遣的从军记者的身份向《国民新闻》的无数不确定的读者发话,但是报社记者的身份又面临新的认识的挑战,"余"在远征的战舰上第一次意识到了"国民"与"同胞"这种现代国民国家意义下的身份认同。与此同时,身处远征战舰上、正奔赴战争前线的"余"还有一个弟弟正在国内为《国民新闻》社工作,即"思念者唯吾一弟"①。国木田的身份在此分裂为《国民新闻》社的从军记者、日本帝国的国民或同胞以及一个在战场上挂念家人的兄长。分裂而又重叠的身份为新的写作与叙述造成了困难,那么如何将其统一起来便成为一种内在焦虑,促使"余""自问""当如何通信"。事实上,国木田也意识到了引起这种焦虑的直接原因:"读者诸君。据实而言,编辑楼上吾对诸君之感情与远征波浪上吾对诸君之感情绝非同一之物。编辑楼上,诸君仅为读者。□□江口或□□岛边,诸君乃吾思念之乡国同胞。"② 国木田在出征战场前在《国民新闻》社做了大约一个月的编辑校对工作,从报社编辑楼到远征战舰这种空间上的位移使得主体认识的参照系发生了变化,编辑者与读者的关系转换为从军者与"乡国同胞"的关系,而"乡国同胞""吾国民"这种身份上的认同,则是在与作为战争对象的中国清政府,以及在与后文中提及的在战争间隙时而到访的英国人、俄国人、法国人的对照关系中得到确认的。国木田在此第一次意识到了自身是一名日本帝国的国民。

但是如何写作通信的问题到此并没有解决,国木田继续发问:何谓通信?当如调查委员做报告一般吗?通信对象是谁?吾当以何心、向谁讲述?向长官?向所谓"读者"?此时写作方式和写作对象(信息接收者)也成为被追问的对象。国木田对这两个问题的回答当然是否定的:

    凡此,乃余之不能断之处,又不能堪忍之处。
    余欲自由地讲述、愉快地讲述。余坚信自由地谈、愉快地讲始能符合余之意。

---

① 国木田哲夫. 波涛 [M]. 国民新闻,1894-11-1//定本国木田独步全集:第五卷. 東京:学習研究社,1978:15.
② 同上,第16页。其中"□□江口"应是大同江口,"□□岛边"应是和尚岛边,这是因当时军队信息管制的要求,不能透露军队所在的具体地点。

故读者诸君，勿期望余为冷静之观察者，勿使余为报告者，使余以完全之自由、愉快，以友爱自然之情讲述吧。

……今后余之通信皆为"余寄一弟之书信"。

读者诸君，余亦希望诸君以读诸君兄弟来信之心读之。文虽稚拙，然示于家人又有何妨？此为余值得怜悯之勇气也。

明治廿七年□月□□日星期日午后三时

于□□□舰　国木田哲夫[①]

国木田以一种巧妙的方式将作为写作对象的"读者诸君""国民""同胞""一弟"统合起来，并在之后以"爱弟"称呼之。"国民/同胞—读者诸君—兄弟—家人"成为一个在意义上可以自由滑动的结构，而"爱弟"这一称呼实际上是这个结构被通约之后的具象化，于是"爱弟"可以是每一个人。因此在之后的通信中，如在《舰上的天长节》一信中我们可以看到"爱弟"被替换为"国民子"。[②] 与此同时，一个能够呼唤"爱弟"的新的叙述主体也悄然出现了。事实上，国木田写作中的一个微妙的细节也表明了这样一个叙述人的登场，上面这封短信的末尾署名是"国木田哲夫"，紧随其后的另一封短信署名"哲夫"，而这之后的所有通信都不再署名。也就是说，当"爱弟"出现后，"国木田哲夫"消失了。换言之，作者隐没了，一个抽象的、匿名的叙述人登场了。

此外，虽然国木田在战时通信的开篇以上述几个"自问"起笔，但我们也应当注意到，他的"自问"并不完全来自内在的焦虑，他在提出这些"自问"时是有对话对象的。在上述引文中，他提到的"调查委员做报告""冷静之观察者""报告者"实际上都是他写作通信时的预设前提。国木田于从军前已在《国民新闻》报社做了近一个月的编辑校对工作，他在工作中处理的正是战时占据报纸版面的各种电报、速报以及来自战场的通信。《国民新闻》社的战场特派员松原岩五郎、久保田米斋、阿部充家、古谷久纲等人的战时通信

[①] 国木田哲夫. 波濤［M］.国民新聞，1894－11－1//定本国木田独步全集：第五卷. 東京：学習研究社，1978：15－16.

[②] 国木田哲夫. 艦上の天長節［M］.国民新聞，1894－11－19//定本国木田独步全集：第五卷. 東京：学習研究社，1978：50.

应当也会不断地出现在国木田的眼前。

1892 年 11 月加入《国民新闻》社的松原随后对当时东京的贫民窟进行了调查探访，并将调查报告连载在报纸上，1893 年 11 月又将其结集为单行本《最黑暗之东京》出版。至甲午战争时，松原已经是一个较为知名的社会调查报告写作者，他擅长观察当地社会状况、地理环境、民风民情等，注重对客观事实的记录与分析。而与松原形成鲜明对照的是，国木田的通信《舰上的天长节》与松原的这篇通信刊载在《国民新闻》的同一版面上，并且位置在松原文章的上侧。国木田是这样开头的：

爱弟

今日十一月五日，光阴似箭，心感至舰中的日月快于子弹。

搁笔以来，已十余日。一瞬间便经过了。先前曾写事情会愈发有趣，然而并非如此，有些无聊。

上月二十五日得到警报之事，已传到你那边。之后两周，警报烟消云散。定远、镇远去了何处？躲到北洋残舰那边去了吧？①

与松原的调查报告形成鲜明对比的是，在这段文字中，国木田所写的基本都是内心感受。给"爱弟"写信的"我"自 10 月 19 日登上战舰以来，由于尚没有遇到战事，使得一开始对战场充满期待的"我"感到有些无聊，只能通过想象定远舰、镇远舰的方位来消解时间的流逝。铃木久仁夫在比较国木田与松原的通信时指出，在汉字熟语的使用上，国木田要远少于松原，他的写法是文学式的，而松原的写法则是新闻记者式的。② 铃木在这里意识到了国木田与其他从军记者在写作上的不同。与此同时，通过三好将夫的出色考察，我们也可以发现国木田的写作方式不仅不同于同时代的同行们，而且与明治维新以前日本遣美使节团成员所写的日记也大不相同。三好将夫发现，1860 年日本遣美使节团成员的日记"几乎毫无例外地都受到时间日复一日的进展的完全

---

① 国木田哲夫. 艦上の天長節 [M]. 国民新聞，1894 - 11 - 19//定本国木田独步全集：第五卷. 東京：学習研究社，1978：47.

② 鈴木久仁夫. 国木田独步の《愛弟通信》について [M]//安川定男先生古稀記念論文集編集委員会. 近代日本文学の諸相. 東京：明治書院，1991：47.

第二章　给日本国民的"私信"——《爱弟通信》中的甲午战争叙事 | 035

支配"①，最终写得大都近似于航海日志，每天不厌其烦地记录时间、地点以及经纬度。日记与书信作为一种较为私人的书写方式，第一人称或第二人称是其最为基本的特征。然而在遣美使节团的日记中，第一人称则是"普遍阙如"②。我们暂且不论造成这种现象的原因（虽然三好将夫已经对此做了分析），仅作为一种前提来探讨国木田的战时通信。在这一前提下阅读国木田的战时通信则会发现，他的写作不仅始终使用第一人称和第二人称，而且将这种写作公开发表于新闻报纸上。在上面的引文中，国木田不仅仅是在传达一种内心感受，实际上这种文学式的写作所进行的是对自身经历的阐释，也就必须要用到叙述的方式。这种阐释本身是一个将事件个人化的过程，但是又通过私信发表的方式将其公开化。重要的不是这种内心感受本身，而是这种叙述方式所带来的效果，它为读者提供了一个以新鲜的方式连接自身与战场的第一人称视角。

在第十七封信《威海卫大攻击》中，国木田描写了日本军队于1895年1月20日登陆中国山东荣成的场景："夜未明，降雪纷纷，风涛荒乱，舰船若隐若现的样子，壮决快绝，这让人一生难忘的光景如千古悲歌呈现在舰桥上正在注视着的我的眼前。忽然听见一声、两声炮声，一闪、两闪的火光在海湾内陆的上空，在朦胧的降雪中闪烁。"③ 在这里，全部的风景都被"注视着的我"内聚起来并顺着的"我"的听觉和视觉延展开去，这是一种透过了主体感官的风景，它不同于新闻记者笔下那种罗列客观事实与数据的全知视角，而是一种近似于现代意义上的限知视角的描写，虽然这种描写还不够成熟。这种叙述方式给予读者很强的临场感与带入感，叙述人毫无疑问地以一个当事人的姿态在陈述所看到或听到的场面。因此当战争场面出现时他能够"自由地讲述，愉快地讲述"：

　　看，旗舰松岛号已开始炮击。舰侧突突冒起数条白烟。

---

① 三好将夫. 日美文化冲突 [M]. 李宝洵，王义国，译. 北京：中国社会科学出版社，2008：111.
② 同上，第113页.
③ 国木田哲夫. 威海衛大攻撃 [M]. 国民新聞，1895-2-3//定本国木田独歩全集：第五卷. 東京：学習研究社，1978：107-108.

瞄准！距离六千五百！本舰十海里！号令自舰桥发出，一发、两发、三发，炮烟卷着炮烟，炮声连着炮声。

距离逐渐接近。六千米、五千、四千、三千、接近两千五百米。各舰炮击已达极度。屡屡炮烟包围了全舰。二号炮打出的炮烟好似从谷底飘向山峰的云雾，飒飒地掠过舰桥。回望远处，第二游击队以下已开始攻击日岛炮台，炮烟遮眼，日光通红，炮声震天，波浪欲起。轰然一声，一颗敌弹从头上飞过。大家不自觉地缩起头、蜷起身子望向空中，又相视而笑。①

这是1895年2月7日威海卫海战的场面。国木田虽然身在日本战舰的补给舰千代田号上，但在上述文字中，叙述者的视角与松岛舰完全重合了。毫无疑问，身处战斗补给舰的国木田离实际的战场是有一定距离的，因此上面的描写是一种基于自己的观察和身边士兵的讲述所展开的想象，想象自己身处战场的中心，是对战斗场面的戏剧性描写。虽然战争即叙述的内容发生在2月7日，但国木田写下这段文字即叙述的行为本身发生在2月13日，而之后刊登在《国民新闻》上是2月23日。②虽然国木田描写的是过去发生的事，但采用的则是现在进行时，而读者在经过上述时差之后读到这样的文字，眼前呈现的仍然是正在进行时的画面感。国木田使用的面向第二人称的"看"字，不单单是一种对读者的呼唤，更是一种视觉引导。在上面的引文中，这个"看"字追随着国木田的笔不断在进行空间的移动。这种移动既有纵向的远近移动（"六千米、五千、四千、三千、接近两千五百米"），又有平面视角的转换（"回望远处""从头上飞过"）。与此同时，对炮声、炮烟的描写又为画面增添了音响效果和色彩感。一个立体的场景宛如电影画面一般呈现在读者面前。

甲午战争作为一场空前的近代战争，军舰、武器、通信技术、媒体等各方面都与以往不同，战争条件的变化导致了战争呈现形式的不同。上面引文中对

---

① 国木田哲夫．威海衛攻擊詳報［M］．国民新聞，1895 - 2 - 23//定本国木田独步全集：第五卷．東京：学習研究社，1978：125.
② 对照国木田写信的时间和通信在《国民新闻》上发表的时间后可知，国木田所有的战时通信从写作到发表几乎都有大约10天的时差。

声音、光亮、色彩、位置移动等的描写无疑是对这场近代战争场面的一个再现，这个再现源于作者试图通过感官去努力捕捉声音与画面的进展，因此同时也不自觉地构成了对身体本身的描写与传达。这种基于对身体感官的调动而呈现出的描写能够以一种最直接的方式引起读者的共鸣。换句话说，阅读的共时性发生了。这种共时性不仅是指报纸上方标注的日期所提示着的同质的、空洞的时间性[1]，即阅读行为的共时性，还是被阅读的内容的共时性，即对过去式的消解。与此同时，观察、写作、登载、阅读实际上是对战争场面进行多重想象的过程，而且这个"战场—写作者—报纸—读者"的信息转换过程与每日战场传来电报、速报等战事信息刊登在同一份报纸上，读者手中的报纸是信息交汇的空间，是读者在事后对先前发生过的战争进行再想象的空间[2]。国木田的战争报道与其他从军记者报道的根本区别在于，他不是对战争状况的单纯反映与传达，而是用叙述的方式对战争进行再加工。如何处理自身与所观察到的信息之间的关系，构成了国木田战争报道的独特之处。换言之，对战争的叙述也是他主动介入这场战争的方式。

2.2.2 对同时代舆论的呼应

自甲午战争之初，日本舆论界对这场战争的反应就颇为强烈。先有福泽谕吉的《甲午战争乃文明与野蛮之战争》[3]，后有内村鉴三"甲午战争之于吾人

---

[1] 安德森. 想象的共同体：民族主义的起源与散布（增订本）[M]. 吴叡人，译. 上海：上海人民出版社，2011：30.

[2] 小森阳一曾针对新闻报纸的话语做过如下分析："通常而言，新闻小说与新闻记事是被分开对待的，前者属于虚构，后者则属于事实报道或非虚构。但我认为，只要新闻小说与其他的新闻记事被印刷在同一份报纸的版面上，新闻小说也就是另一种新闻记事。新闻小说的话语与其他新闻记事既有分离又有交汇，就好比股市信息专栏与社论或政治新闻之间既有分离又有联系一样，当然同时这两者也是有差异的。"参见：小森陽一. 新聞のディスクール分析へ——新聞小説門を媒介にして[M]// 石田英敬，小森陽一. 社会の言語態. 東京：東京大学出版会，2002：12. 本尼迪克特·安德森在更早之前也曾指出，报纸最基本的写作习惯是将许多独立发生的事件并列在一起使读者想象出它们之间的关联，这种想象的前提一方面是报纸上方的日期所标记的同质的、空洞的时间性，另一方面是报纸作为一种极端的书籍形式被每日大量印刷并派送到市场之中。参见：安德森. 想象的共同体：民族主义的起源与散布（增订本）[M]. 吴叡人，译. 上海：上海人民出版社，2011：30 - 31. 安德森和小森在一种更为抽象的意义上论说新闻记事之间的关系，在本书中，国木田的战时通信与报纸上的新闻报道之间关系实际上更为密切，从读者角度来看，这些新闻记事甚至也可以称为对官报、电报、速报在广义上的翻译与再传播。

[3] 福沢諭吉. 日清戦争は文野の戦争なり[N]. 時事新報，1894 - 7 - 29（2）.

实乃义战"① 的论调。这些教育界和思想界名人的著作及言论在当时的日本产生了极大的影响,他们从文明等级论和社会进化论的逻辑来解释甲午战争,并极力为日本挑起侵略战争辩护,奠定了舆论主调。

与此同时,自 1890 年创刊并将"国民"(nation) 概念正式且广泛地引入公共空间的《国民新闻》则试图从另一个角度来解释这场战争:"古之战争,乃帝王与帝王之战争,或为朝廷与朝廷之战争,或为宰臣与宰臣之战争。换言之,为个人意味之战争","今日之战争,乃国民与国民之战争"②,"既如此,吾国民须有共同立于战场之觉悟,须有举国战斗之觉悟。国民战争素为国民全体之战争也"③,即战争的主体由个人变成了国民国家意义上的国民,因此所有国民都不能身处这场战争之外,否则便有成为非国民的危险。此后,《国民新闻》1894 年 8 月 15 日发表的社论更是向文学者与诗人发出呼吁:"国民之战,为建设大日本……诗人若不歌颂之,谁能祈望这大感情与大理想?谁能为国民之雄士鼓吹?"④

面对上述基于文明等级论与国民战争论为前提的战争解释所营造出的舆论氛围,此时刚从遥远的大分县鹤谷学馆回到舆论中心东京的国木田对战争也是极为关注的。1894 年 8 月 5 日,尚在途中的国木田写下自己曾于 8 月 1 日目睹了日本战舰出兵的场面。8 月 18 日在日记中感慨道:"呜呼中日之间战争已起。东洋两大国民生死之冲突殆始……吾必将为国民发出深远宏大之声,此为吾之义务。"⑤ 8 月 28 日他创作了一首军歌《攻垒》投稿到正在举办募集悬赏军歌活动的《读卖新闻》⑥。此后为工作而苦恼的国木田在 9 月 12 日接到德富苏峰的通知,当晚即赴约见面。

据国木田本人日记和他的生前好友斋藤吊花回忆,这次见面的场合实际上

---

① 内村鑑三. 日清戦争の義 [M]. 国民の友, 1894 - 9 - 3//内村鑑三著作集:第二卷. 東京:岩波書店,1953:32.

② 古の戦争と今の戦争 [N]. 国民新聞, 1894 - 7 - 31 (2).

③ 国民的戦争 [N]. 国民新聞, 1894 - 7 - 31 (2).

④ 興国の大業と詩人 [N]. 国民新聞, 1894 - 8 - 15 (2).

⑤ 国木田独歩. 欺かざるの記:後篇 [M]//定本国木田独歩全集:第七巻. 東京:学習研究社, 1978:191.

⑥ 这首军歌现已散佚。根据《定本国木田独歩全集:第十巻》(東京:学習研究社,1978:99)所收年谱参考资料可知,《读卖新闻》悬赏军歌募集公告中明确要求创作者要"鼓舞我国之元气、增强忠君爱国之念,同时养成自主之精神、敌忾之气象"。

是德富苏峰为鼓舞社员参战而举行的演讲会,同时也是为战场特派员深井英五举行的送别会。社长德富苏峰的演讲语调异常激昂,他在现场呼吁"《国民新闻》社要借战争之机举全力进行战事通信,要抓住飞跃的命运。时事新报社福泽谕吉已为战争捐献一万日元,吾社当决心动员全部机能,实现战时通信之大任"①。当时在场的国木田于次日写下了听完演讲后的感受:"德富氏起立演说。吾之血液沸腾。活世界!活世界!大丈夫将大显身手之天地!"② 国木田正是带着这份热情从9月17日(同时也是日本海军在黄海海战中取得胜利的日子)开始了《国民新闻》社编辑的工作,并且于三日后写下《年少士官》一文。在这篇文章中,国木田讲述了自己时隔多年从报纸上看到少年旧友名字时的心情:

  今朝起床后读《国民新闻》,上面列有将校负伤者的姓名,其最后一个为国弘荣一,这岂非吾之少年旧友?往昔曾共居于中学校之校舍,寒假、暑假亦结伴往返七里山路。宿舍十杰投票中,国弘君被选为奇才子。后闻其被士官学校选中而入了陆军大学,现正在平壤大战中勇斗突击,最终负伤。然,吾向旧友遥遥呼喊:万岁!君为义务而战,为义务而伤。③

作为印刷出版物的新闻报纸与作为战争报道形式之一的战斗伤亡报告构成了国木田展开想象的物质前提,这个物质媒介不仅使多年未见的旧友再次相遇,而且让国木田以当事人的身份想象与负伤者的共同命运与义务:"吾将以勇士赴战场之觉悟提笔立于天下。"④ 正是在这样一种共时性的前提之下,十日后,当人见一太郎前来提议参军时,国木田的回答才会毅然决然。上述国木田和同时代语境之间的互动构成了其从军并以通信的方式进行战争报道的内在动力。本尼迪克特·安德森曾论述过物质机制,如印刷出版、语言、征兵制度以及资本主义在塑造现代同质性国民国家时的决定性。在国木田看来,对国民

---

① 斋藤弔花. 国木田独步及其周围 [M]. 東京:小学館,1943:97.
② 国木田独步. 欺かざるの記:後篇 [M]//定本国木田独步全集:第七卷. 東京:学習研究社,1978:210.
③ 国木田生. 年少士官 [M]. 国民新聞,1894-9-21//定本国木田独步全集:第五卷. 東京:学習研究社,1978:154-155.
④ 同上,第155页。

的认同与写作的冲动即来自这一物质前提，同时也在生产着它。换言之，印刷资本主义也在生产着自身。因此，国木田的战时通信在甲午战争中能够大放异彩，并且能够在日俄战争之后再次被人们提起，甚至将其重新编辑为单行本《爱弟通信》出版。从这个意义上讲，前述当代的国木田研究者不仅将国木田的战时通信从其与同时代各种前文本的呼应关系中剥离出来，而且也没有意识到从军记者国木田本人既是战争报道这一制度的结果，也是战争报道的生产者。

2.2.3 战时通信在日俄战争后的再发现

另外值得一提的是，国木田的甲午战争报道作为《爱弟通信》在日俄战争后被再次发现也是颇有意味的。此时的国木田已经是一位文坛知名的短篇作家，或许正是在这一意识下，《爱弟通信》的编辑出版者在推介语中称其为"战争文学"，而不再是战争报道。问题还不止如此，如果仔细比对单行本《爱弟通信》和《国民新闻》上连载的战时通信我们会发现，编辑者在编辑过程中对文本本身做了改动。比如上文中所引用的《波涛》的开头部分，文中以"读者诸君"为开头的段落以及在后文中出现的"读者诸君"的称谓在《爱弟通信》中都被删除了，于是《波涛》变成了以"余有一弟"开头。与此同时，《爱弟通信》又收录了国木田从军前发表的《年少士官》一文并将其放在《波涛》之前。"读者诸君"的删除实际上也是上文中讨论过的编辑身份的删除，以《年少士官》《波涛》为开篇的《爱弟通信》的叙述人不再是上文中分析的那个为身份的重叠而感到焦虑的"我"，而是一个将国民身份作为自明前提的"我"，同时也投射了单行本编辑者的认识。这也正是《爱弟通信》的编辑者将其称为"战争文学"的前提。

此外，出版方在《爱弟通信》的装帧设计上也下了一番功夫。担纲装帧设计的著名画家小杉未醒学习西方绘画出身，曾先后在白马会洋画研究所（1896）和太平洋画会（1902）研习西方绘画，深受法国装饰壁画家夏凡纳（Pierre Puvis de Chavannes，1824—1898）的影响，擅长象征主义人物肖像绘画。他于 1903 年进入国木田当时担任主编的《近事画报》社，此后一直是国木田的"御用"画家。《爱弟通信》的封面设计以一位正在发送旗语的海军士兵肖像为中心，在图案和文字效果上使用了烫金工艺，为当时的出版界带来了新风。① 西野嘉章在回顾日本近代装帧设计史时将国木田的作品描述为"平易明快且富有亲和力的文体穿着西欧世纪末象征主义的外衣降生了,并且迅速地捕获了明治读书人的心"②。由此看来,《爱弟通信》是一个在文字内容和物质形态上经过多重再加工的文本。

第一人称的战争报道在国木田以前当然也有,1860 年遣美使节团的成员村山石和玉虫等人在日记中使用了"我",1877 年福地樱痴作为《东京日日新闻》的从军记者报道西南战争时使用了"吾曹"(ごそう,我们)这一称谓。但是与大部分航海日记一样,村山石和玉虫等人在日记中虽也有对事物或事件的个人评价,但是他们在"描述事件的时候(而且大概是他们自己的事件),却从未把作者与所写的自我联系起来"③,写作者们更多是以旁观者的视角对所写事物进行记录或品评,而不是将自身放到与事物的关系中加以分析。福地樱痴虽然使用了第一人称"吾曹"和第二人称"匪贼",但西南战争是日本明治政府对地方士族的一场局部内战,在性质上与甲午战争不同④,"吾曹"是指相对地方士族军队的政府军队,而不是"日本国民"。从这一脉络上看国木田的第一人称叙述可知,作者国木田不但与叙述人"我"关联起来,而且"我"也与文本描写的自我关联起来,同时又第一次作为国民出现了。

---

① 西野嘉章. 装釘考 [M]. 東京:平凡社,2011:11、103.
② 同上,第 104 页。
③ 三好将夫. 日美文化冲突 [M]. 李宝洵,王义国,译. 北京:中国社会科学出版社,2008:117.
④ 如 1894 年 9 月 8 日《国民新闻》上的一篇评论《甲午战争与西南战争》谈道:"甲午战争乃决定一国安危存亡之大机也。西南战争无论如何猛烈,仅为局部之战争,其一胜一败,固不深关国运之消长。"

2.3 话语的共振

2.3.1 另一个第一人称

明治维新后,在由天皇发布的敕语和诏敕等公文中,日本天皇始终以第一人称"朕"自称,而与之相对的第二人称则是"汝""汝等""汝臣民"等概念。较早注意到第一人称"朕"的是小森阳一。在《日本近代国语批判》中,小森从文本叙述的角度解读了《军人敕谕》(1882)和《教育敕语》(1890),并敏锐地指出两个文本中的第一人称"朕"在建构日本近代民族国家的过程中是如何将普通百姓重新创制为天皇的"军人"和"国民"的。在本节,笔者将以此为出发点重新讨论这个第一人称的存在。这样做并非为进一步论证小森的观点,而是通过重新梳理为我们理解国木田的战时通信提供一个历时性的,当然也是共时性的前提条件。

第一人称"朕"当然并非明治维新后才有的概念,但是作为"天皇—臣民""朕—汝等"这种对应关系被正式且公开地通过铅字印刷媒介传达给每一个普通人,则是在明治维新后政权和军权由德川幕府重新转移到以天皇为中心的明治政府之后。新成立的明治政府随即从内政外交上开展具体的国民国家的建构,一系列的敕语、诏书成为这一建构过程的话语再现。在1871年的《废藩置县之诏》中,天皇首先以"朕"自称:"朕于此更始之际,内以保亿兆之安,外欲以对峙万国,宜名实相副,政令归一。朕听纳诸藩版籍奉还之议,新命知藩事,使其各奉其职,然数百年因袭至久,或有名而无实,何以保亿兆之安、对峙万国？朕深慨之，故于今日废藩为县。"① 1869 年 7 月，明治政府在与萨摩、长洲等藩达成协议后开始版籍奉还，各藩大名正式将领地/版图和领民/户籍正式转交至明治政府，各地分封的封建制度正式结束。作为版籍奉还的结果，原来各地的大名、诸侯以及公卿一同变身为华族，而原本从属于各藩的家臣则成为士族。与此同时，生活在各藩的平民的身份制约也在一定程度上被打破，与华族、士族都被称作国民，此即所谓"四民平等"。版籍奉还两年后，为进一步统一全国行政区划和户籍制度，明治政府将原来分散在各藩的行政管理制度统一到中央政府手中，一套在全国上传下达的行政体系从这时起逐渐建立。在上面的诏书中，版籍奉还与废藩置县的过程及其正当性都要经由"朕"这一主体进行确认并以诏书的形式告示全国。"朕"既是行使这一过程的发令者（"故于今日废藩为县"），又是这个新确立的行政体系的最终统治者和解释者。

此外，由于武士制度逐渐解体，天皇在重新掌握军权后开始建立一支现代军队。1872 年 11 月 28 日明治政府颁布《征兵告谕》，诏告国民有服兵役的义务。1873 年陆军省正式发布征兵令。西南战争后，山县有朋为确立军规，命令学者西周起草《军人训诫》，此后又命其起草《军人敕谕》原稿。1882 年朝鲜爆发壬午兵变，日本驻朝军队及大使馆遭袭，山县有朋以此为由建议扩张军备。此前的 1882 年 1 月 4 日，明治天皇以西周起草的原稿为基础正式发布《军人敕谕》，发出五条训诫："军人当尽忠节守本分，军人当正礼仪，军人当崇尚勇武，军人当重信义，军人当以素质为宗旨。"在这五条训诫之前，天皇以第一人称"朕"对军队的领导权做出了规定：

> 我国军队世世代代由天皇统率……夫兵马之大权由朕所统管，而其各司职委任于臣下。其大纲非由朕亲揽、首肯之后委任于臣下，而是子子孙孙将其宗旨传继。天子有掌握文武大权之义，不望再有中世以降失体统之事。朕既为汝等军人之大元帅，则朕赖汝等为股肱，而汝等仰朕为头首，其亲殊深。保护朕之国家、回馈上天之惠泽、报答祖宗之恩，此事业之成

---

① 廃藩置県の詔 [M]//朝日新聞社. 史料明治百年. 東京：朝日新聞社，1966：358.

败,全在汝等军人尽职与否。①

小森阳一注意到了天皇在《军人敕谕》中的一套叙述战略,他指出,"在这居高临下的充溢着威严的宣言中,'军人'这一新的主体呼之欲出","'军人'的位置被制造出来","'朕'这个第一人称是以撩拨起'汝等'这一第二人称复数与'朕'产生结合欲望的方式,进行自我叙述的"②。在这样一套被新发明出来的"朕—汝等"的对话关系中,"朕"与"汝等"的距离被缩小了,最后士兵们在受命诵读《军人敕谕》这一行为中,在用自己的声音朗诵的过程中进入"朕"的主体,同时"将自己的身体组织进'皇军'的身体。就在这一瞬间,'朕'为'头首''汝等'为'股肱'之类由一个主语统合起来的两个部位,才得以通过《军人敕谕》话语的存在实现统一"③。由此,明治以前作为藩兵的武士,现在被"朕"的话语重新收编为应当忠君爱国的"皇军"。"朕"成为"汝等"的最高领导者,"汝等"有义务为"朕"保护国家以报答祖宗之恩。"汝等"在被编入"军人"范畴的同时,也被置于一套道德逻辑的规制中。

在此七年之后,1889年2月11日,由伊藤博文和井上毅主导、以普鲁士宪法为底本制定的《大日本帝国宪法》颁布。其中第一条明确规定:"大日本帝国由万世一系之天皇统治。"④ 天皇的正当性在经过一系列的诏敕、敕谕解释后,在宪法中找到了法理依据,"万世一系"的谱系亦被作为一种制度正式确立。宪法颁布的翌年10月30日,《教育敕语》公布。"朕"在《教育敕语》中再次露面:

> 朕以为,我皇祖皇宗最初立国宏远、立德深厚,我臣民克忠克孝,亿兆同心,世世代代求其完美,我国体之精华、教育之渊源亦实在此。尔等臣民孝敬父母、和睦兄弟亲友夫妻……进而广公益,开世务,重国宪,守国法。一旦缓急之际,当义勇奉公,扶翼天壤无涯之皇运。此不唯朕独自

---

① 軍人勅諭[M]//朝日新聞社.史料明治百年.東京:朝日新聞社,1966:396-397.
② 小森阳一.日本近代国语批判[M].陈多友,译.长春:吉林人民出版社,2003:68-69.
③ 軍人勅諭[M]//朝日新聞社.史料明治百年.東京:朝日新聞社,1966:69.
④ 大日本帝国憲法[M]//朝日新聞社.史料明治百年.東京:朝日新聞社,1966:410.

期望忠良之臣民，亦望尔等彰显祖先之遗风。①

"臣民"概念的出现完全重组了德川时代社会结构，"在将曾经是阶级身份制度性质的统治与被统治关系完全抹去的同时，把'臣'降格为'民'，再将'民'升格为'臣'。这样一来，与如此社会关系平行演进的曾为多元化结构的'君''臣'关系，也因为天皇成为唯一的君主而变成一元化了"②。天皇不仅是国家的最高领导者，而且也是在"立德深厚"的谱系上对臣民进行教化的发言者。在《教育敕语》颁布的同时，文部省亦发布训令，命令全国的学校抄写副本，并在举行仪式或集会时捧读③。以第一人称"朕"为叙述主体的敕语文本通过教育系统下达到全国每一个学生的手中和口中，最终被内化为一种意识形态。

此外，在宪法和敕语颁布的同时，一系列与天皇有关的仪式和节日也被确定为全国性的节日。实际上早在1885年8月，时任山口中学校校长的河内信朝就向文部省建言，要在全国的中小学校设立三大节日的拜贺仪式。国木田正好在此前一个月以优异的成绩考入山口中学校，"独步入学次月，河内校长便向文部省提议在全国设立三大节日的仪式（四方拜④、纪元节⑤、天长节⑥），应当在全国率先施行天长节的仪式，让全校学生用国语、英语或德语抄写祝词"⑦。河内校长的建议随即得到了时任伊藤内阁第一任文相森有礼的采纳，随后便着手展开实施⑧。文部省于1888年2月命令全国中小学必须举行天长节的仪式，为天皇祝贺生日。《教育敕语》颁布后，1891年6月17日文部省再次对纪元节和天长节的仪式做出具体规定，要求全体教师和学生向天皇与皇后的"御照"鞠躬，呼喊"万岁"，齐唱《君之代》。

在经过上述一系列制度性的构建之后，天皇一方面在法理上被设定为一种

---

① 教育勅語［M］//朝日新聞社．史料明治百年．東京：朝日新聞社．1966：412-413.
② 小森阳一．日本近代国语批判［M］．陈多友，译．长春：吉林人民出版社，2003：74.
③ 文部大臣訓令抄［M］//朝日新聞社．史料明治百年．東京：朝日新聞社，1966：413.
④ 由皇室在每年年初举行的祈福仪式。
⑤ 神武天皇即位的日期。明治维新后的1873年将其定为每年的2月11日。
⑥ 天皇的生日。明治天皇的生日为每年11月3日。
⑦ 平岡敏夫．短篇作家国木田独步［M］．東京：新典社，1983：42.
⑧ 同上，第43页。

前定的存在（万世一系），"万世一系"既成为有历史记载的日本民族国家的共同记忆，也是每一个"国民"必须遵守的宪法、敕语等法规等得以成立的前提；另一方面，通过基于物质层面（照片、歌曲）的具体方式，天皇被再现为看得见、摸得着的实体。明治维新后，天皇每年到全国各地巡游行幸作为一种政治性的仪式逐渐确立。在精密的行程安排下，明治天皇的足迹基本到达日本各地。天皇的"露脸"，从国家层面讲，是一种权力的宣示，是对领土所有权的确认。与此同时，这种"露脸"实际上也是有意识地将天皇的形象注入民众的意识当中，天皇不再是以往遥不可及的、只能通过间接手段在意识中虚构的形象，天皇的"露脸"以及媒体的跟踪报道让天皇成为一个可以直接感知的实际存在，而天皇在巡游途中借住在事先安排的民家这一行为又暗示着天皇与民众的连接。① 酒井直树基于此种被建构出来的前定性和实体指出，明治以后的天皇制是以作为国民的"日本人"、作为国民文化的"日本文化"以及作为国民语言的"日本语"为前提的，而后者也同样是在明治时代被建构起来的前定性和实体。② 实际上前后两者是互为条件的。

　　至甲午战争爆发时，明治维新前后出生并在上述语境中成长起来的一代青年对与天皇有关的各类仪式活动和《教育敕语》应当是极为熟悉的，而参加甲午战争的士兵大多也是这个年龄。在战场上，同样出生于明治维新时期的国木田在战舰上与年龄相仿的军人一起度过了天长节与纪元节，他在战时通信中详细记述了11月3日天长节的场面：

　　　　午前九时，装饰军舰。军舰饰品为桅杆顶部之军舰旗。千代田舰有三根桅杆，故挂三面舰旗。其他军舰皆如此。同时《君之代》音乐响起，虽然每日都听，但今早尤觉得曲调肃然。
　　　　十一时半，全舰一齐行动，将校整理服装，金丝缎闪闪发光。
　　　　……　……
　　　　礼炮结束后，将校、下士及水兵一同参拜天皇陛下、皇后陛下、皇太子殿下的御照。而后，各自到餐桌就餐。将校于士官室内举行宴会。舰长

---

① 关于天皇形象在幕末明治时期的变貌可参见：佐佐木克. 明治天皇のイメージ形成と民衆[M]//西川長夫，松宮秀治. 幕末・明治期の国民国家形成と文化変容. 東京：新曜社，1995.
② 酒井直樹. 死産される日本語・日本人[M]. 東京：新曜社，1996：131.

首先举杯，祝贺天皇陛下万岁，众人一同附和之，三呼：奉拜、奉拜、奉拜！

余稍后下至甲板，走到准士官、下士、水兵中间。第一声问候便是"祝贺"。①

天皇的存在由当初通过敕语、诏敕、宪法等文书被逐渐确立后，又被构建为一套拥有多个细节的仪式。旗帜、《君之代》、服饰、礼炮、照片、"万岁"将每一个个人与天皇连接起来，每一个个人被编织进帝国的时间与仪式当中，同时又被"朕"这个第一人称所统领，"朕"无处不在。因此，移动着的军舰以及随着军舰移动的每一个个人都成为帝国日本的延伸，无论身处何处，他的行为与言论都在"朕"的话语之下，所以他的行为与言论也在一个抽象的意义上成为对"朕"的回应。如在甲午战争《宣战诏书》中，作为"军人之大元帅"的天皇向"有众"（ゆうしゅう，国民）发出号令：

为保全天佑万世一系之皇位，<u>大日本帝国皇帝</u>告示忠实勇武之汝有众：

<u>朕</u>兹对中国宣战，<u>朕</u>之百僚有司宜体朕之意，值此于陆上、海面对中国交战之际，当为达国家之目的而努力。苟不违国际法之限制，当各应权能、尽一切之手段，务必不留遗漏。②

这段引文的第一段以第三人称叙述，"大日本帝国皇帝"作为一个被引介者露面。而第二段的叙述突然转换为"朕"以第一人称向中国宣战，"汝有众"要为保护在明治维新后通过帝国宪法确立起来的"万世一系之皇位"而战斗。只要不违反国际法③，便可尽一切手段进行战斗。具有反讽意味的是，

---

① 艦上の天長節［M］.国民新聞，1894-11-19//定本国木田独步全集：第五卷．東京：学習研究社，1978：50.
② 宣戦詔勅［N］//朝日新聞社．史料明治百年．東京：朝日新聞社，1966：420. 下划线为笔者所加.
③ 实际上日军在战争中违反了国际法，1894年11月21日日军攻下旅顺后对平民展开连日的大屠杀，当时引起了欧美新闻媒体的关注。详情参阅王芸生编著的《六十年来中国与日本》（北京：生活・读书・新知三联书店，1980）第二卷中《日军在旅顺的大屠杀》一节所引各方史料。

"汝有众"战斗的目的仅仅是为了保卫"朕"的"皇位"。实际上,"朕"通过媒体向全民发布《宣战诏书》之后,在战争进展的过程中也以公开发布敕语的方式不断露面。小森阳一从文本叙述的角度指出国木田在《爱弟通信》中发明的一套新的写作文体回应了《军人敕谕》《教育敕语》《宣战诏书》①。但是问题或许不在于采用哪种文体进行叙述,而是战争报道的叙述行为本身实际上都是对"朕"的回应,因为所有的参与甲午战争的行为都是以"朕"的话语,即以《军人敕谕》《教育敕语》以及《宣战诏书》为前提展开的。

1894 年 11 月,日本陆军第一军已经侵占朝鲜半岛,并向大连旅顺进军。同月 11 日,天皇通过各大媒体向日本陆军第一军发布敕语,勉励军队:"赐第一军全体之敕语/汝等忠勇,能排万难而前进,击退敌人于朝鲜国境之外。遂入敌国,占领要塞之地,朕深深嘉尚之。<u>时渐沍寒,望汝等各自自爱以期将来之成功</u>。"② 这种极富感情色彩的敕语虽然是对第一军发布的,但是后来被下发到了所有作战部队中,同时也通过各大报纸的刊登传递到每一位读者手中。在这个敕语颁布十日后的 11 月 21 日,日军侵占旅顺。12 月 1 日,尚滞留在大连湾的千代田号的舰长奉命举行了敕语宣读仪式。国木田不无激动地记录下了这个过程:"昨日薄暮,舰长内田大佐自旗舰归来后,召集全员,朗读两陛下就侵占大连湾及旅顺口之敕语。众人一同脱帽,此时因堆煤而皮肤乌黑的兵员都肃然聆听。'<u>时渐沍寒,望尔等自爱,以期将来之成功</u>',听到如此安慰与勉励的话,身处天涯薄暮、天阴风寒之时,谁不为御心而感泣呢?"③ 给第一军的敕语虽然在 20 天之前就已经公布,但是在此刻它的时效性依然存在。因为在这期间,军队再次取得了胜利并侵占了大连湾和旅顺口,此刻朗读敕语的行为一方面是天皇对军队的"安慰与勉励",另一方面也是军队在取得胜利之后对天皇当初的期望的回应。国木田的战时通信与天皇的敕语在这里发生了实际的互文,而且这是通过敕语的发布、报纸报刊的传播最终得以在媒体空间中形成的巨大的互文,个人也由此才能与天皇进行对话,而将双方连接起

---

① 小森阳一. 日本近代国语批判[M].陈多友,译,长春:吉林人民出版社,2003:184.
② 第一軍に勅語下賜[N].時事新報,1894 - 11 - 11(1). 下划线为笔者所加。
③ 大連湾掩留の我艦隊[M].国民新聞,1894 - 12 - 13//定本国木田独步全集:第五卷.東京:学習研究社,1978:83. 下划线为笔者所加。国木田在通信中所引用的敕语应是在听舰长朗读时笔记而成,与原文略有出入,但意思基本一致。

来的正是这种冲动与情绪。此后在 1895 年 2 月 11 日，国木田在《威海卫舰队攻击详报》中也没有忘记记录下这个纪元节的过程。并且在文末对日本帝国、日本天皇和日本海军高呼万岁，此语刊登在《国民新闻》上时以二号字置于极其醒目的位置。

2.3.2　作为战争动员制度的家书

1890 年 2 月创立《国民新闻》报社的德富苏峰并不仅仅是一个媒体人。媒体更多的是其展开政治论说的渠道，是其展开政治参与的方式。在《国民新闻》之前，德富曾于 1887 年创立民友社及机关刊物《国民之友》，与社内同事展开了一系列的政治论说和文学活动。德富以《国民之友》为阵地，与同时代的欧化派和国粹派展开论争，倡导从普通国民（平民）的层面推进西方文明的现代化，批判欧化派的贵族式欧化主义，鼓吹自由民权。从时间而言，从民友社创立到《国民新闻》创刊正好与自由民权运动失败、《大日本帝国宪法》和《教育敕语》颁布相平行。在这个过程中，德富苏峰的政治主张伴随着日本国内外政治局势的推移逐渐由"民权"向"国权"转变①。

1893 年 12 月《吉田松阴》出版，德富主张日本应当对外实施强硬政策。至甲午开战时，德富已经完全转向开战论，《国民新闻》也成为其开战论的阵地："何谓好时机？与中国开战乃好时机也。换言之，膨胀的日本展开膨胀的活动之好时机也。"② 开战后的 1894 年 12 月，德富苏峰将此前发表的社论结集为《大日本膨胀论》③ 出版，其中一系列露骨的对外扩张论调引起了极大反响。与此同时，作为报社经营者，德富也不乏对市场的敏锐。甲午开战之初，他意识到报社经营将迎来一大转机，于是迅速加大对报社的资金投入，购买印刷机器，招募记者④，为战争报道也为报社发展招兵买马。在战争开始后，为

---

① 学界一般在论述自由民权运动思想脉络时的通常说法是在 1884 年甲申事变至帝国宪法颁布前后发生了"转向"，即由自由民权论转向了国权伸张论，如小森阳一在《日本近代国语批判》第 87 页也有类似的叙述，但是新近的研究对这一通说提出了挑战。田村安兴在《民族主义与自由民权》（田村安興．ナショナリズムと自由民権［M］．大阪：清文堂，2004）一书中指出，民权派的许多言论也是以国权论为前提展开的，因此从民权到国权的转向并不准确。参见该书第五章《日韩问题与民权派》和第六章《自由民权派的对外观》。

② 德富蘇峰．好機［N］．国民新聞，1894 - 6 - 21（1）.

③ 德富蘇峰．大日本膨脹論［M］．東京：民友社，1894.

④ 德富蘇峰．蘇峰自伝［M］．東京：中央公論社，1935：294.

更加便利地获取战争的讯息，德富苏峰本人亦多次奔赴广岛作战大本营，与陆军大将兼参谋次长川上操六直接建立起联络机制①，从大本营直接向位于东京的报社发送电报。

另外，德富苏峰也在有意识地想要打破以往以政治经济报道为主、在形式上相对程式化的新闻写作方式，将报纸版面的内容扩充到思想论争、生活问题的讨论诸方面。德富认为"罗列无用的文字，不能成为新闻"②。基于这种媒体认识，在甲午战争爆发后，德富不仅向战场各支部队先后派驻了30人作为从军记者，在人数上超过了当时其他各家报社派遣的从军记者③，而且选择了擅长散文诗歌创作的国木田独步，时事评论家枕戈生（熊谷直亮），社会学者松原岩五郎，画家久保田米仙及其儿子久保田米斋、久保田金仙等来自不同领域的人作为从军记者，从人员的配备上打破了既有的专业从业记者的结构，正因如此，《国民新闻》的战争报道才能够在战时呈现出各种各样的形式。

实际上，国木田在写作战时通信时不但从文体形式上有别于同行，而且他在战时通信中曾多次试图插入自己创作的插画。如第二封信《波涛》中插入了一幅手绘炮弹弹片④，第三封信《大连湾进击》中插入了大连湾平面图、大连湾水雷铺设剖面图、大连湾水雷铺设平面图⑤，第七封信《海上杂信》中插入了远眺和尚岛剖面图⑥，第十封信《旅顺陷落后之我舰队》中插入了手绘地雷图⑦。在文字中插入图像的做法，不仅打破了以往完全以文字为主的新闻记事的写作方法，而且也显示出描写的冲动。这种描写的冲动实际上暗示了日语

---

① 此外，关于德富苏峰与同时代政界与军界高层交往的情况，请参阅佐佐木隆的论文《德富蘇峰と権力政治家——帝国日本興隆へのアプローチ》，参见：山本武利. 岩波講座《帝国》日本の学知［M］. 東京：岩波書店，2006：66 - 103；德富苏峰. 蘇峰自伝［M］. 東京：中央公論社，1935：293 - 312.
② 德富蘇峰. 蘇峰自伝［M］. 東京：中央公論社，1935：265.
③ 同上，第294页.
④ 波濤［M］. 国民新聞，1894 - 11 - 12//定本国木田独步全集：第五卷. 東京：学習研究社，1978：18.
⑤ 大連湾進撃［M］. 国民新聞，1894 - 11 - 18//定本国木田独步全集：第五卷. 東京：学習研究社，1978：40，42，46.
⑥ 海上雑信［M］. 国民新聞，1894 - 11 - 28//定本国木田独步全集：第五卷. 東京：学習研究社，1978：62 - 63.
⑦ 旅順陥落後の我艦隊［M］. 国民新聞，1894 - 12 - 8//定本国木田独步全集：第五卷. 東京：学習研究社，1978：81.

文言文体、汉字假名混合体在应对作为现代战争的场面时存在的局限性。"眼前一切都可用地图加以说明，没有一样煞风景的事物……然而若非美术家，是无法画出的。现勉强将大连湾平面图绘于左侧，至于其中的真光景，只能委托给你的想象了。"① 一方面叙述人意识到了文字书写的限制，但另一方面作为打破文字书写垄断的方式之一，绘画的水准尚不能达到理想的效果，最后只能委托给读者的想象力。描写上的模棱两可可见一斑。

除此之外，国木田在其他场景的写作中亦有尝试，如在跟随部队登陆花园口时，浅野分队长与当地农民对话时，双方因语言不通，遂使用汉文笔谈的方式进行。但是国木田将这些笔谈的内容写进战时通信时做了文字上的处理，将其转写、翻译为日语口语对话体。虽然句尾偶有出现"なり"，但整个句子已经十分接近言文一致体，若将句尾的"なり"改为"だ""である"，则整个句子与今天使用的日语并无多少差别。② 而在之后藤木少尉在士官室内与士兵们的对话部分，文句的句尾完全变成了"だ"体，多用体言结句。③ 叙述人在陈述部分与对话部分之间的转换已经十分自然，已经见不到二叶亭四迷在 1887 年写作小说《浮云》时所遇到的叙述上的困难，即叙述人在陈述部分与对话部分之间难以做出自由的转换。④ 国木田在叙述上做出的革新还不止于此，再来看下面这段威海卫海战场面的描写：

　　忽然各舰中央桅杆战旗升起。速力渐次增加。……
　　突进又突进⑤，逐渐接近敌方炮台。……
　　看，炮台白烟起。他们首先打开炮口罩，相顾而曰："开打了！"旗舰尚无指令。再前进，再前进。

---

① 大連湾進撃 [M].国民新聞,1894-11-18//定本国木田独歩全集：第五巻.東京：学習研究社,1978：39.
② 波濤 [M].国民新聞,1894-11-12//定本国木田独歩全集：第五巻.東京：学習研究社,1978：32-33.
③ 同上，第 36 页。
④ 小森陽一.《浮雲》における物語と文体 [M]//文体としての物語・増補版.東京：青弓社,2012.
⑤ 这一句在单行本《爱弟通信》中被改为"突进！突进！！"。参见：国木田独歩.愛弟通信 [M].東京：左久良書房,1908：222.

> 战斗!① 舰长号令一下，战斗的喇叭响彻云霄。②

欧文直译体、文言体、口语体、体言终止形、标点符号、军事口令等在短短的几行字内同时出现，这种多样化的表现方式松动了旧有新闻记事的写作方式，刷新了读者对于新闻报道的印象。因此从结果而言，十分符合德富苏峰当初对于新闻报道革新的期待："欲统一人心，一致国民之对外方针与政府之对外方针，当首先利用新闻杂志，新闻杂志为国民之声，亦为国民之号令者。"③在这篇题为《为何不活用新闻杂志》的评论文章中，德富显示了其深谙现代印刷媒体特征的一面。《国民新闻》被有意识地打造成能够代表日本全体国民发言的机关，同时又能左右国民的舆论趋向。国木田在战时通信中不断向读者发出的"爱弟""读者诸君""国民子"等呼唤在客观上也或多或少实现了《国民新闻》作为"国民之声"的功能。经过上述多方面的努力后，德富本人及社员在甲午战争中得到了丰厚回报。虽然无法与《大阪朝日新闻》等大型报社相比④，但《国民新闻》的发行量由每日7000份迅速增长至每日20 000份⑤。德富也利用战争中赚得的资金于战争结束后展开了欧洲巡游活动，回国后第二次被松方内阁聘为内务省敕任参事官。国木田不仅通过战时通信在国内博得文名，而且在战后加入《国民新闻》社正式成为一名编辑，同时在1895年6月9日被医生佐佐城本支、时任妇人矫风会副会长佐佐城丰寿夫妇邀请，参加从军记者招待会。国木田也正是在这次活动中邂逅了后来成为他妻子的佐佐城信子。

与舆论中心东京、大阪的大型报社相比，处于地方尤其是偏远地区的新闻

---

① 这一句在单行本《爱弟通信》中被改为"战斗!!!"。参见：国木田独步. 爱弟通信[M]. 東京：左久良書房, 1908: 223.
② 威海衛攻撃詳報[M]. 国民新聞, 1894-2-23//定本国木田独歩全集：第五巻. 東京：学習研究社, 1978: 124.
③ 徳富蘇峰. なんぞ新聞雑誌を活用せざる[N]. 国民新聞, 1894-6-10 (1).
④ 根据原田敬一考察，通过甲午战争带来的媒体界的景气，《大阪朝日新闻》发行量从战前日均76 000份增长为开战后的日均117 000份，《东京朝日新闻》增长为日均76 000份，《万朝报》增长为日均50 000份。同时，一些地方报业也出现不同程度增长。参见：原田敬一. シリーズ日本近現代史③：日清・日露戦争[M]. 東京：岩波書店, 2007: 161. 此外，随着发行量的增加，在报纸上刊登广告的费用也不断上涨。参见：朝日新聞社社史編修室. 朝日新聞の九十年[M]. 大阪：朝日新聞社, 1979: 180.
⑤ 原田敬一. シリーズ日本近現代史③：日清・日露戦争[M]. 東京：岩波書店, 2007: 161.

媒体在资金筹备、印刷机器购买方面相对落后，与军部或政府的联系也相对较少，很少有报社能向战场派驻从军记者。而与此同时，这些地区的从军士兵又相对较多。以鲁迅后来留学的仙台地区为例，幕府末期以仙台藩为中心设立的东北镇台（现在的宫城、福岛、岩手、青森、秋田）在 1888 年经明治政府军队改革制度调整后，被整编为日本陆军野战第二师团，仙台仍为大本营。至 1894 年甲午战争爆发时，仙台地区的常住人口和参军人口都持续增长，1894 年仙台市人口约为 6.1 万人[1]，而以仙台人为主要构成的第二师团的士兵数量（包括勤务兵）达到了近 2 万人[2]。如此高的参军比例使得仙台日后被称为"军都仙台"[3]。在这个印刷媒体相对不甚发达，而参军比例较高的地区，身在家乡的人了解战争进展状况以及获知身在战场的家人的信息也逐渐多样化。在仙台一带，除了阅读《东北新闻》《东北日报》《仙台自由新闻》《奥羽日日新闻》之外，人们还通过举行幻灯片放映会、士兵出征欢送会，以及制作写真集等各种活动与战争进行互动[4]。而在报社方面，《东北新闻》的一个较为引人注意的做法是，发布社告向从军士兵公开募集家书并登载在报纸上：

禀告从军者

为表彰忠功、发扬勇武，将远征军人及军夫之消息公告世人，本社现就募集从军者之私信作如下说明。

远征从军者之私信若无不便之处，请投寄至本社（本社支付邮费），本社将尽可能将其刊登于报纸之上（匿名或其他要求遵从投机者之愿望），稍后尽快返送至收信人处。

远征从军者为免除数次寄信之烦恼，将多信一同寄至本社之时，本社将尽可能将其刊登于报纸之上，稍后将书信送至收信人处。

东北新闻社[5]

---

[1] 大谷正. 兵士と軍夫の日清戦争——戦場からの手紙を読む [M]. 東京：有志舍，2006：17.
[2] 野战师团总士兵数量大约为 13.7 万人。参见：原田敬一. シリーズ日本近現代史③：日清·日露戦争 [M]. 東京：岩波書店，2007：161.
[3] 大谷正. 兵士と軍夫の日清戦争——戦場からの手紙を読む [M]. 東京：有志舍，2006：18.
[4] 同上，第 25-26 页。
[5] 従軍者への禀告 [M]. 東北新聞，1894-10-14（1）// 大谷正. 兵士と軍夫の日清戦争——戦場からの手紙を読む [M]. 東京：有志舍，2006：76.

《东北新闻》实际上通过这一做法将从军士兵都变成了潜在的从军记者，而士兵们写给家人的"私信"被刊载之后也自然成为一种战争报道。报社不仅从经济上免除了从军者寄送家书的邮费，而且也为从军者展示自己的战争经历的欲望提供了平台。社告中虽然说投寄私信者可以选择匿名方式刊登，但就公开发表的私信而言，几乎所有的从军者都使用了真实姓名，而且他们在私信中不厌其烦地将自己的姓名、出生地、作战地点以及经过写下来公之于众。①与国木田通过战时通信将公共经验私信化不同，这里的从军士兵有一种强烈的意愿想要将私人体验公开化。但是战争报道私信化和战争私信报道化都在书写的层面将"公"与"私"之间的界限抹消了，写作者的战争体验既是一次私人的经历，也是可以与读者共同分享并对战争展开想象的媒介。"私"的空间被彻底地裹挟进"公"的空间当中。

我们尚没有任何证据表明国木田在奔赴战场之前直接或间接地读到了《东北新闻》发布的社告并受到启发写作了战时通信。国木田从东京启程奔赴战场是 1894 年 10 月 13 日，《东北新闻》发布社告是在 1894 年 10 月 14 日。因此国木田应当没有机会看到这则社告。国木田第一封以"爱弟"开头的书信，即《波涛》第一部分刊载于 1894 年 11 月 1 日的《国民新闻》，第二部分刊载于 11 月 11 日，第三部分刊载于 11 月 12 日。有意思的是，或许受到了《东北新闻》的启发，但更可能是由于国木田的"爱弟"通信引起了较大反响，《国民新闻》自 1894 年 11 月 12 日起也连续多日发布社告征集从军者的家书。第一次社告在报纸版面上的位置正好在《波涛》第三部分的下方：

《国民新闻》社告从军者

我《国民新闻》无论何时都欣然接收从军者之通信并公开揭载之。从军者若将一篇通信寄至我社并即刻揭载之，家人可读之，朋友可读之，乡人可读之，且一般国民亦可读之。我《国民新闻》立于从军者与家属之间，不辞为从军者与国民之通信机关，务请从军将校下士卒就卿等之遭

---

① 大谷正. 兵士と軍夫の日清戦争——戦場からの手紙を読む [M]. 東京：有志舎，2006：78.

遇首先于国民新闻之讲坛上讲述。①

与《东北新闻》的社告相比,《国民新闻》的社告中针对通信进行解释的成分更多。《国民新闻》由于不需要像《东北新闻》那样为获取战争讯息而征集家书,因此在募集家书的策略上拥有更大的发挥空间。通信不仅可以被"家人""朋友""乡人"读到,更重要的是"一般国民"可以读到。《国民新闻》社有意识地将自己界定为前线与后方的通信机关,"《国民新闻》之讲坛"实际上成为一个装置(《东北新闻》的社告也一样),这个装置不但生产战争报道,而且也促使从军者生产家书。据大谷正统计,仅《东北新闻》一社在甲午战争期间接收到并刊载出的私信就有一千余封②,这个数量实际上远超《国民新闻》社派遣的从军记者所写的战时通信。如此大量的战时通信与新闻记事所造成的结果是将战争变成了读者每日拿在手中阅读的实况转播,而不仅仅是停留在安德森所说的想象的层面。此外,我们还可以发现像《国民新闻》《日本》《报知新闻》等大报在战争时期也会被定期配送到战场上士兵的手中,这些报刊上刊登的书信或报道也往往反过来成为士兵写作家书的模板。丁贵连也发现,"士兵们在写作书信的时候常常会模仿他人写作的文章,或直接使用报纸或杂志上的词句"③。有关战争的知识生产已经在"战场—士兵—报纸—家人—国民"之间形成了一个制度性的回路。

德富芦花于甲午战后创作的畅销小说《不如归》清晰地映射了上述结构。身患结核病、奄奄一息的浪子极度挂念身在联合舰队的丈夫武男和身在辽东半岛的中将父亲,她只能待在家里"天天胆战心惊地看报,没有一天不祈祷父亲平安,武男武运长久"④。在日本舰队于1894年9月17日黄海大海战之后,"浪子在报纸上的负伤者名单中看到了武男的姓名。她彻夜不曾成寐"⑤。报纸上的每一条消息都牵动着后方读者的神经,报纸是在广泛的意义上连接起"我们"的物质体系。但是问题还不止于此,仔细阅读这部小说会发现,在小

---

① 従軍者に向て国民新聞を公開する社告 [N]. 国民新聞,1894-11-12(1).
② 大谷正. 兵士と軍夫の日清戦争——戦場からの手紙を読む [M]. 東京:有志舎,2006:3.
③ 丁貴連. もう一つの小民史——国木田独歩と日清戦争(下)[J]. 外国文学,2012(61):7-8.
④ 德富芦花. 不如归 [M]. 丰子恺,译. 上海:上海译文出版社,2010:188.
⑤ 同上。

说的上篇和中篇，叙述人始终作为一个冷静的旁观者讲述着主人公的命运以及他们之间的复杂纠葛。而在下篇一开头，当故事的时间进展至黄海大海战爆发前时，叙述的人称突然变为"我们"："<u>我们</u>的联合舰队已经完成了战前准备工作，从大同江口出发，向西北进行。<u>我们</u>要去寻找正护送运输船在鸭绿江口出现的<u>敌人</u>舰队，和<u>他们</u>一决雌雄。"① 小说的叙述方式完全转换为由不断重复着"我们"的叙述人所主导，主人公武男虽也频频出场，但叙述人和武男的主语毫无疑问都是"我们"，叙述人的视点和主人公的视点在下篇一开始就重叠起来。这个叙述人已经不再是，至少不单纯是小说上篇和中篇里那个冷静的、别人故事的旁观者。让我们再看一段黄海海战的场景描述：

> 这时候正是三点钟。定远的前部火势更加炽烈了，冒起了许多黄烟来，然而还不逃。镇远还保护着旗舰，两大铁舰像山一般巍然地向我军进攻。<u>我们</u>本队的五艘舰现在全速行驶在敌舰的周围，盘旋乱射，再盘旋乱射，射了好几回。炮弹像雨一般撒到这两艘舰上。……<u>我们</u>打中的炮弹大都在两舰的重甲上碰回，而在舰外爆裂。午后三点二十五分，<u>我们</u>的旗舰松岛正好和<u>敌人</u>的旗舰并列了。<u>我们</u>发出去的速射炮弹正打中<u>他们</u>的舰腹，碰了回来，徒然地在舰外像火花一般爆裂。②

德富芦花当然没有目睹黄海海战的场景，但作为德富苏峰的弟弟、国木田的好友，甲午战争期间他也供职于东京《国民新闻》报社，报纸上的报道，特别是国木田的"爱弟"通信中有关战争场面的描写应当也或多或少为德富的小说写作提供了素材。上面这段引文中，第一人称"我们"、战舰的移动、炮弹的发射、炮烟等描写也的确与国木田威海卫海战的描写有几分相似之处。但重要的不仅仅是这种描写本身，而是德富芦花在描写到甲午战争时以一种自觉或不自觉的方式建立起的"我们"与"他们"之间的相对关系。在这个关系中，作为一场"国民"战争的甲午战争呼唤出的无数个"我们"通过有关战争的话语实现了共振。

---

① 德富芦花. 不如归[M]. 丰子恺，译. 上海：上海译文出版社，2010：153. 下划线为笔者所加.

② 同上，第164－165页. 下划线为笔者所加.

《不如归》的畅销程度证明了这一点。该小说最初于 1898 年 11 月 29 日至 1899 年 5 月 24 日连载在《国民新闻》上，1900 年 1 月合订为单行本出版。据统计，不包括《国民新闻》，仅《不如归》的单行本第一版就发行了 2000 册，很快销售一空，当年加印至第八次，共销售 9000 册。之后到 1909 年已经印至第 100 次，至 1927 年 9 月德富芦花去世时，总共发行了 190 版次，销售逾 50 万册[①]。另外，根据唐纳德·基恩（Donald Keene）的考察，《不如归》的影响还不止于日本国内。这本小说在日俄战争之后被翻译成了 7 种欧洲语言，其中英语译本最早出现在日俄战争刚刚结束的 1905 年。[②] 日本小说在欧美的流行是以日本在经历甲午战争与日俄战争后逐渐引起欧美各国的注意，进入了欧美人的视线为前提的，换句话说，这也暗示着日本得到了某种来自西方的承认。

2.4
交错的视线：
在"欧洲人"与"中国人"之间

2.4.1 "他者"的多元化

"我们"的出现并非一个自为的过程。"我们"只有以"他们"为前提才能真正成立。"我们"在"我们—他们"的参照系中才能成为"我们"。借用于治中的话来说，"'他者'是主体构成的内在条件，而主体也在认识他自身

---

① 郭勇."畅销书"的策略：透视《不如归》的帝国主义话语 [J]. 日本教育与日本学，2012（2）：93.

② Donald Keene. Dawn to the West：Japanese Literature of the Modern Era [M]. New York：H. Holt, 1984：228.

的欲望与被'他者'承认的欲望之间寻求定位"①。毫无疑问，国木田的战时通信中也存在多处对他者的描写。在对先行研究的梳理中，我们已经看到国木田在战时通信中描写战死的清军士兵、清朝农民时显露出的些许同情，芦谷信和、丁贵连等几位研究者也围绕这些文字片段充分地阐释了国木田的"人道主义"②。但我们也应当看到，战时通信中出现的他者并非只有作为"敌人"的清军士兵或"中国人"。我们仔细阅读战时通信会发现研究者们尚未注意到的是，国木田记录下了每一次目睹欧美各国军舰和外国军人时的情形。虽然每次记录的文字不多，但这种持续的关注也在提示着我们文本中另一个"他者"的存在。因此问题是，我们应当怎样理解这种复数"他者"的存在？

在日本海军侵占大连湾后，我们可以从国木田的通信中看到欧美各国的战舰反复出现："英舰一艘、德军舰一艘始终泊于海面观战"③；《舰上的天长节》中："薄暮，英国军舰两艘来"④；《大连湾占领后之海事通信》中："数日前，德军舰来，今日俄国军舰又来"⑤；《海上杂信》中："法国军舰一艘昨日于大连湾和尚岛附近抛锚，参观炮台。英国军舰一艘昨日来。俄国军舰一艘来。德国军舰一艘来"⑥。类似的记录还有很多，由此也可见欧美各国关注甲午战事的密切程度。而且这种关心所映射的是欧美各国对自身在东亚的利益的关切，因为这场战争不仅会改变东亚的政治格局，更会改变各方对东亚（特别是对中国）的利益瓜分模式。早在国木田记录下这些军舰来访的前一个月，英国政府已经同清政府沟通与日本议和，并于1894年10月6日呼吁德、法、意、美各国，以保障朝鲜独立、清朝向日本赔偿为两大条件对日本进行联合干

---

① 于治中. 意识形态的幽灵 [M]. 台北：行人文化实验室，2013：272.
② 芦谷信和. 国木田独步の見た中国——愛弟通信 [M]//芦谷信和，上田博，木村一信. 作家のアジア体験——近代に日本文学の陰画. 東京：世界思想社，1992：23-41；丁貴連. もう一つの小民史——国木田独步と日清戦争（上）[J]. 外国文学，2011（60）：1-17.
③ 大連湾進撃 [M]. 国民新聞，1894-11-18//定本国木田独步全集：第五巻. 東京：学習研究社，1978：44.
④ 艦上の天長節 [M]. 国民新聞，1894-11-19//定本国木田独步全集：第五巻. 東京：学習研究社，1978：52.
⑤ 大連湾占領後の海事通信 [M]. 国民新聞，1894-11-21//定本国木田独步全集：第五巻. 東京：学習研究社，1978：59.
⑥ 海上雑信 [M]. 国民新聞，1894-11-21//定本国木田独步全集：第五巻，東京：学習研究社，1978：62.

涉,10月8日英国驻日本公使特伦奇(Le Poer Trench)访问日本外务大臣陆奥宗光时提出议和谈判。① 10月10日英国驻华公使欧格讷(Nicholas R. O'Coner)至天津会晤李鸿章商讨议和,而此时李鸿章亦正联络俄国公使喀西尼(Arthur Cassini)并邀其出面干涉议和。② 众所周知,这次议和最终遭到了日本的拒绝,无果而终,战争继续。

1894年11月21日日军侵占旅顺后,"美国军舰一艘、法国军舰一艘、英国东洋舰队八艘来访"③,国木田此时也不无激动地以《勇敢的日本人》为小标题记录下了这次来访时外国军官对日本军队的评价:"此东洋屈指之坚固军港如何能为我军所陷?外国军人及新闻记者只言:勇敢的日本人!勇敢的日本人!"④ "外国人惊叹!惊叹!只曰:Brave Japanese,Brave Japanese。"⑤ 而在随军舰于1895年1月14日返回长崎港进行物资补给时,国木田发现"向来不对我水兵敬礼的外国水兵,此次在街头相遇时恭敬地行礼了"⑥。从这些文字中,我们看到国木田在通过"外国人"的评价反复确认作为"外国人"的他者的日本人,而这种基于他者评价的自我认同又是以甲午战争中日本军队在战场上的胜利为前提的。在五年后回顾甲午战争带来的影响时,评论家田冈岭云下面的这句话或许更能准确地表达当时日本想要得到"他者"承认的欲望:"即便假设我们没有得到台湾或者赔款,这场战争也使我们得到了世界的承认,与此同时,也打开了我们那些有着封闭思维的国民的眼界,并让他们变得具有世界性。"⑦ 毫无疑问,田冈岭云在这里所说的"世界"是指以欧美列强为主导的世界。

此外,正如芦谷信和与丁贵连所指出的,国木田在战时通信与《不欺记》

---

① 堀口修.《日清媾和条約》及び《日清通商航海条約》について——条文の背後にあるものを求め [M]//東アジア近代史学会. 日清戦争と東アジア世界の変容:下巻. 東京:ゆまに書房,1997:178.
② 王芸生. 六十年来中国与日本:第二卷 [M]. 北京:生活・读书・新知三联书店,1980:124.
③ 旅順陥落後の我艦隊 [M]. 国民新聞,1894-12-7//定本国木田独步全集:第五卷. 東京:学習研究社,1978:62.
④ 同上.
⑤ 同上,第63页.
⑥ 千代田艦の偵察 [M]. 国民新聞,1895-1-24//定本国木田独步全集:第五卷. 東京:学習研究社,1978:100.
⑦ Urs Matthias Zachmann. China and Japan in the Late Meiji Period:China Policy and the Japanese Discourse on National Identity,1895-1904 [M]. London and New York:Routledge,2009:42.

中确实有对清朝士兵与农民表达同情的文字，但同时我们也应当看到在描写跟随浅野少尉登陆金州半岛时与当地农民的对话时，国木田不自然流露出的趾高气扬："这种来自战场士兵或军夫的中国观（通过媒体）又被共享到日本国内的民众中间。"① 由此可见，国木田很显然也没有自外于同时代的氛围。但问题的关键不在如何称呼中国人，而在于将上述不同的视线投向西方人与中国人这两个他者的主体。

虽然甲午战争以前日本对中国的认识有其内在的复杂性②，但事实上在福泽谕吉于1885年3月16日发表《脱亚论》之后，至甲午战争时下述逻辑在舆论界应当说已经逐渐成为相对普遍的认识：

> 为今日计，我国不可有期待邻国之开明以共同振兴亚洲之犹豫，毋宁摆脱他们不与其为伍，而与西洋之文明共进退……亲近恶友者也一样不可免除恶名。因此，我乃为在心里谢绝亚细亚东方之恶友者也。③

福泽作为西方近代启蒙思想的日本代表，一方面以最为"文明"的西方为楷模在明治维新后努力塑造新日本，另一方面又基于文明等级论的逻辑在话语上给中国、朝鲜贴上"恶友"的标签，并从心理上谢绝"儒教主义""仁义礼智"。所谓"脱亚"，就是为了脱离中国和朝鲜半岛，而脱离中国和朝鲜半岛却是为了脱离儒教。④ 换言之，福泽谕吉事实上是在通过其"脱亚入欧"的论述来重构东亚的国家与国家、地区与地区之间的政治秩序。而至甲午战争为止，明治政府在"尊王攘夷"的口号下进行的"条约改正"实际上在逐步实现这个重构的过程。1858年江户幕府被迫分别同美国、俄国、荷兰、英国、法国缔结通商条约，即所谓《安政五国条约》。明治政府成立后将改订这一系

---

① 檜山幸夫. 近代日本の形成と日清戦争——戦争の社会史 [M]. 東京：雄山閣，2001：361. 括号内为笔者所加。
② 例如松本三之介将日本在甲午战争以前的中国观概括为"来自文明开化视点的蔑视观""作为传统文化大国的敬畏之心""来自军事视点的威胁论"。参见：松本三之介. 近代日本の中国認識——徳川期儒学から東亜共同体まで [M]. 東京：以文社，2011：124.
③ 福泽谕吉. 脱亚论 [M]. 时事新报，1885-3-16//刘岳兵. 近代以来日本的中国观：第三卷（1840—1895）. 南京：江苏人民出版社，2012：280.
④ 韩东育. 从"脱儒"到"脱亚"——日本近世以来"去中心化"之思想过程 [M]. 台北：台湾大学出版中心，2009：386-387.

列不平等条约作为一个政治课题,至甲午战争期间仍然在与欧美各国进行外交谈判。外交谈判的进程与甲午战争的进展同时进行,因此日本在战争中的节节胜利对谈判也产生了影响。1894 年 8 月 25 日,《日英通商航海条约》签订,紧接着 11 月 22 日,《日美通商航海条约》制定,但直至战争结束后,即 1895 年 3 月 24 日才正式公布。

《日美通商航海条约》的推迟公布受到了日军在 1894 年 11 月 21 日侵占旅顺后屠杀俘虏和平民事件的影响。① 最早将这一事件公开报道的是来自《纽约世界报》（New York World）报社的从军记者詹姆斯·克里曼（James Creelman）和《泰晤士报》（The Times）报社的战场特派员托马斯·寇恩（Thomas Cohen）。② 詹姆斯·克里曼在事件发生后的 1894 年 11 月 28 日第一次发出了报道,12 月 20 日以"至少两千手无寸铁的人被日本兵屠杀""大山将军等指挥官默许虐杀"③ 为标题再次报道。这些报道不仅在欧美各国媒体引起了极大反响,而且影响了此时正在审议《日美通商航海条约》的美国参议院,12 月 15 日美国驻日公使至日本外务省表示了抗议。日本政府因此开始担忧,迅速展开外交斡旋,于 12 月 28 日向日本驻外国公使发送《辨明书》,指出上述报道为"误报","受降三五五人之清兵既未被杀害也未被虐待"④,遂在外国媒体界展开舆论外交,最终平息此事。

---

① 有关旅顺大屠杀事件中伤亡人数,史学界的统计向来众说纷纭。王芸生在《六十年来中国与日本》（北京:生活·读书·新知三联书店,1980:139）第二卷中所引资料显示为"凡两万余人"。秦郁彦在《旅顺虐杀事件》一文中统计各方资料后显示,日本陆军省《明治二十七八年戦役統計》显示伤亡人数为零,有贺长雄《日清戦役国際法論》（1896）统计军人死亡 1500 人、平民死亡 500 人,英国《泰晤士报》（1894 - 11 - 28）统计军人死亡 2000 人、平民死亡 200 人,戚其章《中日甲午战争史》（1990）统计军人死亡 2000～2500 人、平民死亡 20 000 人,易显石《日本的大陆政策与中国东北》（1989）统计军人死亡 2 500～4 500 人、平民死亡 20 000 人（参见:東アジア近代史学会. 日清戦争と東アジア世界の変容:下巻 [M]. 東京:ゆまに書房,1997:292）。虽然日本陆军省刻意隐瞒,但不管伤亡数字几何,旅顺大屠杀事件已然作为一个确切的历史事件在当时首先被报道甲午战争的外国从军记者公开报道,并被视作日本违反国际法的一个例证。
② 据大谷正统计,甲午战争期间美国的《纽约先驱报》（The New York Herald）、《纽约时报》（The New York Times）,英国的《泰晤士报》（The Times）、杂志《黑与白》（Black and White）,法国的《费加罗报》（Figaro）,德国的《法兰克福报》（Frankfurter Zeitung）等四个国家的报社、杂志社的 14 名外国记者在甲午战场参与了报道工作。参见:大谷正. 日清戦争と従軍記者 [M]//東アジア近代史学会. 日清戦争と東アジア世界の変容:下巻. 東京:ゆまに書房,1997:362.
③ 秦郁彦. 旅順虐殺事件 [M]//東アジア近代史学会. 日清戦争と東アジア世界の変容:下巻. 東京:ゆまに書房,1997:290.
④ 同上,第 290 - 291 页。

由此可见，外国媒体对于日本的报道不仅关系到"主体认识他自身的欲望"与"被他者承认的欲望"，更关系到非常现实而具体的政治利益。因为在甲午战争中不断取胜，日本与欧美各国的"条约改正"也不断取得进展。继与英国、美国的谈判取得成功后，日本先后于 1894 年 12 月 1 日同意大利、1895 年 3 月 20 日同秘鲁、1895 年 4 月 4 日同德国、1895 年 6 月 8 日同俄国、1896 年 5 月 2 日同瑞典、1896 年 6 月 22 日同比利时、1896 年 9 月 8 日同荷兰、1896 年 11 月 10 日同瑞士、1897 年 1 月 2 日同西班牙、1897 年 1 月 26 日同葡萄牙等国家分别签署了通商航海条约，可以说阶段性地实现了福泽谕吉所谓的"与西洋之文明共进退"的策略。条约改正的过程，即一方面在从属于欧美各国的同时努力改正原先签订的不平等条约，另一方面实际上是在将以《万国公法》为中心确立起的欧美列强的外交逻辑内面化，小森阳一将这个过程称为"自我殖民化"[1]。

　　而与此同时，针对亚洲的邻国则要以"西洋人对待他们的方式来处理"，这一点在福泽谕吉的弟子竹越与三郎[2]的著作中体现得最为明显：竹越与三郎一方面设置一个假想敌中国，另一方面又以假想出来的"中国威胁论"为由将日本的对外扩张正当化。与此相类似的是，德富苏峰在四个月后，即在日本侵占旅顺后出版的《大日本膨胀论》中对日本对外扩张论的阐述更为彻底："吾国民对外膨胀之时，勿忘大敌非为白皙人种，而为中国人"[3]，因此"吾人不可不自觉，吾人不仅为建设膨胀的日本而战，亦为建设膨胀的日本之自信力而战"[4]，"三百年来收缩的日本一跃成为膨胀的日本，机遇便在此一刹那。"[5]为了避免受到被假想出来的"大敌"威胁，选择了西洋新文明的"大日本"必须要对旧文明之代表的中国发动战争，并"根据西洋人对待他们的方式来处理"，并以此建立起"大日本"的"自信力"。这种今天看来有些近乎荒诞的逻辑放在 19 世纪末以《万国公法》为主导的国际秩序下实际上非常符合逻

---

[1] 小森陽一. ポストコロニアル [M]. 東京：岩波書店，2001：8.
[2] 竹越与三郎（1865—1950）于 1881 年 9 月 1 日正式进入福泽谕吉创办的庆应义塾学习，1884 年进入福泽谕吉的时事新报社工作，1890 年又成为德富苏峰的《国民新闻》社的记者。参见：丸山信. 福沢諭吉門下 [M]. 東京：日外アソシエーツ株式会社，1995：113.
[3] 徳富蘇峰. 大日本膨脹論 [M]. 東京：民友社，1894：16.
[4] 同上，第 46 页.
[5] 同上，第 50 页.

辑。在若干年后回忆起写作这部著作的动因时，德富苏峰仍然为自己辩解道："余之意见自和平主义进化为帝国主义是较为显著的事实。然此之进化与（第一）日本于甲午战争前后之位置大变、（第二）世界大势逐渐倾向帝国主义这两大事实密切相关。余遂于明治二十七年末及早著《大日本膨胀论》，以提倡帝国主义。"[1]

不得不说，德富对于时势的把握是极为"准确的"。正如列宁在《帝国主义是资本主义的最高阶段（通俗的论述）》中所描述的："在最近15至20年中，特别是在美西战争（1898）和英布战争（1899—1902）之后，新旧两大陆出版的经济学著作以及政治学著作，愈来愈多地用'帝国主义'这个概念来说明我们所处时代的特征了。"[2] 众所周知，甲午战争以后的1897年发生了德国强占胶州湾事件、1898年美国与西班牙为争夺殖民地菲律宾爆发了美西战争、1899年英国与布尔人（阿非利卡人）为争夺殖民地南非爆发了第二次布尔战争，历史进入了列强在世界范围内对殖民地进行争夺、瓜分乃至再瓜分的帝国主义时代。与此同时，有关"帝国主义"的论述（政治的、经济的、文化的）也开始出现。如1899年约翰·罗伯特森的《爱国主义与帝国》(*Patriotism and Empire*)[3]、1902年约翰·霍布森的《帝国主义》(*Imperialism: A Study*)[4]、1910年希法亭《金融资本：资本主义最新发展的研究》（*Das Finanzkapital: Eine Studie über die jüngste Entwicklung des Kapitalismus*)[5]。正是在这种全球语境中，幸德秋水于约翰·罗伯特森写作《爱国主义与帝国》两年后以其为底本出版了《二十世纪之怪物帝国主义》[6] 一书，并且从日本的语境出发在政治、经济以及伦理的意义上展开了对帝国主义的批判工作。与此同

---

[1] 德富蘇峰. 蘇峰文選 [M]. 東京：民友社，1915：514.
[2] 中共中央马克思恩格斯列宁斯大林著作编译局. 列宁选集：第二卷 [M]. 北京：人民出版社，2012：583.
[3] John M. Robertson. Patriotism and Empire [M]. London: Grant Richards, 1899.
[4] J. A. Hobson. Imperialism: A Study. New York: James Pott & Company, 1902. 中译本参见：约·阿·霍布森. 帝国主义 [M]. 纪明，译. 上海：上海人民出版社，1960.
[5] Rudolf Hilferding. Das Finanzkapital: Eine Studie über die jüngste Entwicklung des Kapitalismus [M]. Wien: Verlag der Wiener Volksbuchhandlung Ignaz Brand & Co., 1910. 中译本参见：希法亭. 金融资本：资本主义最新发展的研究 [M]. 福民，译. 北京：商务印书馆，1994.
[6] 幸徳秋水. 帝国主義 [M]. 東京：警醒社，1901. 中译本参见：幸德秋水. 二十世纪之怪物帝国主义 [M]. 赵必振，译. 上海：广智书局，1902；幸德秋水. 帝国主义 [M]. 赵必振，译. 上海：国耻宣传部，1925.

时，霍布森的《帝国主义》与希法亭的《金融资本：资本主义最新发展的研究》后来则成为列宁于1916年上半年写作《帝国主义是资本主义的最高阶段（通俗的论述）》时的主要参考书。

2.4.2 "同情"的逻辑

诚如韩东育所言，福泽谕吉的"大日本主义"问题意识"是产生于前近代东亚国际关系延长线上的老问题"，基于这一问题衍生出的政治、经济、军事、文明等各方面的问题影响着"华夷秩序"①。但是我们也应当看到甲午战争作为一个转折性事件为这个漫长的问题意识打上了一个结点。正是通过这一事件，同时代的官方与非官方的论者将传统的"华—夷"秩序放在"西洋—华—夷"的参照系中对自身进行了复式的重构与再造。福泽谕吉、竹越与三郎、德富苏峰等人以媒体人或政论家的身份在这一过程中扮演了急先锋的角色。而作为德富苏峰和竹越与三郎的同事与友人，如前所述，国木田独步也未能自外于同时代的氛围，但他在战时通信和战时日记中的对外言论又表述得相对比较克制，并无与前述相类似的赤裸裸的扩张言论。但也正因此，他的写作显示出相对复杂的一面。

旅顺屠杀事件在国木田的心里也留下了痕迹。在侵占旅顺当天即1894年11月21日的日记中，国木田虽未明言屠杀事件，但记录下了登陆旅顺馒头山后看到尸体时受到的冲击："第一次见到了中国士兵的死尸。那个印象现在仍然历历在目。亲眼看见'战死者'使我对'战'字的真面目有了直感。"② 与同时代人不同的是，国木田在此将视线投向了战死者，这一点也是芦谷信和、丁贵连等研究者对他的称赞之处。至日军侵占旅顺时，身在千代田号巡洋舰上的国木田在战时通信中一直对战争充满了期待："呜呼战争在何处？"③ "日渐西斜，夕阳愈发地鲜亮，海面也因夕阳的鲜亮而更加地寂静。为何吾等之战争

---

① 韩东育. 从"脱儒"到"脱亚"——日本近世以来"去中心化"之思想过程 [M]. 台北：台湾大学出版中心，2009：384.

② 国木田独步. 欺かざるの记：後篇 [M]. 1894 - 11 - 21//定本国木田独步全集：第七卷. 東京：学習研究社，1978：255.

③ 波涛 [M]. 国民新闻，1894 - 11 - 11//定本国木田独步全集：第五卷. 東京：学習研究社，1978：19.

如此优美？这还是我们原本的战争吗？"① 类似这种对战争的期待与内心的冲动在战时通信中反复地出现。但当战死者出现在眼前的时候，战争的残酷性无疑也通过视觉直观地传达给国木田，使其对"战"字有了直观的感受。作为写作者，能够在当时的语境下意识到这一点的确难能可贵。身处前线的国木田与身处后方的德富苏峰、竹越与三郎相比，对战争有不同的感受。国木田的另一段描写更加值得关注：

　　满船悉数为中国人，中有欧洲人立于船尾平然四顾。余若换作可怜之中国人，不由想将彼等打杀之。彼等为欧洲人之耻辱、为"诈骗"中国者，以战血肥其饥肠之鬼畜。②

　　这是日本海军在威海卫大海战中获胜后，国木田站在千代田号军舰上目睹押解清军俘虏的场景。因为国木田描写了"可怜之中国人"，并且表现出了对"欧洲人"的极大的愤慨之心，这段文字几乎被所有研究战时通信的学者引用来说明国木田的"人道主义"与"同情心"。如本章开篇所述，竹内好早在20世纪50年代就注意到这段文字并将其解释为："与其说是战胜国国民的喜悦和对战败的中国人的同情，不如说是通过对欧洲的敌忾心清晰地表达了同为东洋人的亲爱之感。这里的民族主义的心情是素朴的、单纯的。日本与中国若能在民族主义上结合起来，这便是唯一的时刻。"③ 的确，国木田既表现出了战胜国国民的喜悦又有对战败中国人的同情，但是否真正地表达了"同为东洋人的亲爱之感"是值得怀疑的。换句话说，如果没有日本在朝鲜半岛、在黄海大海战、在旅顺大连、在威海卫大海战中的不断胜利为前提，"喜悦"与"同情"还能否存在？因此上面这段文字还可以有另一种解读方式。在看似对"欧洲人"充满愤慨之情的文字下，其叙述的前提却是"换作可怜之中国人"。也即是说，"余"只是在将自己假定为"中国人"的前提下，才能有打杀"欧

---

① 大連湾進擊 [M]. 国民新聞，1894-11-18//定本国木田独步全集：第五卷. 東京：学習研究社，1978：41.
② 威海衛大攻擊　北洋艦隊全滅！[M]. 国民新聞，1895-2-26//定本国木田独步全集：第五卷. 東京：学習研究社，1978：146.
③ 竹内好. 竹内好評論集第三卷：日本とアジア [M]. 東京：筑摩書房，1993：108.

洲人"的冲动，因为是"欧洲人""诈骗"了中国，并且以"战血"谋其利益。经过这个巧妙的叙述上的置换之后，"可怜的中国人"之所以"可怜"的原因就完全被归咎于与"鬼畜同类"的"欧洲人"。那么作为战胜国国民的"余"在哪里？先前还对战争充满期待并做了精彩描写的"余"在这里成了一个充满同情心的旁观者，宛如这场战争与自己无关。因此这段文字中，并不存在一个能够真正对战争提出批判的"余"的主体，因为在这之前作为战争主体的"余"在战争结束之时已经静悄悄地退出了这场战争。上述自觉或不自觉中表现出来的"同情"的逻辑是以这种来自旁观者的距离感为前提的。这一点恰恰是历来为论者忽略的地方。

我们无意否定竹内好试图在一个积极的意义上从日本近代历史中发掘良性民族主义或亚洲主义传统的努力，但我们也要看到甲午战争为近代日本亚细亚主义带来了一次"质变"①。国木田虽然没有明确地发表出这一言论，但也没有任何反对。因此紧接着前文那段引文之后，国木田的写作很自然地过渡到了对天皇的祝贺："黑夜与大雨同来，俘虏船则伴着黑夜离去……此日午后一时，帝国军舰各舰全员连呼'奏拜'，遥祝天皇陛下万岁。数行热泪垂于面颊者岂止余一人？"②"同情"与战争并不矛盾，战胜是"同情"的前提。

---

① 王屏. 近代日本的亚细亚主义 [M]. 北京：商务印书馆，2004：11.
② 威海衛大攻擊　北洋艦隊全滅！[M].《国民新聞》, 1895－2－26//定本国木田独步全集：第五卷．東京：学習研究社，1978：146.

2.5 政治的道德与道德的政治：
被压抑的内面及其回归

2.5.1 关于"两重性"

如前文所述，丁贵连将国木田在战时通信中的描写概括为"既没有敌我之别，也没有文明与非文明之比较"①。通过上文的梳理与辨析可以看出，类似的观点显然失之偏颇。此类解读斩断了国木田的战时通信与同时代各种历史条件之间的关联与互动，将国木田置于整个制度的对立面，忽略了国木田本人其实也是制度的一部分这一事实，从而将他的写作简化为一个单一的、理想化的文本。这是第二次世界大战结束后日本国内"战争与和平"这一二元论叙述在当代的延伸，不管是支持战争还是反对战争（和平），都是将战争本身视作一个一成不变的实体，将战争与个人置于同一或反对的二元关系中，忽略了个人心理与意识在面对各种不同因素时呈现出的连续、跳跃乃至断裂的状态。因此，如果仅仅将国木田还原为一个战争的鼓吹者或反对者，又会落入先行研究对战时通信的评价惯性中，从而忽略竹内好以降的研究者所试图在国木田那里把握的价值。

笔者在本章第二节中已经指出，战时通信的文体复杂多变。因为是随着甲午战况的进展以连载的方式来写作的，国木田在最初并没有一个完整的构思，所以写作过程中个人内心的起伏波动也会更容易地反映到写作上。在与战时通

---

① 丁貴連. もう一つの小民史——国木田独歩と日清戦争（上）[J]. 外国文学, 2011（60）: 13.

信平行写作的战时日记中，国木田同样是以第一人称写作。除上文已经引用过的他第一次见到战死者时的段落之外，我们还可以看到在 1895 年 10 月 25 日随军队第一次登陆花园口的日记中，国木田以一种十分懊悔的语气写道："登陆后至民家。土民悉数逃亡，不见踪影。为戏谑，掠猪一头、家鸭两羽及妇人用鞋一双归舰……吾此刻为带回妇人用鞋而懊悔不已。吾有何权力掠夺此民之家庭悦乐之物？其余人等虽如吾怀有对天下之民一视同仁之信仰，但即便出自戏谑之心，也毫无反省地加害于他们。吾实在后悔而不能止也。"① 这段文字也是历来讨论的焦点，因为国木田明确地表达了抢掠财物后反省的态度，论者如芦谷信和等也据此追认国木田的"人道主义"②。

与这则日记形成鲜明对照的是，国木田在这段经历的同时也写下了这样的通信："爱弟，爱弟！痛快痛快！吾实不得不为吾帝国三呼万岁，不得不为中国四百余州题一篇悼词。"③ 针对这两段文字，论者往往只就前者展开讨论，并据以否定国木田战时通信中的表现。换言之，前述论者是在以日记中的国木田来否定战时通信中的国木田，那么国木田岂不是自相矛盾了吗？与此相对，国木田的传记作者之一平冈敏夫的评价是，国木田在战时日记中写下了无法在战时通信中公开发表的个人感受，在这种两重性中，他的反省与个人感受恰恰使得公开的、表面的《爱弟通信》的文章更具魅力④。与丁贵连和芦谷信和相比，平冈有意识地将日记与战时通信并置在一起解读，但他又折中地将两个文本间的差异性总结为"两重性"。我们应当怎样来理解这种作为无解决之解决的"两重性"？

如前文所述，国木田自遥远的乡村回到东京，继而加入《国民新闻》社，后又作为从军记者奔赴战场。这一系列的过程如果没有以对国民国家的强烈认同为前提是不可能完成的，而国木田写作战时通信的行为本身实际上也在创制有关国民国家的知识。换言之，在遥远的大分县鹤谷学馆担任乡村教师、每天在林间散步且时而阅读华兹华斯歌颂自然的诗歌的国木田，在回到东京后迅速

---

① 国木田独步. 欺かざるの記：後篇 [M]//定本国木田独步全集：第七卷. 東京：学習研究社，1978：242.
② 芦谷信和. 国木田独步の文学圈 [M]//東京：双文出版社，2008：29.
③ 波涛 [M]. 国民新聞，1894 - 11 - 11//定本国木田独步全集：第五卷. 東京：学習研究社，1978：24.
④ 平岡敏夫. 短篇作家国木田独步 [M]. 東京：新典社，1983：96.

地与政治状况产生了共振，即政治化了。"大日本帝国""国民""《国民新闻》社""从军记者""中国""欧洲人""爱弟"等言说性的装置在短时间内通过媒体迅速地将每一个人裹挟进来，个人也对其做出了积极的回应。而当这样一个个人在亲眼看见了基于上述装置而发动的战争所造成的死者与抢掠民财的事实时，被这个装置所压抑的人的伦理思考的本能被唤醒，是对自身处境的本能的自然贴近。要知道，甲午战争在日本国内舆论宣传中被扭曲为"文明"对"野蛮"的"义战"，而讽刺的是作为"文明"的日本帝国国民却做出了烧杀抢掠的行为。因此，与其说是"两重性"，毋宁说是这种被唤醒的基于伦理的本能造成了上述政治化的言说装置的短暂失效，那些内心短暂停滞的瞬间揭示了战争的所谓的"正当性"与战争行为所产生的负面后果之间的矛盾。换言之，在国木田那里，战时通信的写作或对战争的叙事仍然在继续，而日记中出现了将战争行为相对化的契机，即出现了另一个自省的"我"，是国木田在目睹死者时内心世界出现的一道细小的裂痕。但是，这道裂痕终究又是细小的。这种自省没有构成对这场战争的有效批判或发展成为国木田自身的政治觉醒，更不会构成对其自身的日本帝国国民身份的质疑。虽然在 1894 年 12 月 4 日和 1895 年 1 月 15 日的日记中，我们可以看到国木田与战舰上的军官发生了口角与冲突，但是他对军人的批判也仅仅停留在个人修养层面①，更多的是一种情绪化的表达，并没有将其视为国家与战时制度的一部分加以分析。因此，与当代论者将国木田对军人的批判解读为对日本帝国的批判相反，国木田对军人的批判毋宁说是一种"恨铁不成钢"，他所批判的是眼前的军人与他理想中的日本帝国军人相距甚远。这也可以解释为什么，国木田在 1895 年 12 月 4 日的日记中记下与海军大尉发生冲突后，从第十二封信《舰中的闲日月》开始"爱弟"这一称呼消失，而从第十五封信《海上的忘年会》开始变成了"候"（そうろう）文体，语气明显变得严肃。自日军 11 月 21 日侵占大连湾后，军舰停泊在大连湾内待命的时间长达一个多月。由于尚无战事，国木田在此期间写就的几封书信如《舰中的闲日月》《舰上近事》《大连湾杂信》《海上的忘年会》等，都将视线转向了军舰内部琐碎的日常生活。士官们饮酒谈天的场

---

① 如国木田在日记中批判山路少尉"浅薄""愚钝""傲慢"。参见：国木田独步. 欺かざるの記：後篇 [M] // 定本国木田独步全集：第七卷. 東京：学習研究社，1978：265 – 266.

景、舰内卧室的构造布局、舰艇停泊处四周的风景、宴会的场景等都成了通信的素材。描写者的视点似乎更多地是以一个旁观者的姿态、平铺直叙地报道所见之处。国木田的写作明显受到内心状态变化的影响。与军官和士兵之间发生的冲突或多或少改变了国木田在观察、描写他们以及自己对军舰生活的态度，在 12 月 9 日的《舰上近事》中甚至出现了"无聊"① 这样的字眼。人际关系的恶化很明显影响了国木田写作的状态。但是，当威海卫大海战到来时，国木田在第十八封信《威海卫舰队攻击详报》中又将文句句末恢复为"なり""たり"，掩饰不住内心的激动，再次用文学化的写作（即本章第二节所引用的战斗场面）描写军人的勇武了。

无论是对军人的批判，还是对抢掠民财的反省，最终只能是一个个闪现的瞬间被压抑为内面，并不构成对国家与政治制度本身的批判或质疑，因为"国家""制度""战争"本身都没有成为国木田讨论的对象。这些被压抑的瞬间与其说是对国家权力的批判，倒不如说是国家权力和制度的产物。正如柄谷行人在 20 世纪 70 年代末所指出的："今天的文学史家称赞明治时代文学家的勇敢斗争是为了'现代自我的确立'时，实际上这只能是对渗透于我们之中的意识形态的追认而已。例如，把自我、内面的诚实对立于国家、政治的权利的这种思考，则忽视了'内面'亦是为专制权力的一面。追随国家者与追随'内面'者只是相互补充的两个方面而已。"② 此时的国木田既是一个追随国家者又是一个追随"内面"者。他 1894 年 9 月 13 日的日记再好不过地表达了这种内心状态：

今朝，于宫城前奉送天皇亲征。帝者之壮！吾钦羡拿破仑。呜呼帝王！帝王！钦羡此之吾亦钦羡山林之生活。吾有不思议之心。③

9 月 13 日正好是国木田与德富苏峰会面并确定加入《国民新闻》社的第

---

① 国木田哲夫. 艦上近事［M］. 国民新聞，1894 - 12 - 21//定本国木田独步全集：第五卷. 東京：学習研究社，1978：89.

② 柄谷行人. 日本现代文学的起源［M］. 赵京华，译. 2 版. 北京：生活·读书·新知三联书店，2006：89.

③ 国木田独步. 欺かざるの記：後篇［M］//定本国木田独步全集：第七卷. 東京：学習研究社，1978：213.

二天。在亲眼看见明治天皇启程奔赴广岛大本营坐镇指挥战争的场面时，"我"不仅作为一个天皇的臣民到宫城前"奉送"，而且将其想象为拿破仑式的帝王。同时，"我"对此前的乡村生活又有不舍之念，但这种不舍实际上也是一种告别。战争的到来无疑为个人生活造成了一次断裂，个人被编织到无处不在的战时制度之中，而原本作为日常生活的"山林之生活"只能被暂时压抑成为一种内面。但是两者又并不构成矛盾，相反国木田自己在10月12日的日记中为这种"不思议"的状态做出了解释："吾为何乘军舰突入于生死之间？曰为使吾于自然之中更生。易言之，愈成为真诚自然之子也。进言之，为使吾之灵性有一阶段之进步也。"① 在这里，国木田将战争视为自我精神提升的一个过程，是"更生"（进化）为"真诚自然之子"的手段。因此对这个极具主观性的主体而言，突入战争与生死既是主动介入"外面"的行为，同时也是"内面"生成的外在条件。也正因此，国木田对旅顺大屠杀后目睹的死者的描写，与其说是对战争残酷性的批判，不如说是之于"内面"的风景。我们可以看到，国木田在1894年11月26日的战时通信中再次描写死者时，将其放到日本古代的"军记物语、历史、小说、诗歌"乃至"读之如诗歌、想象之如绘卷中的源平氏的战斗"（如《平家物语》）的系谱上加以理解，因此对暴露在眼前的死者的描写是在这一谱系上构成了对"人间真面目"② 的追认，是用眼前的现实来确认古来文字叙述中的战争场景，而非将眼前的战死者作为现实的政治状况所导致的结果进行反思，因此实际上也就构成了对战争残酷性的默认。这种默认实际上恰恰是国木田在以日本国民为身份认同的前提时，阻滞了他本人对战争本身展开进一步思考。

2.5.2 作为事件的战争叙述

但是，国木田内心深处出现的裂痕与摇摆犹疑也并非完全没有意义。它的意义在于，当伦理的思维遭遇现代排他性民族主义的架构时，特别是在战争时期，身处其中的个人如何解决两者间的龃龉甚或矛盾？这个问题恰恰提

---

① 国木田独步．欺かざるの記：後篇 [M]//定本国木田独步全集：第七卷．東京：学習研究社，1978：237.

② 旅順陷落後の我艦隊 [M].国民新聞，1894-12-8//定本国木田独步全集：第五卷．東京：学習研究社，1978：80.

示了"国民""国家""大日本帝国"等在现代确立起来的（或者说正在确立的）制度性概念本身的界限及其矛盾性。国木田敏感且明确地觉察到了这种矛盾性和张力并将之表现在文字中。让我们以写于1894年12月9日的通信《舰上近事》为例。此时日本的军队已经侵占旅顺，正在等待下一步进攻威海卫的命令。至次年2月威海卫大海战，日本海军在大连湾内有将近三个月的时间进行休整、补给与毫无战事的等待。《舰上近事》便是对这段生活的一个侧写：

我舰队悠然泊于大连湾，中国北洋之残舰潜伏不出，旅顺口已成我囊中之物。故此刻没有战争，亦非没有道理。

近来无雪，连日天阴风少，气候微温。土人曰，此地寒气以十一月十二月为最上，而此刻正值十二月一月。

比起寒冷与战争，我水兵更苦于堆积煤炭。此事因劳力甚少，彼等终日劳累至浑身乌黑。彼等既有作为军人之苦，又有作为劳力之苦。昨日于严岛士官处听闻一语："看吧，他们没有丝毫怨言，只有孜孜不倦地劳动"，的确如此。

海军军人是携家行军，军舰即彼等之家。既有家，则不可不清扫，不可不修理，不可不注意整顿，故彼等在杀敌之外，更有万般日常事务，且偶有惊涛骇浪亦成大敌。故请围坐在被炉旁边阅读报纸的读者们明察。

正当清政府忙于逃遁之时，大连湾的渔民则在早晨划船至吾舰队附近，拾取一些意想不到的东西，并为此欣喜不已。所谓意想不到的东西，即各军舰扔出去的空瓶子、空木桶，或者碎饼干以及其他杂七杂八的东西。彼等将之悉数捡回。说起彼等之勤勉，即便凛冽的北风吹着耳朵，彼等亦毫不在乎地架着一叶扁舟，忽来忽往。其中有一个七八岁的小儿。当舰上去蜜橘的时候，那小儿欣喜地接住了。若视其为中国人则莫名地感到憎恶，若视其为人子则心生怜悯。

运输船入港的消息让全舰的人都苏醒了。无聊简直快要把人杀死。

各军舰的小蒸汽艇、小船争相前往。若登上舷梯，眼前的光景若非亲眼所见根本无法想象，军舰已非军舰，商船已非商船。

绳子捆起的木箱、凉席裹着的木桶等等杂乱无章地散在甲板上,而在其中左右穿梭的有军人、有劳力、有商人。应对事情的人、一边跑一边吃着鱿鱼的人、在冰上滑了一下而惊慌的人等。快要死去的鸭子头耷拉在网兜外,活着的家养鸡在窝在笼子里悲鸣。毫不马虎的大仓组的领班手里拿着账本在奔走。从仓库扔上来的大米洒了一地,被他踩了一脚。运送酒桶的水兵的脸已经泛红。晕船的商人被当成了病人。早到的人因买到了划算的东西而大笑,晚来的人则愤愤不平,一脸的不高兴。纷纷扰扰,此刻若没有喧嚣才显得奇怪。①

首先,这封通信虽然取消了开头的称呼"爱弟",但正文中的第二人称"读者"一词仍然明确地提示着国木田的发话对象,并非如前文中论者所说的,国木田的写作与一般的报道无异。不过就原文的语气、语调而言,因为战争暂时结束,军舰上的生活进入一个较为日常化的状态,再加上国木田与军官发生了私人冲突,所以他行文也较为平稳,语气平淡,描写的对象也转向一个个运动着的场景,而非某个具体的军人。

其次,在这短短数百字的通信中,国木田描写的内容非常丰富,对整个战争局势进展的宏观把握、地理空间的定位、时间与气候的介绍,对舰内堆煤劳工的同情,对旅顺当地人的描写以及最后一段对运输船到来时的场景的白描。宏观与微观,运动与静止,平移与纵深,国木田在描写上采用了类似于摄影机作业时的移动摄影技术,增强了文字的视觉效果及其阅读的感受性。

第三,也是最为重要的一点,即国木田在此将视线转向了作为他者的"土人"。这或许不是首次有人描写中国人的形象并将其公开发表于报端,但就国木田的描写而言,他笔下的中国人,或者说作为敌国人的中国人的出现引发了其自身的思考。国木田在一群"土人"中发现了一个七八岁的孩子并写道:"若视其为中国人则莫名地感到憎恶,若视其为人子则心生怜悯。"② 从国民国家的角度言之,这个孩子就是一个敌国的"中国人",作为日本的国民自然是要视其为敌人、要憎恨的;而从人之为人的角度而言,正所谓"恻隐之

---

① 国木田哲夫. 艦上近事 [M]. 国民新聞,1894-12-21//定本国木田独步全集:第五卷,東京:学習研究社,1978:88-89.

② 同上,第89页。

心，人皆有之"（《孟子·告子上》），见到可爱的孩子，难免不对其"心生怜悯"。这是在国木田那里闪现的又一个瞬间，是伦理与公理（民族国家）的又一次冲突。实际上，作为国木田独步的牧师，植村正久在甲午战争爆发以前曾对日本国内的政治舆论氛围和媒体的关系也进行了观察。植村认为，"现在的报纸""完全不解言论的责任之重大，受到了偏狭的爱国精神的误导"，"被固陋的国粹主义所诱骗"，"完全由党派的目的所支配"[①]。所谓"国民主义"发展至极端只会成为一种粗陋之物，因此要着眼于"宇内大势"和"人类全体的大目的"，将自身视为人类的一部分，日本国民只是分担了自身的分量。综观人类的历史，东西各国虽有差异、人种亦有不同，但人类在很多方面都朝着共同的方向前进。[②] 这种基于基督教的从总体上观察人类社会的视野或多或少地被国木田继承[③]，否则他本人在后来的创作中不会将大量篇幅用于描写那些"难忘的人们"（关于这一点笔者将在第三章详述）。

　　就本章而言，国木田所叙述的上述两种逻辑都指向自我与他者的不同关系，并且在战争状态下这两种逻辑又成为个人在当时两难而两可的选择。由此观之，不论是同时代人将国木田捧为战争的鼓吹者，还是后来的研究者单纯地将国木田视为人道主义者，实际上背后都暗含了以自我（一元化的民族国家日本）为中心的认识前提，所处理的始终只是国木田与作为民族国家的"日本"的关系。反言之，也只有在那种将"大日本帝国"视为单一的、均质的民族国家这一认识前提下，才会把国木田实体化为某一个主义者，即不是"日本"的一部分就是"日本"的对立者，而将其从同时代的复杂关系中剥离出来。相反，对自身所处矛盾状况的认识、对内心价值认同的焦虑、对自他关系的摇摆犹疑才是国木田的困惑之所在。国木田的复杂性在于，他代表了所处时代的自我认同与理想，但是却又暗自表达了对这种认同与理想的困惑与不适。虽然没有与这种认同和理想展开正面的交锋，但这种内心状态的出现以及对自身处境的意识（认同、贴近、苦闷、压抑、不满、犹疑、否定）暗示了

[①] 植村正久. 愛国、輿論、新聞紙 [M] // 斎藤勇. 植村正久文集. 東京：岩波書店，1939：68 - 69.

[②] 同上，第60页。

[③] 查阅国木田的《明治廿四年日记》可知，他在植村正久发表这篇文章的当月（1891年5月17日）收到了《日本评论》杂志，他本人应当读过植村的这篇文章。参见：定本国木田独步全集：第五卷. 東京：學習研究社，1978：199.

当"大日本帝国"在通过一场对外战争迈入"现代世界"时，一个现代的"我"的出现。这个"我"既没有如同时代大多数人那样大踏步地迈向"现代世界"，但也没有将"现代世界"拒之门外。毋宁说，"我"在满怀兴奋地（同时也伴随着无奈）投身于"现代世界"时，感到了某种异质性与不协调感，但是"我"又有意或无意地、不断地在重复这一过程。这是一个个人通过书写与整个制度（语言的、政治的）展开的一场躲闪、纠缠乃至对峙。

对国木田而言，对甲午战争的叙述构成了一个事件，这个事件使得他意识到自身与"大日本帝国"这一制度性存在的关联、自己作为帝国国民的身份，也使得他切身感受到了"日本"以外的"他者"的存在，而且这种他者绝不仅仅是"西洋"（实际上西洋也不是一成不变的实体）。换句话说，主体的确立不是在双向认识而是在多重参照下得以确立起来的，但这个主体又不是一个从事后的视点能够把握的、一成不变的、连续的主体。多重参照系的存在意味着多重意识的生成，也即多重意义的存在。

作为一个下级官吏的长子，在少年时代辗转日本各地（西部地区）后，怀揣着"出人头地"的理想到东京念大学（东京专门学校，早稻田大学的前身）。因参加学生运动辍学后又到地方学堂担任乡村教师，在生活与理想中四处碰壁后，穷困潦倒的他毅然投身战场，其间既有无奈又有抱着一丝希望的态度。不同的人生经历以及与变动中社会状况的关联会生成多重的意识与情感结构。正如意识的流动是起伏不定的一样，国木田在写作战争报道时的情感与意识也是在不断变化和流动的。战争报道与小说不同，通常情况下，写作者没有一个事先拟定的架构，只能根据外在事实的推移进行内在的加工，因此写作者在写作战争报道的时候，文字表现也会受制于意识的流动与起伏。这其中有对所见所闻的直接记录、转述与评述，有对过往生活的回忆，有因战争而生的兴奋与厌倦，有对无聊的不耐烦，有对所遇之人的好恶，有对风景的描写，也有对未来生活的畅想。这也正是国木田的战时通信和战时日记能够被解释出多重意义的原因，因为写作者本身以一种极其主观化的写作方式向读者传达了极富变动意味的内面。

战时通信与战时日记这两个文本本身以及这两个文本之间的连续与断裂正是国木田此时心境的注脚，这是个人在介入历史转折时内心生出的矛盾与惶惑，也是一个个人寄给这个历史转折的一封私信，是一次内心的告白。这个困惑既是个人的，也是整个时代的，也将成为国木田继续思考和行动的内在动力。以往的研究都习惯于将国木田和他的作品当作实体进行分析，而笔者更愿意将其视为经由一系列复杂社会关系编织而成的问题集合。

2.5.3 关于"虚脱"感

甲午战争结束后，向往山林生活的国木田对北海道的大森林、大原野产生了浓厚的兴趣，遂决定与刚刚结识的恋人移民到北海道，去那里过独立独行的生活。在谈到这一事件时，柄谷行人在《日本现代文学的起源》的韩语版后记中指出："独步考虑迁居（移民）北海道是在以从军记者参加了前一年的甲午战争之后。在民族主义的昂奋气氛中，他受到了人们的欢迎，但战争一结束则陷入了虚脱的状态。他想象的北海道是填充这空虚感的'新世界'。"[①] 柄谷只说对了一半。他所说的"虚脱的状态"与"空虚感"无疑是以国木田对这场战争的积极介入为前提的，如果仅从国木田在战争时期的迅速的政治化出发来理解他的北海道移民事件，就会忽略掉我们在上文中指出的国木田在战时通信和日记中偶尔出现的摇摆犹疑。这些短暂的、富有张力的瞬间恰恰表明了国木田在报道战争时采用"私信公表"这一写作方式的界限，暗示了在战时体制下、在公开报道书信化、私信公开报道化这种写作行为中"公"与"私"之间的非对称性乃至矛盾，即便国木田在整个写作过程中都没有放弃将其对等化的努力。而相反，在柄谷的论述里，他在"公"和"私"之间画上了等号，完全取消了两者之间的张力关系。因此，这一做法也驱使柄谷在评价国木田后来的北海道描写时将其表述为："日本的殖民地文学，或者对殖民地的文学之看法的原型最初展现在独步那里。"[②] 在这里，柄谷凭借着其对政治课题的一贯敏锐，指出了国木田的风景描写与政治的共谋、风景描写的政治历史前提是日本对北海道阿伊奴人的殖民主义这一事实。

不过，柄谷的这种观点近来也招致了研究者的批评："将国木田独步的文学等同于殖民主义文学，或者只看到'自白'手法与'国家意识形态'的某种共谋关系，而忽视其对国家权力和封建制抗争的另一侧面则是偏颇的。这是

[①] 柄谷行人. 日本现代文学的起源 [M]. 赵京华, 译. 2 版. 北京：生活·读书·新知三联书店, 2006：226.

[②] 同上，第 227 页。

以政治立场取代文学批评，容易造成文学上的虚无主义。"① 王志松在此试图通过质疑风景与政治的"共谋关系"，指出国木田本人还有"对国家权力和封建制抗争的另一侧面"，即"政治立场"所无法取代的"文学批评"。但是，因为"对国家权力和封建制抗争"这一去政治化的行为本身也处在与政治的关联性当中，所以它实际上也是一种政治行为。在我看来，与其在"文学批评"和"政治立场"之间做选择，不如去进一步追问这种"文学批评"产生的历史前提究竟何在，它与这种历史前提的关系如何。因为归根结底，历史是一个无法脱却的参照系。

就国木田独步而言，其内心产生的摇摆犹疑构成了其向往"山林之生活"的契机与动力，也即是说，对"山林之生活"的向往以及之后决定移民北海道在事实上又是一个去政治化的过程，战时体制下的迅速政治化本身在国木田那里也蕴含了去政治化的动力。在从战场回到东京后，国木田写作了一篇题为《苦闷的呐喊》的文章，他在文中直呼："宗教、政治、文学、历史、国家、民福，所有用语言标识的世界消失吧！一切都从我这里消失吧！"② "我们每日居住的世界并非自然之世界。日本外史、三国史、《西游记》、《论语》、《孟子》、小学读本、食物、衣服、学校、报纸、日本、中国、美国、欧洲，我们所居住的世界自我们小儿时代便包围着我们的感想、制造我们的世界。"③ 与战争期间相对照，国木田在战争结束之后开始意识到了自己身处的种种"制度"，并幻想一种与之相对的"自然之世界"去"冥想人生、冥想自然"④。这种浪漫的想法并不是一般所论述的宗教追求或美学化的愿望，这种去政治化的想法暗含了与"制度"世界的政治性的张力。

众所周知，与国木田年龄相近的北村透谷是一位绝对和平主义者，在自由民权运动的失败中遭受了挫折后，他最终于甲午战争开战前的1894年5月16日自杀了。北村透谷在战前甚嚣尘上的主战论调中无疑感受到某种巨大的压抑感。讽刺的是，国木田在战时对于甲午战争的积极介入实际上构成了对北村透谷的否定，但更为讽刺的是，他在战争结束后的回转（对"自然之世界"的

---

① 王志松. 20世纪日本马克思主义文艺理论研究 [M]. 北京：北京大学出版社，2012：246.
② 国木田独步. 苦闷的叫 [M]//定本国木田独步全集：第一卷. 东京：学习研究社，1978：270.
③ 同上，第277页.
④ 同上，第273页.

向往）实际上暗含了某种对北村透谷的回归。柄谷只看到了国木田对北村透谷的否定。因此，移民北海道不仅仅是对战争结束后的"空虚感"的填充，在国木田的构想中，"移民北海道"更是一个投身到能够实现其去政治化目标的"山林之生活"的"新世界"中的行为。战争期间所生成的内心困惑以及对这个"新世界"的向往才是国木田决定移民北海道的内在动力。移民北海道是对"山林之生活"的回归。

实际上，早在甲午战争正在进行中时，国木田可能就已经萌生了移民北海道的想法。在1895年1月22日的日记中，国木田写道："昨日读内村鉴三氏流窜录，突然一个可怕的决心浮上我的胸口。"[1] 2月5日又写道："南美的森林，北美的原野，所到之处皆可为我度过短短五十年生命。"[2] 内村鉴三1881年毕业于北海道的札幌农学校，1884年赴美国留学，先在宾夕法尼亚州费城的一所慈善学校工作，后又至马萨诸塞州艾姆赫斯特学院（Amherst College）学习，于1887年回到日本。内村于甲午战争期间将自己在美国学习、生活以及观察的见闻分三次连载在德富苏峰主办的《国民之友》杂志上。第一篇《白痴之教育》发表于1894年8月23日，记录其在费城慈善学校工作的经历；第二篇《新英洲学校生涯》发表于1894年12月23日，"新英洲"即美国东北部新英格兰地区，内村详细地描写了自己在学校的生活、当地的社会状况与自然环境；第三篇《亚美利加土人的教育》发表于1895年4月23日，描写当地原住民的教育状况并与北海道原住民进行比较。

从时间上看，此时国木田所读到的《流窜录》应当是前两篇，而第二篇《新英洲学校生涯》最有可能引发他的兴趣。众所周知，北海道札幌农学校作为明治日本政府培养殖民官员的核心机构，所引进的是以美国人威廉·克拉克为主导的美国殖民地农政学。毕业于此地的内村在美国的新英格兰地区应当看到了某种相似性，这也构成了他将两地原住民进行比较的前提。吸引国木田的应当是第二篇《新英洲学校生涯》中所描写的新英格兰地区的自然风光与社会状况。换句话说，内村的描写为国木田的"山林之生活"提供了一种现实的可行性，而当时日本国内正值移民北海道的热潮中。"北海道"作为国内殖

---

[1] 国木田独步. 欺かざるの记：後篇［M］//定本国木田独步全集：第七卷. 東京：学習研究社，1978：268.

[2] 同上，第272页。

民地，它的大原野和大森林无疑也被国木田想象成一个理想生活的原型。但问题是，当时这个想象中的"新世界"能够实现国木田回归"自然"的愿望吗？这是我们在后文中要讨论的。

第三章

书写家园

——《武藏野》中的政治地理图景

3.1
"分隔"与"观察"

　　"劳作的乡村几乎从来都不是一种风景。风景的概念暗示着分隔和观察。"① 威廉斯在《乡村与城市》（1973）中用这句点睛之笔对英国历史上的乡村风景描写提出了质疑。在文学史上，被再现到诗歌与散文中的乡村毫无例外地成了人们（特别是来自城市的知识阶层）争相赞美的"喜人的景色"。然而，这种"喜人的景色"之所以能够成立，恰恰是以乡村与城市、自然与俗世、观察者与被观察者这一二元对立为前提的。如果将田园诗歌或戏剧还原到其创作的历史背景中去，就会发现它不仅掩盖了"在连锁的剥削之上，作为整体的城市在剥削作为整体的乡村"② 这一社会生产关系，而且也抹消了"乡村统治阶级"③（如地主及其服务者）的存在，乡村成为一个田园牧歌式的胜地。因此，从政治经济学的角度出发，不管是"喜人的景色""乡村美德"还是"城市的贪婪"，在本质上都是写作者对乡村的选择性美化。它映射了这样一种关系：城市往往成为乡村的映像，变身为乡村的代言人，简言之，是城市发明了作为风景的乡村。所以城市与乡村之间在本质上并非对立的关系，风景与意识形态处在一种分裂与共谋的辩证统一之中。

　　威廉斯在英国文学史中长途跋涉后得出的结论提醒我们，当我们

---

① 威廉斯. 乡村与城市 [M].韩子满，刘戈，徐珊珊，译. 北京：商务印书馆，2013：167.
② 同上，第72页.
③ 同上，第75页.

谈论风景的时候，是否有追问这究竟是谁的风景？风景在怎样的社会历史条件下进入写作者的文学视野，又进而发展成为整个社会在观看风景时的一种近乎均质的情感结构？对这些问题的追问和回答在一定程度上也适应于日本文学史中的名篇《武藏野》。因为自其诞生以来，《武藏野》[1] 不仅确立了作者国木田独步作为文学家的社会身份，而且它作为一种相对于大都市东京的郊外风景或田园风光得到了同时代乃至今日的读者、研究者的反复阅读和讨论。国木田独步对武藏野风景的发现以及后来人对这种发现的再发现已然构成一个具有思想史意义的事件。

正如威廉斯所言，风景的发现需要某种"分隔"和一个来自"观察"者的视点。国木田独步下面的这段描写则明确地展示了这一点：

三年前的夏天，我与一位朋友离开位于市内的寓所，从三崎町的车站坐车到境[2]站，下车径直往北走大约四五个街区后就来到一座名为樱的小桥。樱桥的对面有一间路边茶馆，茶馆的老婆婆见了我问道："这个时候，你来这里做什么？"

我与朋友相视一笑，"我们来散步，游玩一下"。老婆婆一听便笑了，以一种把别人当作傻子似的语气笑着说："你们难道不知道樱花是在春天开放吗？"于是，我就试着向老婆婆讲解在夏天的郊外散步是一件多么有趣的事，但是没有成功。最后还被说了一句"东京人可真是悠闲啊"，对话就中止了。我们一边擦着汗，一边吃着老婆婆给削的甜瓜，之后又到流经茶馆的小水沟洗了一把脸，便离开了。这个小水沟大概是引自小金井的水道，水流清澈，舒缓地流过青草的缝隙。小鸟在欢快地叫着，似乎想要到这里来浸一浸翅膀，润一润喉咙。不过老婆婆什么都没有想，每天早晚用这里的水刷洗锅碗瓢盆。

出了茶馆，我们开始沿着小金井堤坝向上游走。啊，那一天的散步是多么的愉快！小金井果然是樱花的胜地。在炎炎夏日里得意地沿着堤坝散

---

[1] 初出时题为《今の武藏野》（《现在的武藏野》），前后共九个小节，于 1898 年 1 月 10 日和 2 月 10 日分两次发表在《国民新闻》社杂志《国民之友》上。1901 年 3 月国木田独步出版第一部作品集时将其作为首篇收入其中，并改名为《武藏野》，而且以此作为作品集的标题。

[2] 境，地名，位于当时东京市西郊。

步，在外人看来或许是愚蠢的行为吧。不过那是因为他们还不懂此刻武藏野的夏日的阳光。(《现在的武藏野》之六)①

从甲午战争的战场凯旋回到东京后不久，国木田凭借其写作战争报道在日本社会博得的文名，受到了当时的女性社会活动家佐佐城丰寿的邀请，于1895年6月9日参加从军记者招待晚宴。国木田在这次晚宴上与佐佐城丰寿的女儿佐佐城信子相识并坠入爱河。② 上面这段文字所描写的正是国木田独步与佐佐城信子1895年8月11日在武藏野游玩的场景（详情见当日日记）。虽然时间已经过去两年半，国木田也早已经与信子离婚，但回想起彼时的经历，他源自内心的自信与兴奋仍然溢于言表。

国木田所游览的小金井一带自江户时代以来就是一处赏樱名所。天正18年（1590）德川家康入主江户城，13年后的庆长八年（1603）德川幕府正式创立。德川家康随即展开对江户城及其周边环境的整备工作，命令各大名按照身份职位高低分摊修筑、扩展江户城的任务，此即所谓"天下普请"③。在随后的上百年间，幕府又多次实施了"天下普请"。与此同时，对江户城外围的改造也从来没有停止。比如为江户城内用水而挖掘了两条重要水道神田上水和玉川上水（1654）、连接日本桥和八王子的甲州大道、连接新宿和青梅的青梅大道等五条大型交通要道亦渐次竣工。水道和陆路交通形成了横贯武藏野并连通江户与外界的主线，大大改变了武藏野地区的自然和地理形态。至第八代幕府将军德川吉宗掌权时期（1716—1736），围绕水道和陆路运输线延展开来的水田和旱田得到大力开发。德川吉宗同时下令在玉川上水中的小金井桥一带种植樱花树，这既是出于实用，也是为了观赏。因为在水道堤坝种植樱花树，其一可以加固堤坝，其二据说落入水中的樱花和树叶可以净化水源，其三每年春季樱花盛开的时节，这里也会成为城乡居民特别是文人墨客的游玩胜地，可谓

---

① 国木田独步. 今の武藏野 [J]. 国民之友，1898（2）：109. 下划线为笔者所加。
② 国木田独步与佐佐城信子的恋爱、结婚与离婚的故事被有岛武郎作为素材创作了小说《一个女人》[《或る女》，初出时题为《或る女のグリンプス》（《一个女性的一瞥》），1911年1月至1913年3月连载于杂志《白桦》，1919年补写后半部后出版单行本]。
③ 揖斐高. 江户文人の武藏野——原野から郊外へ [M]//成蹊大学文学部学会. 文学の武藏野. 東京：風間書房，2003：103. "普请"为日语词，意为修理、整备。

一举三得。①

　　武藏野的自然风物正是在这样的历史地理的变迁中先后成为太田道灌、大田南亩等江户文人和诸多江户名所图绘、八景图反复吟咏、描绘的对象（当然在江户时代以前也有诸多文学和绘画作品）。而江户幕府和当地居民对武藏野的空间改造也并非一帆风顺。历史学者武井弘一的研究显示，由于进入18世纪后武藏野地区的农林水田的发展逐渐达到了饱和状态，特别是水田的激增和普及导致了各种农业发展上的危机，其中最大的问题是肥料的缺乏。虽然有当地杂木林的树叶、干草等天然资源用来沤肥，但水田的急速扩张大大压缩了林地和草地的面积，最终不得不使用干沙丁鱼等动物制造成的干燥肥料。也即是说，农业被迫卷入了城市的货币经济当中。② 因此，在上述前提下，武藏野既是一个郊外的文化空间，也是一个农业经济生产的物质空间，两者都是人与自然在时空中相互交涉的产物。

　　在上面那段引文中，国木田独步与老婆婆的对话再明白不过地显示了风景的观看者（发现者）与劳作者之间的"分隔"与难以沟通。这也暗示了风景是作为一种观念、一种对自然的再现存在于观看者的意识当中。在老婆婆那里不是没有风景（例如春季盛开的樱花），而是没有国木田所认为的那种风景。不过，国木田对武藏野风景的发现也不能完全等同于威廉斯所批判的英国文学史中的田园牧歌，又或者被放到江户文人的延长线上，毋宁说他的发现是在对它们的否定之上得以成立的。关于这一点，国木田独步在《武藏野》的开篇第一小节做了清晰的交代："总之，想要去看一看曾经只凭借诗歌或绘画想象出来的武藏野，这个愿望也不只我一个人有。武藏野现在究竟是个什么样子？我想要详细地回答这个问题并且让自己满意。这个愿望实际上最早出现在一年之前，而此刻又愈发地强烈起来。""所以，为了打开线索以实现自己的一小部分愿望，我在此写下自己从秋天至冬天的所见所感。"③

　　国木田在山路爱山的介绍之下，于1896年9月4日搬家至当时还是郊外

---

① 揖斐高. 江戸文人の武蔵野——原野から郊外へ［M］//成蹊大学文学部学会. 文学の武蔵野. 東京：風間書房，2003：109 – 110.

② 武井弘一. 江戸日本の転換点——水田の激増は何をもたらしたか［M］. 東京：NHK 出版，2015. 也可参阅柄谷行人为此书写作的书评：《列岛改造!! 成长的限界に直面》，见朝日新闻读书栏目（http://book.asahi.com/reviews/reviewer/2015052400003.html）。

③ 国木田独步. 今の武蔵野［J］. 国民之友，1898（1）：56. 着重号为笔者所加。

的涩谷村宇田川154号居住，直至次年6月再次搬家。国木田正是在这段时间萌发了写作《武藏野》的想法。查阅这段时间的日记可知，国木田虽然将家搬到了郊外，但他的社交活动仍旧频繁，他的家也成为活动的据点。在国木田的提议下，他连同友人今井忠治、宫崎湖处子，弟弟国木田收二等人多次举行了读书会。如1896年9月13日第一次读书会，今井忠治用德文译本讲屠格涅夫的《初恋》、国木田收二讲《普鲁塔克传》；9月19日第二次读书会，宫崎湖处子讲弥尔顿《失乐园》；10月4日第三次读书会，内容不详；10月18日第四次读书会，今井忠治讲屠格涅夫；11月19日国木田独步请今井忠治单独为自己讲屠格涅夫；11月22日读毕二叶亭四迷于一周前刚刚出版的译作屠格涅夫的《初恋》①。在10月26日的日记中，国木田在日记中写道：

> 于林中默想、回忆、凝视、俯仰。《武藏野》之构想愈成。
> ……………
> 武藏野有春夏秋冬之别，有野、林、田之别，有雨、雾、雪之别，有日光与云影之别。
> 有生活与自然之别，有画与夜与朝与夕之别，有月与星之别。
> 平野之美在武藏野。有花草、谷物与林木之别。
> 兹有默想、有散步、有谈话、有自由、有健康。
> 记下这在秋日晴天的午后二时半前后林中的默想、回忆、倾听观察吧！
> 啊—！《武藏野》，这就是我数年间尝试观察的诗题。我要献给东京府居民一座大公园。②

这段文笔极其凝练的日记力求最大限度地概括武藏野这一自然空间的特点。但它并不是"凭借诗歌或绘画想象出来的"，它是写作者在对自然进行观察之后将"所见所感"付诸文字的结果，是一种透过主体和五感的风景，其中每一个意象都指向写作者的"现在"。因此，与"现在"相对的"凭借诗歌

---

① ツルゲーネフ. 片恋［M］. 二葉亭四迷，訳. 東京：春陽堂，1896.
② 国木田独步. 欺かざるの記：後篇［M］//定本国木田独步全集：第七卷. 東京：学習研究社，1978：487－488.

或绘画想象出来的武藏野"便成为一种"过去",换句话说,"现在的武藏野"和"过去的武藏野"同时被发明出来。

根据国木田本人的叙述,《武藏野》这一文本的生成来源于两个主要的前提:第一是涩谷读书会上受到屠格涅夫文学的启发,尤其是受到二叶亭四迷从俄文翻译的《幽会》(1888)的直接启发。国木田在《武藏野》中两处大段引用《幽会》中的自然描写的段落即是明证。这也是为何国木田说"这个愿望实际上最早出现在一年之前",即读书会时期。第二是国木田本人在涩谷居住期间,每日以文言体记下的自然观察日记。这种近似科学工作者手记的自然日记成了《武藏野》第二小节直接引用的材料。也即是说,国木田是在事后以回想的方式将用文言体写就的自然日记转写(翻译)成了言文一致体的《武藏野》。来自屠格涅夫的启发和自身有意识的自然观察,正如《武藏野》的原文所显示的那样,在最一开始便是以一种对"过去"的否定姿态出现的。威廉斯基于政治经济学的角度试图在乡村与城市的互动关系的历史中提取出一种可供批判的、连续性的风景,但是国木田独步恰恰从美学层面挑战了这种绵延至今的连续性。[①] 事件之所以能够成为事件需要造成某种认识层面的褶皱乃至断裂,而这在柄谷行人的"风景之发现"中得以实现。

---

① 针对威廉斯的观点,萨义德曾在《文化与帝国主义》(1993)中做出过委婉的批评。他认为,威廉斯在《乡村与城市》中虽然谈到了英国在 19 世纪中期对殖民地的输出,但是由于他过多地将焦点放到了"英国文化如何处理土地及其所有权、想象与组织"上,导致他没能意识到"从 16 世纪起,在爱尔兰、美国和加勒比就有英国的海外既得利益",而且"诗人、哲学家、历史学家、戏剧家、政治家、小说家、游记作家、编年史家、士兵和寓言作者,他们都以不断的关怀珍视、爱护并记叙这些利益"。参见:萨义德. 文化与帝国主义 [M]. 李琨, 译. 北京:生活·读书·新知三联书店,2003:113 – 114.

3.2 作为问题的 "风景之发现"

3.2.1　断裂与连续

虽然很早之前也有论者试图将国木田独步定位到日本现代文学的起源的位置上①，但是对这一点做出了透彻分析的却是柄谷行人。从国木田独步对武藏野自然风光（特别是杂木林和原野）的描写中，作为哲学家的柄谷读出了某种认识论式的颠倒。虽然这一点已经为学界所熟知，但是在进入柄谷的论述之前，我们有必要重温一段《武藏野》中的描写：

> 昔日的武藏野曾是一片漫无边际的萱草原，其绝佳的美景也为人口口相传，但是现在的武藏野是一片树林。实际上也可以说，树林是现在的武藏野的特色。其中树木多为楢类，冬天树叶尽落，再到春天则又发出苍翠欲滴的新芽来，这种变化在秩父山脉以东几十里的原野内同时进行。春、夏、秋、冬，霞、雨、风、月、雾，特别是有雨或有雪的时候，这里时而满是绿荫，时而又化为红叶，在四时的变化中呈现出美妙的光景，而这一点实非西部或东北地区的人所能理解的。一直以来，日本人似乎不太懂得楢类落叶林的美。一说起树林，只有松林才能成为日本文学美术所描写的对象，我们在和歌里也找不到在楢树林里听雨的描写。我自幼生长在西

---

① 如中村武罗夫在《国木田独步论》一文中指出："真正意义上的日本现代文学是从独步开始的。当然《当世书生气质》《浮云》以及其他如一叶或红叶的作品都预告了日本新文学的黎明，但是很难说他们的作品在本质上是新的。虽然他们披着新的外衣，但是在本质上并不是新的。"（佐藤春夫，宇野浩二. 明治文学作家論：上卷［M］. 東京：小学館，1943：421.）但是中村的论述还停留在一种模糊的、感觉式的论述上，未能进入理论分析的层面。

部，少时为求学初次来到东京，至今已有十年了。然而，能够理解落叶林的美也还是最近的事，而且是受了下面一段文章（即国木田在文中紧接着引用的屠格涅夫《幽会》的开篇一段，此处略）的启发。①

如前文所述，同樱花树一样，杂木林在德川时代就已经存在于武藏野的范围之内，但是国木田却特意将其重置为"现在的武藏野的特色"。在柄谷行人看来，这是国木田的"风景之发现"，而且其中暗含着两重认识论的颠倒。柄谷借用康德的"美"与"崇高"的概念，以卢梭描写阿尔卑斯山（《新爱洛依丝》，1761）为例指出，在被卢梭描写以前，阿尔卑斯山只是被人们视作一个天然的屏障，它阻碍了交通，它的巍峨冷峻也让人们感到一种压迫感，因此它是一个"崇高"的存在。但是在卢梭对阿尔卑斯大加赞美之后，它却成为人们争相前往的旅游胜地，成为一种"美"的存在。这是第一层次的颠倒。然而，这里更为重要的颠倒是，"美"的概念最初是源自人的意识或观念，然而当人们开始将阿尔卑斯山作为一个优美的存在的同时，宛如"美"存在于对象本身当中一样，从而忘却了它曾经是一个障碍、一个让人感到不快的存在。因此"美"是作为一种否定和遗忘出现的。② 而这种"美"一旦确立，便成为一种观看（生产）风景的装置。

柄谷认为上述逻辑在《武藏野》中重演了。正如前文那段引文所示，这里成为焦点的是武藏野的杂木林。虽然杂木林在明治时代以前就已经存在，但是它从来都没有在美学层面进入过人们的视线，更没有进入文学美术作品。因此也可以说，在历史上，杂木林从来都没有作为"美"存在过。与此相反的是，"只有松林才能成为日本文学美术所描写的对象"，当人们描写"松林"的时候，人们描写的不是作为客观存在的松林本身，而是"松林"这一具有象征意义的概念。因此，在此前对名胜古迹、松竹梅兰的描写或绘画中不存在

---

① 国木田独步. 今の武藏野 [J]. 国民之友，1898（1）：58. 括号内为笔者所加。
② 关于柄谷行人的观点，请参阅柄谷行人《日本现代文学的起源》（北京：生活·读书·新知三联书店，2006）的《中文版作者序》《一、风景之发现》《二、内面之发现》三篇。此外，也可参阅《定本日本近代文学の起源》（東京：岩波書店，2008）中的对应章节，这是柄谷行人在30余年后对这本书的重新整理和修订后的版本，文章叙述和逻辑的连贯性有了极大的改善，而且书后还附有大段的注释，因此可读性更强，也更容易为读者所理解。但是柄谷本人有关"风景之发现"的观点基本没有变化。

现代意义上的描写，有的只是概念系统的延续。而正如达·芬奇《蒙娜丽莎》中作为背景的风景第一次以"作为风景的风景"出现一样，《武藏野》中的杂木林、原野、河流、小路以及风霜雨露等也第一次作为真正被观察、被描写的风景（自然）在日本文学史中出现。换句话说，国木田独步所做的，恰恰是"把曾经是不存在的东西使之成为不证自明的，仿佛从前就有了的东西这样一种颠倒"①。他将自己观察、记录、描写的自然物象刷新、重构为具有透视法意义的风景，这是对观看自然空间秩序的结构与重构。而这种风景描写之所以可能，恰恰要借助同时期言文一致书写体在日本文坛的确立。国木田正是用这种被发明出来的透明的书写语言实现了这一目标。果不其然，正如国木田本人所期待的，《武藏野》自发表之后受到读者持续的追捧、模仿，"武藏野"逐渐在认识上成为"东京府居民的一座大公园"。

不过，正如"一切生产都是个人在一定社会形式中并借这种社会形式而进行的对自然的占有"② 一样，卢梭对阿尔卑斯山的描写也有其一定的社会背景。里亚·格林菲尔德的研究表明，法国在"1710 年至 1720 年间，和 1750 年至 1760 年间对民族、人民、祖国和国家这些相关概念的使用次数显著增加，表明了忠诚向共同体的转移以及话语的民族化"③。而且卢梭曾在一篇题为《英雄们必要的品质》（1751）的文章中呼吁法国人要"为了'对祖国的爱'放弃对荣誉的徒劳追求，放弃贵族行为准则中典型的勇敢表现，因为这种爱本身就可被看作真正的英雄品质"④。因此，当我们阅读卢梭在《新爱洛依丝》（1761）中将故事发生的地点设定在阿尔卑斯并对其大肆赞美的时候，也不能忘记这一赞美极有可能暗示了风景的民族化与领土化。或许这也正是《新爱洛依丝》能够迅速在法国读者中引起反响的原因之一。

同样，柄谷本人也是在一系列的前提条件之下指出了上述认识论的颠倒。正如他本人多次讲到的，他第一次意识到"风景之发现"是在 1975 年去耶鲁

---

① 柄谷行人. 日本现代文学的起源 [M]. 赵京华, 译. 2 版. 北京：生活·读书·新知三联书店，2006：10.
② 马克思.《政治经济学批判》导言 [M]//中共中央马克思恩格斯列宁斯大林著作编译局. 马克思恩格斯选集：第二卷. 3 版. 北京：人民出版社，2012：687.
③ 格林菲尔德. 民族主义：走向现代的五条道路 [M]. 王春华, 等译. 上海：上海三联书店，2010：185.
④ 同上，第 184 页.

大学讲学之后，他通过这种向"外部"的"移动"以及在"外部"对自身的重新审视中发现了东、西洋在对风景的描绘中呈现出的视差。不过他将《日本现代文学的起源》（1980）中的一系列讨论都置于"明治20年代"（1887—1897）的"日本"（空间，更确切地说是日本本土）这一时空当中，因此"明治20年代"以外的时间、"日本本土"以外的空间就自然很难进入讨论的范围。

实际上，国木田独步在写作《武藏野》之前其实也进行了一系列的"移动"，例如1887年离开日本西部的山口县前往东京求学，1893年离开东京去往西南部的大分县担任乡村教师，1894年参加甲午战争，1895年秋去往北海道，1896年转居至东京郊外的涩谷村。他的每一次"移动"中都有对当地风景的观察与描写，都是在中心与边缘、内部与外部的关系中不断地界定自身对风景的认识。对风景的占有或生产也是一个活动着的主体对自身的再生产。因此国木田1896年构思、1898年写就的《武藏野》不能被抽取为一个孤立的经验片段，它是个人在生产了一个对象之后又返回自身以及对这一过程的不断重复的结果。

柄谷用自身的知识经验发现了国木田独步对武藏野风景的发现，但是这一对"风景之发现"的发现将国木田对武藏野的描写作为一个自明前提加以分析，忽视了国木田本人此前一系列现实的"移动"，屏蔽了《武藏野》中的风景借以成立的多重的前提条件，因此它也就无法回答下面的问题：如果《武藏野》仅仅是在西方透视法的影响下并使用日语言文一致书写体才得以出现，那么二叶亭四迷于1888年用日语言文一致体翻译出屠格涅夫的《幽会》①为何要在十年之后到了国木田那里才被模仿学习？如果国木田在写作《武藏野》当时所选定的参照系仅仅是屠格涅夫或明治以前的日本文学，那么是什么因素驱使他从短篇小说《幽会》当中仅仅抽取出两段原本在屠格涅夫笔下浸润着感伤的风景描写，进而将之作为范本写出了对自然风景充满极度兴奋与自信的《武藏野》？国木田在《武藏野》中难以掩饰的兴奋与自信，或者说"风景之发现"的动力缘何而来？因此我们不得不回到国木田曾经所面对的"一定社会形式"之中做一番历史（时）性的考察。

---

① ツルゲーネフ．あひびき［J］．二葉亭四迷，訳．国民之友，1888－7－6，1888－8－2.

铃木贞美曾经也对柄谷行人的"断裂"说提出过挑战。在他看来，《日本现代文学的起源》是"现代文学"派观点的一个延伸，只不过是对理论做了另一番解释。因为与"现代文学"派一样，柄谷也是站在"西洋化＝现代化"这一公式之上，将现代制度的确立作为分界线，从而遮蔽了那些像接收器一样使得西欧诸种制度得以扎根的东西。[①] 铃木所谓的"接收器"理论，即在西洋的事物到来之时必须有某种现代以前的东西作为接受者（receptor），换言之，如果没有传统作为前提，西洋化就无法实现。因此与"西洋化"相对，铃木更想要强调的是日本传统自身的现代化。对此，铃木常常以位于东京市中心的上野公园为例进行说明。在明治时代初期及以前，它的名称是"御苑"，即皇家的庭园。在1873年之后，"御苑"被更名为英语"Pubilic Park"的译名，即"公园"或"游览群集之场所"。不过在铃木看来，这对于平日去那里游览的人而言，庭园还是曾经那个庭园，本身并没有发生变化，变化的仅仅是名称和标牌而已。所以，所谓的现代化更多地呈现为传统在现代的转化与延续。

　　但是这一论述中的可疑之处是，当铃木为否定"西洋化＝现代化"这一模式而诉诸传统时，他没有意识到所谓的"传统"实际上也是现代的构建。只有当我们立足在现代的时点之上时，传统才能成为传统，当我们称之为传统的时候，它已然是现代的了。因此，从"御苑"到"公园"，变化并非仅仅是名称或标牌的更换，而是从一个能指到另一个能指转换的过程中发生的认识上的改变。就好比阿尔卑斯山作为一个客体永远不会发生变化一样，但是人们对它的认识会由"崇高"变为"优美"。

　　不过，正是在上述逻辑之下，铃木贞美进一步认为："讨论这样的问题（即日本现代文学的起源问题），作为前提必须清除社会体制还原主义，必须确认思想和文化的历史是通过描绘与政治经济相对独立的轨迹而展开的这一原理。"[②] 所以他针对国木田独步的风景描写也得出了完全不同的结论："国木田独步观察'自然的表象变化'，'吟诵其精髓'的时候，其'精髓'应该就是

[①] 鈴木貞美. 起源論の陥穽——柄谷行人《日本近代文学の起源》批判［M］//鈴木貞美. 現代日本文学の思想. 東京：五月書房，1992：88.

[②] 铃木贞美. 文学的概念［M］. 王成，译. 北京：中央编译出版社，2011：256. 不过铃木贞美在其著作中也常常会表现出一些自我矛盾性，比如虽然他一方面试图极力否认"断裂"论，但另一方面又在《日本的文化民族主义》（魏大海，译. 武汉：武汉大学出版社，2008）中借用霍布斯鲍姆的"传统的发明"论对明治政府的民族国家建构的诸过程进行了一番梳理。

'万物的生命'"，"围绕宇宙的'气'的观念是万物活力的根源"，国木田"把它替换成了'生命'一词"①。但是，要在描写"自然的表象变化"中将"气"替换成"生命"也需要一个富有洞见的智慧和具体的实践，需要在各种可能性中发现屠格涅夫的《幽会》并对之进行选择性的接收，需要亲身进入武藏野的山林田野河流中去观察、记录和加工，需要从一个特定的历史时刻对过往的人生经验、对记忆加以研磨利用。因此这样的"生命"也就与个人所身处的社会息息相关，它不能被闭锁在一个抽象的概念当中。

对"现代化＝西洋化"这一命题的思考或批判，不应当被替换为对"西洋化"这一历史过程的否定或"传统"本身的现代化。事实上，一旦抛开"西洋化"，现代日本的大多数命题都无法成立。不过，铃木的坚持不懈的挑战也提醒我们应当质疑"现代化＝西洋化"叙事本身的局限。因为不管是"现代化＝西洋化"这一叙述本身还是对这一叙述的否定（东方主义的、反东方主义的或自我东方主义的）始终都是将"西洋"视为铁板一块，而且也将"日本—西洋"作为唯一的参照系，从而将自身宣称为一元的或均质的。在此前提下，不但"日本—西洋"之外的世界会始终被排除在叙述之外，而且会陷入一种批判的两难之中，即当我们对制度化、均质化不断地展开批判的同时，仿佛又是在对其进行建构。因为那种将现代性归因于单一的文化或制度条件的论述方式虽然包含了深刻的洞见，但它也仍然是高度化约的。

在《"摇曳"的日本文学》（1998）一书中，小森阳一与铃木贞美在20世纪末的同一年将视线对准了《武藏野》。不过与铃木贞美不同的是，小森阳一是在柄谷行人的延长线上做了进一步的推进。从小接受俄语教育和苏联文化熏陶的小森阳一关注的焦点是国木田对屠格涅夫的引用及其发挥。

> 因为是楢类，所以叶子会变黄。因为叶子变黄，所以才会有落叶。时雨低声细语，寒风高声怒吼。若有一阵风掠过小丘，便会有几千万的树叶舞上高空，像鸟群一样飞向远方。当树叶落尽，方圆数十里的树林一下子就变成了光秃秃的，只有冬日里青色的天空高悬其上，武藏野就进入了一种沉静。空气也更加清爽透明了。远处的声音也可以听得清清楚楚。我在

---

① 铃木贞美. 文学的概念 [M]. 王成, 译. 北京：中央编译出版社, 2011：275.

十二月二十六日的日记中曾这样写道："坐于林深处，四顾、倾听、凝视、默想"。《幽会》中也有"我坐着，环顾四周，又侧耳倾听"。这个"侧耳倾听"是多么契合秋末冬初时节的武藏野啊！如果是在秋天，能听到来自林中的声响；如果是在冬天，能听到来自遥远的树林那一边的声音。①

在小森阳一看来，散文《武藏野》的生成过程中隐藏着一个跨语际（翻译）和跨国界（移动）的文本的旅行。首先，身处巴黎的屠格涅夫采用福楼拜以降将焦点集中于登场人物的描写方法，并使用法语将记忆中的俄国的"自然"语言化（《幽会》），然后又将其翻译成俄语发表在俄国的杂志上，这样屠格涅夫就创制出了一套文学性的话语，它使同时代及其后的读者共同体将俄国的森林视为一种美的对象；其次，二叶亭四迷紧接着将屠格涅夫的俄语文本翻译成了言文一致体的日语文本，并据此创作出了有别于以往所有散文的异质性的文体；最后，国木田独步通过二叶亭四迷的翻译将日本"武藏野"的"自然"变成了美的对象。② 穿越三种语言、三个国度的翻译行为实际上是作者和译者在各自的语言系统中不断地将文本陌生化（什克洛夫斯基）的过程。正是这种基于语言的建构活动创制出了均质的、可供共同体加以想象的自然或风景。因此对小森来说，"风景之发现"也是"文体之发现"。

不过，正如萨义德在很早之前就已经提醒过我们的，一种观念或理论在从一地向另一地、从一个时间向另一个时间的旅行过程中会随着语境的变化而呈现出不同的意义。③ 因此当我们追溯至屠格涅夫在巴黎用法语写作《幽会》的时候，就不能将屠格涅夫的创作活动从其与巴黎文坛（龚古尔、福楼拜、左

---

① 国木田独步. 今の武藏野 [J]. 国民之友，1898（1）：59.
② 小森陽一.「ゆらぎ」の日本文学 [M]. 東京：日本放送出版協会，1998：44.
③ 萨义德. 旅行中的理论 [M]//萨义德. 世界·文本·批评家. 李自修，译. 北京：生活·读书·新知三联书店，2009：401.

拉、都德）的交往活动①中，从以法国为中心的 1848 年欧洲革命（1847—1852）②的同时代背景中剥离；当我们注意到屠格涅夫将《幽会》从法文翻译成俄文在俄国发表时，也不能忘记他当时在这篇小说乃至整部《猎人笔记》中所要讨论的是俄国社会改革问题（农奴制），而这一点既没有引起二叶亭四迷的注意，也被国木田独步在引用《幽会》的时候从中删除掉了；当我们认为是二叶亭四迷翻译的《幽会》促使国木田将此前无人问津的杂木林变成了美的对象时，我们也要追问究竟是怎样的历史前提和动力促使国木田将《幽会》中感伤的风景转写成为欢快自信的风景？是哪些因素促成了国木田对武藏野这一片国土的热爱与赞美（我们这里的风景最好）？

对这些问题的追问与回答是我们重审"风景之发现"与"文体之发现"的契机和动力。柄谷与小森都力图在"日本—西洋"叙述的框架中提取出一套解读日本文学现代化的模式（当然其背后也有与日本现代民族国家制度的共谋），这是形式主义—结构主义理论在后现代日本的一次实践，两者（尤其是后者）当中固然都有极富洞见的观察与批判，但也仍然是高度化约和一元化的。也正是在这一前提下，小森才会依据他的"文体之发现"将"二十世纪的构图"概括为："新式表现技法与新式国民语言的输入和创制从文学'先进国'流向文学'落后国'，并据此在自己的国家发现了'自然'。"③ 日本现代文学史被解读（批判）为一种单向度的流动，而"日本"则是其终点。

小森阳一的理论出发点，如其在前书的序言中所述，是来自酒井直树的

---

① 关于屠格涅夫在巴黎的活动，可参阅阿尔冯斯·都德的回忆性散文集《巴黎三十年》（1888），日文译本为《巴里の三十年》（萩原弥彦，訳，東京：本の友社，2003）。都德在这本书中回忆了自己在巴黎 30 余年的生活，并专辟一章写了自己对巴黎时期的屠格涅夫的印象。田山花袋后来模仿此书写作了自己的《东京三十年》（東京：博文館，1917）。此外值得一提的是，国木田独步在 1897 年初曾读过这本《巴黎三十年》。1896 年 11 月，即转居至涩谷村两个月后，国木田先后结识了田山花袋和松冈国男（即后来的柳田国男）。几个月后，三人同宫崎湖处子、太田玉茗等人一起出版了新体诗集《抒情诗》（東京：民友社，1897），此后三人之间一直维持着较为密切的来往。国木田 1897 年 1 月 13 日的日记写道："今日访田山花袋氏，谈论恋爱、诗歌以及我的诗人的梦想。后借都德的《巴黎三十年》归。"（国木田独步. 欺かざるの記：後篇 [M]//定本国木田独步全集：第七卷，東京：学習研究社，1978：517）3 月 13 日日记："读都德的巴黎三十年中屠格涅夫一章。"（同前，第 539 页）
② 屠格涅夫的短篇小说集《猎人笔记》中的各篇正好在 1847 年至 1852 年间依次发表在当时俄国的进步刊物《现代人》上，《幽会》亦为其中之一。
③ 小森陽一．「ゆらぎ」の日本文学 [M]．東京：日本放送出版協会，1998：44.

《历史叙述的政治功能——天皇制与现代》①一文。酒井引用福柯有关陈述的理论（《知识考古学》）指出，作为一种现代的构建，"万世一系"的天皇制及其相关叙述一旦确立，就会被人们想定为一种看似极其自然的客观存在。通过这种由叙述建构起来的"确定性"（positivity，日语译为"実定性"），天皇作为一种制度性的存在进而发展成为整个社会构成体的常识。因此在这一前提下思考现代日本的同一性时，"作为国民的'日本人'、作为国民文化的'日本文化'以及作为国民语言的'日本语'"也自然成为一种"确定性"被用来定义天皇制②，最终"日本人—日本语—日本文化"这样一个三位一体的结构被固定下来。但酒井同时也指出，这样的结构有两个重要的前提。一是"日本人""日本语""日本文化"必须在与他国人、他国语言、他国文化的比较关系中才能够被表象为一种统一的、均质的"国民""国语""文化"③（这里所说的他国当然不仅仅指西洋各国，更包括日本的周边各国），"日本"不是一个自足的、独立的存在，它存在于与世界的关系当中；二是人类语言、文化的多样性，正是在这种"宿命"（本·安德森）中"日本语""日本文化"得以成立，同时它又反过来排除掉了那些它曾经借以成立的多语言的、多文化的存在。酒井强调，此处所说的"多语言"不能被理解为不同语言之间相互外在的存在（拼贴），真正的"多语言性是一个个人穿梭于不同语言、不同文化领域时自身的多语言化"（就像"日本"曾经也是多语言的一样），因为"多元主义文化观的立场是将文化视为一种有机的体系"④。酒井将上述两个前提称为"复合文化主义"，而日本的天皇制与现代性正是出现在对它的否定之上。

那么，当一个日裔美国学者的论述旅行到了日本本土学者那里之后会发生什么变化呢？小森将酒井的三位一体模式改写为"'日本'国籍—日本人—日本语—日本文化（文学）"这样一个四位一体模式，并将"日本现代文学"放

---

① 初出时题为《天皇制と近代》，1992 年 3 月发表在《日本史研究》上，后更改标题为《歴史という語りの政治的機能——天皇制と近代》收入专著《死産される日本語・日本人——「日本」の歴史—地政的配置》（東京：新曜社，1996）。
② 酒井直樹. 死産される日本語・日本人——「日本」の歴史—地政的配置［M］. 東京：新曜社，1996：13.
③ 同上，第 140 页。
④ 同上，第 142 页。

到这一模式中加以审视。小森自始至终视为搏斗对象的，是在这个一元化的四位一体模式下被人为创制出来的"日本现代文学"。但是，正如董炳月所指出的，我们（尤其是中国读者）对"小森政治话语"的认同有可能会遮蔽掉日本的复杂性和小森本人的复杂性。因为"'小森政治话语'的成立并非以否定自己的'日本人'身份为前提，相反，在某种意义上，'日本人'身份成为其批判的内在驱动力。在某种意义上，小森阳一的日本批判是通过将自己'国民化'（历史化）完成的"①。也即是说，小森对"现代日本"的批判越是激烈，也就越发表明他作为一个日本人的自我同一性和责任感（或许小森正是在这种意识/无意识下在酒井的三位一体模式中加上了"'日本'国籍"这一项）。或者也可以说，对小森而言，想象另一个"日本"成为其对"现代日本"展开批判的动力。正如他的书名所示，《"摇曳"的日本文学》虽然是对作为制度的"日本现代文学"的否定性批判，但即便他所追求的是摇曳的、游弋在"日本现代文学"制度之外的文学，最终也还是一种"日本文学"，没能脱离一国文学史的叙述框架。

在酒井直树的"复合文化主义"论述中，"日本"只不过是世界诸关系的一个结点。但在小森的话语中，"日本"既是其自身存在的前提，又被放大为相对单一化的中心点。因此当他越是激烈地展开批判时，其自身也越会被批判对象所规定，最终这种批判在某种意义上也成为对对象的建构和强化。这既是讽刺，也是矛盾。在出版《"摇曳"的日本文学》两年后，小森在另一篇文章中也无奈地反思道："当我试图批判性地叙述'现代日本'和作为现代民族国家的'日本'时，无论我如何对这一行为保持主观性，或者即使我的叙述也能够实现这一话语，但结果却是在强化那些幻想，这是我所抱有的矛盾。"②

3.2.2　走出"风景"

围绕《武藏野》的讨论不仅仅是一个美学问题，更不是一个纯粹的文学

---

① 董炳月. 平成时代的小森阳一 [M]//董炳月. 茫然草：日本人文风景. 北京：生活·读书·新知三联书店，2009：207.
② 小森陽一. 起源の言説——日本近代文学研究という装置 [M]//栗原彬，佐藤学，小森陽一. 内破する知——身体・言葉・権力を編みなおす. 東京：東京大学出版会，2000：127.

表达技巧的问题，虽然一直以来这些问题都是专业的国木田独步研究者在过去几十年中反复讨论的话题。正如前文所显示的那样，散文《武藏野》被放置到了"日本（文学）现代性"这一思想议题的谱系当中，并且被置于开端的位置上。因此它也就必然地与日本向现代民族国家转型的总过程密切关联。柄谷行人将"风景之发现"作为现代性制度的一种装置给予肯定的同时，他也指出："风景是和孤独的内心状态紧密连接在一起的……对眼前的他者表示的是冷淡。换言之只有在对周围外部的东西没有关心的'内在的人'（inner man）那里，风景才能得以发现。"① 也即是说，"内面的人"（主体）是在与他者的"分隔"之中得以出现的，而且这个主体对"外部"或"他者"是"冷淡"的、漠不关心的。不过柄谷眼中的这种"主体—他者"论述取消了威廉斯所说的"分隔"背后的张力，因为"分隔"即是在观察者与被观察者的张力关系中得以出现的。所以"内面的人"一旦出现之后，就被限定在"内部"，仿佛"外部"不曾存在过一样。放在日本向现代民族国家转型的总过程来看，"日本"的成立恰恰是在一个与多重他者的多重互文关系当中。而"日本—西洋"论述或"'日本'国籍—日本人—日本语—日本文化（文学）"这个四位一体模式不但取消了"日本"背后的多重他者的存在，而且也将自身封闭在一个均质的、一元化的言说体系当中。

　　小森在结构主义式分析的惯性中试图从文本中提取出一个可供批判的结构，但这一行为本身也暗含着结构主义自身的局限性，即作为提取对象的文本有可能会被看作一个自足体，从而脱离了文本与各种历史生产条件之间的张力关系。这就导致在对文本进行分析的过程中，文本被置于一个无时间性的、无利益纠葛的、不受任何钳制的真空中。相反酒井的论述提醒我们去注意存在的"混杂性"（加藤周一）、文本的"复合性"与概念的"虚构性"。因此我们必须承认"风景之发现"的历史性，必须质疑现代均质化的"风景"叙述所宣称的那种均质性。但这并不是为了取消作为"想象的共同体"的"风景"，相反我们要将"风景"放到它借以确立自身的资源中以及与他者的复杂关联当中，去追问"风景"认同的可能性和想象性是如何存在的。

---

　　① 柄谷行人. 日本现代文学的起源［M］. 赵京华, 译. 2版. 北京：生活·读书·新知三联书店，2006：15.

因此，作为本文的一个基本判断，我们首先要做的应当是意识到"风景"的主观性与历史性，进而尝试走出"风景"。正如格奥尔格·齐美尔所指出的，一个个景物（山川、河流、田野、草地、房屋等）并不构成我们所说的风景或自然，因为"所谓自然就是事物无穷无尽的联系，形式的不断产生和消亡，在时间和空间存在的连续性上表现出来的大量统一"①。我们的意识必须将一个个景物重新把握成一个整体、一个统一体。正是这种"把握"（观察、比较、选择、判断、陈述）使风景成了风景，但是这种"把握"并不能凭空得以实现，它需要在一定的参照系中才能成立。因此我们也有必要将《武藏野》放置到一个相对宽广的参照系中重新审视其被"把握"的过程。具体到作为创作者和实践者的国木田独步，在我看来，他在东亚近代空间中的"移动"以及在每一次"移动"中所邂逅的他者都为其构成了自我确认的前提。大连湾的渔民、旅顺的民家、朝鲜的小岛、北海道的大原野和大森林、对台湾的想象、甲午战后东京的都市空间、在涩谷村的自然观察等都是其创作《武藏野》时的政治地理经验。相反地，二叶亭四迷翻译的屠格涅夫的《幽会》似乎更应当被视为一种"方法"而非"目的"，它就像是国木田独步的"玛德莱纳点心"，当他在20世纪末的时点上触碰到它的时候，上述历史经验都在与《武藏野》的互文关系中复活了。以这一历史经验为参照，"风景之发现"这一行为本身也无法脱离同时代的意识形态的笼罩。因为正是以在甲午战争中的胜利为契机，日本在总体上逐渐转变为一个帝国主义的民族国家。对外战争、内国殖民地（北海道）、海外殖民地、国内都市空间的改造等等使得日本在"野蛮—半文明—文明"（福泽谕吉语）这一文明等级论的秩序中大踏步迈向"文明"的世界。而帝国主义所针对的那些被视为"野蛮"或"半文明"的他者只能作为风景出现在"脱亚入欧"这趟班车的"后视镜"中，又或者被完全遮蔽掉。重要的是，国木田独步是怎样处理《武藏野》和这些历史经验之间的关系的？

---

① 齐美尔. 风景的哲学［M］//齐美尔. 桥与门——齐美尔随笔集. 涯鸿，宇声，等译. 上海：上海三联书店，1991：160.

3.3 膨胀的领土、内聚的风景与同时代的地理学知识

3.3.1 "日本风景论"的季节

在《〈武藏野〉，又或是'社会'之发现》一文中，高桥敏夫结合甲午战后日本的社会背景指出，《武藏野》所描写的富于变化的自然风景、东京郊区民众生活的混杂场景等，实际上都与同时代明治政府一元化的国家建设之间构成了"一"与"多"的对比关系。换言之，《武藏野》暗示了这样一种结构，即"一个国家·复数社会"①。以此为参照，高桥进一步指出，虽然国木田是以屠格涅夫的《幽会》为模仿对象并发现了日本从未有过的"杂木林"风景，不过他的这一发现与"新的日本美"没有关系。"众所周知，在华兹华斯流行的 19 世纪 90 年代，较为显著的倾向是因反都市、反国家而转向'自然'。但是这一点在数年后甲午战争时期迅速转变为一种民族主义情感，并自豪于日本的'自然'。其中的代表就是志贺重昂的《日本风景论》（1894）。日本此前的自然美遭到了否定，而那些甚至有几分粗野的自然美与一个新的、强大的'日本'意识重叠着登场了。"② 而与此相对，《武藏野》中的自然美不仅没有民族主义色彩，它凸显的是对"日本以及日本人的否认"③。高桥的观点，可以说代表了大多数国木田独步研究者对《武藏野》这个文本所持的态度，由

---

① 高橋敏夫.《武藏野》，又は"社会"の発見——日本と眺望の誘惑が迷路に消える時 [M]//有精堂編集部. 日本文学史を読むⅣ：近代2. 東京：有精堂，1993：214-215.
② 同上，第228页。
③ 同上，第229页。

于此类研究数量庞大，恕不罗列。

要反对或质疑高桥的观点是危险的，但我还是要冒昧地指出，当高桥敏夫将华兹华斯与志贺重昂置于相对的两极（华兹华斯的自然与都市或国家的关系如何尚且不论）时，他通过完全撇清国木田独步与后者的联系，从而使《武藏野》成了明治时代反帝国主义的自然观的范本。不过，国木田独步在甲午战争中所写的下面一段话让我们有资格追问：所谓的"反社会、反国家"的自然如何能够安适地与帝国主义的时代背景共存？

> 一月十四日于千代田舰
> 二十八年一月一日，我千代田舰自大连湾出发，驶向长崎港。四日午后约二时抵达长崎。自然风景的大连湾返回，一进入长崎港，瞬间山清水秀，此刻才恍然领悟《日本风景论》的内容。
> …… ……
> 五日去船坞，八日外出，九日午前四时自长崎港出发，归途侦查威海卫，十一日午后十时归至大连湾。大连湾这个名字现在听起来已经让人有些怀念了，以至于我们不说"去大连湾"，而说"归"。勿要再说煞风景，现在这荒漠般的山海也是我们的新故乡。（《千代田舰的侦查》）①

这两段文字来自国木田独步的甲午战时通信中的第十六封《千代田舰的侦查》，写作时间是 1895 年 1 月，类似于日记。该信发表于 1895 年 1 月 14 日的《国民新闻》。此时日军已经于 1894 年 11 月侵占大连、旅顺及其海域，正等待 1895 年 2 月初攻打威海卫的命令。国木田所搭乘的海军补给舰正是在这样的时间空当中于 1895 年 1 月初返回日本本土长崎港休整并装配补给。首先，从这段引文中可知，国木田不但阅读过《日本风景论》，而且对其表达出了认同。更重要的是，这种认同是在将日本与外部进行比较后得出的结论。翻阅国木田的甲午战时通信，我们可以发现他自 1894 年 10 月踏上战场后至此时，先后跟随军舰千代田号到达过朝鲜半岛大同江、和尚岛、花园口、大连、旅顺等

---

① 国木田独步. 千代田艦の偵察 [M]. 国民新闻，1895 - 1 - 14 // 定本国木田独步全集：第五卷. 東京：学習研究社，1978：100 - 101. 下划线为笔者所加。

地，其间偶尔会登上陆地。或许是因为大多数时间身处海面，也或许是由于战争所带来的紧张感，国木田对所到之地的风景描写以远眺式的整体印象居多，"月亮""树木""断崖""远山""村落""旷野""海浪"等视觉意象都披上了较为暗淡的色调。但不管怎样，在"山清水秀"的本国风景面前，外面的风景都显得"煞风景"。当然，这背后自然也不能排除由日本在战争中接连胜利所带来的自信与轻松感。那么，让国木田恍然领悟的《日本风景论》是怎样一本书呢？

作者志贺重昂（1863—1927）于1880年入读北海道札幌农学校，当时同校学生中有高其两级的内村鉴三。1884年毕业后辗转至丸善书店担任图书校订工作。1886年跟随日本海军学校训练舰筑波号出访海外，途径澳大利亚、新西兰、斐济、夏威夷群岛等国家和地区，深受海外列强殖民现状的刺激，回国后写出《南洋时事》（1887）一书以警示日本国人[①]，同时转向地理学研究。1888年，志贺连同三宅雪岭、井上圆了等人创办政教社[②]及其机关刊物《日本人》，提倡国粹保存主义，以反对当时日本国内盛行的欧化主义（如鹿鸣馆）。1891年创刊《亚细亚》。1893年12月1日在《亚细亚》上发表《〈日本风景论〉绪论》及部分正文内容，1894年10月21日再次发表《火口湖》与《玄武岩》两篇，副标题为"《日本风景论》一节"。1894年10月25日在《日本人》上发表《自然之美妙在无限变化之间》和《石灰岩的侵蚀》两篇。志贺重昂正是以上述文章为核心，在经过大幅度的增补改写之后于1894年10月27日出版单行本《日本风景论》。因为出版当时正值日本在黄海大海战中胜利后不久，该书迅速畅销，而且成为明治中后期的长期畅销书，每一年都会增订

[①] 龟井秀雄曾对《南洋时事》做过这样一个评价："志贺一方面要向国人传达原住民所面临的危机，揭露欧美列强的不端；另一方面，他又肯定地评价安格鲁·撒克逊民族殖民统治的成功，并想将此作为日本的模范。这是一种明显的矛盾——也正因此，我们对志贺的评价也为之一转——但这也是一个来自后发国家日本的年轻知识分子所不得不背负的矛盾。"（龟井秀雄．日本近代の風景論——志賀重昂《日本風景論》[M]//小森陽一．つくられた自然．東京：岩波書店，2003：33）不过，正是这样的论述使得他没能意识到志贺重昂后来的一系列殖民扩张言论，导致他仅仅将《日本风景论》解读为一种对自然的风景化，至多为一种风土民族主义。

[②] 根据中野目彻的研究，政教社在政治上的对外主张大致有以下四个方面：第一，鼓励向北海道移民、在千岛群岛设立行政机构；第二，鼓励以夏威夷为中转站向南北美洲大陆移民；第三，主张将日本的势力从台湾向菲律宾、从南洋群岛向澳大利亚延伸，即南进论；第四，主张通过朝鲜半岛向中国东北部扩张，即北进论。参见：中野目徹．政教社の研究[M]．東京：思文閣，1993：206.

再版一次以上，仅至1902年就已经增订发行过十四个版本。①

《日本风景论》全书共分九章，依次为：《绪论》《日本气候、海流多变多样》《日本水蒸气量多》《日本火山岩较多》《日本流水侵蚀激烈》《寄语日本的文人、词客、画师、雕刻家、风怀高雅之士》《日本风景的保护》《亚细亚大陆地质的钻研寄语日本的地学家》《杂感有关花鸟、风月、山川、湖海之词画》。其中《绪论》提纲挈领，基本表达了作者的主要观点。全作从内容上讲，概括起来有四个方面。第一，将日本与世界各国、各文明进行比较，以此确认日本自身的独特性，并将这种独特性视为日本民族的"国粹"；第二，强调在一个小范围内表现自然风景的多样性，并以此为日本的特征；第三，呼吁民众走向野外，倡导形成登山的风气；第四，呼吁文学者、画家积极参与对日本风土的描写之中。

在《日本风景论》中，志贺重昂开篇便将日本风景的特色总结为：潇洒、美、跌宕。他通过不厌其烦地罗列各种自然景物，将日本与欧美各国、中国和朝鲜进行比较，并试图将日本与其他各国从本质上区别开来。比如，以槭树（枫树）为例，他认为日本"潇洒"的精粹在秋季，英国几乎没有此类树木，而日本和歌中所吟咏的红叶，即便"如酷爱细察自然景象的湖畔诗人华兹华斯，也无法在脑海中描绘出来"②。日本"美"的精华在春季，中国人或朝鲜人虽然常说"莺花三月"，但是因为"汉土无樱。又无莺。非无樱也。无我樱也"，所以中国人、朝鲜人不了解莺花的真面目。至于欧美各国，"初春无梅花，晚春无樱花，其春者，毕竟不值一提"③。日本的"跌宕"，如那须的旷野与松树、矗立在武藏野地平线上的富士山、北海道沿岸的峭壁断崖、瀑布、雨后彩色的云等。而日本之所以有如此潇洒、美、跌宕的风景，是由于气候、海流、水蒸气、火山、流水等诸多多变的先天自然地理条件决定的。《绪论》以后各章节便是对这些先天自然地理条件的分别阐述。这种看似客观合理的地理学论述暗含的问题是，他首先要将自身与他者进行比较，从而确认自身的特点何在，但是一旦确认了自身的特点之后，又迅速将这种特点本质化、民族化为

---

① 小島烏水. 岩波文庫初版・解説 [M]//志賀重昂. 日本風景論. 近藤信行，校訂. 東京：岩波書店，1995：370.
② 志賀重昂. 日本風景論 [M].近藤信行，校訂. 東京：岩波書店，1995：16.
③ 同上，第22页。

本国的"国粹",进而否定他者,仿佛自身曾经是通过与他者的比较关系才得以确立这一事实不曾发生过一样。最早对志贺重昂提出批评的是内村鉴三。

在《日本风景论》将要出版之时,志贺邀请内村鉴三为其写作书评。内村在书评中一方面肯定了志贺重昂的写作,甚至夸赞其为"日本的罗斯金"。但另一方面,他也做出了批评,志贺重昂将华兹华斯的英国、易卜生的挪威、但丁的意大利乃至中国的风景统统贬低为不如日本,背后其实都是所谓爱国心在作祟:

> 日本之美,为园艺之美,公园之美,然而在我看来,也有不若其他各洲之处。在奥斯塔小镇眺望罗莎峰、在达齐伦眺望珠穆朗玛峰,这都是伟大的美,难道不都是日本风景所缺乏的吗?我国的风景都是使人陶醉的风景(过于精细),而使人变得崇高的美,即能够让自己提升层次的美不得不向万国索求。我相信,志贺氏之所以没有写到这些风景并不是他的文学技巧所限。但是我在这里所说的也并非出于一个批评家的义务,因为毕竟在这爱国心蒸蒸日上的时刻,让一个批评家说出这种非国家的言论实在太难。①

内村看到的是,在甲午战争的氛围中"日本风景论"这一论述中强烈的政治性。正是这种强烈的政治性使论述者将全部的目光集中到了"日本",正是在短时间内遭遇的他者完成了其对自身的确认,但是过分强调"爱国心"则会有自我孤立的危险。相反,内村的出发点更多的是从世界地理的视角出发,将日本视作世界的一环。在志贺重昂写作《日本风景论》时,内村鉴三也在写作自己的《地理学考》②,并且早于《日本风景论》半年出版了单行本。有意思的是,国木田独步也读过这本书,也同样对其做出了高度评价。在1894年12月10日的日记中,国木田这样写道:

---

① 内村鑑三.志賀重昂氏著《日本風景論》[M]//志賀重昂.日本風景論[M].近藤信行,校訂.東京:岩波書店,1995:367.
② 内村鑑三.地理学考[M].東京:警醒社,1894.全书共十章:(1)地理学研究的目的;(2)地理学与历史:其一总论山国论;(3)地理学与历史:其二平原论海国论;(4)地理学与天理;(5)亚细亚总论及西部亚细亚;(6)欧罗巴论;(7)亚米利加论;(8)东洋论;(9)日本的地理及其天职;(10)南三大陆.内容几乎涉及世界上所有主要的大陆、海洋以及文明区域.

夜深人静，北风激烈，湾内浪高风寒。夜色沉沉，月光皎洁。读地理学考之日本部终。

…… ……

《地理学考》为收二邮寄之书，五日到手。此为地理的哲学，又或为宗教诗歌的地理，或为预言的地理学。①

那么，国木田所称赞的《地理学考》又是什么样的一本书呢？在内村看来，地理学是其他各学科的基础，离开地理学，殖产兴业、政治乃至文学都无法成立（《地理学考·第一章：地理学研究的目的》）。不过，各个国家由于在地理上形态各异，所以其自身的天职也各不相同。在该书第九章，内村将日本与中国、印度以及欧美各国比较后指出，日本虽然在地理位置上处在亚洲，但是在地理构造上确是欧洲的。日本本州岛西南端的长洲可比欧洲的西班牙、东部的畿内一带可比法国、纪伊半岛为意大利突入南部海域、关东原野和利根川流域可比匈牙利、北越地区可比德国……②日本既身处美洲和亚洲之间，又身处于欧洲和亚洲之间，所以"若问日本国的天职为何，地理学答曰：要做东西两洋间的媒介者"③。

两相比较，《地理学考》在视野格局上明显要比《日本风景论》宽阔许多。与志贺急于在《日本风景论》中确认自己的独特性和急迫性相比，内村在《地理学考》中显示的更多是自信与从容。在内村看来，"日本帝国"是其所热爱的，但同时它也是世界的一员，有着联通东西两种文明的责任和义务。不过尽管如此，在铃木俊郎看来，内村鉴三为《日本风景论》写的书评并不构成对志贺的批判，遗憾的是铃木没有给出自己的理由。④ 在我看来，内村鉴三虽然为志贺指出了一定的不足之处，但是两人在实际上仍然共享着同一个前提，即他们都或多或少地承继了来自欧洲的文明等级论及其地理学式的空间排

---

① 国木田独步. 欺かざるの記：後篇 [M]//定本国木田独步全集：第七卷. 東京：学習研究社，1978：259.

② 内村鑑三. 地理学考 [M]//内村鑑三全集：第二卷，東京：岩波書店，1980：462-463.

③ 同上，第464页。

④ 铃木俊郎. 地理学考·解題 [M]//内村鑑三全集：第二卷. 東京：岩波書店，1980：503.

布。三田博雄曾对《日本风景论》的文本构成和志贺重昂的日记做过详细的对比考证，他发现志贺重昂虽然在书中宣称自己曾经足迹几乎踏遍了北海道全域，但是志贺真正去过的地方极其有限，所登过的山也不过一两座而已，《日本风景论》中的相关内容更多的是他个人的发挥。[1] 另外，《日本风景论》中的许多内容直接摘抄或改写自英国博物学者约翰·卢伯克[2]（John Lubbock，1834—1913）的达尔文主义式的著作《自然美与我们所栖居的世界之不可思议》（*The Beauties of Nature and the Wonders of the World We Live in*, 1892）。[3] 志贺在书中不仅借用了卢伯克的观点，而且做了进一步的发挥。比如卢伯克在自己著作的《绪论》中说："（英国）虽为一个狭小的岛国，但世界上像英国这样拥有丰富的自然风物变化的国家极少"[4]，紧接着便列举英国各地的自然地理特点大加赞美。而志贺重昂不仅借用了卢伯克的论述模式，同时也将卢伯克论述的英国作为比较对象："英吉利国土虽美，然而毕竟连一座活火山都没有……日本将卢伯克所粉饰的英吉利风景悉数网罗殆尽……如果连一座活火山都没有，又怎能自称'呈现出了全世界的多样多变的风景'了呢？更何况还有日本的存在。"[5]

同时，内村鉴三的《地理学考》也是在参考了诸多欧美地理学著作的基

---

[1] 山田博雄. 山の思想史［M］. 東京：岩波書店，1973：50.

[2] 约翰·卢伯克曾为大英博物馆馆长，出版此书时正担任伦敦市议会议长。据笔者所知，他的这本著作有两个日文全译本，第一个为正冈芸阳译本《自然美論》（ジョン·ラボック. 東京：金色社，1905），第二个为板仓胜忠译本《自然美と其驚異》（ジョン·ラボック. 東京：岩波書店，1933）。这部著作共有十章，第一章为序论，卢伯克引用华兹华斯、斯宾塞、爱默生等人的著作以及《旧约圣经》中的雅歌来阐述自然之于人的重要性，其后九章分别论述动物、植物、森林、原野、山岳、河流湖泊、海洋以及太阳系和行星。可见对于卢伯克而言，"自然"的概念并不局限于人类所居住的地球上的"自然环境"或"自然界"，也包括牛顿以降的物理学和天文学知识。另外，在第一个日译本出版时，小岛乌水于两个月后出版了《不二山》（東京：如山堂，1905），其上部也以"自然美论"为题做开篇论述，而吉江乔松此时也正好从早稻田大学英文科毕业并作为编辑加入国木田独步经营的杂志《新古文林》。吉江后来又成为早大英文科的教授，并分别于1923、1926年出版《自然美論》和《新自然美論》，旨在梳理欧洲从古代至近代的自然观念的变迁。吉江同时也是早期研究国木田独步的学者之一，著有论文《国木田独步研究》（收于日本文学講座13：明治時代：下編［M］. 東京：新潮社，1932）等，他认为国木田独步的文学创作活动有着从浪漫主义到自然主义的变迁。实际上，卢伯克的著作与同时代大英帝国的历史背景的关系、这部著作的第一个日译本在日俄战争结束时的日本社会出版等情况都是颇值得注意的问题，限于篇幅，本文暂不深究。

[3] 山田博雄. 山の思想史［M］. 東京：岩波書店，1973：58.

[4] ラバック. 自然美と其驚異［M］. 板倉勝忠，訳. 東京：岩波書店，1933：18.

[5] 志賀重昂. 日本風景論［M］. 近藤信行，校訂. 東京：岩波書店，1995：175.

础上写就的。内村在该书的内页附录了一份《参考书目》①，从列出的书单可知，其中有古约特（A. Guyot）的《地人论》(*The Earth and Man*) 和《地文学》(*Physical Geography*)、黑格尔的《历史哲学》以及洪堡、达尔文等人的著作共十几部。而《地理学考》中对中国历史的论述"平稳的、单纯的、孤立的"②也很容易让人联想到黑格尔的《历史哲学》。此外，内村在该书中所使用的地图或图片也直接来自古约特的著作。所以，这样看来，不管是《日本风景论》还是《地理学考》实际上都没能够完全脱离来自欧洲的世界文明论述和地理学的世界构图，在逻辑结构上仍然处在福泽谕吉的"野蛮、半文明、文明"（《文明论之概略》）这个文明等级论的延长线上。因此，基于西洋地理学的对"日本"自然地理和风景的描写行为本身即是一个在精神上、在"风景"上"文明"化的过程。所以自然也就不难理解，内村鉴三在出版《地理学考》几个月后，写作了《甲午战争之义》一文并发表在德富苏峰的《国民之友》上，他将甲午战争解读为"文明"对"野蛮"的"义战"。③

或许正是基于这种走向"文明"的自信，志贺重昂在《日本风景论》中写到日本的具体事物时总是用"日本国内到处皆是""普遍都是"这一类的短语来形容，甚至认为日本的风景已经将英国的风景"网罗殆尽"。这种对自身的自信在日本的历史上是空前的，它在所有的维度上都指向写作者的"此时·此地"。这种"风景"是基于与外部的关系得以成立的，但它又认为自己远远超出外部。它被认为具有足够的多样性，是千变万化的，而且它可以足不出户就能够在内部（本国、本地）被占有。就像志贺在《日本风景论》最后一章《杂感》中所写的："自然之绝妙在无限变化之间。若其趣味单一，始终没有变迁革新，我们向何处去寻求慰藉、愉悦与兴奋？"④ 没有这些作为前提，我们就无法理解《武藏野》中的风景为何会呈现出如此丰富多变的样貌。从《武藏野》的第二小节进入正文开始，国木田始终想要把握的都是"现在的武藏野"风景的"变化之大略"⑤，而且在每一小节中的关键词实际上也都与

---

① 内村鑑三. 地理学考 [M]//内村鑑三全集：第二卷. 東京：岩波書店, 1980：354-355.
② 同上，第 354-355 页.
③ 内村鑑三. 日清戦争の義 [M]. 国民の友, 1894-9-3//内村鑑三著作集：第二卷. 東京：岩波書店, 1953：32.
④ 志賀重昂. 日本風景論 [M]. 近藤信行, 校訂. 東京：岩波書店, 1995：175.
⑤ 国木田独步. 今の武藏野 [J]. 国民之友, 1898 (1)：57.

"变化"有关。第二小节中让"我"感到"趣味无穷"的是变幻不定的浮云、原野以及从初秋到冬末所记下的自然日记;第三小节描写的是杂木林的树叶在春夏秋冬风霜雨露中的不同色调以及林中各种各样的声音(参见本文第一节引文),国木田本人"常常这样想:如果武藏野的树林不是栎类,而是松林之类的话,那么它的色彩就会是极其平凡且缺少变化,也就没什么珍贵的了"①;第四小节中的原野是像大海波浪一样起伏不定的、小山丘没有一座是光秃秃的、原野和树林也是相互交错地分布;第五小节中的小路都是忽隐忽现的,小路的前景都是无法预知的,因为每一条小路都有不同的景色;第六小节中盛夏的云彩不断移动,时隐时现的太阳光照得水流也妙趣无穷;第八小节中所有的水流都迂回曲折在原野和树林中;第九小节郊区的生活图景是都会生活的残余和农村生活的余波相互交混的,其中夹杂着各种声响。国木田独步在《武藏野》中描写的"拥有丰富的自然风物变化"(卢伯克语)的风景要比屠格涅夫《幽会》中仅有的两段树林风景多几十倍,当然也更不是"荒漠般的山海"所能比拟的。在某种意义上,《武藏野》构成了对《日本风景论》的回应。

要在一个固定的空间内实现对不断变化的动态要素的统一把握,不但需要长时段的连续的观察和记录,而且需要一种"全景鸟瞰"式的空间阅读能力。甲午战争前后大量出现的地理学著作和现代几何地图提供的正是这种能力,它为新的"自然"观看方式的出现提供了前提。② 高桥敏夫以及当代的众多研究者将《武藏野》视为对志贺重昂《日本风景论》的反抗时,忽略的恰恰是"风景"与"风景"之间在认识论层面的共谋关系。那些看似极其个人化的、非政治化的风景描写恰恰与民族主义的、帝国主义的风景叙述分享了同一个政治地理学构图。这是"风景"叙述自身所带有的隐蔽性,它的"自然地理"背景很容易使人将其视为不证自明的客观存在。

---

① 国木田独步. 今の武藏野 [J]. 国民之友,1898,365:59.
② 比如对"断裂"说持否定态度的加藤周一后来在《果真存在断绝吗?》一文的补记中对自己的观点做出了修正:"今天的我也认为应该对这里的'自然'加以再稍微绵密的限定。《万叶集》中的'自然',其相当一部分也是受了中国诗歌的影响,是所谓文学化了的自然。就是说,并不是平安朝的歌人们一般地对自然敏感,而是对文学传统不断重复的自然的主体敏感。例如,他们似乎对'杜鹃'这个词儿比对'杜鹃'这种鸟更喜爱。鸟属于自然,词儿属于文化(文学)。"参见:加藤周一. 日本文化论 [M]. 叶渭渠,译. 北京:光明日报出版社,2000:53. 加藤周一在这里所说的即是现代以降的新的"自然"及物的"自然"。此外,关于"自然"概念在近现代日本语境中的变迁可参阅柳父章的《翻译语成立事情》(東京:岩波书店,1982)的第七章《自然——翻译语所产生的误解》。

但是，我要做的并不是要将《武藏野》与《日本风景论》在文本上一一对照，又或者将后者视为前者的底样设计。相反我们应当关注的是，在甲午战争之后的一段时期内，特别是在《日本风景论》《地理学考》等著作出版之后，描写"日本"自然风景的随笔、小说、绘画大量出现，已然成为一种潮流。所谓"写生"的概念也在此时正式进入文学创作中。对《武藏野》的解读也无法脱离这样一种时代氛围。当志贺在《日本风景论》中呼吁日本的文人、词客、画师以日本的山川草木为材料创作"绝代之大作、旷世之杰品"时，他应当意识到了古来风景描写的局限，遂转而提倡改革："诗文、俳谐、绘画必须与理学相结合"，要能够描画骤雨的垂直、速度感，要能够把握太阳光线在不同时间的变化。① 与此同时，刚从甲午战争战场回国不久的正冈子规正在思考俳句改革，并于几个月后发表了《俳谐大要》②，倡导"写生"。次年，国木田独步开始在涩谷记录自然日记。同样从甲午战争战场归来的迟塚丽水也转向纪行文的写作，于1898年出版了上下两卷《日本名胜记》。1897、1898年岛崎藤村连续发表两部诗集《嫩菜集》（春阳堂，1897）、《夏草》（春阳堂，1898），并于1900年开始写作《千曲川素描》（左久良书房，1912）。1898年冈仓天心在倡导西洋画的东京美术学校遭到排挤，转而创办了日本美术院，致力于研究"日本美术"。冈仓的学生菱田春草也是在1898年走向武藏野，将武藏野中的萱草原作为素材。③ 同时，受到国木田独步《武藏野》（1898）的感染，德富芦花也出版了《自然与人生》（民友社，1900）。另外，田山花袋的《野花》（新声社，1901），小岛乌水的《日本山水论》（隆文馆，1905）也都在这条延长线上。

此外，正是由于志贺在《日本风景论》中明确宣称富士山为"名山之标准"④，小岛乌水受其启发开始了登山活动，并于1903年开始写作有关日本山

---

① 志賀重昂. 日本風景論 [M]. 近藤信行, 校訂. 東京: 岩波書店, 1995: 331-332. 与此同时，在《日本风景论》刚刚出版半个月后，一篇发表在《国民新闻》上的书评也特别强调"要以科学的、特别是地理的眼光努力解释我日本之风景"，并称赞《日本风景论》为"科学的美术志"。参见：城水生. 日本風景論を読む [N]. 国民新聞, 1894-11-6 (3).
② 正岡子規. 俳諧大要 [J]. 日本, 1895-10-22 至 1895-12-31.
③ 菱田春草的画作《武藏野》最初于1898年10月出现在日本绘画协会第五回·日本美术院第一回联合绘画共进会的展览上，并在这次展览中获得了铜牌。
④ 志賀重昂. 日本風景論 [M]. 近藤信行, 校訂. 東京: 岩波書店, 1995: 329-330.

脉的文章，最后结集为著名的《日本阿尔卑斯》① （共四卷，1915 年出齐）。小岛还于 1905 年创办了日本山岳会并担任会长。不过有趣的是，内藤湖南在 20 世纪 20 年代论述日本风景观的时候写到，他本人的观点与志贺重昂的观点是相同的，"那就是日本的风景是有着其自身特点的"②，而那些试图在日本发现"日本阿尔卑斯""日本莱茵河"之类的做法"即使是出自对西洋的喜爱，但也绝非是对西洋艺术家观点的理解，其不过仅仅是在西洋的名义下，在我国找出一些类似在照片里看到的山岳、溪谷之类的风景而美其名曰世界性的景色。所谓世界性，只是在日本发现近似于西洋非艺术家的卑俗趣味而已，并不是从艺术或非艺术角度去发现在别的国家看不到而只为日本特有的景色"③。内藤忘记了，不管是志贺重昂还是小岛乌水，他们所写的日本风景实际上都是起源于和西洋乃至周边国家的对比关系之中。观察者都或多或少将西洋的标准内化为自身的标准，进而应用到对日本及周边国家的描述中。

富士山或其他自然风物作为一种客观的物理现象，出现在"日本"是一种偶然。但是围绕这些物理存在的描述使其具有了政治意义。夏目漱石很早就看破了这一点。在小说《三四郎》（1908）中，来自九州的小川三四郎乘火车前往东京上大学，途中偶遇东京第一高等学校英语教师广田苌。广田对三四郎说："你第一次去东京，恐怕没见过富士山吧？眼看就到了，你可得好好看看，那是日本最壮丽的山啊，再也没有比富士山更可骄傲的了。可是，这富士山是天造地化，自古就有了的，不是我们凭本事造出来的，有什么好说的呢？"三四郎听了这话心想："在日俄战争以后还会碰到这号人，他不像是一个日本人。"④ 因此，对同时代的日本人而言，对富士山的解释直接关联到民族国家的身份认同问题。明治时代另一位重要的地理学者矢津昌永的《富士山》或许最能代表当时日本人对富士山的态度："某种意义上，富士山代表我

---

① "日本阿尔卑斯"是指日本本州岛中部地区连绵的山脉。最初是由英国矿物学家威廉·高兰德（William Gowland，1842—1922）在为明治政府工作期间发现并命名（1881）。此后，英国传教士瓦尔特·韦斯顿（Walter Weston，1861—1940）撰写了《在日本阿尔卑斯的登山与探险》（1896）一书，将"日本阿尔卑斯"介绍到西方世界。小岛在自己的书中也曾提到，自己受到过这两位外国人的影响。
② 内藤湖南. 日本風景觀 [M]. 大阪每日新闻，1927-7-13 至 1927-7-19//内藤湖南. 日本历史与日本文化. 刘克申，译. 北京：商务印书馆，2012：245.
③ 同上，第 261 页。
④ 夏目漱石. 夏目漱石小说选（上）[M]. 陈德文，译. 长沙：湖南人民出版社，1984：14.

帝国，又代表我国民之气质，若单从地质学角度解释，虽然显得很煞风景，但只要稍加美术式的观察，就会成为颇有趣味的一大名山"，富士山是"东洋，不，是世界第一名山"①。陈述的相对性一目了然。这就好比说，"荒漠般的大连湾"是"煞风景"的，但当它成为"新故乡"的时候，便不再"煞风景"了。

3.3.2　绘制帝国日本的版图

甲午战后，日本在体制上迅速向帝国主义民族国家倾斜。文学者们纷纷将目光转向自身、转向对帝国日本地理、自然、风景的描述（当然，除了地理学著作外，还有大量的旅行记、纪行文、游览观光指南等），这种现象在这一时期集中出现并非偶然。这种内聚的风景描写既提示了"外部"的存在，也是一种对自身的再确认。不管是对作为"想象的共同体"的日本的整体感知，还是对帝国日本内部的局部细描都构成对帝国风景的生产活动。这些作者并不是机械地或完全被动地受帝国主义的意识形态、经济等因素所驱使，但是他们又的确生活在其中，他们的活动在不同程度上塑造了各自的历史经验，同时也为这些历史经验所规定。他们自身也是历史经验与社会经验的产物。正像那些文学作品是对历史经验进行创造性加工和想象后才得以出现一样，它们与整个帝国主义历史经验的关联也需要通过想象力来发掘。

萨义德在《文化与帝国主义》中说得更明确："整个地球事实上是一个世界。在这个世界里并不存在空的、无人居住的空间。正像我们当中没有一个人处于地理位置之外一样，我们当中也没有人完全摆脱地理问题的争端。那种争端是复杂的，也是有趣的。因为它不仅是关于士兵和大炮的，它也是关于思想、关于形式、关于形象和想象的。"② 比如，我们可以看到这样一个事实，当国木田独步坐在千代田舰号军舰的船舱内将"荒漠般的大连湾"写成自己的"新故乡"时，日本明治政府的内阁在同一天（1895 年 1 月 14 日）以秘密决议的形式将钓鱼岛划入了日本的领土范围，尽管甲午战争还在进行当中。国木田独步当然与这一事实没有任何直接的关系，但是作为一个时期内的共同的

---

① 矢津昌永. 富士山［J］. 国民之友，1896（312）：6-7.
② 萨义德. 文化与帝国主义［M］. 李琨，译. 北京：生活·读书·新知三联书店，2003：7.

前提，这种看似偶然的巧合都显示了对外部空间的欲望。它既是一种现实的官方的政治诉求，也是个人将外部想象为内部的外在延伸。因此，对帝国日本的地理或风景的论述行为不仅仅是要通过外部来确认自身，也表现为将外部转变为自身的一个部分。所谓"风景"正是在与多个他者间的多重互动为前提的。这也是这些作者们重绘"帝国日本"版图的历史条件。

德富苏峰在同一时间发表的一系列文章露骨地表达了这种帝国的冲动与对外部的欲望。在《让一切都膨胀吧》一文中，德富这样写道：

> 大日本的膨胀必须是所有方面的膨胀。大日本膨胀的机运所携带的使命，是为建设大日本并使一切前提条件得以膨胀。
>
> 领土的膨胀是大日本膨胀最直接的证明。不管是中国，还是朝鲜，只要在军事上、商业上、殖民上所需要的领土，对他们就要有像浪潮一般膨胀的觉悟。世界地图已非千年前之地图，亦非五百年前的地图，即非自古以来的固定地图，而是近世以来根据军事力量重新描绘的假想中的地图。自古以来，没有恒久不变之物。若以我邦之实力、忍耐、智慧得彼之地并改变之，亦非难事。①

"膨胀"这个词正是在德富苏峰的鼓吹下得以在日本社会流行起来的。"膨胀"的目标首先表现在对空间、对土地的直接占有并以此改写世界地图上。其实早在德富写下这篇文章一个月前，即日本海军在黄海大海战、旅顺登陆战中先后获得胜利之后，他就已经在讨论日本将来如何经营旅顺、大连以及南方诸岛屿。② 这些在甲午战争开战之前或战争期间散布在报纸杂志上的帝国主义言论表达的是一种共同的对空间的欲求。而1895年4月17日《马关条约》的签订直接回应了日本国内的这种诉求。条约规定中国的辽东半岛、台湾、澎湖列岛及周围附属岛屿割让给日本，向日本开放苏州、杭州、重庆等城市，并给予日本最惠国待遇。此外，条约还规定中国向日本赔款两亿两白银。后因俄国、法国、德国的联合干涉（1895年4月23日），日本被迫放弃辽东

---

① 德富蘇峰．總てに於いて膨脹せよ［J］．国民之友，1894，15（242）：3．
② 德富蘇峰．戦勝余言［N］．国民新聞，1894-11-27（1）．

半岛，但作为补偿，要求中国向日本追加赔款三千万两白银。正是基于这个条约的签订以及和战争同时进行的与欧美各国的"条约改定"，日本一举迈入了"文明"世界。有意思的是，向来被认为在甲午战争结束之后想要脱离社会、寻求在大自然中独立生活的国木田独步实际上一直关注着整个条约签订的过程。试摘引几则日记如下：

> 三月二十五日："李鸿章被狙击的电报自马关传来，为准备号外，至夜晚十一时退社，十二时归宅。李已负伤，至于今后形势如何，李若为男子汉决不会以此事为口实助力政略，然而彼已为穷鼠。"①

> 四月二十九日："俄国干涉愈成事实。人心因之激昂，国家前途愈发多事。"②

> 五月七日："战争！战争！吾欢迎战争，欢迎苦战。万死不辞。"③

> 五月十四日："昨日返还辽东半岛的诏书已出。此为吾国外交史之大失策。欧洲诸国以此干涉东洋。俄国亦以此侮辱日本。日本膨胀史只能暂时中止。呜呼世界国民之历史将何去何从？"④

这几则日记中的国木田独步的形象似乎与当代读者、研究者们所描绘的形象大不相同。当代读者和研究者更愿意将国木田解读为一个热爱自然、受帝国主义社会制度束缚与压迫的文学家。但实际的情况往往是热爱自然与对日本的认同并不矛盾，相反还会处在统一逻辑之下。国木田也是一边在杂志上发表《苦闷的呐喊》，一边在日记中写"欢迎战争，欢迎苦战。万死不辞"。

或许正是在"一切都膨胀"的同时代氛围影响下，创刊于1895年1月

---

① 国木田独步. 欺かざるの記：後篇［M］//定本国木田独步全集：第七卷. 東京：学習研究社，1978：279.
② 同上，第287页.
③ 同上，第291页.
④ 同上，第294页.

的明治时代第一大杂志《太阳》感受到了国内读者对地理学知识的强烈需求，遂在杂志上特设了"地理专栏"，一直持续到 1899 年。五井信曾对先后五年间的《太阳》"地理专栏"做过系统的调查梳理①，他发现这总共 225 篇文章在内容上有几个重要的特点。第一，除了一少部分描写日本内陆的旅游景点的文章外，大部分的文章描写的都是日本的边境岛屿、高山深林以及少量的外国风景，而且都是基于个人的实地调查记录写成。其中仅描写介绍台湾的文章就占 10% 以上，足可以显示《马关条约》后，日本人对台湾的浓厚兴趣。此外，还有大量文章记述小笠原群岛、北海道以及各地登山记，多为"人迹未至"之地。这种对"边境""秘境"的向往纵然有猎奇的成分，更主要的还是个人通过实地踏查的方式，用身体、视线和文字来丈量、确认、想象帝国日本的国土范围和边界。第二，与以往将"日本"作为一个均质体加以论述不同，"地理专栏"中的文章恰恰相反，"位于'日本'的边界/轮廓上的台湾、冲绳、八丈岛或小笠原群岛等往往被强调为一种差异化的存在。这些岛屿被描述为落后的、停滞的、官能的等负面形象，它们只是被报告、被观察的对象。另一方面，与之相对，'日本'却是在未被说明的情况下就处于了指导者、观察者位置……也正因此，众多的读者才可能将自己置换到'日本人'的位置上。在这个意义上，'地理专栏'强化了'日本'作为假想的中心这样一种存在"②。因此，对边境、秘境的发现与描述也是一项发现"日本以外的日本"的运动。

　　与此同时，志贺重昂在出版《日本风景论》后，也在努力"与时俱进"。如前文所述，《日本风景论》出版后几乎每隔几个月就要再版一次，而且每次志贺重昂都会进行增订。比如书中的插图，第一版（1894）共有 24 张，而到了第十五版（1903）时已经增加到了 51 张。其中到第五版（1895）的时候，增加了由中村不折画的《台南的风景》《台北的风景》两幅风景画。③ 而实际上，在第一版中，志贺在第六章《寄语日本的文人、词客、画师、雕刻家、

---

① 五井信. 表象される「日本」——雑誌《太陽》の「地理」欄 1895—1899［M］//金子明雄，高橋修，吉田司雄ほか. ディスクールの帝国——明治三〇年代の文化研究. 東京：新曜社，2000.
② 同上，第 254 页。
③ 增野惠子曾经对总共 15 个版本的《日本风景论》中的插图做过细致的研究，请参阅《志賀重昂〈日本風景論〉の挿図に関する報告》，见神奈川大学 21 世纪 COE プログラム《人類文化研究のための非文字資料の体系化研究成果報告書》，2008 年 3 月 20 日。

风怀高雅之士》里鼓励读者前往北海道去体验"原人时代的景象",去感受桦太岛的风物。"若我皇之版图扩张至台湾岛,则热带圈内之景象亦加入日本之风景中,同时再将山东半岛亦收入我皇之版图中……"① 这句引文中的"若我皇之版图"在《马关条约》签订后被修改为"现在我皇之版图已经"。最后志贺在文末将日本国内各名山全部更名为如"津轻富士""萨摩富士"等,又将山东的泰山更名为"山东富士",台湾的玉山更名为"台湾富士"等,形成了一个"富士系列"。在此需要注意的是,志贺一方面将原本外部的地理空间纳入"日本风景"的系统之中,另一方面又强调这些外部风景的独特性(比如台湾的热带风景),并通过将这种独特性纳入自身之中以增加"日本风景"的多样性和混杂性。

这是一种穿着地理学外衣的帝国主义论述,其中包裹着对外部的占有欲望以及创造帝国日本"包容性"的企图。前田爱在很早之前就已经指出,《日本风景论》是一部鼓舞侵略主义和膨胀主义的著作。② 但是20世纪90年代以后,又出现一些学者试图否认其中的帝国主义特征,比如龟井秀雄在《日本现代的风景论》中指出,"他(志贺重昂)并没有将日本列岛视作一个'统一体'加以强化,相反他试图发现在其中发现多样性"③。龟井没有(或不愿)意识到的是,这种试图发现"多样性"的努力恰恰是为作为"统一体"的"日本风景"服务的,导致他将《日本风景论》圈定在博物学、地理学或自然描写的范围内。龟井忽视了志贺重昂与同时代日本政治状况的互动关系,也没有看到《日本风景论》的版本变迁与帝国日本对外扩张进程的相互契合。正如他本人在论文中所说,他要否定的正是前田爱那样的论述,但是这种去政治化的论述背后隐藏的恰恰是龟井本人的民族主义情绪。

不管怎样,在甲午战争后日本国内涌现的有关"风景"的描写(内部的和外部的)都构成了同时代人对地理、自然以及空间的知识。这些"风景"

---

① 志賀重昂. 日本風景論 [M]. 東京:政教社,1894:195-196.
② 前田愛. 明治国権思想とナショナリズム——志賀重昂と日露戦争 [J]. 伝統と現代,1986(3).
③ 亀井秀雄. 日本近代の風景論——志賀重昂《日本風景論》[M]//小森陽一. つくられた自然. 東京:岩波書店,2003:30.

既是有关内部的，也是有关外部的。但是这些"风景"又不能简单地以"内部"或"外部"加以区分，因为它们正是由每一个个人（主体）在"内部"与"外部"的对话关系中创造出来的，同时它们作为"活动着的主体的对象"① 反过来也创造了主体自身。因为"他者并非简单地指涉外在的他人，或另外一人。它更暗含着与自我无法分离，同时又无法完全吸纳在自我之中的异于我的人。这种异质性的他者不仅存在于外界的自我与他人之间，也存在于自我本身的内部，并成为自我构成的必要条件。所以'对话'的本质不仅具有外在性，同时也包含内在性"②。也正因此，当我们在论述"风景"的均质性、排他性时，不能简单地将之视为如作者本人所宣称的那种均质性，甚至这种均质性在根本上能否实现都是值得怀疑的。

　　回到国木田独步，鉴于同时代的历史语境，我们就无法将此一时期的国木田及其友人（田山花袋、柳田国男、今井忠治、宫崎湖处子等）一次次地走向"自然"简单处理为某个个人对大自然的热爱，又或是通过对自然的描写实现了言文一致文体这一技术问题。国木田周边人物对武藏野和东京周边自然风光的关注行为本身是整个时代潮流的一部分，因此"风景之发现"与同时代历史的、政治的、地理学的知识有着内在的互文关系，它是有关美学的，更是有关历史与记忆的。

　　在《武藏野》中，国木田几乎在每一小节中都要强调武藏野风景的独一无二之处，是其他任何地方都无法比拟的，毫无疑问，这是对位于帝国日本中心部的风景的确认。而在《武藏野》发表三个月后写就的《难忘的人们》中，国木田个人的历史记忆再次与帝国日本的历史经验重叠着出现。在位于武藏野南部一处叫沟口的车站附近，无名的文学家田宫辨二郎③和无名的画家秋山松之助雨夜里坐在一家名为"龟屋"的旅馆对谈，田宫向秋山讲述自己人生中那些"难忘的人们"。所谓"难忘的人"，不是指自己的亲人、老师、朋友等不能够或不应当忘却的人，而是指那些与自己没有直接瓜葛、忘了也无所谓，

---

① 马克思.《政治经济学批判》导言［M］//中共中央马克思恩格斯列宁斯大林著作编译局.马克思恩格斯选集：第二卷.3版.北京：人民出版社，2012：691.
② 于治中.意识形态的幽灵［M］.台北：行人文化实验室，2013：167.着重号为笔者所加.
③ 在《难忘的人们》初次刊登时主人公名为"田宫辨二郎"，但是国木田将其收入作品集《武藏野》时改名为"大津辨二郎"。

但是又始终难以忘却的人。① 对田宫而言，让他"难忘的人"有在乘船经过濑户内海时远处小岛上的拾荒人，有阿苏山附近树林中驾车经过的马夫，有四国岛街道上偶遇的弹琵琶的僧人。在文章的最后，国木田这样写道：

> 到此为止吧，已经很晚了。让我难忘的人还有很多，北海道歌志内的矿工、大连湾等地的青年渔民、蕃匠河上的那个长瘤子的船夫等，要是将这篇稿子里的所有人物一一讲完，恐怕要到天亮了。总之，为什么我无法忘记这些人呢？因为他们会引起我的回忆。②

濑户内海、熊本县的活火山阿苏山、四国岛、北海道、大连湾等不只是国木田本人在写作《难忘的人们》之前数年间（1893—1898）所到过的地方、看过的风景，它们也提示着帝国日本在甲午战争后重新绘制的版图。实际上，主人公在"武藏野"想象日本本土及周边地区的"难忘的人们"这一行为本身极具象征意味。个人记忆与历史在这里表现为一种重叠的镜像，也映射了同时代的政治地理图景。在柄谷行人看来，"难忘的人"是作为"风景"出现的，它连接着一颗孤独的内心，是主体对他者的冷淡。"换言之，只有在对周围外部的东西没有关心的'内在的人'（inner man）那里，风景才能得以发现。风景乃是被无视'外部'的人发现的。"③ 但是，这个"内在的人"并非完全与"外部"断然隔绝，风景也并非在无视外部的情况下被发现的。相反，"难忘的人"是一个个已经被转化为了记忆（历史）的他者，"难忘的人"已经作为记忆内在于自我的内部，他们是"与自我无法分离，同时又无法完全吸纳在自我之中的异于我的人"④。他们之所以难以被忘记，因为他们本身就是记忆的一部分。风景在这里表现为一种内在于主体的外在性。这种内在于自身的外在性才是"难忘的"，因为它塑造了"此时此地"的"我"，并且成为"我"的一部分。

---

① 国木田独步. 忘れえぬ人々 [J]. 国民之友, 1898, 22（368）: 94–95.
② 同上, 第99页.
③ 柄谷行人. 日本现代文学的起源 [M]. 赵京华, 译. 2版. 北京：生活·读书·新知三联书店, 2006: 15.
④ 于治中. 意识形态的幽灵 [M]. 台北：行人文化实验室, 2013: 167.

3.4 殖民地的风景

3.4.1 到北海道去

或许是某种巧合，但也包含着某种必然性，内村鉴三与志贺重昂这两位明治时期两部地理学畅销书的作者都毕业于北海道的札幌农学校。北海道作为殖民地的特殊环境和札幌农学校所教授的现代西方殖民学知识无疑都为内村和志贺提供了知识基础和一种审视"日本"的新视角。所以，在一定程度上也可以说，"日本风景论"的成立起源于殖民地北海道。北海道在意识上或在无意识中构成了"日本风景论"的一个参照对象。如志贺重昂在《日本风景论》中就这样写道："请诸位君子到北海道游玩一次……那里让人特别心向往之的是原人时代的景象，北海道的自然景象无伪装、无矫饰，悠悠万古，实为天造地化之原初模样。如此绝代之大作，旷世之杰品，绝非朝夕而成。"[1] 北海道在这里是作为一种"原人时代"的自然景象被置于时间序列的最前端，它对应着"伪装""矫饰"的内陆风景。

或许是受志贺重昂的启发，也或许是受内村鉴三的影响[2]，但更主要的还是因为在甲午战争从军期间感受到的压迫感，国木田在战争结束回到东京后便开始憧憬一种理想的新生活。1895 年 4 月 12 日，他在日记中写道："我所祈望的，是独立的生活，只有的生活。我实在想过农夫的生活。换言之，我想要

---

① 志賀重昂. 日本風景論 [M]. 近藤信行, 校訂. 東京：岩波書店，1995，318.
② 根据国木田独步的日记可知，国木田自 1895 年 6 月开始与内村鉴三经常通信。

过山林田园的生活。"① 两个月后，国木田萌发了去往北海道的想法："近来，想要移住北海道，经营农业，过独立独行的生活。"② 同时还从《国民新闻》社借了《北海道农业介绍》《拓地殖民要录》《北海道地质略论》三本书了解情况，随后又从友人，同时也是北海道协会会员的水谷弓彦处借得《北海道移住之刊》两卷参阅。从此时开始，国木田正式开始为移民北海道做准备。在他看来，北海道的大自然和荒野是符合"山林田园之生活"的设想，与大自然的搏斗是其排解苦闷、走向心灵和精神自由的必要途径。这无异于一种苦行僧式的生活。至同年9月中旬出发前往北海道考察和选定土地前，国木田做了大量的前期准备，先后拜访了农学学者津田仙、札幌农学校毕业生萱场三郎、《国民新闻》社同事竹越与三郎、幸田露伴③等人，最终于1895年8月31日决定移民北海道。

1895年9月12日，国木田带着内村鉴三写给札幌农学校教授新渡户稻造的推荐信出发前往北海道。9月19日抵达札幌，次日访问新渡户稻造，同时巧遇中学时代旧友、现已为札幌农学校学生的高岗熊雄。9月21日，经新渡户介绍，拜访北海道厅参事官白仁武。9月24日，与白仁武商定往空知川河岸一带选定土地。9月25日出发前往大森林身处的空知太地区，晚间到达歌志内。9月26日沿空知川沿岸出发，找当地官员井口元一郎选定土地，次日回到札幌，9月28日返回东京。虽然后来移民北海道的梦想因家事没有能够实现，但是这次短短十天的北海道之行给国木田留下了终生难忘的印象。对北海道的记忆也以各种形式多次出现在他后来的文学作品当中，如1902年发表的《空知川畔》便是基于他在空知川的经历所写的纪行文。而更早发表的《武藏野》（1898）中也多次提到北海道的风景，如：

  若是遇上秋雨，那就再也没有比雨声更让人感到幽静的了。山家秋雨虽然也曾是我国和歌的题材，但在广阔无比的原野里，它从一头到另一头，越过森林，越过树丛，扫过田野，再越过树林，缓缓经过时的声音是

---

① 国木田独步. 欺かざるの记：後篇[M]//定本国木田独步全集：第七卷. 东京：学习研究社，1978：283.
② 同上，第304页。
③ 幸田露伴曾于1885年至1887年间在北海道余市的电信局工作。

那么悠扬，那么平静，又有着那么温文尔雅的趣味，这实在是武藏野时雨的特色。我也曾在北海道的深林中遇到过秋雨，因为是人迹绝无的大森林，其中的趣味更为深远，但它也不及武藏野的秋雨那样，仿佛在低声细语，更加让人念念不忘。①

也就是说，田野、树林之类的都是杂乱地交错在一起，若是以为前面就要进入林子深处了，却立刻又发现来到了田野。这一点实际上赋予了武藏野一种特色。这里有自然，有生活，它不同于北海道那种天然的大原野、大森林，而是有着独特的趣味。②

很明显，在《武藏野》中，"人迹绝无的大森林""天然的大原野"等是作为武藏野风景的参照对象出现的，是对武藏野风景的一种确认。但是这又并不构成对北海道风景的否定，因为它的"趣味更为深远"。在四年后写就的《空知川畔》中，国木田根据自己当时在北海道大森林中散步时的经验反复描写了这种趣味：

虽然我知晓秋雨之声的凄凉，但从未体验过秋雨从原始大森林上悄悄掠过时的寂寞。这正是大自然的窃窃私语。置身森林身处，听着这样的声音，谁不感到大自然对生物发出冷笑时的无限威力呢？怒涛、暴风、迅雷、闪电都是大自然的虚张声势。它的威力中最让人有压迫感的，是它最为肃穆的时刻。③

我向森林里面的黑暗处凝望了一会儿。

哪里有社会？哪里有人类夸耀的祖辈传颂的"历史"？此时此地，人只能感受到"生存"本身是寄托在大自然的一呼一吸之中。④

---

① 国木田独步. 今の武藏野［J］. 国民之友，1898（1）：60.
② 同上，第62页。
③ 国木田独步. 空知川の岸辺［M］. 青年界. 1902-12-1//定本国木田独步全集：第三卷. 東京：学习研究社，1978：22.
④ 同上，第23页。

林原纯生曾经比较过国木田独步和志贺重昂两人对北海道的描写，他认为《武藏野》所描写的北海道风景是一种"无垢的感受性"，它排除掉了志贺重昂对北海道风景强行定义时的暴力性。① 从文学表现的方式上而言，林原的确看到了两者之间在表达上的差异性。国木田的描写更近于一种置身其中的、透过身体的主观感受，而志贺的描写则是一种凌驾于其上的主观断定。不过，林原在注意到这种技巧上的差异时，无意之中也忽略了二者的同一性，即在他们看来，北海道始终是"原人时代"的或"人迹绝无"的大森林和大原野，它被排除在"社会"与"历史"之外。国木田笔下的武藏野和北海道似乎更接近于康德所说的"优美"与"崇高"。所谓"优美"，是指名胜古迹或常见的自然景观，使人一见便能产生愉悦的感觉；而"崇高"则是那些让人产生畏惧感、压迫感的对象，如原始森林、沙漠、高山等，但正是在这种面对自然的恐惧中通过自己的主观能动性产生了愉悦感。② 因此，《武藏野》的风景也始终存在于"武藏野（优美）—北海道（崇高）"这一参照系中。

　　或许正是在这种前提之下，北海道始终被圈定在一种"自然"的表象之中，往往被描述为一种反都市的、反国家的乌托邦世界。③ 不过，正如上田英明和宫岛利光出色的研究所表明的，北海道、库页岛、千岛群岛及其周边岛屿自古以来就有阿伊努民族的社会存在。阿伊奴人自 16 世纪以来就已经形成了同满洲人、俄国人、和人（日本人）等多民族间的经济贸易活动和社会往来，他们的足迹遍及北海道、库页岛、千岛群岛等地，活动范围远远超出现代人的

---

　　① 林原純生.《武藏野》の位相[M]. 田中実，須貝千里. 新しい作品論へ、新しい教材論へ：1. 東京：右文書院，1999：179.
　　② 康德. 论崇高感与优美感的不同对象[M]//康德. 论优美感和崇高感. 何兆武，译. 北京：商务印书馆，2001.
　　③ 関肇. 国木田独歩と北海道——自然の表象をめぐって[J]. 学習院大学文学部研究年報，1992，38.

想象。他们不但有丰富的经济生产活动，而且也有自己的语言和文化。[1] 因此，"人迹绝无"之类的描述便失去了可靠性，作为"崇高"的北海道也显现为一种人为的被再现的风景。

柄谷行人正是意识到了这一点，二十多年后他在《日本现代文学的起源》英文版第一章补记（1991）和韩文版后记（1997）中对"风景之发现"做了补充。柄谷敏锐地把握到了"崇高之发现"背后的政治性："然而，不用说如空知这个地名所示，这里居住着阿伊努族人，这是一个具有充分'历史性'的空间。国木田独步之'风景'的发现，正是通过对这样的历史和他者的排除而实现的。这个时候，他者不过是一个'风景'而已。日本的殖民地文学，或者对殖民地的文学之看法的原型最初展现在独步那里。"[2] 至此，国木田独步与北海道书写的关系才第一次被放到一个历史的语境中。

近年来，受柄谷的启发，伊藤隆博对国木田独步的北海道之行的全过程做了详细的历史考证[3]，而中岛礼子则在这一基础之上将国木田独步的作品放到同时代日本国内有关"阿伊努人"的新闻舆论中加以比较，指出"阿伊努"在国木田作品中的缺失，但同时也对国木田表示了同情，因为他本人也是时代舆论中的一员。[4] 这在国木田独步研究领域都算是新的发现。此外值得一提的是，来自欧美的研究者也开始将国木田的北海道书写放到对日本近代化过程的考察中加以思考。史蒂芬·多德（Stephen Dodd）基于"乡愁""故乡"等概念将国木田的《武藏野》一文放置在"都市—乡村""中心—边缘"这一架构中考察，在他看来，《武藏野》体现了近代日本社会中那些从地方漂泊至大

---

[1] 上田英明. 北の海の交易者たち——アイヌ民族の社会経済史［M］. 東京：同文館，1990；宮島利光. アイヌ民族と日本の歴史［M］. 東京：三一書房，1996. 此外，我们还可以参阅间宫林藏的《东鞑地方纪行》一书。17 世纪末、18 世纪初江户幕府有感于沙皇俄国南下扩张的威胁，于1808 年派遣间宫林藏等人两度前往北海道以北库页岛、黑龙江下游等地调查情况。《东鞑地方纪行》一书即为间宫林藏的调查报告书，书中记载了该区域内阿伊努人、俄国人、满洲人以及清朝官员的活动情况。该书中译本参见：间宫林藏. 东鞑纪行［M］. 黑龙江日报（朝鲜文版）编辑部，黑龙江省哲学社会科学研究所，译. 北京：商务印书馆，1974.

[2] 柄谷行人. 日本现代文学的起源［M］. 赵京华，译. 2版. 北京：生活·读书·新知三联书店，2006：227.

[3] 伊藤隆博. 国木田独歩《空知川の岸辺》論——北海道移住計画と「自然」表現［J］. 滝川国文，2006（2）：22.

[4] 中島礼子. 国木田独歩《欺かざるの記》《牛肉と馬鈴薯》《空知川の岸辺》におけるアイヌ民族に関する記述の欠落について［J］. 国文学論輯，2012（33）.

都市同时又缺乏社会地位的年轻人通过写作重建个人精神故乡和自我认同的行动。① 在这一过程中，国木田笔下的北海道"没有任何意义，它的风景是一片空白"，但是这种空洞的风景启发了国木田去建构自己的精神家园②。多德的论述具有启发性的地方在于，他在柄谷的基础之上将《武藏野》放到了与北海道的关系中加以审视，但遗憾的是由于他过分拘泥于将国木田的文本视作一套明治中期青年人的个人化写作行为，致使其仅仅将国木田的风景描写视作与明治社会的紧张关系的体现，从而没有对《武藏野》《空知川畔》等几个文本的历史背景展开论述，更没有触及明治政府对北海道的殖民统治和移民措施。这种历史批判视野的缺乏实际上恰恰弱化了上述来自柄谷的批判。

与多德相反，米歇尔·梅森（Michele M. Mason）和 Noriko Agatsuma Day③ 两位学者基于后殖民视角的研究则努力尝试去清理国木田与殖民地北海道的历史关系。梅森在仔细梳理明治政府对北海道的殖民历史后指出，统治者发明的"内地（日本本土）"与"北海道"这一对概念在话语层面不断地创制着作为殖民地的北海道的形象，同时也在通过这一形象反过来建构日本的民族国家形象。具体而言，统治者和精英知识分子一方面将北海道野蛮化、自然化为空无一物的蛮荒之地，如在话语上（官方文书、新闻报道、文学写作中）抹杀阿伊努人的存在（writing Ainu out），另一方面在此基础上夸大北海道的环境之恶劣或严峻，进而赞美"内地人"的殖民事业之艰辛和伟大，使得殖民者所受之苦听起来远远大于阿伊努人所遭受的苦难。④ 具体到国木田，《空知川畔》中对北海道大自然的描写以及阿伊努人的缺席则与这种殖民主义者的逻辑之间存在共谋关系。

Noriko Agatsuma Day 虽然与梅森都从批判殖民主义这一相对客观的外在视

---

① Stephen Dodd. Kunikida Doppo: Another Place Called Home [M]//Writing Home: Representations of the Native Place in Modern Japanese Literature. Cambridge, Mass.: Harvard University Asia Center, 2004.

② Stephen Dodd. Writing Home: Representations of the Native Place in Modern Japanese Literature [M]. Cambridge, Mass.: Harvard University Asia Center, 2004: 47.

③ Noriko Agatsuma Day 为加利福尼亚大学博士，因其名字有多种译法，难以准确译出，在论述时保留英文名，以示尊重。

④ Michele M. Mason, Helen J. S. Lee. Reading Colonial Japan: Text, Context, and Critique [M]. Stanford, California: Stanford University Press, 2012: 49; Michele M. Mason. Dominant Narratives of Colonial Hokkaido and Imperial Japan: Envisioning the Periphery and the Modern Nation-State [M]. New York: Palgrave Macmillan, 2012: 77.

角对《空知川畔》做了类似的解读，但 Noriko Agatsuma Day 的不同之处在于，她同时也尝试引入国木田本人的内在视角。在她看来，北海道对于国木田而言更像是一个假象的西方（Pseudo-West），是国木田曾经想去而未去成的美国的替代物。[1] 因为一方面国木田当时获得的有关北海道的知识大多或直接或间接来自同美国有关联的人物，另一方面北海道的殖民统治政策直接移植自美国，而且北海道的地理气候和纬度同美国的新英格兰地区也较为相似，再联系到国木田对美国作家爱默生作品的阅读，Noriko Agatsuma Day 认为国木田对北海道大自然的憧憬和描写是试图逃离让人倍感压抑的明治社会，去往一个自由、独立、充满信仰的乌托邦世界。虽然 Noriko Agatsuma Day 在其论述中有些过分强调了爱默生对国木田写作的影响，但就结论而言，她的论述较为接近国木田本人的思想脉络。

通过对先行研究的梳理可知，研究者们基本上都是在柄谷的论述的前提下（正如每位研究者在各自论文中所说明的）展开对国木田和北海道之关系的研究。每一位研究者都从不同的角度丰富了这个课题。伊藤所做的工作在于实证性地还原事实经过，中岛的目的在于指出国木田没有触及阿伊努人这一事实，不过两人都没能就此做出进一步的阐释，实际上都是在重复柄谷所说的"排除"历史和他者的逻辑（不过，在下文中我们将会看到，国木田独步其实很早就写到了阿伊努人）。虽然史蒂芬·多德对历史背景的考虑不足被米歇尔·梅森和 Noriko Agatsuma Day 做了补充，但是在他们的论述中我们可以看到，作为殖民地的北海道的形象往往被描述一个单一的且一成不变的实体，几位论者讨论的对象也紧紧围绕《空知川畔》这一篇作品为中心展开，因而在批判殖民主义历史的视角下，国木田的北海道书写被当作一个零部件稳固地镶嵌在这一话语结构当中，国木田个人对北海道的观察与变化就无法得到足够的重视。

因此，在我看来，我们对柄谷的自我反思的反思不应当仅仅停留在挖掘什么被"排除"掉了，而更应当追问在有关北海道的文学叙述中什么被建构起来了？我们更应当追问北海道作为一个内国殖民地、阿伊努人作为被殖民者在日本现代文学的发端期是怎样进入文学叙述的？或者进一步言之，同时代有关

---

[1] Noriko Agatsuma Day. The Outside Within: Literature of Colonial Hokkaido [D]. Los Angeles: University of California, 2012.

北海道的知识是如何生成的，又是怎样被编织到日本现代民族国家叙事当中的？虽然上述论者已经从不同角度对这些问题做出过不同程度回答，但是基于上述的梳理和质疑，笔者更想将围绕这一问题的讨论放在本人开篇所设定的问题意识下进行讨论，即将之放置在同时代"日本（内地）"与各外部地理空间的关系网络中加以审视，并在此基础上思考国木田的北海道书写之于"风景之发现"的意义。

3.4.2　视差之见中的北海道

北海道真正作为"北海道"出现始于其被命名为"北海道"的时刻。早在明治维新以前，江户幕府松前藩已经控制了虾夷地[①]西南部靠近本州的区域。进入19世纪后，一方面迫于来自北方的俄国南下的威胁，另一方面又陷于国内经济的逐渐衰退，江户幕府加大了对虾夷地的经济扩张。至19世纪50年代逐渐形成了以松前藩为中心，以松前、江差、箱馆为据点的渔业经济体系。在此过程中，来自本土的下级武士、农民以及虾夷地的原住民成为主要劳动力。虾夷地已然成为名副其实的"渔业殖民地和榨取殖民地"[②]。

1869年7月8日，明治政府正式向虾夷地派遣开拓使，紧接着同年8月15日，将虾夷地改名为北海道，正式编入日本的行政区划。从此，"虾夷"这个包含着丰富的历史和记忆的地区被刷新、被编织进入日本都道府县的行政系统中，并且以"北海道"的名称被印刷在政府文书和同时普及开来的报纸刊物上。"北海道"作为一种制度性的产物正式进入同时代人的意识当中。北海道也从此时开始不得不与"开拓""未开垦""移民"这样的词汇连接在一起。比如幸田露伴在小说《雪纷纷》（《读卖新闻》，1889年11月15日）的开头就将北海道描写为"空阔的大地""必须开垦的"。内藤千珠子指出，这种描写将"北海道"在话语上想象为一个未知的领域，叙述人的话语暗示了某种遥远的距离与隔阂，正是这种语言的圈套将北海道置入了"必须开垦"

[①] 虾夷，古代日本对北海道地区的称呼，日语表记为"エミシ"或"エゾ"。根据宫岛利光的研究，"エミシ"是大约从7世纪时开始被用来指称生活在律令国家制度以外的人，即所谓的化外之民，但是到了平安时代这个称呼又被讹化为对贱民的称呼。"エゾ"大约从12世纪开始逐渐被用来指示北海道这个岛屿，进而又转化为对生活在岛上的原住民的称呼。参见：宫岛利光．"エゾ"とは誰か［M］//アイヌ民族と日本の歴史，東京：三一書房，1996：29-38．

[②] 永井秀夫，大庭幸生．北海道の百年［M］．東京：山川出版社，1999：12．

的位置，而且在同时代的报纸杂志中将北海道描述为无人之地的报道或文章非常常见。①

此外，在更改名称的同时，明治政府为补偿"版籍奉还"后各大名和地方士族的利益损失，将北海道未开垦的土地划分给各大名和下级武士。同时，作为官方自留地，还为皇室、华族、政府部门划分了大量的土地。在国木田的《空知川畔》中，歌志内森林中的小旅馆主人所提到的那个叫作筱原的旅客，就是专门负责看管皇室土地的。② 同时，为更好地展开殖民地开垦工作，开拓使次官黑田清隆于1871年赴美国聘请了格兰特政府农务局长霍莱斯·凯普隆（Horace Capron）担任顾问。凯普隆在北海道推广的正是美国在新英格兰地区殖民印第安人的政策，如1874年他在提交给黑田清隆的报告中对北美印第安人和北海道阿伊努人做了比较。他认为阿伊努人虽然与印第安人一样都不从事农业，"引导其开化"将会像对付印第安人一样困难重重，但是阿伊努人又与会顽强抵抗的印第安人不同，他们"性格温顺、能解开明之理"③。此后，一系列针对阿伊努人的同化政策被相继实施。原本依靠狩猎采集生活方式的阿伊努人被强制定居在固定区域并从事农业生产。殖民政府同时规定阿伊努女性禁止文身，男性禁止戴耳环，同时强制其学习日语。

1876年札幌农学校成立，教师同样为来自美国的马萨诸塞农科大学校长威廉·克拉克（William Smith Clark）。学校主导课程为农林、水产、矿物、地质等。内村鉴三、新渡户稻造为该校第二届学生，而志贺重昂为第五届。至1882年，明治政府废除开拓使，将北海道划分为三个县（函馆、札幌、根室）。这一行为在某种意义上暗示了明治政府殖民活动逐渐走向成熟。1890年北海道厅开始面向平民公开招募移民，至甲午战争前后迎来了第一次向北海道的移民高潮。北海道的总人口也由1873年的110 000人增长到1898年的约850 000人。在此期间，阿伊努人口的总数量虽然基本没有变化，始终为17 000人左右，但是阿伊努人口在北海道总人口的比率从14%下降到2%。④

---

① 内藤千珠子. 蝦夷を殺す道［M］//臼井隆一郎，高村忠明. 記憶と記録. 東京：東京大学出版会，2001：30.

② 国木田独歩. 空知川の岸辺［M］. 青年界，1902 - 11 - 1//定本国木田独歩全集：第三巻. 東京：学習研究社，1978：15.

③ 永井秀夫，大庭幸生. 北海道の百年［M］. 東京：山川出版社，1999：204.

④ 同上。

同时又由于殖民政府强行将阿伊努人转移到固定地点从事农业，所以到此时阿伊努人已经基本被驱赶出了大森林和大原野。

正是在这个移民大潮中，国木田独步于1895年9月下旬抵达北海道。在一封迄今还没有被研究者注意到的通信中，国木田独步写下了自己身在札幌时的见闻和感受：

> 今天是个风和日丽的星期日。望着石狩的原野、卷成一团的天然的白云，我实在无法干坐在屋里翻阅圣经，于是拿起在银座买的竹制拐杖，离开了札幌市区。当我爬上一座略高的小山丘一望，漫无边际的、远方水平线上的山脉露着柴色的容颜，还有立着的白色烟火，这是人类与森林战斗的烽火台，茂盛的榆树迎着夕阳被风吹的沙沙作响，这些难道不是北方的骄傲吗？
>
> 啊北海道！不管是今天还是往昔，这个名字听起来虽然没有变化，但是为何此刻回响在我心里的声音却变化了呢？直到一个月以前，这个阿伊努居住的地方、上野动物园里棕熊的故乡、山师聚居的地方、官员谋私利的地方、寒冷的地方还不能使我心潮澎湃，而现在又如何！①

这封短信名为《札幌通信》，国木田在1895年9月22日写完后寄给了《国民新闻》，并于29日公开发表。此时的国木田已经与北海道参事官白仁武商讨完选定土地的计划，正等待两日后前往空知川选定土地。细心的读者不难发现，国木田在这两段文字中叙述的是完全不同的两种北海道认知。在第一段中，"原野""漫无边际""远方""烟火"等意象暗示了殖民政府和大量移民到来后对土地的改造，而且这种景象只有在大规模的集体劳动的情况下才能完成。而站在山丘上眺望这一行为是对土地改造成果的视觉把握和控制，风景经由视线的移动将一个个劳动的痕迹串联起来，实际上也暗示着一种基于殖民的新的历史的生成。让"我""心潮澎湃"的正是"我"也即将加入这场"人类与森林"的战斗史中。

---

① 国木田独步. 札幌だより［M］. 国民新聞，1895-9-29（3）//定本国木田独步全集：第三卷. 東京：学習研究社，1978：560.

在第二段中，国木田划定了一个时间分界线，即"一个月以前"。当时，正是国木田在东京开始通过周边人物和书报杂志读物了解北海道情况的时候。如前文所述，此时东京媒体上流传的有关北海道的描述基本是"无人""未开""幼稚""空地"这样的形象。① 另据中岛礼子对当时国木田所供职的《国民之友》和《国民新闻》的调查可知，1893年至1895年间这两份刊物上对阿伊努人的数篇报道所关注的主要问题是，"作为野蛮人的阿伊奴人"在"适者生存""优胜劣败"的自然法则下"正在走向灭亡"，甚至有的报道说阿伊努人在这种规则下也"应当灭亡"②。阿伊努民族的衰亡之所以能够在此时作为问题出现是日本殖民当局在北海道的殖民政策发展到一定程度的必然结果。更重要的是，阿伊努人的灭亡被置于达尔文主义的自然淘汰法则这种在同时代看来极其"科学"的知识体系中，因此"灭亡"显得理所当然。没有一个人针对这种情况而指责殖民政策本身。相反，阿伊努人的灭亡问题在媒体上朝着更具讽刺意味的方向发展。在1894年5月25日的一则报道中，阿伊努人被三名山师③从北海道拐骗至东京无偿表演原住民祭祀仪式，山师一方面从中赚取了大量钱财，另一方面又以极其严苛的条件对待阿伊努人。此事经媒体报道后逐渐发展成为一个事件，中途明治政府宫内省虽然出面干涉和禁止他们的活动，但是最终还是导致一名阿伊努人死亡。④ 正像这则报道的标题所示，阿伊努人作为"可怜的北海道土人"的形象在活字印刷媒体中逐渐被建构起来，三名山师成了被人们憎恨的对象，而更有意思的是明治政府在这个事件中扮演了阿伊努人的保护者的角色。所以，作为这一事件的旁观者，同时也作为"大日本帝国"的臣民，作为一个读者，在阅读这些新闻报道的时候自然会在心理上衡量自己与"阿伊奴"、山师、明治政府之间的距离。

身处东京并且在民友社工作的国木田独步在搜集阅读有关北海道的资料时或多或少接触了类似的报道。换句话说，这些同时代有关北海道和阿伊努人的报道作为国木田的知识来源也必然会渗透到他的北海道认识当中。另外顺带一

---

① 内藤千珠子. 蝦夷を殺す道［M］//臼井隆一郎，高村忠明. 記憶と記録. 東京：東京大学出版会，2001：30-31.
② 中島礼子. 国木田独歩《欺かざるの記》《牛肉と馬鈴薯》《空知川の岸辺》におけるアイヌ民族に関する記述の欠落について［J］. 国文学論輯，2012（33）：70-73.
③ 山师，在日语中一般意指在山区从事伐木、采矿等工作的人。此外，还可指诈骗者。
④ 憐れむべき北海道の土人［N］. 萬朝報，1894-5-25（2）.

提，国木田在上面引文中提到的"官员谋私利"应当是指以黑田清隆为中心的"开拓使官有财产变卖事件"。1881年8月，作为北海道开拓的先期十年计划即将到期，明治政府决定废除开拓使并于次年将北海道重新划分为三个县。作为开拓使长官的黑田清隆在得到政府许可的情况下将原开拓使的公有财产（船舶、仓库、官舍、工厂、牧场等）廉价变卖给了私人企业，且不收取任何利息。而其中购买这些财产的关西贸易会社的成立者既是开拓使大书记官又是出身于萨摩藩的五代友厚，五代友厚是黑田清隆的旧友兼同乡。[1] 这一事件经媒体揭露之后，明治政府在短时间内遭到了来自各界的激烈批判，为平息此事，明治天皇于1881年8月31日至9月初前往北海道巡幸，并允诺反对派在1890年开设国会。同时这一事件也刺激了自由党和立宪改进党等在野党派的成立。

很明显，在去北海道之前的北海道印象和自己站在小山丘上眺望时的印象之间给国木田造成了强烈的视差。而让国木田兴奋不已的正是后者对前者的刷新，因为正是通过"人类与森林"的战斗，那个曾经是蛮荒的大原野和大森严、"阿伊努人居住的地方""棕熊的故乡""寒冷的地方"才被改造成了眼前这一片"喜人的景色"（威廉斯语），而且"我"也即将加入这项改造工程并能收获可以预期的风景。阿伊努人正是在这个改造（或被改造）的过程中被迫离开了原野、森林与海岸，宛如他们不曾存在于那里一样。大原野和大森林在殖民者到达之前永远都是"无人之地"或是"人迹绝无"的。因此在七年后的《空知川畔》中，国木田下面两段北海道的风景描写就显得再自然不过了。

> 这个小火车站宛如一座被森林包围着的孤岛。除了附属于车站的两三所房屋外，一切都与人类无关。长鸣的汽笛声回荡在森林里，渐渐远去，终至消失的时候，寂静又回到了这座孤岛。[2]
> 这真是一条奇特的道路啊。铲平这千年的深林，用人力攻克大自然，进而在无人之境中修出这条大路。目力所及之处，全都被森林覆盖，没有

---

[1] 永井秀夫，大庭幸生．北海道の百年［M］．東京：山川出版社，1999：28-29．
[2] 国木田独步．空知川の岸辺［M］．青年界．1902-11-1//定本国木田独步全集：第三卷．東京：学習研究社，1978：12．

一个人影，没有一缕青烟，也没有人声，只有森林寂寥地躺在这里。①

北海道的风景在与阿伊努人的北海道风景（当然也是被日本人叙述的）的对比中被确立起来，同时也成为最早用言文一致体写就的风景进入《武藏野》、进入《空知川畔》，从而进入日本现代文学。武藏野的风景正是在与这种被同时代的政治无意识所构建起来的"崇高"的风景中确认了自身的"优美"。中岛礼子等研究者试图通过对资料的梳理和文本间的比较指出国木田的文本中"阿伊努"的缺席，但是如果作为他者的"阿伊奴"在这些文本中，甚至在叙述者的意识中从来没有存在过，也没有"阿伊奴的北海道"作为参照对象，那么从《札幌通信》到《武藏野》再到《空知川畔》中有关北海道风景的建构将无法成立。换句话说，作为他者（外部）的"阿伊努"在《武藏野》和《空知川畔》中是作为"消失"而存在的。

此外，笔者推测，从《札幌通信》（1895）到《空知川畔》（1902），"阿伊努"在话语层面被抹去，这背后或许对应着同时代的另外一个历史事实。前文提到在1893年后日本本土媒体中开始出现"阿伊努灭亡论"和"阿伊努同情论"。而正是在这一年的12月日本帝国议会众议院议员加藤政之助②在第五次帝国议会上提交了《北海道土人保护法案》。加藤在该法案的说明中写道："（土人）遇到内地人的竞争之后，在优胜劣败的法则下无法生存，逐渐离开了原有的住所躲藏到深山森林内部去了，导致人口逐渐减少，所以要尽快将他们保护起来，否则他们就会像澳洲原住民一样必将逐渐灭亡。"③ 加藤提案的主要内容在先前开拓使时代殖民政策的基础之上，从农业、医疗、卫生和教育几个方面将北海道全岛的阿伊努人纳入殖民地的社会体系当中来，使其放弃原有的生活方式，并将学习日语定为义务。加藤的这个提案虽然因条文不全面、描述范围不准确等原因遭到了否决，但是在甲午战争后的1898年12月，这个提案被改头换面为《北海道旧土人保护法》，并且作为政府提案在第十三

---

① 国木田独步. 空知川の岸辺［M］. 青年界. 1902 - 11 - 1//定本国木田独步全集：第三卷. 東京：学習研究社，1978：22.
② 加藤政之助（1854—1941）曾作为福泽谕吉的学生毕业于庆应义塾，经福泽介绍在五代友厚经营的《大阪新报》供职，后加入立宪改进党走上政治道路。
③ 永井秀夫，大庭幸生. 北海道の百年［M］. 東京：山川出版社，1999：218.

次帝国议会上通过表决，而这个新的提案在内容上与旧提案并无多大出入。正如小森阳一所批判的，"《旧土人保护法》里的'保护'不仅隐蔽了历时三十多年的日本人对'阿伊奴毛系里'侵略和掠夺的历史，而且有意颠倒黑白把责任转嫁到阿伊努人身上"①。加藤最初的提案说明正是这种逻辑的最直接体现。也正是在这个法案颁布前后，其他一系列的开发法案如《北海道国有未开地处分法》（1897）、《北海道十年计划》（1900）、《北海道旧土人儿童教育规程》（1901）相继颁布并实施。明治政府对北海道的殖民统治走向制度化、彻底化。

与此同时，我们还要注意到上述法案对阿伊努人称呼的变化。作为通行的叫法，在这个法案颁布之前官方和民间使用的称呼大都为"阿伊努"或"土人"，但是这两种称呼在法案中被更改、统一为"旧土人"，而且是作为国家法令通告全国。"阿伊努"被替换为"旧土人"这一称呼并被置于一种过去式中，"旧"指涉着"新"，"土"对应着"开化"与"文明"，但它们又同时存在，也必须同时存在。有意味的是，这一系列法案的颁布和名称的更改正好发生在《札幌通信》和《空知川畔》这两部作品发表的七年时间差之中。这或许是巧合，但也暗含着某种必然性。正如詹姆逊所言，历史只能以文本的形式接近我们，而"我们对历史和现实本身的接触必然要通过它的事先文本化，即它在政治无意识中的叙事化"②。我们通过《空知川畔》的结尾似乎也能够间接地听到某种已经被抹去了的，但又从未消失的历史的回声：

我至今从未再次踏上过北海道的土地。尽管因家事我中止了开垦的计划，但是现在一想起空知川畔，就感到那冷峻的大自然在吸引着我。

这究竟为何？③

---

① 小森阳一."保护"名义下的统治［M］.王成，译//王中忱，林少阳.重审现代主义：东亚视角或汉字圈的提问.北京：清华大学出版社，2013：126.
② 詹姆逊.政治无意识：作为社会象征行为的叙事［M］.王逢振，陈永国，译.北京：中国社会科学出版社，1999：26.
③ 国木田独步.空知川の岸辺［M］.青年界，1902－12－1//定本国木田独步全集：第三卷.東京：学習研究社，1978：24.

第四章

自然、人生与国木田独步的帝国主义冲动

4.1
回应 "自然主义"

1907 年春，已经出版了三本新体诗集①和三本短篇小说集②的国木田独步再次陷入贫病交加的境地。一方面，他在日俄战争结束后从矢野龙溪手中转接过来并着手经营的独步社③濒临破产，经济生活随之陷入窘境；另一方面，在各种压力下，他又身患结核病，直至次年 6 月去世为止，基本上处在与疾病的苦斗之中。

与此同时，国木田也在这一段时间内开始了对自己过往人生的反思与总结。在《我是如何成为小说家的》一文中，他这样回顾自己的心路历程（引文略长）：

---

① 三本新体诗集分别为《抒情诗》（宫崎湖处子. 東京：民友社，1897）、《青叶集》（石桥哲次郎. 東京：文盛堂，1897）、《山高水长》（石桥愚仙. 東京：增子屋书店，1898）。三本诗集均为国木田独步与宫崎湖处子、田山花袋、太田玉茗、柳田国男、佐佐木信纲、正冈子规等多位同时代人的诗歌合集。

② 三本短篇小说集分别为《武藏野》（東京：民友社，1901）、《独步集》（東京：近事画报社，1905）、《命运》（東京：左久良书房，1906），而他的第四部同时也是生前最后一部短篇小说集《涛声》于 1907 年 5 月由彩云阁出版。

③ 国木田于 1902 年底被矢野龙溪招入敬业社，并于次年 3 月开始担任《东洋画报》的编辑，该画报在同年 9 月更名为《近事画报》，同时独立为近事画报社。日俄战争爆发后，作为主要运营者的国木田将该画报改名为《战时画报》，他采用绘画、摄影、文字等多种叙述方式尝试多样化地报道战争战况，受到读者的极大欢迎，《战时画报》也在短时间内一举成为可与明治第一大杂志《太阳》相比肩的画报。这也是国木田自写作甲午战争报道后再一次引起读者广泛关注的成功事例。日俄战争结束后，国木田于 1906 年 6 月从矢野龙溪手中接过近事画报社并改名为独步社独立经营，但由于战争结束后读者数量骤减等因素，报社的经营逐渐陷入窘境，遂于 1907 年 4 月宣告破产。关于国木田独步经营画报这一时期的详情，近年也有研究者展开了调查梳理工作，参见：黑岩比佐子. 编集者国木田独步[M]. 東京：角川学艺出版，2007.

总体而言，我当初是一个怀有强烈功名心的少年，当时一心想成为贤相名将、想要名留千古。像拿破仑、丰太阁那样的大人物都存在于过往的世代，他们俯视着后世的我们，而我自己因为心有不甘，也曾在深夜里想过"我怎样才能成为世界第一的大人物"之类的问题，甚至还为之落过泪。……然而，后来我在精神上起了大革命，即，触碰到了人性的问题，也就是"我从哪里来？""我往何处去？""我是谁（What am I）？"等问题。……拿破仑、丰臣秀吉不知何时变得不再伟大了，即便伟大，其意义也变得完全不同，只是就其性格气质、功名利禄而言了。

当然，我所面对的对象也完全与从前不同。以前常常是自己与世事相对，而现在则是自己与人生、自己与自然相对，自己的心完全转向了这个方面。因此读的书也与从前不同。以前的自己读宪法论、经济书籍、格拉德斯通的演说集、麦考莱的英国史，现在不知不觉将这些书丢在一边，转而读卡莱尔的《衣服哲学》①、憧憬于华兹华斯的诗集或浏览歌德的著作。如此一来，自己便与哲学和宗教有了不解之缘，基督教所展示的宇宙观、人生观让我寝食难忘，时而让我烦恼，时而又给我安慰，心思全被它夺去了，以至于有段时间完全放下了手头的实际工作。当然，我也想过成为一名宗教家。……

在父亲的资助下，我二十一二岁之前一直在东京过着烦闷的生活。在这样的生活难以为继后，我借着矢野龙溪先生的推荐到他的故乡、丰后的佐伯做了一年的英语教师。在这安静的一年中，我完全成了自然的爱好者、崇拜者，成了华兹华斯的信徒，不管是白天还是黑夜，我踏遍了溪流、山岳、村落和渔村，思绪驰骋于溪流上空的白云之中，心思也被林中鸟儿的叫声夺走了。与此同时，由于我内心怀着和《牛肉与马铃薯》（我的小说）中的主人公冈本诚夫一样的烦闷……说起民友社，它是当时文艺的主要阵地，说《国民之友》占据着文坛的最高地也不为过。而我真正与文艺结缘也是在加入民友社之后。我此后的生活虽几经波澜，但总之，有《国民之友》这个当时文坛第一的杂志让我可以随意地写作，于

---

① *Sartor Resartus*，中译本参见：卡莱尔. 拼凑的裁缝［M］. 马秋武，等译. 桂林：广西师范大学出版社，2004.

是我的文笔渐趋熟练，技艺也有了长进，趣味也就出来了。……

我想在今后更加努力地将自己的创作呈现给世人。如果我可以称为小说家的话，那我想要今后更努力地尽到自己的本分。

但是我也并不想完全告别那个曾经为人生问题而烦恼的自己，转而埋头于为文艺的文艺。我想要做的是"人生研究的结果报告"，不管到哪里我都会带着这样的觉悟。[1]

从事后的角度看，国木田本人对自身人生经历的总结较为客观且全面，基本涵盖了几个重要的主题：出人头地的理想、精神革命、转向自然、人生研究。当然，作为一种回顾和总结，国木田在这里也难免基于线性的时间观念将自身的经历做化约性的叙述，从而造成将历史过程简单化的问题。正如笔者在第一章对先行研究的梳理，国木田本人的这个叙述实际上成了后来研究者和文学史写作者的参照，即分段论的由来。但不管怎样，这段回忆在内容上虽然会有凸显或遮蔽之处，它也能成为我们进入他的文学世界的一种方式。

我们注意到，在发表这篇文章的同时，国木田在此前后还集中写作了《描写自然的文章》（《新声》，1906）、《十年前的田园生活》（《文章世界》，1907）、《我的作品与事实》（《文章世界》，1907）、《我与自然主义》（《日本》，1907）、《病床杂记》（《趣味》，1907）、《不可思议的大自然（华兹华斯的自然主义与我）》（《早稻田文学》，1908）、《文章的技巧》（《新潮》，1908）等评论文章。问题是为何在这段时间，国木田会多次回顾自己的创作历程并反复地对创作方法和创作态度做出解释？这些文本中潜在的对话者是谁？

熟悉日本现代文学史的读者不难发现，1907、1908年正好是日本自然主义文学被当作一个流派得以正式确立并达到高峰的时期。国木田独步的好友田

---

[1] 国木田独步. 我は如何にして小説家となりしか[M]//定本国木田独步全集：第一卷. 東京：学習研究社，1978：495-498.

山花袋和岛崎藤村的小说恰恰被自然主义论者奉为这一流派的代表作。① 从内容上也可以看出，国木田上述一系列的文章都是回复杂志社的来信或当面回答记者提问时的采访记录，讨论的焦点也都是他本人与"自然主义"的关系。

在《我与自然主义》中，面对自己是否为自然派这一提问，国木田采用了比较模糊的回答方式："我是在对自然主义毫不知情的情况下创作至今的，但这也并不是说自然主义决非我的主义。独步只是独步。"② 他认为自己的创作只是将自己的观察、感受写下，而评论者若要指认自己的作品为自然主义，就必须对"自然主义"给出明确的定义与合理的分析论证，否则就是无的放矢。这也是为何他紧接着在后文中激烈地批判自然主义的反对者后藤宙外的原因，后藤曾在《自然派与模特》一文的开篇将岛崎藤村指为"自然派的骁将"③，但他并未对何谓"自然派"做出界定，亦未对藤村的作品做出具体分析。

一个月后，在《病床杂记》中，针对批评者认为"自然主义"就是按照原样摹写人物与事实这一观点，国木田再次为岛崎藤村做出辩护："人无法完全摹写出'自然'。如果可能，那么哲学也好，宗教也好，都将不成问题。自然的深处有秘密，人类目前还无法进入其中，况且小说家为何要进入人类最后的秘密呢，自然不会允许。诗人写下的东西不会与自然的创造物相同，就连自然也无法创造出完全相同的两样东西。诗人创造自己的自然、自己的人物。这就是诗人的可贵之处。"④ 国木田为自然主义做的这两次辩护成为后来的研究者们将其断定为自然主义作家的论据。不过在我看来，国木田本人模糊的文字

---

① 此时，岛崎藤村的长篇小说《破戒》（1906）、短篇小说《並木》（1907），田山花袋的长篇小说《棉被》（1907）都已经发表。而围绕"自然主义"的论争也在同时一时间展开，代表性的文章有岛村抱月的《今日的文坛与新自然主义》（《早稻田文学》，1907）、《文艺上的自然主义》（《早稻田文学》，1908），相马御风的《文艺上主客两体之融会》（《早稻田文学》，1907），长谷川天溪的《排斥逻辑的游戏——论所谓自然主义的立脚点》（《太阳》，1907）、《无解决与解决》（《太阳》，1908），片上天弦的《人生观上的自然主义》（《早稻田文学》，1907），后藤宙外的评论集《非自然主义》（春阳堂，1908）。值得注意的是，当时自然主义理论的主要鼓吹者均出自《小说神髓》的作者坪内逍遥门下。

② 国木田独步. 余と自然主義（上）[M]. 日本，1907-10-14//定本国木田独步全集：第一卷. 東京：学習研究社，1978：529.

③ 後藤宙外. 非自然主義[M]. 東京：春陽堂，1908：136.

④ 国木田独步. 病床雑記[M]. 趣味，1907-11-1//定本国木田独步全集：第一卷. 東京：学習研究社，1978：534.

表述背后暗示的其实是"自然主义"概念本身在同时代日本文坛中的不确定性。

有意思的是,就在国木田发表前述文章两个月后,岛村抱月发表了《文艺上的自然主义》,他的目的在于梳理浪漫主义与自然主义在欧洲历史上的演变关系,从而为日本自然主义文学提供参照。岛村发现以卢梭、华兹华斯为代表的浪漫主义作家都以自然为对象,倡导人要回归自然、以自然为师,他们的浪漫主义与自然主义是同义的,这里所说的"自然"是与"人为"相对的。[①]而到19世纪后期,以左拉为代表的自然主义文学所标榜的"自然主义"虽然是从此前浪漫主义的"自然"中分离出来的,在概念上具有同源性,但是这个新的"自然主义"的内涵和外延都发生了变化,它将实验医学、进化论、社会问题等新的知识作为文学创作的重要依据。

岛村抱月意识到"自然主义"概念内部的复杂性,并且认为由浪漫主义脱胎而来的19世纪末的自然主义对同时代的日本文坛具有重要的参照意义。因为此时日本的自然主义已经不同于此前小杉天外、后藤宙外等人的自然主义或砚友社一派的写实主义,它经过了20世纪初几年间的浪漫主义(高山樗牛等人)的洗礼。"自然主义必须经过浪漫主义这一阶段的,在西方就是如此。"[②] 在以欧洲文学发展脉络为绝对参照系的前提下,岛村在这篇文章的开篇将岛崎藤村的《破戒》与国木田独步的《独步集》视为经过浪漫主义洗礼后的自然主义作品。

岛村抱月对国木田独步的界定也成为后来自然主义文学论者的普遍认识,这种认识后来又在他们所写作的日本现代文学史著作中固定下来,以至于百年后的今日,很多日本现代文学史著作仍然从自然主义文学的角度来解读国木田独步。例如本书绪论部分所介绍的,相马御风的《明治文学讲话》就是一个

[①] 岛村抱月. 文艺上の自然主義 [M] // 日本古典文论选译近代卷(下). 王向远,译. 北京:中央编译出版社,2012:592-593.

[②] 同上,第590页。另外值得一提的是,就在岛村抱月发表此文一个月后,夏目漱石在东京青年会馆做了题为《创作家的态度》的演讲,夏目质疑了岛村所总结出的欧洲文学史的发展路线,即"古典主义—浪漫主义—现实主义—自然主义—象征主义"这一线性文学史观,认为文学并非只有一条发展道路,不应当拘泥于某一种先定的"主义"对作品进行区分,浪漫派和自然派并非截然对立的两极,相反往往呈现出相互交叉的现象。因此,更应当对作品本身的复杂性加以解剖、分析。参见:夏目漱石. 創作家の態度 [J]. ホトトギス,1908,04. 该文后收于夏目漱石演讲集《社会と自分》(東京:实业之日本,1913)。

典型的例子，他将国木田独步描述为日本自然主义文学的先驱，认为其机械式的命运观、性欲描写以及对人生意义的思考等都符合自然主义文学特征。① 相马御风的文学史观不仅在很长一段时期内影响了日本国内的文学史写作，而且也成为后来周作人、夏丏尊等人在翻译、评价国木田独步著作时的认识前提（下一章会对此再做详述）。

回到国木田独步，我们在此可以继续追问的是：国木田在这种语境中是如何界定自身的位置的？他是如何以此为契机对自己以往的创作活动进行定义的？在读了岛村抱月的这篇长文后，国木田于次月发表了回应文章《不可思议的大自然（华兹华斯的自然主义与我)》。他一方面在文中继续与岛村抱月所说的自然主义保持了审慎的距离，另一方面又明确地表示自己只是华兹华斯的信徒：

> 然而，今日文坛中所谓自然主义以及自然派作家的自然主义与华兹华斯的自然主义之间似乎存在很大的差别。至少华兹华斯不会将人与自然分开对待，他没有将这不可思议的大自然同人生分开思考。而在我国的自然主义者眼中，虽然有人、有人生，也将目光投向了社会深处，但是仍旧没有体察到，对人类而言，最大的事实乃是自然的胸怀。②

实际上，国木田独步不但否定了岛村抱月给自己的身份划定，同时也将围绕自然主义的争论还原为对自然本身的思考，因为面对自然的态度与对人生意义的思考是相通的，这比是否为"自然主义"更为重要。由此可知，在同一时间发表的《我是如何成为小说家的》一文中，他将"精神的革命""自然"与"人生"这三个关键词凸显为其文学道路上重要的路标，既是对自然主义的正面回应，也是有意识地在此时通过回忆去重构自身文学思想发展的独特路径与相对的完整性。那么他对自身的界定是否完全可信？它与实际的历史事实之间是否有出入呢？对此，本章将从这三个关键词出发，在兼顾先行研究的基

---

① 相马御风. 明治文学講話 [M]//佐藤義亮. 新文学百科講話：後編. 東京：新潮社，1914：777.

② 国木田独步. 不可思議なる大自然（ワーズワースの自然主義と余) [M]. 早稲田文学，1908-2-1//定本国木田独步全集：第一卷. 1978：542.

础上，重新考察国木田在这个回忆性重构的过程中所凸显的内容以及他在有意或无意中遮蔽掉的内容，尽力以一种更加贴合历史脉络的方式呈现国木田独步踏上文学之路的过程。

4.2
"精神的革命"：
后自由民权运动时代的思想状况之一种

4.2.1 德富苏峰的"平民主义"和"新青年"论

1884年，自由党在短时间内经历了日本各地连续发起的暴动之后，党内领导层发生分裂，最终于10月29日宣布解散。这标志着前后绵延了十余年的自由民权运动走向尾声。虽然此后仍然时而有针对明治政府的抗议行动，但是在1887年12月25日《保安条例》颁布之后，明治政府迅速加强了社会治理和媒体管控，并于当天将中江兆民、尾崎行雄、星亨等五十多名抗议活动的参与者驱逐出东京，自此自由民权派的有组织的抗议行动几乎已不再可能。此后，明治政府于1889年2月11日颁布由伊藤博文主导制订的《大日本帝国宪法》并随之开设国会，又于1890年10月30日颁发井上毅等人起草的《教育敕语》，并迅速发往全国各地中小学校。政府要求全国中小学教师及学生背诵《教育敕语》并向天皇及皇后的"御照"鞠躬行礼、三呼万岁。

在自由民权运动走向失败以及明治政府的高压政策下，日本的政治体制和社会状况进入了一个相对稳定的时间段。就在中江兆民等人被驱逐出东京的次年，参与自由民权运动并目睹其失败的北村透谷转身加入了基督教，之后埋头于对精神世界的反思和文学创作。同一年，井上圆了、三宅雪岭、志贺重昂、陆羯南等人为反对政府的欧化主张，成立了政教社并创办机关刊物《日本人》，开始鼓吹日本国粹文化。而就在中江兆民离开东京的时候，德富苏峰已经出版了那部带有宣言性质的《将来之日本》并开始名噪东京，同时他在这一年（1887）的 2 月创办了可以说在明治二十年代（1887—1897）影响最大的文学社团民友社，之后又于 1890 年 2 月创办了报纸《国民新闻》。①

国木田独步正是在这样的氛围中于 1887 年 5 月到达东京，辗转一年后于 1888 年 5 月 7 日正式进入东京专门学校（1902 年 9 月更名为早稻田大学）英语科学习，1890 年 9 月 10 日升入英语政治科。他在《我是如何成为小说家的》中所说的"以前的自己读宪法论、经济书籍、格拉德斯通的演说集、麦考莱的英国史"，应当是指在英语政治科学习的时期。

根据当时国木田的学籍资料可知，在学校开设的十门课程中，他的两门政治课程较为优秀，而宪法、生理、文体、英语作文、会话及古典文学等成绩平平。两门政治课分别由校长高田早苗和已经凭借《小说神髓》（1885）博得文名的坪内逍遥担任主讲，高田主讲约翰·密尔的《代议制政府》，坪内主讲白芝浩（Walter Bagehot）的《英国宪法》、斯宾塞的《代议制政府》。② 由此可见，国木田本人此时对政治抱有较大的兴趣。正如其本人所言，他作为一名下级官吏家庭出身的长子，是抱着出人头地的梦想从山口来到东京的，而选择政治学作为自己的专业也应当是经过考虑的。然而，如前所述，随着政治环境的转变，此时社会上的舆论导向和价值观念也在悄然转变。

1887 年 8 月 18 日，北村透谷在信中向妻子讲述了自己近几年来的心路历程。1884 年尚在东京专门学校政治科学习的北村满怀出人头地的"大志向"（アンビション/ambition），立志成为"挽救可怜东洋之衰运的大政治家""为万民谋生计的"大哲学家。③ 然而在自由党内部矛盾加剧进而走向分裂之时，

---

① 据德富苏峰本人回忆，《国民之友》在面市之初就出现了供不应求的局面，仅创刊号就经多次印刷，最后卖出了近万册，而当时杂志的平均销量仅有五六百册，多者也只有1000册左右。《国民新闻》在一开始日发行量就能达到7000份，而当时大报的发行量在万份左右。虽然作为多年后的回忆，数字上恐有出入，而且也不排除其本人有夸大之嫌，但是由此也可见《国民之友》的受欢迎程度。参见：德富猪一郎. 蘇峰自伝［M］. 40 版. 東京：中央公論社，1935：223，265. 另外，早期社会主义者堺利彦也曾回忆过自己在东京第一高等学校念书时《国民之友》的受欢迎状况："《国民之友》作为新思想的杂志，是学生们必读的。我们对德富苏峰及民友社一派的崇敬和爱慕也基本上是绝对的。"参见：堺利彦. 堺利彦伝［M］. 東京：改造社，1926：120.

② 川岸みち子. 定本国木田独歩全集：別巻二［M］. 東京：学習研究社，2000：75-76.

③ 北村透谷. 石坂ミナ宛書簡一八八七年八月十八日［M］//北村透谷選集. 東京：岩波書店，2011：340.

周围人各种违反政治原则和道德的做法让北村"彻底失望落魄",1885年底的时候已经彻底从当初的"大志向的梯子上滑落,过着轻松愉快的生活了",与此同时又萌生了要成为小说家的念头。① 可以说,北村透谷内心境遇的转换典型地代表了当时青年们的普遍心理状态。随着运动的失败和政治体制的逐步定型,当初的政治青年陷入了一种失去目标后的颓败感。

在这种状态下,德富苏峰的一系列著述不仅起到了打破局面的作用,而且迅速转移了青年们的注意力。1885年6月,尚在故乡熊本经营大江义塾的德富苏峰以大江逸为笔名撰写了长论文《第十九世纪日本之青年及其教育》,德富将此文私下印行300册后在东京通过各种渠道赠阅,不仅得到了同乡前辈井上毅的赏识,田口卯吉也将其连载于《东京经济杂志》,引起了较大反响。② 此后信心大增的德富苏峰又于1886年上半年写出了《将来之日本》一书,同年10月由田口卯吉的经济杂志社出版。不久后,德富举家迁往东京并借助前两部著作博得的文名和积累的资金创办了民友社和杂志《国民之友》(1887),该年4月又在《第十九世纪日本之青年及其教育》上补写了一篇概述之后更名为《新日本之青年》重新出版。德富苏峰正是凭借《将来之日本》和《新日本之青年》两部著作所获得的"意外的好评"③吸引了一大批同时代的青年读书人。

正如德富本人所总结的:"《将来之日本》是对社会的观察,而这个册子(《新日本之青年》)则是观察个人。前者论述社会为何是平民的,后者论述在平民社会中个人应当采取怎样的姿态。"④ 德富首先从"一个身居茅屋中的人民"的角度出发,认为国家应当以"实现全体国民的利益和幸福为目的"⑤。一个国家用来保证国民生活的手段有两种,"一为生产机关,一为武备机关。生产保障内部供给,武备防御外部侵害"⑥。这两者都与国家中的每一个人息息相关,但是两者又"绝对无法两立,而是此盛彼衰、此亡彼兴的关系"⑦。

---

① 北村透谷. 石坂ミナ宛書簡一八八七年八月十八日 [M]//北村透谷選集. 東京:岩波書店,2011:341.
② 徳富猪一郎. 蘇峰自伝 [M]. 東京:中央公論社,1935:205.
③ 同上.
④ 徳富猪一郎. 新日本之青年 [M]. 東京:集成社,1887:1-2.
⑤ 徳富猪一郎. 将来之日本 [M]. 東京:経済雑誌社,1887:2.
⑥ 同上,第13页.
⑦ 同上,第18页.

因为若以武备为重，则社会就会陷入等级森严的专制制度，国家权利也会落入少数人的手中，相反若以生产为重，则社会就会以平民大众为中心，政治权利也会在多数人手中，容易形成倡导和平、自由、民主的风气。①

明治时代以前的日本封建社会以武备为重，贵族、武士阶层、军队组织等不直接进行经济生产，他们的经济来源依靠"人为分配法"而非"自然分配法"，在后者中，"全国全社会全体人民"既是生产者又是消费者②。在德川时代强大的军事政权之下，尽管社会和平、人口增加、物产丰富、各行各业的生产者勤劳努力，但是"全国人民的生活水平并无多大进步"③。虽然经过明治维新及其后二十余年间的改革，"我邦武备社会一变为生产社会，贵族社会一变为平民社会"④，然而"现今我邦流行的国权论、军备扩张主义仍只不过是披着新奇外衣的陈腐的封建旧主义而已"⑤。德富苏峰在最后总结到，日本的当务之急应当顺应古今世界发展大势，"采取和平主义，以发展成为商业国家和平民国家，从而保障国家之生活。如此，皇室的尊荣、国家的威势以及政府的巩固方可长久维持。这是为国家将来之大经纶计的最佳手段"⑥。

在这里需要注意的是，首先，德富苏峰极力倡导的"平民主义"是以对现有政治体制即天皇制明治政府的高度认同为前提展开的。这也是他的著作能够得到保守派井上毅的认可的原因。他虽然一方面与政教社一派的国粹主义保持距离，另一方面又对鹿鸣馆主导的贵族式欧化主义进行激烈的批判，进而将自己标榜为"平民式的冒进主义"，但是三者都或多或少地默认现有的政治体制。因此，德富苏峰在八年后甲午战败爆发时能够写出《大日本膨胀论》（1894）并迅速转向帝国主义论毫不奇怪，因为"平民主义"是"是为国家将来之大经纶计的最佳手段"。

其次，关于德富苏峰的理论来源，如其本人所述："我当时主要以斯宾塞的进化论、密尔的功利说、科布顿和布莱特等曼彻斯特学派的非干涉主义、自由放任主义，还有横井小楠（德富苏峰的舅舅）的世界和平思想为依据，搭

---

① 德富猪一郎. 将来之日本 [M]. 東京：経済雑誌社，1887：20.
② 同上，第 157-158 页。
③ 同上，第 168 页。
④ 同上，第 187 页。
⑤ 同上，第 202 页。
⑥ 同上，第 216 页。

建起了自己的观点。"① 德富在《将来之日本》中就是一边大段地引用上述诸人的观点，一边以古代中国、日本和欧洲的历史事实为例对其进行解释。其中"武备社会"向"生产社会"的转变一说便来自斯宾塞的《社会学原理》，而类似"实现全体国民的利益和幸福"之类的说法则来自密尔的功利主义。因此，德富的"平民主义"实际上更多的是英国式自由主义在日本的套用，主要代表的是地主、豪农以及乡村士绅为代表的资产阶级意识形态。② 德富所说的"平民"（在书中与"国民"互用）应当更接近资产阶级社会中的"市民"概念。"平民主义"实际上是另一种形式的欧化。

不过尽管如此，德富苏峰正是在这一历史认识之下于几个月后在《国民之友》创刊号（1887）中宣称："所谓破坏的时代行将过去，而建设的时代即将到来；东方的现象行将过去，而西洋的现象即将来临"③。与此相呼应，《第十九世纪日本之青年及其教育》（1885）和《新日本的青年》（1887）两书论述的对象则是"新日本"的青年学生及其教育问题。在德富苏峰看来，迄今为止的明治社会充斥着相互批判、倾轧、怀疑、冷笑和无信仰，而批评最终带来的是破坏。④ 现在的明治人应当转变态度，"共同走向诚实厚重纯白之平民社会"，而应当率先实现这一方针的是"明治青年"⑤。明治青年不应当再受"天保的老人们"⑥ 的领导，而应当反过来领导他们，一方面学习西方的物质文明发展，另一方面更要注重精神文明的发展，自尊自爱，形成平民社会的道德规范。因为青年是社会的继承者，"明治青年的命运决定着明治世界的命运"⑦。而时下流行的教育，若非复古的、偏执的，就是采取内外折中主义，"我们"应当重新审视教育的目的。教育不仅仅是为个人解决生存问题，也是个人完善性格、建立道德价值观和实现自身最大幸福的手段。⑧ 批判与怀疑的

---

① 德富猪一郎. 蘇峰自伝 [M]. 東京：中央公論社，1935：209.
② 家永三郎. 近代思想の誕生と挫折 [M]//家永三郎集：第一巻. 東京：岩波書店，1997：309.
③ 近代日本思想史研究会. 近代日本思想史：第二卷 [M]. 李民，译. 北京：商务印书馆，1991：15.
④ 德富猪一郎. 新日本之青年 [M]. 東京：集成社，1887：1-2.
⑤ 同上，第4页.
⑥ 指幕府末期天保年间（1830—1844）出生的一代人，这代人主导了明治维新及其后一二十年间的政治和文化思潮，如福泽谕吉等明六社的成员大多都属于此类。
⑦ 德富猪一郎. 新日本之青年 [M]. 東京：集成社，1887：22.
⑧ 同上，第122页.

态度"绝非学问的本色"①，而应当采取"智德兼备"的方针。因此，当务之急是实行知识界的"第二次革命"②，"输入泰西自由主义社会流行之道义法"③，"以新主义组织设置私立学校"④，培养青年们形成自尊自爱自助的气象。

德富苏峰围绕知识层面和精神层面的论述对自由民权运动失败后的青少年有着很强的吸引力。正如他在《新日本之青年》的结尾所说，此时青年们所面临的"大敌"，一为他们一直以来敬爱有佳的老一辈，但老一辈"已是过去世界之造物，诸君才是未来世界之主人"；一为"当今社会生活之艰难"，已经阻断了青年人出人头地、向上攀升的道路，青年们必须另寻他法。⑤ 虽然德富为了宣传自己的主张，在说法上不免有夸张之处，但是也大体上反映了时代转换期的状况。根据前田爱的调查，到明治十年代（1878—1888）后期，中村敬宇翻译的《西国立志编》（1870，斯迈尔斯《自助论》的日译本）、福泽谕吉的《劝学篇》等倡导出人头地主义的代表作已经不再作为中小学的教科书使用。中村、福泽等"父辈"的社会位置逐渐被德富苏峰等"哥哥辈"取代，"《将来之日本》和《新日本致青年》在此时可以称为'新《劝学篇》'，为弟弟辈开启了从政治世界转向实业界的可能性"⑥。而"弟弟辈"是指明治维新前后出生并在自由民权运动中成长起来的一代，当时围绕在德富苏峰周围的青年大都如此，国木田独步（1871）自然也不例外。不过需要指出的是，德富苏峰虽然在姿态上否定"父辈"，但实际上两者间的著述在很大程度上并不矛盾，比如都受到英美自由主义和清教主义的影响，倡导节俭、勤勉、正直、守时自律等生活观念。这与民友社的成员（包括德富苏峰）大都为基督教徒这一点有直接关联。

另外，同前田爱将德富的出现解释为"由政治界转向实业界"相类似，以往的文学史习惯于将北村透谷在退出自由民权运动后转向文学创作理解为一

---

① 德富猪一郎. 新日本之青年 [M]. 東京：集成社，1887：130.
② 同上，第139页。
③ 同上，第149页。
④ 同上，第151页。
⑤ 同上，第161-162页。
⑥ 前田愛. 明治立身出世主義の系譜——《西国立志編》から《帰省》まで [M]//前田愛著作集：2. 東京：筑摩書房，1989：95.

种逃避行为，但是正如柄谷行人所指出的，北村透谷只不过是想要通过文学的想象力来继续与现实的政治世界进行对抗，是"以另一种形式持续进行的自由民权运动"①。同样，我们对以德富苏峰为中心的围绕"青年"的论述也不能简单理解为转向实业界的逃离态度，相反这只不过是政治实践活动在新形势下的转换。因此笔者更赞同木村直惠的观点："'政治'上的失意看似最后都会被'文学'取代，但更确切地讲，应当是一种'政治'转换为另一种'政治'，同时与之各自对应的一种'文学'也转换为另一种'文学'。所谓'日本国民'只有在这个相互关照的新的'政治/文学'构图中才能获得其得以成立的场域。"② 简言之，一时代有一时代之政治，一时代亦有一时代之文学，两者都不会各自断绝，而是相互间始终处在复杂多变的关系中。

基于这种认识，木村通过梳理大量同时代的文献资料来考察"青年"这一话语的生成和展开。她发现，在德富苏峰将"青年"这个词语重新赋予意义并流行起来的同时，自由民权运动时代的"壮士"一词也被重新提起，并且被塑造为"青年"一词的对立面。"青年＝新日本＝新政治"和"壮士＝旧日本＝旧政治"这样的组合对比充斥于明治二十年（1887）前后的《国民之友》和各类论说文章。曾经在自由民权运动时代代表运动参与者并且极具政治主动性的"壮士"此时成了"青年"论者严厉批判的对象。③ 德富笔下那种被追捧的"青年"形象代表了更为自律、正直，更加注重个人的生活状况、更为务实的新人，而"壮士"则与之相反。不仅如此，"青年"论者几乎在《国民之友》创刊的同时在日本全国各地以不同形式组织了冠以"青年"名目的社团。影响较大的如山梨县高桥直吉创办的协习会及杂志《少年子》（1887）、千叶县记者片冈宪堂组织的明治青年会（1888）、广岛县山本泷之助组织的青年会（1890）、东京大川桂月组织的青年学丛会等各类散布全国各地的独立协会数不胜数。此外，"青年"论的首倡者民友社组织了青年协会（1887）并创办会刊《青年思海》（1887），该协会由民友社负责印刷事物的人

---

① 柄谷行人．日本现代文学的起源［M］．赵京华，译．2版．北京：中央编译出版社，2013：3．
② 木村直惠．「青年」の誕生——明治日本における政治的実践の転換［M］．東京：新曜社，2001：16．
③ 木村直惠．「旧日本」から「新日本」へ——「青年」的言説の登場［M］//「青年」の誕生——明治日本における政治的実践の転換．東京：新曜社，2001．

见一太郎和编辑绪方直清等人发起。在民友社的直接支持下，再加上有德富苏峰、竹越与三郎、中江兆民、植木枝盛、海老名弹正、小崎弘道等知识界名人做赞助人，青年协会在一年内便发展到全国各地，会员也达到一千四百余人。① 关于"青年"的论说俨然已发展成一种政治色彩浓厚的知识运动。

国木田独步在好友水谷真熊的邀请下于 1888 年 2 月成了青年协会的会员，此时距他入学东京专门学校还有三个月。17 岁的国木田独步在东京徘徊了大半年后终于找到了接纳自己的组织，他与民友社的关联也从此时开始。不过，国木田对"青年"论的态度很值得玩味。他在入会一个月后写了第一篇评论文章《涉猎群书》。国木田在开篇就批评当下报刊上充斥着的青年书生模仿德富苏峰所做的"青年"论，"彼等之所论若一犬吠则万犬吠、若蝉噪蛙鸣"②。这种现象同过去自由民权派的"轻佻浮躁"没有区别，"过去的青年错在想要实现西洋式的目的却不知西洋的理论与历史，错在只顾慷慨悲歌；而现在的青年又有多少人能通晓西洋的理论与历史呢？能够不轻佻浮躁、只顾着慷慨悲歌呢？对此我是不得不怀疑的"③。因此国木田在最后提醒当下的青年书生要"饱读西洋群书，掌握精密的理论和确实可靠的历史知识，以备将来所用"④。

同样是论述青年问题，国木田明显要比同时代人要冷静得多。初来乍到的他虽然没有直接论述德富苏峰，但这种冷静表明他对自由民权派和德富苏峰实际上都保持着相对审慎的态度。在翌年底发表的第二篇评论中，国木田论述了当时青年的"野心"（ambition）。他认为，"野心"是很可怕的事情，此前的日本充满了政治家的私利私欲、欺诈和倾轧，现在的青年诸君要发扬正义，将欧洲 19 世纪的抱负移植到 20 世纪的日本，打破今日国内的野心界，建造一个正大光明的世界。⑤

可以看出，国木田对一种新的主体性或民族国家认同还是比较渴望的，一方面正如其本人在《我是如何成为小说家的》一文中所说，仍然是抱着出人

---

① 木村直恵.「青年」の誕生——明治日本における政治的実践の転換 [M]. 東京：新曜社，2001：155.
② 国木田. 群書二渉レ [M]//定本国木田独歩全集：第九卷. 東京：学習研究社，1978：377.
③ 同上，第 379 页.
④ 同上，第 380 页.
⑤ 国木田. アンビション（野望論）[M]. 女学雑誌，1889，12（191）//定本国木田独歩全集：第一卷，東京：学習研究社，1978：171.

头地的梦想，另一方面这篇文章恰好写在《大日本帝国宪法》刚刚颁布不久之后，如他在文中也提到"条约改正尚未成功""立宪政体的实效未显"①，可见他对日本政治的未来抱着很大的期待和热情。我们从他于 1891 年开始写的日记中也可以看到，他在开头给自己的题词为："沉静、刚毅、勤勉、力行、活智、电眼"②。此时他几乎每天都要阅读的书是天野为之根据约翰·穆勒等人的著作编译的《经济原理》（至 1890 年已经发行 15 版），还有田口卯吉主编的《经济杂志》、明治维新史料、吉田松阴的著述、麦考莱的英国史等。可见国木田也是在有意识地践行自己在《涉猎群书》中的主张，即认真学习理论和历史知识。

4.2.2　"精神的革命"：国木田独步读爱默生、华兹华斯

如前面两章所分析的，在政治上以及对日本民族国家的认同上，国木田独步虽然没有像德富苏峰那样赤裸裸地直接歌颂帝国主义，但在根本上两者之间并无太大差异。国木田独步的文学行为是以对整个共同体秩序的默认为前提展开的，只是他对自身与这个权利秩序的关系的处理与德富苏峰等同时代人又略有不同。1891 年 1 月发生的两个事件改变了国木田独步的人生轨迹。第一，1 月 4 日，国木田接受牧师植村正久的洗礼正式成为基督教徒。国木田从此时开始定期到教会听植村正久的演讲，并在此后很长一段时间内深受他的影响。他写日记的习惯也是从此时开始。不过以往的研究者对这二人的关系关注较少，相反都习惯于强调德富苏峰和国木田独步在文学层面的共同性。第二，1 月 27 日，东京专门学校的一部分学生由于不满校长鸠山和夫（日本前任首相鸠山由纪夫的曾祖父）在管理上的渎职行为，遂发起抗议活动，要求罢免校长、改革教务。国木田独步身边的几位密友如水谷真熊、引头百太、大久保余所五郎等人则是这次运动的领导者，国木田本人也参与了运动。③ 到同年 3 月底，这次事件最终

---

① 国木田. アンビション（野望論）[M]. 女学雑誌，1889，12（191）//定本国木田独步全集：第一卷，東京：学習研究社，1978：170.
② 国木田独步. 明治廿四年日記[M]//定本国木田独步全集：第五卷. 東京：学習研究社，1978：161.
③ 川岸みち子. 定本国木田独步全集：別卷二[M]. 東京：学習研究社，2000：116-117.

以参加抗议的学生愤然退学而告终，国木田亦在本月 31 日办理了退学手续。一个多月后，无处落脚的国木田在 5 月 1 日离开东京，返回故乡山口县。

需要注意的是，参与抗议的学生们提出的改良方案的内容："第一，改变教师的选拔方式；第二，改变授课方法；第三，调整授课时间；第四，整顿教科书；第五，特设英语文学课程"①。可见学生们抗议的不仅仅是校长的渎职行为，更主要的还是对教师的教学方式和教科书的内容感到不满。如上文所述，英文科此时主要讲授的还是政治经济学相关的内容，而改革方案中的最后一条"特设英语文学课程"显然是针对此现象的。更加值得注意的是，此时国木田和身边的好友相继加入植村正久的基督教会也并非心血来潮。从植村正久在整个明治二十年代发表的言论活动可见，他在教会的演讲内容一方面是基督教的教义和圣经解读，另一方面更多的是讲授欧洲文学作品。他在 1890 年至甲午战争爆发前陆续在自己主办的杂志《日本评论》上发表了论述雨果、托尔斯泰、卡莱尔、歌德、拜伦、华兹华斯以及基督教文学的论文。②

而与此同时，德富苏峰也在《国民之友》和《国民新闻》上发表了一系列讨论和介绍爱默生、华兹华斯、但丁、卢梭等人的诗歌的论文，并以此批判日本当前的诗歌。③ 从国木田独步的《明治二十四年日记》和 1893 年 2 月重新开始写作的日记《不欺记》中也可以看到，他们大多数时候讨论的都是针对这些欧洲作家作品的阅读与思考。由此可见，几乎在同时发生的这两个看似偶然的事件，实际上都暗示着这一群知识青年的价值取向和知识趣味的转变。

另外顺带一提，在国木田等人退学后的第二年 5 月，尚为东京帝国大学英文科学生的夏目漱石到东京专门学校做了几个月英国文学课的兼职教师。这段经历的直接收获之一就是夏目在次年（1893）初毕业前夕发表了《英国诗人对天地山川的观念》（《哲学杂志》，1893），论述蒲柏、戈德史密斯、彭斯、华兹华斯等人的自然观念。后文对此还将做进一步的分析。

---

① 川岸みち子. 定本国木田独步全集：别卷二 [M]. 东京：学習研究社，2000：119.
② 代表性论文有《トルストイ伯》（《日本評論》，1890）、《トーマス、カアライル》（《日本評論》，1890）、《日本の基督教文学》（《福音新報》，1892）、《自然界の予言者ウオルズウオルス》（《日本評論》，1893）等。
③ 代表性论文有《近来流行の政治小説を評す》（《国民之友》，1887）、《インスピレーション》（《国民之友》，1888）、《新日本の詩人》（《国民之友》，1888）、《天然と同化せよ！》（《国民新聞》，1889）、《観察》（《国民之友》，1893）等。

退学返乡后的国木田（20 岁）开始自学，根据《明治二十四年日记》可知，他一方面持续阅读麦考莱的《英国史》等近代史类著作，另一方面也订阅了德富苏峰的《国民之友》和《国民新闻》、植村正久的《日本评论》和《福音新报》、田口卯吉的《经济杂志》。他在这一时期的阅读兴趣明显转向对英国近代史和英语文学的关注，而此前的政治经济学类的书籍此后在日记中几乎没有出现过。在是年 7 月的日记中可见：" 午前读《曼弗雷德》（拜伦）、爱默生论文集中的《诗人》一文"（21 日），"午前读爱默生、英国史（麦考莱），午后读莎翁《哈姆雷特》"（22 日）。① 由于 7 月之后的日记中断，具体的读书状况我们不得而知，但该年 10 月国木田在故乡开设了私塾波野英学塾。从私塾名称可知，主要教授"英学"，显然已经决定往英国文学和历史的方向发展，同时也试图通过办学谋生计。

不过私塾只开设四个月便失败了。国木田最终于 1892 年 6 月 8 日再次前往东京，之后一边在青年文学会做派送报刊的兼职，一边继续去教会听植村正久的演讲。之后又于 9 月 21 日拿到了第一本《华兹华斯诗集》。② 国木田这段时期对英国文学的学习所得主要反映在一两个月后连续发表的论文《民友社记者德富猪一郎氏》和《何为田家文学》中。

《民友社记者德富猪一郎氏》是一篇对德富苏峰及其"平民主义"的批评文章。在他看来，此时的德富苏峰虽然到处办演讲会、发表时论并且赢得了众多的崇拜者，但是他并不是一个"能辩家"，而是一个洋洋自得的"多辩家"。③ 所谓平民主义不应当被坊间理解为"改良主义的自由主义""土老百姓主义""勤俭主义""反贵族主义"，相反应当依据"基督教道德观念的活火"、以英雄豪杰般的"至诚"的态度加以积极的解释。④ 因为日本首先已经经历了明治维新并且由伊藤博文主导制定了宪法，实现了"政治开国"；其

---

① 国木田独步. 明治廿四年日记 [M].1891 - 1 - 1//定本国木田独步全集：第五卷. 東京：学習研究社，1978：210. 括号内文字为笔者所加.

② 虽然 1891 年 7 月以后至 1893 年 2 月这段时间没有日记记载，但是根据他 1900 年发表的散文《小阳春》中的回忆可知："这本诗集入手的时间是在八年前，我无法忘记的九月二十一日的夜晚。" 参见：国木田独步. 小春 [M]//定本国木田独步全集：第二卷. 東京：学習研究社，1978：291.

③ 国木田独步. 民友社记者德富猪一郎氏 [M].青年文学，1892 - 10 - 15//定本国木田独步全集：第一卷，東京：学習研究社，1978：196.

④ 同上，第 198 页.

次，福泽谕吉代表的知识人和创业政治家共同实现了"社会开国"；最后将要到来的则是"精神开国"。往昔新岛襄曾以"基于基督教道德观念的文明乃真文明"一语做过尝试，但遭遇了太多阻力，现在民友社一派又将德富苏峰奉为继续"开拓精神革新之道"的领袖。①但德富苏峰只是"平民主义的首倡者"，在根本上并非基督教道德观念的说教者，更无法成为"预言者、说教者、教师"。②因为擅长人物评论的德富苏峰③同伊藤博文专于法律、志贺重昂专于地理、田口卯吉专于历史一样，都各自有所偏颇，"往往流于个人之见"④。他刻意使用华丽的语调并巧妙地结合比喻、形容、引用等手法形成了吸引人眼球的新文体，但是这无法与雨果笔下穿过人物直达心灵的笔力相比，更没有卡莱尔所说的"诚实"和"同情"。⑤最后，国木田得出结论："民友记者虽然拥有健全恢宏的思想和清峻豪迈的音调，但是缺乏深透彻底"⑥，他虽然介绍了一大串新的术语和思想，但是没有深入探讨其内在的原理和背后的理由。归根结底，他对"人""人间""人类"等观念的认识和西洋不同，他只能"立于枝枝叶叶的外部"，"无法究其根本、预言百花根源之大心"⑦。

　　国木田的这些批评对当时正春风得意的德富苏峰不可谓不犀利。与四年前的《涉猎群书》相比较而言，首先国木田当初主张认真研读西洋书籍、学习西洋理论和历史的态度一以贯之，而且透露出一个初出茅庐者对现状的不满和戾

---

①　国木田独步. 民友社记者德富猪一郎氏［M］. 青年文学，1892 - 10 - 15//定本国木田独步全集：第一卷，東京：学習研究社，1978：199.

②　国木田独步. 民友社記者德富猪一郎氏［M］. 青年文学，1892 - 10 - 15//定本国木田独步全集：第一卷，東京：学習研究社，1978：199. 此外，同这句话完全一样的内容也出现在德富苏峰1889年2月的文章《文学者的目的是使人愉悦吗?》中："他们（文学者）从不忘记自身为世间之预言者、说教者、教师。他们的主观目的不在取悦他人，而在立于人间社会之中，成为真理、善德、美妙等高尚、博大且真挚之观念的观察者和解释者。"显然，国木田是有意识地借用德富的话来批评德富本人。参见：德富猪一郎. 文学者の目的は人を楽ましむる乎［M］//文学断片. 東京：民友社，1894：84 - 85.

③　德富苏峰在5个月前出版了一部人物评论合集《人物管见》（東京：民友社，1892），论及福泽谕吉、新岛襄、森有礼、板垣退助、伊藤博文、井上毅、山县有朋、中村敬宇、矢野龙溪等明治维新以降的政界和社会界名人，记述这些人的平生事迹并评定各人功绩，同时德富苏峰也不忘提及自己与这些人的交往。

④　国木田独步. 民友社記者德富猪一郎氏［M］. 青年文学，1892 - 10 - 15//定本国木田独步全集：第一卷，東京：学習研究社，1978：201.

⑤　同上，第203页。

⑥　同上，第205页。

⑦　同上，第207页。

气,这也是为何在此后几年中德富苏峰几次在信中劝说其注意勿要轻易与人发生冲突;其次,但也正是因为拥有这种不满和追求,使得他敢于挑战德富苏峰的现有地位,从而在批判的过程中将讨论进一步提升到精神层面,原先对政治经济理论和历史知识的学习转变为对"心灵""诚实""人""人间""人类"等更加宏大、抽象的观念的讨论;[1] 最后,国木田所说的政治经济理论和那些抽象的概念往往被想象为一种先验的存在,"西洋"被想象为一个需要不断接近的实体。如果结合中江兆民曾经选用汉文翻译卢梭的《社会契约论》(《民约译解》,1882)这一行为来比较的话,这一倾向就更加明显。极有可能的原因是,同为牧师的爱默生的文章起到了很大的作用。国木田独步先前阅读的《诗人》是爱默生在思想成熟期出版的《第二随笔集》(1844)中的一篇。在这篇先验论色彩极强的论说文中,爱默生盛赞诗人的存在:"诗人是言者,是命名者,他代表美","诗歌全是提前写成的",因为"诗人的标志和证明就是他能宣布人们未曾预见到的事","他是唯一的导师"和"讲述者"。[2] 这一点与国木田对"精神开国者"的要求是一致的。爱默生继续写道,诗人是上帝和自然的翻译者,"诗人之所以给事物命名,是因为他看见了它,或者比别人更接近一步。这种表现或命名,并不是技艺,而是第二自然,那是由第一自然脱胎而来的,就像一片树叶是从树上生长出来的一样"[3],"诗人是解救万物的诸神"[4]。而此时进入国木田视野的诗人恰好就是爱默生在青年时代曾经拜访过的华兹华斯。

国木田在华兹华斯那里发现了某种在他看来具有颠覆性的东西。华兹华斯笔下"没有莎翁的哈姆雷特、没有弥尔顿的失乐园",也看不到任何悲壮、痛烈的诗情。相反,国木田在《孤独的割麦女》《布鲁厄姆城晚宴的歌声》等诗作中发现,"对华兹华斯而言,卑贱的茅屋、山谷的一隅、森林或山丘的一角要比帝王、战争、地狱、天堂更加意味深长","他的诗歌取材于普通的日常

---

[1] 有研究者习惯将国木田独步放在平民主义的脉络上考察,认为国木田关注的寻常百姓、自然风物是德富苏峰平民主义的产物,参见:木村洋.平民主義の興隆と文学——国木田独歩《武蔵野》論 [J].日本近代文学,2008(79)。也有研究者基于实证性的文献调查,认为国木田独步的文学观承接自德富苏峰,但是那种基于文字上的雷同得出的结论夸大了两者间的同一性,参见:曲莉.独歩《田家文学とは何ぞ》に対する一考察:蘇峰文学論の受容を視座に [J].東京大学国文学論集,2012(7)。两者都没能充分认识到国木田独步的出发正是以对德富苏峰的差异化开始的。

[2] 爱默生.爱默生随笔全集 [M].蒲隆,译.北京:国际文化出版公司,2006:186.

[3] 同上,第193页。

[4] 同上,第197页。

生活，他的秘诀是在普通生活中为我们带来无限"①。这种"以小见大"的视角颠倒了此前国木田所接触过的那种"以大见大"的历史观念，即以英雄、帝王、大历史家和大诗人为对象的历史叙述方式（当然也包括德富苏峰的人物论和当时民友社其他成员如山路爱山、竹越与三郎的史论著作）。

> Love had he found in huts where poor men lie;
> His daily teachers had been woods and rills,
> The silence that is in the starry sky,
> The sleep that is among the lonely hills. ②
> （在贫苦人家的茅屋中，他发现了爱；/他每日的教师是森林与溪流，/星辰满天时的寂静，/在孤独的丘陵间的安眠。）

> 看她，在田里独自一个，
> 那个苏格兰高原的少女！
> 独自在收割，独自在唱歌；
> 停住吧，或者悄悄走过去！
> 她独自割麦，又把它捆好，
> 唱着一支忧郁的曲调；
> 听啊！整个深邃的谷地
> 都有这一片歌声在洋溢。③

国木田在文中还顺带批判了当时文坛流行的莎士比亚热，认为所谓的戏剧论、悲剧论和莎翁崇拜只空谈审美而不注重理想和信仰，正是这种"迷信"和"谬说"导致了"没理想论的大战争"（指1891年10月开始森鸥外和坪内逍遥之间就文学创作是否需要"理想"而展开的论战，该论战一直持续到

---

① 国木田独步. 田家文学とは何ぞ [M]. 青年文学, 1892 - 11 - 15// 定本国木田独步全集：第一卷. 東京：学習研究社, 1978: 210 - 211.
② 同上, 第210页. 这段诗歌为国木田直接引用在文中的《布鲁厄姆城晚宴的歌声》(Song at the Feast of Brougham Castle, 1807) 的英文段落，括号内为笔者的粗译。
③ 华兹华斯. 孤独的割麦女（The Solitary Reaper）[M]// 卞之琳. 英国诗选. 北京：商务印书馆, 1996: 125.

1892 年上半年，即国木田再次到达东京前后。国木田很明显是在批判坪内逍遥）。另外，他也批评当时正在流行的宫崎湖处子的小说《归省》①（民友社，1890）只不过是在模仿《麦克白》和《莎士比亚》创造了一个"幻境"而已。宫崎认为一个田家文人无法承担表现"高尚、优美、伟大、恢宏之诗趣"的观点，而国木田则以华兹华斯为例反驳道，正是华兹华斯将天地山川、日常人情风物纳入了诗歌描写，所以他才恰恰成了一个优秀的田家诗人。②

国木田的这种新认识的获得当然首先来自对华兹华斯诗歌的直接阅读和反思。同时，我们也要注意到，就在国木田在 1892 年 9 月拿到《华兹华斯诗集》的同时③，德富苏峰在青年文学会举办了一场题为《新日本的诗人》的演讲，而演讲稿根据其本人四年前发表在《国民之友》上的论文《新日本的诗人》（1888）为基础改写而成。这篇论文恰好以爱默生的《诗人》开篇，接着列举中国、欧洲和日本古代的诗人进行比较后认为日本的新体诗存在两个问题："无法发现创作符合新日本的新体诗的格律""缺乏思想"④。而四年后的演讲稿与之相比则发生了较大变化。德富苏峰首先将原先的两个问题扩展为三个："语言""格律""观念"⑤。与论文中提到的寻求新格律相比，演讲稿中主张要完全打破传统格律的概念，要寻求新的语言和新的描写对象。而其中最大的不同就是德富花费大篇幅讲解华兹华斯的诗歌，并将之作为新日本的诗歌的榜样。他对语言和格律的态度则明显来源于华兹华斯《抒情歌谣集》的序

---

① 该小说在明治二十年代初期非常流行，描写了在东京念书的主人公"我"时隔多年返回偏远的山村故乡料理父亲的后事，中间又去了母亲的本家——一个更加僻远却又像桃花源一样的小山村，最后又返回东京的故事。宫崎在小说中花费了不少笔墨描写了山村居民的淳朴和山村风景的美妙，并且在每一章的开头都选取了一首陶渊明或老子的汉诗文作为开头。这部小说代表了当时从地方来到的东京的青年对故乡的思念之情，但也因此在内容充斥着对乡村的过度美化，曾一度被奉为"平民主义"文学的代表作，国木田此文所说的"田家文学"即指此意。另外，前田爱曾指出宫崎在《归省》中借主人公之口所表达的在现实生活中的苦闷和对未来的迷惘代表着明治时代立身出世主义对"上京邦"（加藤周一）而言越发虚妄。参见：前田爱. 明治立身出世主义的系谱［M］//前田爱著作集2：近代读者の成立. 東京：筑摩书房，1989：106.

② 国木田独步. 田家文学とは何ぞ［M］. 青年文学，1892-11-15//定本国木田独步全集：第一卷. 東京：学習研究社，1978：209.

③ 根据川岸みち子的考证，德富苏峰的书库中的借用记录中曾有《华兹华斯诗集》，国木田手中的那本英文诗集很有可能就是此时从德富苏峰那里借阅的。参见：川岸みち子. 定本国木田独步全集：别卷二. 東京：学習研究社，2000：102.

④ 德富猪一郎. 新日本の詩人［M］//文学断片. 東京：民友社，1894：28-29.

⑤ 同上，第38页。

文（1800）。在这篇被文学史奉为英国浪漫主义文学宣言的序文中，华兹华斯写道：

> 这些诗的主要目的，是在选择日常生活里的事件和情节，自始至终竭力采用人们真正使用的语言来加以叙述或描写，同时在这些事件和情境上加上一种想象力的色彩，使日常的东西在不平常的状态下呈现在心灵面前；最重要的是从这些事件和情境中真实地而非虚浮地探索我们的天性的根本规律……我通常都选择微贱的田园生活作题材，因为在这种生活里，人们心中主要的热情找着了更好的土壤，能够达到成熟境地，少受一些拘束，并且说出一种更淳朴和有力的语言……因为这些人时时刻刻是与最好的外界相通的，而最好的语言本来就是从这些最好的外界东西得来的；因为他们在社会上处于那样的地位，他们的交际范围狭小而又没有变化，很少受到社会上虚荣心的影响，他们表达情感和看法都很单纯而不矫揉造作。因此，这样的语言从屡次的经验和正常的情感产生出来，比起一般诗人通常用来代替它的语言，是更永久、更富有哲学意味的。①

此外，德富在演讲后的次年4月又写了一篇《观察》，强调写作者要学习观察能力，这一点和华兹华斯在《〈抒情歌谣集〉一八一五年版序言》中对写诗能力的界定也是一致的。② 需要注意的是，虽然德富对华兹华斯诗歌的取材和写法的分析与前述国木田的观点是完全一致的，国木田应当也听了这场演讲，但是二人的出发点和目的又稍有不同。德富苏峰是从文学史的角度发现了华兹华斯的特别之处并想借此改变日本诗歌的现状，他的论述始终是一种基于解决现实的政治和社会问题展开。比如在《新日本的诗人》演讲稿中，他认为虽然诗人需要先天的天赋，但是更多地要受到客观的自然环境和政治社会状

---

① 华兹华斯．《抒情歌谣集》序言．曹葆华，译．[M]//刘若端．十九世纪英国诗人论诗．北京：人民文学出版社，1984：5.
② 华兹华斯认为写诗需要具备六中能力：第一，观察和描绘的能力；第二，敏锐的感受性；第三，沉思；第四，想象、幻想即改变、创造和联想的能力；第五，根据对材料的观察进行虚构的能力；第六，判断力。参见：华兹华斯．《抒情歌谣集》序言．曹葆华，译．[M]//刘若端．十九世纪英国诗人论诗．北京：人民文学出版社，1984：36-37.

况的制约①，日本的新诗人也要在这个前提下产生出来。这是德富苏峰实用主义的特点，华兹华斯说的"我们的天性的根本规律"和"哲学意味"根本不是他的兴趣所在。但是在国木田那里，他所考虑的是："以诗人之眼思考'人应当如何生活？'（how to live），以诗人之情将所思所感赋为诗文，以引导同胞人类走向真理和善德为使命。"② 他认为这才是华兹华斯笔下的茅屋、村姑的意义所在，他们要大于无数个麦克白。③

与德富苏峰基于国家和社会的立场理解文学相反，国木田独步此时将文学理解为个人的："诗人是以一个人的身份向人们讲话"④，但诗歌又是具有人类普遍性的，"诗的目的是在真理，不是个别的和局部的真理，而是普遍的和有效的真理"⑤。这与植村正久的观点是相同的，植村将华兹华斯称为"自然界的预言者"和"哲学家式的思想者"⑥。不过，我们也同样不应忘记，国木田独步通过爱默生和华兹华斯发现的所谓"普遍的和有效的真理"有着鲜明的出发点，即他在《民友记者德富猪一郎氏》中所强调的"精神开国"。换句话说，他对诗人价值的阐述、对平民百姓以及日常生活的关注都是为"精神开国"这一目的服务的。他理解的"个人"实际上是"国"中的个人，"普遍的和有效的真理"显示了它的国家边界。也正是在这个意义上，国木田独步与通过"平民主义"和"新日本之青年"论革新社会的德富苏峰又站到了同一个政治层面，只是他们各自选取了不同的路径。在《我是如何成为小说家的》一文中，国木田说自己"精神上起了大革命"，此后不再关注现实社会，而是转向对自然的观察和人生意义的思考。这种说法给读者造成了一个错觉，即他完全放弃了政治理想并转向了纯文学的世界。后来的文学史写作以及研究者们将国木田评价为"纯文学作家"也有受到这一点的影响。

---

① 德富猪一郎：新日本の詩人［M］//文学断片，東京：民友社，1894：50，53.
② 国木田独步．田家文学とは何ぞ［M］.青年文学，1892-11-15//定本国木田独步全集：第一卷．東京：学習研究社，1978：213.
③ 同上.
④ 华兹华斯．《抒情歌谣集》序言．曹葆华，译．［M］//刘若端．十九世纪英国诗人论诗．北京：人民文学出版社，1984：13.
⑤ 同上，第15页.
⑥ 植村正久．自然界の豫言者ウォルズウォルス［M］//植村正久集．東京：岩波书店，1983：135.

4.3
"自然"的转生：
甲午战后一种新精神空间的诞生

国木田独步在华兹华斯诗歌中发现的新的文学观实际上和柄谷行人在国木田独步小说中发现的"风景"已经基本上一致了，只是他要等到六年之后用一种已经运用自如的言文一致文体将其写成《难忘的人们》（1898）。华兹华斯诗歌中的割麦女、牧人、儿童等各类意象实际上都是"和自己没有任何实际关系却又总也忘不掉的人"①。但是，柄谷又进一步指出：

> 这里表明，风景是和孤独的内心状态紧密连接在一起的。这个人物对无所谓的他人感到了"无我无他"的一体感，但也可以说他对眼前的他者表示的是冷淡。换言之，只有在对周围外部的东西没有关心的"内在的人"（inner man）那里，风景才能得以发现。风景乃是被无视"外部"的人发现的。②

柄谷完全否定了国木田此时萦绕于心的问题，即"人应当如何生活？"和探寻关于人类的"普遍的和有效的真理"。他应当是意识到了这些看似具有普遍性的问题背后暗藏的政治性。柄谷认为国木田在面对权力和制度的时候没有选择从正面抗争而是完全退隐到了内在的精神层面，这种不抗争、不反对的态度就是另一种形式的"共谋"。柄谷的这种看法也招致了一些反对意见，如王

---

① 国木田独步. 忘れえぬ人々 [M]. 国民之友，1898-4-10//定本国木田独步全集：第二卷. 東京：学習研究社，1978：114.
② 柄谷行人. 日本现代文学的起源 [M]. 赵京华，译. 2版. 北京：生活·读书·新知三联书店，2006：15.

志松认为:"只看到'自白'手法与'国家意识形态'的某种共谋关系,而忽视其对国家权力和封建制抗争的另一侧面则是偏颇的。这是以政治立场取代文学批评,容易造成文学上的虚无主义。"[1] 王志松所说的是,国木田独步试图通过文学追求的价值观被柄谷行人的政治批判压抑了,想要强调的是国木田独步所要追问的问题本身。如此一来,国木田本人就既是国家权力和制度的共谋者同时也在其中被压抑着,一个更加矛盾的国木田独步的形象就凸显出来了。如果这一说法成立,那么我们应当如何理解这种矛盾性?它会消解掉国木田独步文学的政治性吗?它在何种程度上能够体现国木田独步与整个权力秩序的复杂关系?

4.3.1 成为"自然之子":国木田独步再读爱默生、卡莱尔、华兹华斯

国木田独步从1893年2月开始重新写作日记,并且将日记取名为《不欺记》。与《明治二十四年日记》中流水账式的生活记录不同,《不欺记》更近似文学作品,记录的都是国木田每日所读的书和所思所想。这个习惯一直持续到1897年5月为止,即正式开始诗歌和小说写作之前。在历时四年多的日记中我们可以看到,虽然期间国木田经历了各种生活境遇的转换(乡村教师、甲午战争、北海道移民、婚姻破裂、移居涩谷),但是他此时确立的基于基督教道德观念的人类视角始终没有改变,而且在不同的时段中还会有所发展。写作《不欺记》就是对这种认识论的实践,其中暗含着国木田精神发展的轨迹。

他在1893年2月18日的日记中这样写道:"吾若要自信,则必须有宽容之德、克己之志、冷静之意志、豪迈雷厉之气……吾乃自然之子,吾有理想信仰,吾有事业,吾乃一个人。爱默生《自信论》的开头写道:Man is his own star..."[2] 3月31日又写道:"近来熟读华兹华斯 Independence 颇有所得。昨日到自由社后又开始读华兹华斯 Influence of natural objects,对其中 purifying(净化,笔者注)一词颇有所感。比之在社会生活漩涡中挣扎的人类情感和思想,

---

[1] 王志松. 20世纪日本马克思主义文艺理论研究 [M]. 北京:北京大学出版社,2012:246.
[2] 国木田独步. 欺かざるの記:前篇 [M]. 1893-2-18//定本国木田独步全集:第六卷,東京:学習研究社,1978:28.

我们更应当聆听人性自然的幽音悲调。"① 国木田此时已经转到自由新闻社工作，但是一方面受到主编金森通伦的排挤，经济生活仍不稳定，另一方面又想继续精神层面的思考。我们可以看到他不断地读爱默生的《自助》（《自信论》）和华兹华斯的《决心与自立》来安慰和鼓励自己。② 需要注意的是，国木田此时认为"社会即战争"（4月20日），"在政界奔走非吾所好，吾期望做人生的说明、人类的批评、宇宙的考察"（3月16日）。也即是说，在国木田看来，"聆听人性自然的幽音悲调"与现实的政治社会生活是完全不相关的，相反后者会妨碍前者，因为"社会是不信仰的、动物的、浅薄的、血气的"（7月7日）。这与他在东京专门学校念书时的心态已经不同了。

1893年4月14日，国木田独步被自由新闻社解雇。之后他一直处于失业状态，直到9月份经矢野龙溪和德富苏峰介绍去大分县做乡村教师。国木田作为一名地方下层小官吏家的长子，在当时面临着极大的生活压力。"失望！自暴！自弃！疯。"（4月19日）是当时的心理状态。此后他继续读书，爱默生的《英雄论》（4月20日）和《诗人》（7月10日），卡莱尔的《拼凑的裁缝》和《英雄论》、华兹华斯的诗集（4月21日）在日记中反复出现。此外，由二叶亭四迷翻译的屠格涅夫的《邂逅》（《都の花》，1888—1889）也引起了他的兴趣，"从中懂得了观察与叙事乃诗文之最要"（6月8日）。6月20日国木田又对近期的读书所得总结道：

> 静静想来，自感近时有不少进步。局外人自然不知，但我暗自相信，精神上确有一段进步。
>
> 如何获得高尚的思想？如何解出真理？我不知道。但我相信卡莱尔所说的 sincerity，这是我此刻的第一所得。我很早之前便知道卡莱尔书中的

---

① 国木田独步. 欺かざるの记：前篇 [M]. 1893-2-18//定本国木田独步全集：第六卷，東京：学習研究社，1978：83.

② 爱默生在《自助》中引用英国戏剧家波蒙和弗莱契的《老实人的命运·尾声》作为开篇："人就是自己的命星；灵魂能塑造一个老实而又完美的人，光明、声势、命运全由它指导；人的一切遭遇来得不迟也不早。"参见：爱默生. 爱默生随笔全集 [M]. 蒲隆，译. 上海：上海译文出版社，2010：72. 华兹华斯的《决心与自立》中写道："那时我正巧是荒原上的过客，我看见野兔快活地奔动跑西，听见树林和远处流水的呓喝，或像快乐的小孩这些没在意。宜人的季节已把我的心占据；空虚而令人忧伤的人间万事，已连同对往事的回忆在我心头消失。"参见：华兹华斯. 华兹华斯抒情诗选 [M]. 黄杲炘，译. 上海：上海译文出版社，1986：211.

sincerity，也暗自体会其中的意思，并将其翻译成至诚。但我错了。

"赤条条的大感情"才是 sincerity 的真意。啊啊，赤条条的大感情燃起于胸间，然后才有真正的疑问、真正的抗争和真正的信仰。

若信仰就必大信仰，若烦闷就必大烦闷，勿安于伪善，勿安于虚妄。①

在《论英雄、英雄崇拜和历史上的英雄业绩》中，卡莱尔认为："世界历史就是人类在这个世界上所取得的种种成就的历史，实质上也就是在世界上活动的伟人的历史。"② 他将英雄分为六种：神明（奥丁异教）、先知（穆罕默德）、诗人（但丁、莎士比亚）、教士（路德）、文人（约翰逊、卢梭、彭斯）、帝王（克伦威尔、拿破仑），而贯穿于各种英雄的首要特征就是"真诚（sincerity），即一种深沉的、崇高而纯粹的真诚"③。此后，作为卡莱尔一生的挚友和其思想在美国的传播人④，爱默生又进一步将英雄主义的内涵解释为自信、高尚、愉快、狂欢、锲而不舍、藐视一切虚伪和邪恶。⑤ 与卡莱尔略有不同的是，作为牧师的爱默生更愿意从卡莱尔的近乎极端的英雄崇拜中提炼出可供普通人学习和遵守的价值信条。应该说这一点更接近国木田独步对英雄主义的理解。

植村正久作为较早介绍卡莱尔到日本的作者，他在《托马斯·卡莱尔》（1890）一文中将"sincerity"翻译成"至诚"，认为这是卡莱尔针对同时代流行的唯物文明、利己主义的批判。他进而将这个概念解释为"劳动神圣、节俭、正直、勤勉、高贵"的平民意识。⑥ 这是同为牧师的植村与爱默生的相近之处。国木田应当读过植村的这篇文章，但是他在此时又明显试图要对其进行超越，用"赤条条的大感情"这个新概念来取代"至诚"。一方面以此对抗体

---

① 国木田独步．欺かざるの记：前篇 [M]．1893-6-20//定本国木田独步全集：第六卷，東京：学習研究社，1978：151.
② 托马斯·卡莱尔．论英雄、英雄崇拜和历史上的英雄业绩 [M]．周祖达，译．北京：商务印书馆，2005：1.
③ 同上，第50页.
④ 关于爱默生和卡莱尔的交往可参阅《卡莱尔、爱默生通信集》（李静滢，纪芸霞，王福祥，译．桂林：广西师范大学出版社，2008），该书收集了二人1834年至1872年间的几乎所有往来书信.
⑤ 爱默生．英雄主义 [M]//爱默生随笔全集．蒲隆，译．北京：国际文化出版公司，2006.
⑥ 植村正久．トマス·カアライル [M]//植村正久集．東京：岩波書店，1983：134.

内容易产生的负面情绪,鼓励处在落魄生活中的自己;另一方面又将拥有"赤条条的大感情"作为精神追求的最高目标。1893年8月10日,他写道:"意志薄弱、不信仰就不是sincerity","勿忘头上的大义务!勿忘神圣的世界"①。11日他在好友引头百太的家中偶遇在北海道做殖民事业的中村石郎,被中村描述的北海道风景所吸引,在次日给中桐确太郎的信中写道:"难以抑制心中勃勃的游志","自信神与我之间不存在任何事物,法律、制度、习惯、宗教、哲学、人物、伦理、空间、时间,一切皆无,义务,我的劳动即为义务,对神的义务"②。国木田第一次接触到北海道就萌生了前往那里的想法,这与他自身的价值追求直接相关,北海道对他而言完全是一个想象中的自然空间,北海道的大自然符合其实现"赤条条的大感情"的那种崇高感。而且明治政府此时正在扩大对北海道的开垦事业,也符合国木田对劳动的向往。这也是在甲午战争中内心极度压抑的他要在战后想尽各种办法移民北海道的原因,这一点在第一章已经做过论述。

正是在这次的思想转变之后,国木田的论述目标转向了"自然",认为"自然"是实现"赤条条的大感情"的最好选项。"我寂寞地冥想人类、自然、人生,看吧,思考自然即是思考人类、思考人生,思考人类、思考人生即是思考自然。"(9月10日)"自然!我乃自然之子。自然是我唯一的书本、朋友"(9月12日)。此时对国木田而言,人、自然与神之间是画等号的,是一体的。自然是通向理想世界的必由之路,或者说自然就是理想世界。因为在国木田独步所阅读的那些英文著作中,"自然界"和"本性"都写作同一个词"nature"。

在9月19日的日记中,他再次引用卡莱尔《拼凑的裁缝》,以主人公托尔夫斯德吕克自比。在第六章《托尔夫斯德吕克之烦恼》中,主人公为摆脱烦恼拿起"流浪者的拐杖"开始外出旅行,"他直到这一刻才了解自然,自然界(nature)是一,是母亲,是神圣的",正是在自然界的旅行中,"他

---

① 国木田独步. 欺かざるの記:前篇[M].1893-2-18//定本国木田独步全集:第六卷. 東京:学習研究社,1978:217.

② 国木田独步. 定本国木田独步全集:第五卷[M].東京:学習研究社,1978:278.

自己的本性（nature）一点也不因此而丧失，反而更紧密地压缩在一起"①。而恰好此时，国木田终于结束了将近半年的失业状态，于 9 月 30 日抵达大分县佐伯市，在鹤谷学馆担任数学和历史教师，开始了将近一年的山村生活。如其本人在《我是如何成为小说家的》中回忆说："在这娴静的一年时光中，我完全变成了自然的爱好者、崇拜者、华兹华斯的信徒，没日没夜地在溪流、山谷、村落、渔村间徒步，任思绪驰骋在溪流上空的云朵，心被森林中间的鸟叫声夺去了。与此同时，我也像《牛肉与马铃薯》的主人公冈本诚夫一样，有着相同的烦恼。"② 远离大都市东京的乡村生活让国木田放松了许多，但更重要的是它提供了一个可供观察和亲身感受的自然范本，让国木田从书本中走出来。此后一年的日记中充斥着走街串巷的风景记录和对人生的反思。

> 午后，与收二（国木田独步的弟弟）自城山后侧穿过下村的山谷，再越过一个小山坡，便来到了一个叫坂浦的海滨。之后我们又顺着海边断崖的底部绕道码头回到了家中。沿路见到一群割草的少女、白帆、渔夫、渔舟、夕阳，不是我不能感受其中的美妙，而是心中有一种暂时挥之不去的忧愁，无法调和。若琴弦崩断、泉水枯竭，我心里完全感觉不到满足。就像有一张幕布垂在面前，我看不到任何东西。换言之，我听不到缪斯的歌声，也见不到缪斯的所在。
>
> 纯粹的 sincerity 为何不能实现？我在神圣的世界为何完全不见其踪影？难道是我自己已经有几分被同化了吗？③

让国木田独步感到极大困惑的是，他事先将这个小山村先验地想象成了一个"神圣的世界"，但眼前的山村日常生活景象却造成较大落差，让他感到有

---

① 托马斯·卡莱尔. 拼凑的裁缝 [M]. 马秋武，等译. 桂林：广西师范大学出版社，2004：142，145. 国木田独步的引用参见：国木田独步. 欺かざるの記：前篇 [M]. 1893 - 9 - 19 // 定本国木田独步全集：第六卷. 東京：学習研究社，1978：292 - 293.
② 国木田独步. 我は如何にして小説家となりしか [M] // 定本国木田独步全集：第一卷. 東京：学習研究社，1978：497.
③ 国木田独步. 欺かざるの記：前篇 [M]. 1893 - 10 - 17 // 定本国木田独步全集：第六卷. 東京：学習研究社，1978：310 - 311.

一种像"幕布"一样的隔阂感,以至于怀疑自己被同化了。更进一步讲,是华兹华斯和卡莱尔两人各自文学观念的差异造成了国木田独步的困惑,而他本人又不断地试图调和这一点。首先,卡莱尔(1795—1881)的"sincerity"来自他的英雄崇拜史观,他认为世界是先验地存在的,英雄是神圣天意这一伟大秘密的传播者,普通民众和英雄都依赖这个神圣天意而生活,但是民众要附属于英雄的领导。文学代表了大自然的启示,诗人通过洞见影响民众。大自然是超验地存在的、与现实世界平行的神圣领地。物质世界只是一种投影,精神世界作为物质世界的基础是一种终极存在。① 可见卡莱尔的世界观念深受德国唯心主义哲学的影响。

此外,华兹华斯(1770—1850)作为一个诗歌转型期的代表者,将此前传统诗歌中的摹仿论掉转为表现论:"一切好诗都是强烈情感的自然流露"②,诗歌来自对自然进行观察后而产生的感受性。对他而言,自然是远离现代都市文明的田园风光,它与个人成长的各个阶段密切相关,它代表了一种质朴的、自然的价值观念,其中蕴含着关于人类的最深的哲理。③ 所以他的诗歌中出现的村姑、割麦女、牧人等普通民众以及各类田园风物都是极为高尚的形象,相反很难看到有英雄人物出现。换句话说,卡莱尔的英雄人物和大自然是高高在上、庄严肃穆的,近似于康德所说的"崇高";而华兹华斯的田园风光、日常生活则更多地让人感到愉悦,近似于康德所说的"优美"。

国木田独步的做法实际上是在华兹华斯式的"优美"中找寻卡莱尔式的"崇高",因此自然会产生落差。这也是为何他在回忆中说自己变成了"华兹华斯的信徒",但又烦恼着的缘故。实际上,从日记中可以看到,他始终是同时在读《华兹华斯诗集》和《拼凑的裁缝》,如1894年6月28日日记:"午前读《拼凑的裁缝》中《自然的超自然主义》一章。昨日早晨读华兹华斯的 *Ode: Intimations of Immortality*。"④ 在1894年上半年,他已经开始有意识地尝试诗歌写作:

---

① 李维屏,张定铨.英国文学思想史[M].上海:上海外语教育出版社,2012:328-330.
② 华兹华斯.《抒情歌谣集》序言.曹葆华,译.[M]//刘若端.十九世纪英国诗人论诗.北京:人民文学出版社,1984:6.
③ 李维屏,张定铨.英国文学思想史[M].上海:上海外语教育出版社,2012:286-287.
④ 国木田独步.欺かざるの记:後篇[M].1894-6-28//定本国木田独步全集:第七卷.東京:学習研究社,1978:156.

呜呼诗人，与我前行，
崇高之感情乃我之生命。
崇高之感情！高若苍芎！
美妙之感情！美妙若自然！
呜呼与我共生。
夜幕已降。月亮破云而出，登上东山！
山、河、田野、村落、森林！寂寂寥寥，
诗人哟，与我共生吧，
在这幽玄无穷美妙之天地。①

国木田在几个月前的困惑此时已经不存在了。他始终试图在亲自观察自然的过程中调和崇高与优美，并借此思考人生的意义。即便六个月后到了甲午战争的战场上，他甚至将参与战争理解成"为了使自己在自然之中更生。进言之，为了成为愈加 sincerity 的自然之子。为了让自己的灵性更加进步"②。可见国木田在批判德富苏峰缺乏"深透彻底"、转而追求"赤条条的大感情"的同时，自己也陷入了一种宗教式的玄想当中。他对自己基于"精神的革命"所发现的"大感情"和"普遍性"深信不疑，从而以这种先入为主的观念对战争加以浪漫化的理解。这种精神运动不对现实历史状况加以理性的分析，待到战争到来时就轻易地被利用了，从而走向了历史的反面。而在国木田于战场上写下那句话的五个月前，与他年龄相仿、同样毕业于东京专门学校、同样是基督徒的北村透谷，为了反对战争、主张绝对和平主义，最终以生命做了最后的抵抗。

4.3.2 "自然"的转生：从北海道到武藏野

在甲午战争中，国木田独步虽然凭借战争报道一举成名，但精神上遭遇了巨大的挫折（请参阅本书第一章）。作为对这种挫折的回应，他在内村鉴三的

---

① 国木田独步. 欺かざるの記：後篇［M］. 1894-4-24//定本国木田独步全集：第七卷. 東京：学習研究社，1978：65.
② 同上，第237页。

《流窜录》中发现了"南美的森林"和"北美的原野",并憧憬着在那样的环境中度过余生。① 此时让他倍感焦虑的问题是,在经历甲午战争之后,如何让自己重新回到那个已经脱离了的信仰体系:"我对自己的不信仰、不 sincerity 和愚昧无学感到惭愧、苦闷。"② 紧接着他重新给自己定下了目标:"首先凭借卡莱尔赞美的神圣之光到达 sincerity 的领域,其次向华兹华斯学习自然之美和人情往来的真理,最后经由耶稣基督的十字架抵达以神为父的大信仰。"③ 作为具体的计划,他从1895年6月开始通过各种途径搜集关于北海道的报刊和书籍资料,希望移民到北海道的大原野和大森林中过"经营农业、独立独行"的生活,"与自然战斗、通过劳苦获得自由"④。国木田为自己制定了一种清教徒式的苦行计划。对此时的他而言,想象中的北海道的大自然恰好是一种崇高之地,符合其苦行计划的实施。

一个有意思的现象是,在这之后,sincerity 这些概念在他的日记中逐渐消失了,取代它出现的则是"不可思议(mystery)的大自然""不可思议的人生""不可思议的世界""惊异"(wonder)这样的短语。这个概念实际上来自他经常阅读的卡莱尔《拼凑的裁缝》中《自然的超自然主义》一章,卡莱尔认为大自然是神圣不可解的,就像是一部由"不可改变的规则构成的法令全书",它的作者就是上帝,它的秘密对人而言都是"奇迹"(wonder),无穷无尽超出所有人的认知。⑤ 1896年2月13日,他写道:"卡莱尔让我感到了天地及人生的不可思议,使我的 sincerity 活动起来。华兹华斯让我感知了自然的生命。基督教则让我感受到了神的爱。"⑥ 北海道显然符合国木田的这种想象,或者反过来说,他正是以卡莱尔的自然观来想象北海道的。1895年9月,他前往北海道选定土地,在那里逗留了半个月。虽然最后因为恋人的关系,移民失败了,但是他的北海道经历后来都写在了日

---

① 国木田独步.欺かざるの記:後篇[M].1895-2-5//定本国木田独步全集:第七卷.東京:学習研究社,1978:272.
② 同上,第298页。
③ 同上,第299。
④ 同上,第304。
⑤ 卡莱尔.拼凑的裁缝[M].马秋武,等译.桂林:广西师范大学出版社,2004:238-240.
⑥ 国木田独步.欺かざるの記:後篇[M].1896-2-13//定本国木田独步全集:第七卷.東京:学習研究社,1978:400.

记、《札幌通信》和后来的《武藏野》（1898）、《空知川畔》（1902）中（参见本书第二章中论述北海道的部分），其中都可以见到各种以"不可思议"作定语的描述。

1896年5月，与佐佐城信子离婚后的国木田独步完全沉浸在悲痛中。在内村鉴三的劝说下，他前往京都旅行。他在三个月后返回东京，又于9月移居至涩谷，即《武藏野》中描写的地方。"自然越发亲切，而人则越发的疏远了。自然优美且真诚，但人则是利己、虚伪的。"① 对现实社会的失望，以及想要通过走向自然以作为替代的愿望一目了然。此后国木田一边开始在武藏野散步并进行观察自然的记录，另一边又与身边的友人今井忠治、宫崎湖处子和弟弟国木田收二举办读书会。所读书籍转为屠格涅夫的《初恋》《普鲁塔克传》、彭斯的《我心在高原》、弥尔顿的《失乐园》、都德的《雅克》以及奥里森·马登的《奋力向前》（*Pushing to the Front*）等。书籍选取的针对性还是比较明显的，《初恋》和《失乐园》自不必说，《雅克》讲述的是一个贫苦男孩的奋斗经历，《奋力向前》则是美国成功学的作者马登的代表作，对国木田而言都或多或少地能够给予安慰和鼓励。经过一段时间的观察后，10月26日国木田写道："在林中默想、环顾、凝视、俯仰。《武藏野》之构想渐成……《武藏野》是我的诗歌之一。"② 很多研究者往往认为散文《武藏野》（1898）是此时构想而成的，但他们只看到了前半句，没有看到后半句"我的诗歌之一"。此时所说的《武藏野》是诗歌而非散文。这里面有着根本的区别，我们下文还会提到。

作为这一时期观察、学习的结果，国木田连同宫崎湖处子、田山花袋、柳田国男、太田玉茗、正冈子规等十余位青年作者在一年多内出版了三部诗集：《抒情诗》（1897）、《青叶集》（1897）和《山高水长》（1898）。《抒情诗》中的《自由在山林》是国木田自认的代表作：

　　自由在山林
　　我吟咏着这句，热血沸腾

---

① 国木田独步. 欺かざるの記：後篇 [M]. 1896-8-14//定本国木田独步全集：第七卷. 東京：学習研究社，1978：459.

② 同上，第487。

啊　自由在山林
　　可为何我抛弃了山林

　　自从踏上憧憬虚荣的路途
　　在尘垢中度过了十年日月
　　回头望望自由之乡
　　已远在云山千里之外

　　抬眼望望天外
　　高山峰顶的白雪印着日影
　　啊　自由在山林
　　我吟咏着这句，热血沸腾

　　让我怀念的故乡去了哪里
　　在那里我曾是自然之子
　　回望千里江山
　　自由之乡隐没在云底①

　　在为《抒情诗》写的序言中，国木田以近似德富苏峰在《新日本的诗人》中的口吻呼吁新体诗的诞生。但与德富苏峰不同的是，他对新体诗的界定范围更加宽泛。七五调的和歌、汉诗、俗歌民谣、散文都可以作为新体诗的载体，重要的是其中要有贯穿始终的"热情"。有了"热情"就"必有节奏、音调和咏叹，就能自然成诗"②。这一点与华兹华斯和北村透谷的观点是一致的，即"热情"出现在诗歌之前，是"强烈感情的自然流露"。但是需要注意的是，国木田所歌咏的"山林""自由之乡"毫无疑问是一种近似于卡莱尔所说的大自然，是一种先验地存在着的理念，只能存在于精神层面。

　　翻译史学者柳父章曾针对汉文"自然"和英文"nature"（或德文

---

① 国木田独步. 自由の郷 [M]. 国民之友，1897-2-20//定本国木田独步全集：第一卷. 東京：学習研究社，1978：38-40. 该诗原题为《自由之乡》，收入诗集时被国木田改为《自由在山林》。
② 国木田独步. 抒情詩序 [M]//定本国木田独步全集：第一卷. 東京：学習研究社，1978：24.

"Natur")在近代日本的对译关系做过详细的考察。他发现，现代人习以为常的这一组对译词在意义上存在着巨大的不同。汉文中的"自然"一般有两种意思：第一，做名词使用，指与人工、人为相对的存在和天地万物、宇宙；第二，做副词使用，表示自然而然的状态或过程。"nature"的含义主要有：第一，与人工、人为相对的存在，这与汉语名词的"自然"同义；第二，对精神或灵魂相对的、外在经验对象和物质世界的总和（包括人的身体）。① 两者中的第一个意思比较容易理解，就是我们今天所说的客观的自然界。重要的是"nature"的第二个意思，"外在经验对象的总和"的对应者是"精神或灵魂"，进一步讲就是近似"神"或"上帝"的存在。卡莱尔的"自然的超自然主义"指的就是这一点。爱默生在他的名作《论自然》的序言中说得更明确：

> 从哲学上考虑，宇宙是由自然和心灵组合而成的。严格地说，所有那些与我们分开的东西，所有被哲学界定为"非我"的事物——这包括自然与艺术，所有的他人和我的身体——因此统统都必须归纳到自然的名下……自然，从常识角度看，它是指人类未曾改变的事物本质，诸如空间、空气、河流、树叶之类。艺术则被施加到这个人意志的混合物之上——施加的工具也出自大自然——比方说建起一座房舍、一条运河、一尊塑像，或一幅图画。但是人的操作加在一起是微不足道的。他不过是做了一点切削，一点烘烤、拼接和洗涮而已。比较世界对人施加的巨大精神影响，人的这些举动不可能改变结果。②

国木田独步所憧憬的北海道的大原野、大森林、自由之乡实际上都是指哲学上的自然，它对应着某种神性的存在，换句话说是基于上帝视点的自然。与此相反的是，华兹华斯在《抒情歌谣集》中的自然则是需要不断被诗人观察、描绘、感受进而加以想象的自然界。他关注的是人和自然的关系以及贯穿于两者的"强烈感情"。

---

① 柳父章. 翻訳の思想——「自然」と NATURE [M]. 東京：平凡社, 1981: 33, 38.
② 爱默生. 论自然·美国学者 [M]. 赵一凡, 译. 北京：生活·读书·新知三联书店, 2015: 4-5.

夏目漱石在1893年1月的演讲《英国诗人对天地山川的观念》中早就看到了这一点："华兹华斯的热爱自然并非因为山高云动、水鸣石响，而是因为其内部有种无法命名的、高尚纯洁的灵气填充在人与自然之间。"① 华兹华斯始终处理的是人与自然、人与自身情感的关系。换句话说，他的自然更多的是基于人的视点。正是在这个意义上，华兹华斯在《论墓志铭》中将"真诚"（sincerity）作为文学创作的"最高美德"，因为艺术不是自然的再现，也不是对上帝的模仿，而是"强烈情感"的自然表现。② "真诚"（sincerity）则代表着"公开表示的感情和实际的感情之间的一致性"③。

从这个意义上讲，1898年1月发表的散文《武藏野》暗含着从卡莱尔的自然观向华兹华斯的自然观的转变，即从神的视点转向人的视点。正如笔者在本书第三章中论述的，《武藏野》中提到的所有北海道的风景都是作为武藏野风景的对比项出现的："我曾经在北海道的深林中遇到过时雨。因为那里是人迹绝无的大森林，个中的趣味更为深远，不过，像武藏野的时雨那样更加让人怀念、宛如窃窃私语的趣味那里是没有的。"④ 武藏野的风景不再是"人迹绝无的大森林"那种高高在上的仰视感，而是田野、山丘、农夫、杂木林、溪流、鸟鸣、日光、白云以及季节变化等日常自然风光带给"我"的透过五官感受的愉悦感，"我"的眼睛是平视的。从这个意义上讲，国木田在《武藏野》中用第一人称言文一致体描写的自然与此前诗歌中的自然乃至日记《不欺记》中的自然是不同的。正如他在后来的回忆中说道：

《武藏野》的文章好坏我不知道，但是我的确是在平铺直叙自己的感受。那是我住在武藏野的时候，脑海中想的全是自然，怎么也无法从脑海中驱除，于是就按照印象中的自然将其叙述出来了。虽说自己的所感来自自然，但也可以说是假托自然来描写自己的内心，《武藏野》是一首通过

---

① 夏目漱石. 英国詩人の天地山川に対する観念 [M]//漱石全集：第十二卷. 東京：岩波書店，1966：183.
② 罗钢. 浪漫主义文艺思想研究 [M]. 西安：陕西人民出版社，1986：38.
③ 特里林. 诚与真 [M]. 刘佳林, 译. 南京：江苏教育出版社，2006.
④ 国木田独步. 今の武藏野 [J]. 国民之友，1898（1）：60.

自然来描写源自自然感受的叙情诗。①

此时的自然已经明确地转变为作为客体的自然界，而《武藏野》中的"我"则从原先那个超验的自然中分离出来，成为主体。所谓"平铺直叙自己的感受""按照印象中的自然将其叙述出来"，就是华兹华斯所说的"强烈情感的自然流露"和"真诚"。但是国木田在回忆中似乎也忘记了一点，在《武藏野》发表两个月后，他写作了《华兹华斯对自然的诗想》。在这篇文章中，他一方面认为华兹华斯"处处都将自然之美作为自然之美来对待，并且相信其中的力量"（作为自然的自然），"不能将华兹华斯的自然观等于他的宗教观"，因为他的诗歌并非来源于"冷冰冰的哲理"，而是"首先深入感受自然之美，接受其感化之后以这种力量进行赞美、吟咏"。他是以"情"作诗的诗人，而非以"智"思考的哲学家。②

国木田很可能读过夏目漱石的《英国诗人对天地山川的观念》，因为夏目在其中将华兹华斯的诗歌解释为"基于智的作用"和源自"哲理的直觉"③。同时，国木田又认为在华兹华斯的自然之上还有"更大的存在"，期望当自己"为这不可思议的天地秘义所困扰的时候"，可以通过这种自然"触着万有之生命和一呼一吸之机微"④。很明显，这里有卡莱尔或爱默生的超自然主义的

---

① 国木田独步．自然を写す文章［M］//定本国木田独步全集：第一卷．東京：学习研究社，1978：489．

② 国木田独步．ウォーズウォースの自然に対する詩想［M］//定本国木田独步全集：第一卷．東京：学习研究社，1978：366. 盐田良平将《武藏野》的描写方法解释为从华兹华斯的哲理的自然转变为屠格涅夫的绘画的自然，很显然，盐田没有注意到国木田对华兹华斯的界定。参见：塩田良平．国木田独步［M］．東京：岩波书店，1931：23.

③ 夏目漱石．英国詩人の天地山川に対する観念［M］//漱石全集：第十二卷，東京：岩波书店，1966：181、183.

④ 国木田独步．ウォーズウォースの自然に対する詩想［M］//定本国木田独步全集：第一卷．東京：学习研究社，1978：367.

痕迹。① 但是国木田剔除了卡莱尔超自然主义中英雄崇拜的要素，用华兹华斯诗歌中的日常风物、普通百姓取代之，将其提炼为一种关于宇宙自然的哲学观念。他在思想层面重组了卡莱尔、爱默生和华兹华斯，一定意义上实现了超验自然与经验自然的结合，并将后者包裹在前者当中。这是国木田在经过多年的阅读和结合自身经验进行反思后提炼出的思想成果。正是基于背后这一系列的思想运动，人类社会的日常生活和寻常百姓成了武藏野风景中不可缺少的一部分：

> 总之，这种郊区的光景会使人想到它是社会的缩略图。换言之，那些隐藏在屋檐下的大大小小的故事，有深切悲哀的，也有令人捧腹的，不管是城里人还是乡下人，都会受到感动吧。进一步说，大都会生活的残余与乡村生活的余波在这里汇合，徐缓地泛起了漩涡。②

两年前国木田在脑海中构想的诗歌《武藏野》与此时的散文《武藏野》的内容应该是不同的。诗歌《武藏野》虽然最终没有被写出，但是国木田将自己在涩谷居住时观察武藏野自然的日记引用在了散文《武藏野》的第二节。日记中对武藏野进行了一种近似于自然科学的观察记录，记录的物象也大多给人一种冰凉、阴冷的感觉，但是国木田以此为基础写成的散文不仅充满了热情和运动感，而且不自觉地流露出一种迥异于华兹华斯的移动摄影式的鸟瞰视角。这就是上述一系列复杂思想运动在《武藏野》中的表现。安藤宏根据柳父章对自然概念做出的区分同样意识到了国木田独步自然观念的微妙变化，但

---

① 当然，我们也不能忽略卡莱尔的唯心主义英雄史观与爱默生的超验主义之间的差别。卡莱尔的唯心主义始终要批判的是英国在经过19世纪前半期的资本主义发展后出现的唯物质主义价值观，他通过学习德国唯心主义哲学和德国浪漫派文学发展出了自己的英雄崇拜史观，反复强调"神圣天意"和英雄人物的模范作用，并试图以此重建社会的道德秩序和个人的精神世界（参见《英国文学思想史》中《卡莱尔的浪漫主义英雄史观》一节，李维屏等著，上海：上海外语教育出版社，2012年）。相较身处美国新英格兰地区的爱默生的思想起步于他对加尔文教派保守主义的批判。他更强调个人的自立，人是与上帝结合的而非绝对服从的关系。但是他在一定程度上破坏了宗教憧憬的神圣性，这或许可以解释为何国木田独步在甲午战后很少再读爱默生。同时，爱默生又深受卡莱尔的影响，二人都信奉绝对精神的独立存在，认为物质世界只不过是上帝的一种显现。参见：派克.超验主义［M］//伯科维奇.剑桥美国文学史：第二卷.史志康，等译.北京：中央编译出版社，2008；钱满素.爱默生和中国：对个人主义的反思［M］.北京：生活·读书·新知三联书店，1996。

② 国木田独步.今の武藏野［J］.国民之友，1898（2）：114.

遗憾的是他没有就背后的原因做出进一步的考察。① 藤井淑贞分别比较了国木田在 1893 年即刚开始写作《不欺记》时的风景描写、1896 年 10 月在涩谷的自然观察记录以及散文《武藏野》，最后得出结论认为散文《武藏野》所要描写的是《不欺记》时代的宇宙自然。② 藤井淑贞想要强调的是某种在国木田独步那里贯穿始终的东西，不过这样就忽略了国木田长期从华兹华斯和屠格涅夫那里习得的观察、感受自然的一面，也没有意识到安藤宏发现的自然观念的微妙变化。两位前辈研究者都没有充分意识到国木田对卡莱尔、华兹华斯、爱默生的选择性接受过程。

最后，我们从《自由在山林》中还可以看到，彼时的"社会"象征着"虚荣"与"尘垢"，而《武藏野》中的风景则是某种介于"自然"与"社会"之间的中间物。国木田独步在 1894 年 10 月 9 日的日记中写道："我多么希望通过我的大信仰调和今日的生活与理想的山林生活"③，可以说他的愿望在《武藏野》中实现了。前田爱将《武藏野》的写作理解为国木田独步在婚姻失败后为了忘却内心的伤痛而进行自我疗愈的过程。④ 小森阳一基于同样的观点认为国木田独步凭借写作走出了伤痛并获得精神自立，《武藏野》是对"个人经验的翻译"，是"过往经验的语言化"⑤。从个人的角度而言，这两种解释都是合理的。同时，我们也不能将文学创作活动理解得过于个人化，国木田经历了从佐伯到北海道再到武藏野的境遇转换，其间经历了甲午战争和殖民地旅行，最终又将对自然与人生的反思写成诗歌和散文发表在杂志上，这一系列的行为本身就具有社会性，个人经验的语言化本身就具有政治性。

细心的读者不难发现，《武藏野》从第六小节开始，叙述者的语调已经悄悄发生了变化。此前对风景充满热情的描述在第六小节转变为对曾经与友人在武藏野散步的回忆，当然这个友人是对当初的恋人佐佐城信子的虚构。第七小

---

① 安藤宏. 自然を一人称で語ること［M］//新日本古典文学大系明治編：第 28 卷月報 20. 東京：岩波書店，2006.
② 藤井淑貞. 国木田独步と武藏野［J］. 武藏野文学館紀要，2011（創刊号）：22.
③ 国木田独步. 欺かざるの記：後篇［M］，1894-10-9//定本国木田独步全集：第七卷. 東京：学習研究社，1978：234.
④ 前田愛. 国木田独步《武藏野》——玉川上水［M］//幻景の街——文学の都市を歩く. 東京：小学館，1986：63.
⑤ 小森陽一.「ゆらぎ」の日本文学［M］. 東京：日本放送出版協会，1998：42.

节转变为以论述的语调讨论武藏野的地理范围和与东京的关系。第八小节又转而描写流经武藏野的大河多摩川及神田上水等支流，后者自西向东流经武藏野平原后抵达东京市区，成为最主要的都市水源。第九小节又提到了甲州街道和青梅街道等连接东京内外的重要交通要道。

我们只要对甲午战后东京和武藏野的历史状况稍做了解就会发现，这一时期正好是东京开始大规模发展的时期，同时也是都市问题频发的时期。明治政府在甲午战争中从清朝中国获得了两亿三千万两白银的赔款后便迅速扩大各类产业的生产规模，东京及周边的铁道建设也在迅速发展。[①] 我们可以看到，仅东京区域内的工厂数量就从战前 1893 年的 192 家暴增到战后 1896 年的 334 家，劳动者数量也从 18 013 人变为 24 335 人。[②] 1898 年，已经是陆军军医部高官的森鸥外在 11 月 13 日去武藏野西南部的八王子市出差，他在日记中就记载了中途去看望当地纺织工厂女工的场景。[③] 而在同一个月，和国木田独步同岁的横山源之助完成了历时两年多的调研工作并写成了《日本之下层社会》。横山的工作是调研当时东京、大阪等大都市内的贫民窟和底层劳工的生存状况。

另外，甲午战争之前就存在的痢疾、结核等流行病问题在战后人口逐渐增多的情况下越发严重，例如德富芦花的畅销小说《不如归》（1898）的女主人公就是因结核病去世的。于是都市卫生和水源成为市政府迫切需要解决的问题。东京府[④]为了控制水源地，于 1893 年将三多摩地区即武藏野的大部分地区划入东京府内直接管辖，当然也遭到了当地人的反对，引发了一系列的抗议活动。

国木田在《武藏野》第七小节中提到的"铁管事件"就是指东京市政府在铺设上水管道过程中发生的贿赂事件（1895）。此后在东京市议会议员星亨的主导下，于 1899 年正式开始上水道的运营。值得一提的是，就在国木田独步写作《武藏野》的同时，明治政府举办了"东京奠都三十年祝贺会"

[①] 村田训子曾指出，甲午战后东京市内及周边铁路建设的迅速进展使得国木田独步能够在短时间内实现对多种风景的观察，风景的创出和资本的地理延伸有着密切的关系。参见：村田訓子．《武藏野》論——《資本》の境界領域として［J］．フェリス女学院大学国文学会．玉藻，1999（35）．

[②] 大田英昭．日本社会民主主義の形成——片山潜とその時代［M］．東京：日本評論社，2013：326．

[③] 森鸥外．明治三十一年日記［M］//鸥外全集：第 35 卷，東京：岩波書店，1976：281．

[④] 现在东京都的前身，1868 至 1943 年之间存在的日本行政区划。

（1898），引发了关于东京市未来发展的大讨论。① 此时已经是政府内务部敕任参事官的德富苏峰在《国民之友》上发表《东京记东京市民》，提倡遵纪守法、过"市民生活"②，这一点与他早年的"平民主义"倒有几分呼应。另一边，小说家幸田露伴响应星亨的东京改造计划写作了小册子《一国之首都》（1899），一方面提倡都市文明、强调首都之于国家的重要性，支持加快都市建设的措施；另一方面又批评当时的诗人和小说家丑化都市、讴歌乡村，认为这是一种不负责任的表现。③

所以，在这样的时代背景下重新看散文《武藏野》以及三年后的小说集《武藏野》（1901），国木田独步的意图更加明显。针对"农商务省的官衙"和"铁管事件"，国木田认为"东京必须从武藏野的范围里剔除出去"④，显然与德富苏峰和幸田露伴的观点不同。后来的研究者也据此强调国木田独步反都市、反国家的一面。如本书第三章中曾提到的，高桥敏夫认为："在华兹华斯流行的19世纪90年代，较为显著的是因反都市、反国家而转向'自然'。但是这一点在数年后日清战争时期迅速转变为一种民族主义情感，并自豪于日本的'自然'。其中的代表就是志贺重昂的《日本风景论》（1894）。日本此前的自然美遭到了否定，而那些甚至有几分粗野的自然美与一个新的、强大的'日本'意识重叠着登场了。"⑤ 而与此相对，《武藏野》中的自然美不仅没有民族主义色彩，反而凸显着对"日本以及日本人的否认"⑥。针对高桥的观点的分析，本书第三章已经做过论述，此处不做过多重复。类似这种观点的单一之处是，它完全割裂了《武藏野》与《日本风景论》乃至与"大日本帝国"民族主义之间的历史关联。它看到了国木田独步在一定程度上对权力秩序的排斥，但是没有意识到他的排斥的过程实际上也是一个建构新秩序的过程。国木田独步基于内外两个层面建构了他的"风景"。一方面如本书前两章所分析的，他在与整个同时代历史事件（战争、殖民）的积极互动中确立了对"大

---

① 博文館. 奠都三十年：明治三十年史·明治卅年間国勢一覽 [M]. 東京：博文館，1898.
② 德富蘇峰. 東京及び東京市民 [J]. 国民之友，1898（4）：3.
③ 幸田露伴. 一国の首都 [M]. 東京：岩波書店，2009：11-12.
④ 国木田独步. 今の武蔵野 [J]. 国民之友，1898（2）：111.
⑤ 高橋敏夫.《武藏野》，又は「社会」の発見——日本と眺望の誘惑が迷路に消える時 [M] // 有精堂編集部. 日本文学史を読むIV：近代2. 東京：有精堂，1993：228.
⑥ 同上，第229页.

日本帝国"的民族国家认同；另一方面如本章所述，对华兹华斯、卡莱尔、爱默生等人的浪漫的自然观的追求始终是他的精神动力来源。国木田独步的目标是实现这两者的和谐统一，而《武藏野》就是这样一次成功的尝试。

同时，我们还要看到，如前所述，武藏野这样一个生活空间和自然空间在同时代也存在着各种各样的社会问题，并不像国木田所描写的那样美好，甚至与之相反，充满了矛盾和斗争。所以他的好友斋藤吊花后来在第二次世界大战中回忆说："独步的'武藏野'研究是一件未成品，只是他对武藏野的憧憬，他对风景的赞美毕竟也只是自然之子独步的直觉。"[①] 不过，这话也是可以反过来说的，正是因为有那种"憧憬"和"直觉"，他才会不断地试图建构一套新的话语来重新理解身处的社会与现实。但是这个过程不能简单地理解为对现实的排斥或否定，相反他要创造一个更加合乎其政治理想的现实世界。几乎所有的研究者都同意，是国木田独步在《武藏野》中第一次"发现"了"郊外"[②]，但笔者认为，说他"发明"了"郊外"更合适。

4.4
信仰的边界

4.4.1 "难忘的人"为何难忘？

如果说国木田独步写作《不欺记》的约四年时间是理论学习时代的话，那么他在涩谷观察自然及至写作诗歌和《武藏野》的两年多是对理论的反刍时代，而与《武藏野》同时开始的小说创作则是理论的经验化和经验的再理

[①] 斋藤弔花. 独步と武藏野 [M]. 京都：晃文社，1942：3.
[②] 例如新保邦宽.「郊外」像の発见について [M]//独步と藤村——明治三十年代文学のコスモロジー，東京：有精堂，1996；Angela Yiu. Beautiful Town: The Discovery of the Suburbs and the Vision of the Garden City in the Late Meiji and Taisho Literature [J]. Japan Forum, 2006, 18 (3).

论化时期，因为此后的小说大多数都以他的个人经验和回忆为题材进行的再创作。这其中因为 1898 年秋季国木田再次结婚，此后几年又先后在民友社（德富苏峰）、报知新闻社（矢野龙溪）、时事新报社（福泽谕吉）、民声新报社（星亨）、敬业社（矢野龙溪）等报社工作，他的生活趋于稳定，小说创作也由此正式进入状态。

在柄谷行人的《风景之发现》被译成中文之后，国木田独步的《难忘的人们》（1898）已经为不少中国读者所熟知。在这篇小说中，无名文学家大津向无名画家秋山讲，所谓"难忘的人未必是不应该忘记的人"。

> 总之，像父母、子女，或者朋友知己等曾给予过自己关照的老师、前辈不仅仅是难忘的人，他们是不应该忘记的人。而此外还有一种和我们既无恩爱又无情义、完全毫不相干的人，本来即便把他们完全忘掉也不会伤及人情事理，然而终于还是无法忘掉。我并不是说在世间的普通人那里都有那样的人，但至少我是有的。恐怕你也有吧？①

首先，国木田在这里区分了两种"难忘的人"：一般意义上的和这篇小说中所特指的。前者是指与自身有着现实的血缘或伦理关系的人（经济关系应该也包括在内），所谓"不应该忘记"就是指这种现实关系的不可否定性，他的逻辑核心是"理"。而后者则是指与自己不存在上述现实关系的人，但是"我"却难以忘记他们，"我"的逻辑核心是"情"。而国木田独步在这篇小说中要讨论的就是后者。但要注意的是，他并不是说前者不重要，相反很重要，因为前者"不仅仅是难忘的人"，只是他在此处不讨论。

其次，国木田独步紧接着列举了三个"难忘的人"，第一个是他从东京专

---

① 国木田独步. 忘れえぬ人々 [J]. 国民之友，1989（4）：94-95. 需要指出的是，中译本《日本现代文学的起源》在翻译柄谷论述这一段的文字时有一个翻译上的笔误。柄谷的原文是：「忘れて叶ふまじき人」とは、「朋友知己其ほか自分の世話になった教師先輩の如き」人々のことであり。国木田原文中的"忘れて叶ふまじき人"的意思是"不应该（或不可）忘记之人"，但是中译本将这句话译成了"所谓'可忘记之人'是'朋友知己即给自己以帮助的师长同辈等'"。这样就容易让很多中文读者以为国木田的意思是，"师长同辈"是可以忘记的，而"毫不相干的人"才是"难忘的人"。如此一来，柄谷在文中的意思就得到了进一步的加强。参见中译本《日本现代文学的起源》（北京：生活·读书·新知三联书店，2006：12-13）。

门学校退学返回故乡途中,在轮船上看到的远处山坡上的捡柴人,第二个是他后来与弟弟在赶路时,夜晚在阿苏山脚下的树林中偶遇的马车夫,第三个是去佐伯教书时,他在四国三津滨的街市上看到的弹琵琶的和尚。之后他又一带而过地提到了北海道歌志内的矿工、大连湾码头的青年渔夫。每一个"难忘的人"都是在作者实际经验中存在过的人,是作者观察过的人,但是又都寄托了作者的浓重的感情因素在里面:

> 总之,我不断苦恼于人生的问题却又被自己对未来的大愿望所压迫着,是一个自找苦吃的不幸的男人。
> 而像今夜这样独自对灯坐着,使我感到了此生的孤独,催生了让我不堪忍受的哀情。这时我的主我之头角嘎吱一声便折断了,人也变得怀念起来,想起各种往事和友人。这时油然浮上我心头的就是这些人,不,是望着这些人的时候,立在周围光景中的人们。自我与他人有何不同?大家都是在天之一方、地之一角享受着此生,悠悠行路,又携手共归于无穷的天国。想到这里,我便不知不觉地泪流满面。这时实际上是无我无他的,任何人都变得令人怀念了。①

作为经验和客观对象的捡柴人、马车夫、和尚、矿工、渔夫对应着一个"主我",但是这些客观对象最终又像武藏野的自然风物最后消解在自然与社会的"中间物"中一样,被"哀情""天""地""无穷的天国"所回收,"自我与他人"变为混沌不分的"无我无他"。客体对象成了"我"进入"无我无他"之境界的方法。柯尔律治在回忆自己与华兹华斯一同写作《抒情歌谣集》时说道:"华兹华斯先生给他自己提出的目标是:给日常事物以新奇的魅力,通过唤起人对习惯的麻木性的注意,引导他去观察眼前世界的美丽和惊人的事物,以激起一种类似超自然的感觉;世界本是一个取之不尽、用之不竭的财富,可是由于太熟悉和自私的牵挂的翳蔽,我们视若无睹、听若罔闻,虽有心灵,却对他既不感觉,也不理解。"② 这里所说的"超自然的感觉"就是

---

① 国木田独步. 忘れえぬ人々 [J]. 国民之友, 1989 (4): 99 - 100.
② 柯尔律治. 文学生涯 [M] // 刘若端. 十九世纪英国诗人论诗. 北京:人民文学出版社,1984: 63.

"无我无他"的状态。

在上一节中，笔者提到了《华兹华斯对自然的诗想》一文，这篇文章恰好与《难忘的人们》发表在《国民之友》同一期上。国木田在其中不仅提取了华兹华斯和卡莱尔的自然观中的共同因素，而且在小说中通过经验的讲述实现了将过去的自己相对化。他借用华兹华斯之口说道：

> 我已经与没有思想的儿童时期不同，现在学习如何观察自然、倾听人情的幽音悲调。此刻我感觉到了贯穿于落日、大洋、青空、苍天、人心的某种流动的东西。①

那个"流动的东西"就是国木田在《不欺记》中所说的"赤条条的大感情"（sincerity），也可以说是"超自然的感觉"。那个被相对化了的、曾经"不断苦恼于人生问题"的自己此刻在内心获得了某种安定感。在同时期创作的小说中我们可以看到，从佐伯乡村里寡居的老船夫（《源老头》，1897）到东京电话局接线员（《两个少女》，1898）、从涩谷青年夫妇的日常生活（《别离》，1898）到一个不断思索着"无穷之生命"的十二岁少年（《无穷》，1899），还有携带华兹华斯诗集和少年画家在林中漫步的"我"（《小阳春》，1900），其中都贯穿着"赤条条的大感情"，都在尝试"给日常事物以新奇魅力"。华兹华斯著名的诗歌《水仙》（又译《我独自游荡，像一朵孤云》）写道：

> 我独自游荡，像一朵孤云
> 高高地飞跃峡谷和山巅；
> 忽然我望见密密的一群，
> 是一大片金黄色的水仙；
> 它们在那湖边的树荫里，
> 在阵阵微风中舞姿飘逸。

---

① 国木田独步. ウォーズウォースの自然に対する詩想［M］//定本国木田独步全集：第一卷，東京：学習研究社，1978：368.

>…… ……
>因为有时候，我心绪茫然
>或沉思默想地躺在床上，
>这水仙常在我眼前闪现，
>把孤寂的我带进了天堂——
>这时我的心被欢乐充满，
>还随着那水仙起舞偏偏。①

华兹华斯说："诗是强烈情感的自然流露。它起源于在平静中回忆起来的情感。"② 对过往经验的"回忆"是情感"流露"的前提，但是"回忆"本身也是一个对经验进行再加工的实践过程，所谓"强烈情感"是这个实践过程的产物。不过国木田和华兹华斯都将其视为一种先验的存在。而且较之华兹华斯对自然的强烈的乐观和自信，国木田独步在《武藏野》之后的小说中表现则更多是感伤的"哀情"和"幽音悲调"。较之华兹华斯的优美，国木田追求的更多是崇高。

不过，柄谷行人从政治批判的角度所要否定的就是这种自洽于孤独内心的安定感，进而认为作者"对眼前的他者（不应该忘记的人）表示的是冷淡"③。这个观点在后来很长一段时间内招致了许多研究者的批判。如木股知史批评柄谷的论述过于形式化，从而缺少对"作为表现的'风景'"本身的历史考察。④ 铃木贞美从同样的角度出发，指出国木田独步和华兹华斯一样，所要描写的精髓都是"万物的生命"⑤。诚如木股所言，柄谷论述中的盲点在于他在否定之前并没有对国木田独步所要真正讨论的内容本身进行考察。但是木股和铃木等人基于表现论的批评也有问题，在他们的意识中，国木田独步始终是被作为一个先定的实体看待，这样实际上也没有体现上文所

---

① 华兹华斯. 华兹华斯抒情诗选 [M]. 黄杲炘, 译. 上海: 上海译文出版社, 1985: 256-257.
② 华兹华斯. 《抒情歌谣集》序言. 曹葆华, 译. [M]//刘若端. 十九世纪英国诗人论诗. 北京: 人民文学出版社, 1984: 22.
③ 柄谷行人. 日本现代文学的起源 [M]. 赵京华, 译. 2版. 北京: 生活·读书·新知三联书店, 2006: 15.
④ 木股知史. "イメージ"としての近代日本文学 [M]. 東京: 双文社, 1988: 78.
⑤ 铃木贞美. 文学的概念 [M]. 王成, 译. 北京: 中央编译出版社, 2011: 275.

梳理的国木田独步的思想运动过程，因此就更不会将其放在政治和历史的关系中分析，而只能闭锁在文本的内部。相反，柄谷的论述则始终以一种关系性为前提。

国木田在四年后发表的《空知川畔》（1902）的灵感来自1895年9月在北海道的短暂旅行经历。七年前的自己被描述为一个面色苍白、孤单不语、沉浸在自我"幻想"中的青年。这个青年"从没有思考过应当如何在社会中生活。他始终苦恼的问题是如何将此生托福于天地之间。所以同车的人在他看来好像是另一个世界的人，与他们之间有一个不可逾越的鸿沟"①。而此刻身处的大森林成了他寄托"幻想"的最佳空间。幻想世界和现实社会是平行存在的。这一点实际上印证了柄谷的观点，只不过木股和铃木所要厘清的是"幻想"世界本身，而柄谷则站在现实社会做关系性的分析。一方是纯文学的，另一方则是政治的。实际上，不论是前者还是后者，在国木田独步而言，都是基于既成的世界观来对自己的人生和身处的社会做出价值判断，纯文学中的思想认识也需要富有洞见的人的实践来完成。

有意思的是，《难忘的人们》中被一带而过的"北海道歌志内的矿工"在《空知川畔》中再次出现了：

> 我定睛一看，一栋平房依山而建，对面还有一栋。弹唱的歌声从平房里传了出来。一栋平房分成了好几家，家家都关上了拉门，门上映着灯光。三弦狂乱的调子、激越的高歌和欢笑声混杂在一起。在这牛棚一般的小屋里，谁能想到一群矿工能在深山幽谷中求得欢乐之境。
>
> ……啊，虚幻的人生啊！他们数年前流落至狗熊酣睡、群狼寄居的溪谷，在此落定，在此忙碌，在此沉沦。月光冷冷地映照着这一切。
>
> 我经过那里之后又回过头来，静静地立着，这时近旁的一家门突然开了，出来一个男子。
>
> "呀，月亮出来了！"②

---

① 国木田独步. 空知川の岸辺［M］//定本国木田独步全集：第三卷，東京：学習研究社，1978：10.
② 同上，第19页。

和《难忘的人们》一样，在这里与其说描写的是矿工，不如说是在写自己的情感。艰苦的矿工生活被描写为一种"欢乐之境"。但是实际上北海道的矿工作为一个历史性的存在却要复杂得多。日本政府从明治初期开始就形成了所谓"集治监"政策，到了1891年7月又制定了北海道集治监官制。[①] 这个政策是将日本本土各地的监狱囚犯转移到北海道监狱进行集体管制，而数量庞大的囚犯被强制进行矿山开掘、道路铺设等殖民开拓事业。国木田独步1898年9月所到达的北海道空知地区是当时囚犯数量最多的地区，空知监狱的人数在这一年达到了1700多人，而这些囚犯被安排的工作就是开采煤矿。[②] 集体强制劳动同时伴随着极其恶劣的生活条件和高死亡率。另外更为重要的一点是，这些囚犯中还有一少部分是曾经在自由民权运动中被政府逮捕的抗议人士。[③] 可见明治政府在颁布宪法、开设议会之后为了加强社会管制，不断地将权力内部的异己因素驱赶至整个结构的最边缘部分。国木田独步正是在国家权力的末端发现了这些被流放的"异己者"，我们无法证实他对这些"异己者"的历史是否知晓，但是这些历史在上面那段描写中是完全被屏蔽的。矿工的生活在"我"眼中甚至成了"欢乐之境"，矿工与"我"中间存在一层隔膜，他们在文本中是无法言说的。

相反，同样是描写矿工，夏目漱石的《坑夫》（1908）则将矿工在同时代的社会属性描写得淋漓尽致。受过中等教育的主人公阿安因为偶然的犯罪事件沦落为一名矿工，他对同样出身不错却也沦为矿工的青年"我"说道："若是日本人的话，还是从事一些能为日本做贡献的职业比较好吧。有学问的人做了矿工是日本的损失。所以你还是趁早回去吧。从东京来的话就回东京去。然后做些正当的——适合你的——对日本没有损失的事。"[④] 受明治时代教育成长起来的阿安将"矿工"与"日本人"看作完全对立的两极，认为做了矿工便是"堕落"。小森阳一从阿安对矿工的蔑视中看到了其与明治国家主义意识形态的共谋："把这种职业贬低到非人地位的局限于国家内部的思维方式，就为殖民主义意识形态提供了基础，将支撑明治日本的底层角色原封不动地强加到

---

① 永井秀夫，大庭幸生. 北海道の百年 [M]. 東京：山川出版社，1999：93.
② 同上，第94－95页.
③ 同上，第98页.
④ 夏目漱石. 漱石全集：第三卷 [M]. 東京：岩波書店，1965：645－646.

中国、朝鲜和东南亚头上，这也是事实。"①

指出这一点不是为了批评国木田独步没有对矿工做历史性的思考，也不是要说他与阿安之间可以画等号。在国木田独步而言，他始终处在自我意识的球体之中，社会则处在这个球体之外。从主观角度讲，他试图以自己的信仰来取代或超越社会权力关系："宗教、政治、文学、历史、国家、国民福祉以及所有语言名目的世界都消失吧！一切都从我这里消失吧！……我只祈求真的信仰。"② 他采取的是取代策略，而非与社会展开正面搏斗。他的精神世界和现实社会是平行的存在，他则在两者之间来回穿梭。比如，我们可以看到，就在国木田写下这些小说的同时，他在现实生活中反倒有意识地靠近国家权力的中心。在报社工作的几年间他通过各种途径接触到了福泽谕吉、矢野龙溪、星亨等人，并且在 1901 年 3 月曾试图与时任东京市议会议员的星亨联合进行竞选活动。这也是为何他在《难忘的人们》中说："我不断苦恼于人生的问题却又被自己对未来的大愿望所压迫着，是一个自找苦吃的不幸的男人。"

芭芭拉·L. 派克在分析以爱默生为代表的美国超验主义文学时曾说："超验主义绝对信仰完整的精神直觉真理；当这些直觉真理与已经确立的制度相对立时，超验主义就显得异常革命。但是超验主义不懈地追求精神利益，并从而蔑视知性世界，因此，当改革者试图赈济饥民或是解放奴隶的时候，超验主义几乎根本不可能直接发挥作用。实际上，这一运动所助长的淡泊无为和它所鼓励的自我专注有利于业已存在的制度，甚至有利于超验主义者批判的制度。而且，有效的政治行为所必需的团体原则是超验主义者深深厌恶的，因为在折中和谈判中必然不会有完全的真挚。"③ 这似乎也适合国木田独步，只是他要比超验主义者处在更深的自我苦闷之中。因为与超验主义者不同的是，他所追求的超越性不是以对现实的否定为前提的，相反他始终没有放弃过对现实政治的积极参与，他的焦虑所在是如何在这两者之间达成统一。正如他在《爱弟通信》中所面临的内心苦斗一样，这与其说是他个人的自我矛盾，不如说是同

---

① 小森阳一. 作为事件的阅读 [M]. 王奕红，译. 南京：南京大学出版社，2015：62-63.
② 国木田独步. 苦悶の叫び [M]//定本国木田独步全集：第一卷，東京：学習研究社，1978：270.
③ 派克. 超验主义 [M]//伯科维奇. 剑桥美国文学史：第二卷. 史志康，等译. 北京：中央编译出版社，2008：398.

时代的知识人在日本走向帝国主义民族国家时都必须面对的抉择。

4.4.2 "惊异"的人生哲学

强调从历史的而非纯文学的角度来重新解读国木田独步的文学并不是要抹消他的文学性，相反这种文学性只有作为其自身历史前提的产物才能更好地被理解，文学性不是一种先定地存在着的一成不变的实体。在国木田独步的第一部小说集《武藏野》（1901）出版前后，众多的日本青年知识人在世纪之交陷入了一个精神苦闷的时期。这一代青年大都在明治维新（1868）前后出生，又在《大日本帝国宪法》（1899）和《教育敕语》（1890）颁布前后念完大学，此时的年龄基本上都在 30 岁上下。当帝国日本在制度上逐渐完善自身的权力体系时，个人的位置应当如何安放、个人的精神主体应当以何种形式存在成为这一代人面临的迫切问题。散文《武藏野》中洋溢着的自信和热情在现实的社会生活面前也不得不被这些问题取代。

年龄稍长的基督徒内村鉴三（1861—1930）在《教育敕语》颁布的次年因为没有向敕语鞠躬行礼从而引发了"不敬事件"（1891），最终被东京第一高等学校解聘。东京帝国大学教授井上哲次郎针对这次事件撰写了《教育与宗教之冲突》（1893），极力批判基督教并认为其与天皇制存在根本矛盾。内村鉴三在甲午战后迅速认识到了自身与国家权力的格格不入，遂由倡导非战论转向和平主义，1900 年之后则专心致力于圣经教义的研究。北村透谷（1868—1894）对自由民权运动彻底失望之后加入了基督教会（1888）并创办杂志《文学界》（1893），试图通过"内部生命论"和"万物之声"重构一个和平主义的世界，但最终还是在甲午战争爆发前自杀了。东京帝国大学哲学系毕业的高山樗牛（1871—1902）苦闷于个人与国家的关系，在去世前从日本主义转向尼采式的个人主义，强调人的本能（《论美的生活》，1901）。佛教徒清泽满之（1863—1903）在 1901 年 1 月创办杂志《精神界》，针对现实世界提出自我满足的、绝对无限的精神主义世界，认为所有的烦闷苦恼都产生于个人的妄念（《精神主义》，1901）。而就在清泽满之去世两周前，夏目漱石在东京第一高等学校的学生藤村操纵身跳入华严瀑布了结了生命，他在遗书中写道："万有之真相唯一言可尽，曰不可解。我怀此恨决意以死终结烦闷。既立

于严头，胸中已无任何不安。始知大悲观与大乐观一致。"（《严头之感》，1903）①

藤村操自杀事件和他的遗书在知识分子中间造成了极大的冲击。国木田独步在1896年4、5月间因为婚姻的失败和人生信仰不能实现的苦恼，也曾一直在考虑自杀和死亡的问题。② 受藤村操自杀的冲击，此时已经是《东洋画报》主编的国木田在杂志本年第三号刊载了藤村操本人、华严瀑布以及遗书的照片。而国木田独步的好友纲岛梁川（1873—1907）同样毕业于东京专门学校，也同为基督徒，他为了引导青年们从藤村操之死的冲击中走出来，试图以宗教冥想的方式实现接近神的体验，从而重新塑造个体精神的自立（《我之见神的实验》，1905）。

根据王成的研究，针对这一时期在青年中普遍存在的烦闷情绪，"修养"的概念在明治中期以后逐渐确立并且在藤村操自杀前后流行起来。③ 这一时期关于青少年精神修养、个人自律、为人处世以及成功学相关的书刊大量出现，像德富苏峰、内村鉴三、村上专精、植村正久等知识界的代表性人物都参与了修养概念的传播。上至中小学教科书，下至名为《修养》的杂志（1907）、各类报纸杂志开设的"修养栏"纷纷出现，《武士道》的作者、内村鉴三在札幌农学校时期的同班同学新渡户稻造（1862—1933）此后也根据自己与青年的谈话专门写了一本《修养》（1911）。

精神上的普遍烦闷和修养论调的流行所折射出的是日本在甲午战后至日俄战争爆发这段时间的社会状况，一方面资本主义快速发展、一系列社会问题集中出现，另一方面国家权力不断伸张进而迅速向帝国主义倾斜，刚刚从学校走向社会的青年因无法实现出人头地的梦想而显得无所适从。这种精神上的焦虑和不安实际上早早就出现在了国木田独步那里。他批评德富苏峰缺乏"深透彻底"，在华兹华斯那里发现的平民百姓，在卡莱尔那里发现的"赤条条的大感情"也可以说是对这种焦虑的回应。实际上国木田的前半生都是在一系列的失败感和丧失感中度过的，辍学、甲午战争、移民失败、离婚、失业、小说

---

① 末木文美士. 明治思想家論[M]. 東京：トランスビュー，2004：192.
② 国木田独歩. 欺かざるの記：後篇[M]. 1896-4-25，1896-5-4//定本国木田独歩全集：第七巻. 東京：学習研究社，1978：431，445.
③ 王成. 近代日本における"修養"概念の成立[J]. 日本研究，2004（29）.

集《武藏野》受到冷落乃至于 1901 年年底不得不将妻儿送回老家，而自己又托竹越与三郎介绍后暂时寄住在西园寺公望的家中。但同时，他又依靠自始至终的精神信仰通过不断的思考和写作走出失败。

从日记可以看到的是，虽然他在婚姻破裂后想到自杀，但是在同一时间他也在反复阅读《旧约圣经》中的《约伯记》。① 上帝的优秀子民约伯家产丰厚、儿孙满堂，对上帝也崇敬无比。一天，撒旦与上帝打赌，验证约伯的忠诚度。随后约伯家产散失殆尽、妻儿全亡，自己也满身疮痍。他的三位朋友，特曼人以利法、书河人比尔达、南玛人祖法前来安慰约伯，劝其接受命运的安排，不要与上帝争讼。但深感委屈的约伯据理力争、一一驳回了友人的劝解，并向上帝申辩自己受到的不公。布斯人艾力胡对约伯的做法愤愤不平，认为"约伯把义归了自己而非上帝"，遂又对约伯教训了一通。此时，上帝在旋风中显声，又对约伯进行了训斥，约伯虽不再敢言但仍然表示不服。最后，约伯以自己的坚定通过了考验。上帝训斥他三位友人："你们议论我，竟不如我的仆人约伯在理！"此后，上帝比以前加倍赐予了约伯家产和子女，约伯也延岁一百四十年。②

克尔凯郭尔说，约伯的重要意义在于他展现了"对于信仰的边界之争"，他与友人乃至上帝的辩论所暗示的，这场考验"既不是审美的，也不是伦理的，也不是教理的（dogmatic），它完全是超越的（transcendent）"③。正是基于对这种超越性的理解，克尔凯郭尔提出了"重复"的概念：

"重复"的辩证法是很容易的；因为那被重复的东西曾存在，否则的话，它就无法被重复，而恰恰这"它曾存在"使得重复成为"那新的东西"。古希腊人说，所有认识都是回忆，那么他们就是在说，整个存在着的存在曾存在；而一个人说生活是一种重复，那么他就是在说：那曾经存在的存在现在进入存在。如果一个人没有"回忆"或者"重复"的范畴，

---

① 国木田独步. 欺かざるの記：後篇 [M]. 1896 - 4 - 28, 1896 - 4 - 30//定本国木田独步全集：第七卷. 東京：学習研究社, 1978：432, 437.
② 约伯记 [M]//智慧书. 冯象, 译注. 北京：生活·读书·新知三联书店, 2016：3 - 93.
③ 基尔克郭尔. 重复 [M] 京不特, 译. 北京：东方出版社, 2011：92.

那么整个生活就消释在一种空虚无物的喧嚣之中。①

读《约伯记》是国木田此时心境的反映。我们不能简单地说国木田是在以约伯自比，但比这一点更为重要的是，他在其中获得了一种超越性的视角，而不再沉浸在对过去的回忆之中："所有的过去都会成为过去，必须一心不乱、奔向前方。"② 所以，此后他的小说创作虽然都以过去的回忆为基础，但又都超越于记忆和经验。对过去的回忆是对当下存在的反思和追问，即"曾经存在的存在现在进入存在"。也是在这个意义上，与藤村操将死亡作为解决精神苦闷的最终方法不同的是，国木田独步将死亡作为审视的对象，并期望从中获得某种意义。

在 1896 年 6 月发表的小说《死》中，"我"在一个春日去访问在某地做小官吏的友人富冈竹次郎，但是当"我"抵达后却发现富冈已经在书斋中自杀了，自杀的原因也始终不明。而对此时的"我"来讲，富冈"尸体的幻影"要比死亡这一事实更有意义：

> 微笑着的富冈的幻影确是富冈本人的幻影，而在屋里横倒在血泊中的幻影一半是富冈自己的，另一半则是普通人类的尸体的幻影。一旦烧成灰化作白骨，也就与富冈没有任何关系了。当我在想富冈的死的时候，最终在脑海中会出现微笑着的富冈，好像他还生活在某个地方。
> 总之，有生命的富冈的幻影比"死亡"对我更有力量。③

在爱默生那里，"宇宙是由自然和心灵组合而成的"，一切非我的存在都属于哲学的自然（包括人的身体）。④ 与之相对的"心灵"（主我）则是一种永恒的超越性的存在。让国木田独步感到更有力量的"幻影"就是这种超越性的存在，它可以是"赤条条的大感情"，可以是"某种流动的东西"，也可

---

① 基尔克郭尔. 重复 [M] 京不特，译. 北京：东方出版社，2011：25.
② 国木田独步. 欺かざるの記：後篇 [M]. 1896 - 5 - 9//定本国木田独步全集：第七卷. 東京：学習研究社，1978：454.
③ 国木田独步. 死 [M]//定本国木田独步全集：第二卷. 東京：学習研究社，1978：154.
④ 爱默生. 论自然·美国学者 [M]. 赵一凡，译. 北京：生活·读书·新知三联书店，2015：4.

以说是"生命"。重要的是如何才能在现实的物质世界和经验世界中发现这个"幻影",他发现了类似于克尔凯郭尔所说的"重复"的范畴。在这里,死亡已经不是一种生物学现象,也不是一种经验的事实,而是连接着过去、现在和未来的一种超越性的认识。换句话说,国木田对死亡的思考实现了对生死界线的超越。藤村操认为烦闷可以随着生命的死亡而消失,但国木田则认为还有一种能够超越生死界线的更大的生命存在。

1901年年底发表的《牛肉与马铃薯》可以说是对上述问题的延伸。主人公冈本诚夫夜晚来到明治俱乐部后,发现五个友人和一个陌生人正坐在一起讨论人生观,冈本于是也加入其中。上村在冈本的催促下讲述自己的人生经历,他早年就学于新岛襄创办的基督教会大学同志社,毕业后因为憧憬诗人的生活,遂决定前往北海道,梦想着在那里过上美国新英格兰式的生活,但是最后这个梦想被北海道严酷的自然环境和现实生活所打败,现在成了北海道煤矿公司的一名职员,也即是从马铃薯主义(理想)变成了牛肉主义(现实)。在座的竹内、井山、松木都有过类似的经历,而绵贯则是自始至终遵守"权利义务"的牛肉主义者,认为即便"忠君爱国"也必须遵守牛肉主义的逻辑。而近藤则一方面贬斥上村等人的软弱和变节,另一方面又认为自己即便吃牛肉也不会出于任何主义,而仅仅是出于自己的喜好或趣味。这时和近藤产生了共鸣的冈本开始向大家讲述自己的人生观,但他也不赞同近藤的趣味主义。冈本年轻时和上村一样也曾梦想着移民北海道做一名诗人,但是由于在短时间内连续目睹了一个陌生女子的死亡和恋人的突然去世,自己深受打击,同时也生出了一种不可思议的愿望:

> 我的愿望,就是想要震惊一下。
> 我的愿望不是探知宇宙的不可思议,而是想要惊异于不可思议的宇宙。
> 我的愿望不是解开死亡的秘密,而是想要震惊于死亡这一事实!
> 信仰也绝非我的愿望,我的愿望是没有信仰片刻也不能获得安宁时被宇宙人生的秘义所苦恼。
> 我的愿望是摆脱古往今来的习惯的压力,以惊异之念俯仰自立于这个宇宙。至于结果是牛肉主义,还是马铃薯主义,又或是像厌世之徒那样诅

咒生命，都无所谓了。①

从文本的形式来看，这篇小说采用的是类似于《约伯记》的问答体，谈话的内容依靠互相之间的提问、回答、评论不断推进，而且用小说的叙事性将其包裹在内，更具有可读性。但是另一方面，与《约伯记》不同的是，国木田独步取消了上帝的角色，这样做的好处是可以使多种不同意见能够同时自由地在问答中呈现出来，而不是像《约伯记》那样只有两方意见，而且上帝高高在上，裁定孰是孰非。

丸山真男曾经对日本思想史上的问答体著作做过梳理。根据他的研究，问答体在近代以前基本上是作为某个宗教在阐述教义时采用的叙述方式，一般采用一问一答的方式，如空海的《三教指归》（797）或天主教传教士法比安的《妙贞问答》（1605）。但是到了中江兆民的《三醉人经纶问答》（1887）中，这种传统的问答体在形式上发生了变化。首先，原先固定的一问一答形式被打破，变成了南海先生、豪杰君、洋学绅士之间完全根据谈话内容进行的相互提问和讨论。其次，问答双方的身份由传统的上下关系或宗教对立关系转变为身份平等但具有不同政治构想的个人。第三，传统教义问答在结尾处必定要给出一个正确的结论，但是《三醉人经纶问答》采取的是开放式结尾。丸山真男透过这种形式上的独特变化敏锐地发现，中江兆民在文本中引入了复数视角，并借助这种视角对当时社会上几种政治观点做了相对化处理，显示出了思想上的成熟。②

《牛肉与马铃薯》的文本长度和内容的复杂性虽然都无法与《三醉人经纶问答》相比，但两者在形式上有着不少相似，例如都打破了一问一答的方式，多方对话者的身份也是平等的。可以看出，国木田也在有意识地将理想主义、现实主义和趣味主义进行相对化的处理。而且如他本人后来说："主人公冈本诚夫的性格是我按照自己的喜好写的，他的演说就是我的演说。而北海道热是我自身的实际经历，《空知川畔》便是例证。另外其他四五个绅士也都是有原

---

① 国木田独步. 牛肉と馬鈴薯 [M]//定本国木田独步全集：第二卷. 東京：学習研究社，1978：384-386.
② 丸山真男. 日本思想史における問答体の系譜 [M]//丸山真男集：第十卷. 東京：岩波書店，2003：297.

型的。竹内是竹越三叉君，绵贯是渡边权十郎君，井山是井上敬二郎君，松木是松本君平君……上村和近藤则是代表我的某些趣味的虚构人物。"① 所以除了以权利义务为原则的绵贯之外的五个人或多或少都与国木田自身的经历有重叠之处，可以看出他试图通过这篇文章从总体上对过往的人生经历做一次呈现。

此外，国木田与中江兆民之间在叙述上又存在根本区别。《三醉人经纶问答》中三个对话者各自的政治观点虽然各有不同，但也有相互重叠。而《牛肉与马铃薯》中的牛肉主义、马铃薯主义和趣味主义则始终处在非此即彼的关系中。更为重要的是，国木田独步试图在结尾处给出一个类似结论性的表述。冈本加入讨论后对上村讲述的马铃薯主义积极插话，与其他几个人的插科打诨不同，他不断地催促上村讲下去。上村讲完后近藤接着讲自己的趣味主义，冈本这时又出来插话表示赞同。最后冈本在大家的追问下开始讲述自己的人生观，直至小说结束。叙述人在文中有意识地让冈本推进谈话的速度和方向，目的是让冈本讲出他的人生观。所以上村和近藤的观点成了冈本的人生观的前文本。在这个意义上，叙述人一方面是在将前者相对化，但另一方面相对化的目的是冈本的最终讲述。所以与丸山真男说的相对化不同②，国木田独步的相对化是有限度的，他的相对化是为冈本的观点服务的。

冈本诚夫所说的"惊异"（wonder）和"习惯的压力"（custom）这些概念直接来源于卡莱尔《拼凑的裁缝》和托尔斯泰的《人生论》。如前文已经介绍的，国木田曾反复阅读《拼凑的裁缝》，其中《自然的超自然主义》一章讨论的就是这个问题。卡莱尔认为世界上所有"非我"的存在都只不过是"世俗的外壳"和"装饰"，人要想抵达"神圣的天意"就必须像脱衣服一样将"装饰"脱掉，"衣服的哲学就是在这里达到超验主义；这最后的一跃，将我

---

① 国木田独步. 予が作品と事実 [M]//定本国木田独步全集：第一卷，東京：学習研究社，1978：523-524.
② 实际上，加藤周一比丸山真男更早地注意到了中江兆民在《三醉人经纶问答》中的相对化叙事方式，但与丸山真男不同的是，加藤周一也早早意识到了这个相对化的限度："兆民对所有的政治性意见，也就是现实与价值的关系的具体定义，提出这样的相对化，在19世纪的日本社会是划时代的，另外这种相对化没有让自由平等与民权的自由价值相对化，是以确信其普遍的妥当性作为前提而进行的，这一点更是划时代的。"参见：加藤周一. 日本文学史序说（下）[M]. 叶渭渠，唐月梅，译. 北京：外语教学与研究出版社，2011：81.

们带入希望之乡，在那里任何意义上的轮回都可以看作是开始"①（《拼凑的裁缝》的日译本名称为《衣服哲学》）。在卡莱尔那里，大自然永远是深不可测的，人类所知的微乎其微，但是借助"精神力量"我们可以体验到"奇迹"的"深奥玄妙"。② 而阻碍人类实现这一目的便是"习惯"（custom），即人类社会既已形成的一切经验性的存在，"习惯"蒙蔽了人的双眼，使多数人看不到神性。③

在《人生论》中，托尔斯泰认为人生问题的意义在于心灵意义上的最大幸福，但是这不能通过理性来实现，因为人"活得越久，统治着世人的那种观点就越深地渗透进他的心中……与别人的斗争越来越残酷，生活仅仅是为了个人幸福的习惯（惯性）就确立了"，这种"习惯""对人的影响越大，人们就越少去思考生活的意义"，而结局是"人们就这样不由自主地互相骗着"④。国木田独步和《人生论》这本书的关系目前还没有研究者注意到，这实际上是国木田独步在1895年9月在北海道时从新渡户稻造的书房中借阅并带回东京的。⑤ 在10月7日他写给恋人的信中，他也提到近期正在同时读《人生论》和《拼凑的裁缝》，并想要研究《旧约圣经》，认为《旧约圣经》是"人类灵魂的最高调的呐喊"⑥。

正是基于对卡莱尔和托尔斯泰的阅读，国木田创造性地将二人的观点融入对自身经验的思考。所以他说，诗人的文字只不过是"感情的游戏"，只看到了"习惯之眼造成的幻影"而已，没有看到"心灵的真面目"，哲学和宗教也一样。⑦ 因此牛肉主义、马铃薯主义和趣味主义在冈本诚夫眼中只不过是人类社会的"习惯"。这也可以说是国木田独步在将过往的经历相对化之后又再一

---

① 卡莱尔.拼凑的裁缝［M］.马秋武，等译.桂林：广西师范大学出版，2004：237.
② 同上，第238页.
③ 同上，第241页.
④ 托尔斯泰.人生论［M］.许海燕，译.成都：四川人民出版社，1999：59-66.
⑤ 1895年9月29日日记："二十八日七时二十五分，从札幌出发。携带托尔斯泰的人生论。"参见：国木田独步.定本国木田独步全集：第七卷.東京：學習研究社，1978：365.另外，在9月25日他写给当时的恋人佐佐城信子的信中也提到，新渡户稻造让其在书房中随意借阅，甚至贵重的外国书籍也可以带走，这让国木田颇为兴奋.参见：国木田独步.定本国木田独步全集：第五卷.東京：學習研究社，1978：381.
⑥ 国木田独步.定本国木田独步全集：第五卷［M］.東京：學習研究社，1978：385.
⑦ 国木田独步.牛肉と馬鈴薯［M］//定本国木田独步全集：第二卷.東京：学习研究社，1978：386-387.

次实现的超越。

但是问题也并非如此简单,《牛肉与马铃薯》在看似极其个人化的叙事外表下其实有很强的现实针对性。如前文所述,这一时期是知识人在个人层面与国家权力的关系越发紧张的时期。甲午战争后,东京帝大哲学系毕业的高山樗牛曾经在《赞日本主义》(1897)和《吾人对国家至上主义之见解》(1898)中鼓吹忠君爱国主义。高山樗牛强调个人要忠诚于天皇和国家,认为国家是人类社会发展的必然形式,进而将个人对"大日本帝国"的绝对忠诚上升为一种道德标准。这实际上是《教育敕语》(1890)以及德富苏峰的《大日本膨胀论》(1894)在甲午战争后的进一步发展。国木田独步的《武藏野》(1898)也是在高山樗牛发表这些言论的同一时间写出的。不难看出,国木田独步在从《爱弟通信》到《武藏野》中对日本的认同、对自然风光的赞美也都或多或少地共享了高山樗牛的认识。

到《牛肉与马铃薯》(1901)发表的当年1月,同样陷入了苦闷的高山樗牛发表了《作为文明批评家的文学者》。高山在其中援引尼采的超人概念,并以托尔斯泰、易卜生、左拉等人为例,强调文学家个人对时代的批评、反抗乃至引领的作用,因此也呼吁日本的文学家担当起这个责任。① 但是国木田独步读了这篇文章后立刻写了一篇回应文章,他认为"大日本"还远没有触及高山樗牛所说的"时代精神":"总之,日本今日的文士是日本今日社会的产物。日本在过去仅仅三十年来只是在被世界文明的潮流洗礼。所谓的引领、反抗与欧美文士的态度有着根本的不同。"② 与高山樗牛呼吁日本的文学家向西洋学习不同,国木田独步要批判的恰恰是在这种盲目的学习中日本的主体性的丧失,日本只是在"被世界文明的潮流洗礼",只要自身的主体性没有确立,就无法出现能够代表"时代精神"的文学名批评家。

七个月后,高山樗牛又写作了著名的《论美的生活》(1901)。高山认为人的绝对价值在于"至善"和"至乐",也即是"人性本然的要求"和"人的本能"得到满足。

---

① 高山樗牛. 文明批評家としての文学者 [M]//樗牛全集: 第二卷. 東京: 博文館, 1912: 823-843.

② 国木田独步. 高山文学士の論文に就て [M]//定本国木田独步全集: 第一卷, 東京: 学習研究社, 1978: 385.

> 我所说的人的本能是指种族的习惯。试想一下，我们幸运地作为后代虽然能够无念无为第享受这种满足，但是我们的祖先要经过多少星霜、苦痛才将这些流传下来。祖先为了这些本能的成立所挥洒的血泪、生命、年月是道学先生在书桌上思索的道德无法比拟的。我们在感谢祖先洪恩的同时也要郑重地传承这遗产，勿要浪费了这来自祖先遗产的幸福。我所说的美的生活就是实现这一点。①

高山樗牛所说的"人的本能"是指"种族的习惯"，而非人的生物学意义上的本能。根据高山的意思，"种族的习惯"实际上也可以理解为一个共同体在漫长的时间内形成的普遍的道德、价值和传统习俗。正是在这个意义上，高山樗牛的个人主义暗含着与民族、国家视点的重叠。② 从根本上讲，他对国家和社会仍然保持着较为乐观的态度。形成对照的是，国木田在三个月后发表的《牛肉与马铃薯》中说："我的愿望是摆脱古往今来的习惯的压力，以惊异之念俯仰自立于这个宇宙"，就明显是有所指称的了。在国木田看来，"种族的习惯"即便是"人的本能"，但也仍然是"世俗的外壳"和"装饰"，不利于人的精神自立的实现。

不过，国木田独步也不倡导像清泽满之那样的"精神主义"，那显得过于消极："寻求自家精神内部的满足，因而不会因为追求外物或从属他人而感到烦闷痛苦"③。佛教徒清泽满之的"精神主义"实际上采取的是一种完全出世的态度，寻求内在精神的"绝对无限性"，并从中获得解脱。与之相反，国木田独步四年后在给纲岛梁川的信中说，与《牛肉与马铃薯》中的愿望最接近的是纲岛的《惊异与宗教》一文。④ 纲岛梁川说，"惊异的情感"根植于信仰之中，连接着"现实和超自然""我与神"，是"宗教之母"。而"文明、祖师、习惯、传说、制度及一切偶像、权威"都会阻碍"惊异的情感"。"存在

---

① 高山樗牛. 美的生活を論ず [M]//樗牛全集：第四卷. 東京：博文館，1913：861-862.
② 松本三之介. 明治思想史 [M]. 東京：新曜社，1996：208.
③ 清沢満之. 精神主義 [M]//明治文学全集：第46卷. 東京：筑摩書房，1984：215.
④ 国木田独步. 網島梁川宛 [M]. 1905-10-19//定本国木田独步全集：第五卷. 東京：学習研究社，1978：493.

是天地间第一事实",是"惊异的太初之源"①。因此,国木田独步在这里将问题归结为:对人的存在本身的追问和对大自然保持一颗好奇心。

国木田独步在《死》和《牛肉与马铃薯》中通过思考所获得的就是这种对经验世界的超越性视角。夏目漱石读了国木田独步的小说集《独步集》(1905.07)和《命运》(1906.03)之后敏锐地注意到了这一点。他说国木田独步的作品中有一种"低徊趣味"②。什么是"低徊趣味"?他在半年前发表的《高滨虚子著〈鸡头〉序》中对此专门做过解释。针对当时自然主义论者效仿西洋将小说按照主义、流派加以划分的做法,夏目漱石则采用有无"余裕"作为标准。有"余裕"的小说在内容上是"不急迫的",其中的关键在于能否"打破生死的关门":

> 我用余裕派和非余裕派对小说做了划分,并且将易卜生放在后者之列。如前所述,此类小说的特色在于极力地导入人生的死活问题、描写命运的极端迫切性。读者也会举出这一点来讴歌此类作品,我对此类作品中的这一点也很佩服。不过仔细一听,这些赞赏之词都是第一要义如何、意义如何深远、如何痛彻、如何深刻云云。我无意争论这些赞美之词的是非,但是要问我这是否就是小说的极致,我是不得不摇头的。的确,此类作品或许触及了第一要义的道理观念,然而这个第一要义是生死世界中的第一要义,无论如何都是无法摆脱生死烦恼的第一要义。人生观若止步于此,这也许就是绝对的第一要义,但是倘若打破生死的关门、眼中不再有生死,这种人生观一旦确立,那么先前所谓的第一要义反倒会降格为第二要义了。俳味、禅味便由此而生。③

在一篇名为《此之我之存在》的遗稿中,国木田独步表达了类似的意思。他说人生于世间又死于世间,世间是人的集合体。但人是物质,是大自然这个物质的一部分。不可思议的是,人在成长中只意识到自己身在世间,在其中喜

---

① 網島梁川. 驚異と宗教 [M]//明治文学全集:第46卷. 東京:筑摩書房,1984:349-352.
② 夏目漱石. 独步氏の作に低徊趣味あり [M]//漱石全集:第十六卷. 東京:岩波書店,1966:595.
③ 夏目漱石. 高浜虚子著《鶏頭》序 [M]//漱石全集:第十一卷. 東京:岩波書店,1965:557.

怒哀乐、度过一生。那不可思议的宇宙、自然和生命却被人忘却了。只要意识到自己属于宇宙的一部分，意识到这生命是宇宙的呼吸，你就会感觉到"自己的存在"。那么人和生命的这种不可思议也会让你觉得"世间纷纷的劳苦和荣辱都不再是问题了"①。让夏目感到共鸣的，就是他通过《巡查》看到了国木田拥有这种超然的态度和对存在的自觉。国木田独步所看到的"富冈尸体的幻影"和"想要震惊一下"的愿望就是在"打破生死的关门、眼中不再有生死"之后确立的人生观。这也是他的小说吸引夏目漱石的地方。所谓的"不急迫""低徊"是一种状态和看待事物的角度，与国木田独步所说的"倾听人情的幽音悲调""在天之一方、地之一角享受着此生，悠悠行路"这种态度是近似的。

4.4.3　谁的"普遍性"？

我这里并不是说漱石和独步的人生观完全一致，而是二人之间存在着类似的要素。在日本帝国的国家权力日益扩张、知识青年的精神空间越发狭小的情况下，樗牛、独步、漱石实际上都是在用各自的方式加以应对。高山樗牛在写完《论美的生活》之后便投向了佛教的日莲宗寻求个人精神上的自立，但一年后便去世了（1902）。几乎在同一时间，夏目漱石结束了在英国的留学回到日本，开始担任东京第一高等学校和东京帝国大学的讲师。几个月后他在东京第一高等学校的学生藤村操自杀了，受到打击的夏目漱石陷入了神经衰弱。在不久之后爆发的日俄战争（1904—1905）中，他写作了第一部长篇小说《我辈是猫》（1905—1906），以委婉曲折的笔调针砭时弊。在日俄战争结束后，自然主义文学兴起，漱石又以上文提到的"余裕论"和"低徊趣味"加以对抗，同时转向禅宗、俳谐寻求超越。

与樗牛和漱石不同，国木田独步则是一方面在基督教信仰的话语中追寻"无我无他"之境，追寻"惊异"的人生观；另一方面，夏目漱石在日俄战争中连载《我辈是猫》时，国木田独步已经受矢野龙溪的邀请成了近事画报社的主编。他不但和十年前参加甲午战争时一样狂热地支持开战，而且这一次他和德

---

① 国木田独步. 此の我の存在［M］//定本国木田独步全集：第九卷，東京：学習研究社，1978：198-199.

富苏峰当初在《国民新闻》社时一样担任了主编的角色。如本书第二章所述，国木田独步非常善于把握媒体、战争与国民读者之间的互动关系，与在甲午战争中创新了战争报道的写作方式一样，他在日俄战争中也做了较多革新。

首先，日俄双方在1904年2月8日正式宣战，国木田迅速将杂志的名称由"近事画报"更名为"战时画报"，并且为画报取了英文名称"THE JAPANESE GRAPHIC"（日本画报）。此后他又在2月16日的《东京朝日新闻》上刊登了《战时画报》的广告，18日刊出了第一期，开篇的社告中写着"独步天下"的字样。① 可见国木田独步对整个战争以及对战争报道事业的雄心和热情。这个画报以每月三回，即以旬刊的形式发行，持续约一年半，战争结束以后又再次恢复为《近事画报》。其次，与德富苏峰当初派遣自己做从军记者一样，国木田独步向日俄战争的战场派遣了多位画家和照相师，其中小杉未醒去往韩国，芦原旷跟随海军舰队，横井俊造则跟随陆军。与此同时，还有满谷国四郎、内田千秋等人在东京提供插画。杂志内容基本是照片、绘画、文字各占1/3，即图文比例2∶1。与甲午战争时期的文字性战争报道不同，国木田独步这一次充分利用了新兴的图像媒体，并且同样在读者中产生了巨大影响。《战时画报》第一期发行量就超过了5万份，而此后每一期的发行量也都在三四万份以上，每个月的总发行量超过10万份。即便与日刊发行的报纸相比，这个数量也是比较庞大的。以1904年为例，《东京朝日新闻》的日均发行量约为9万份，《国民新闻》日均发行量约为2到3万份。② 可见《战时画报》的单次发行量与报纸已经相当。在1938年年初，日本已经开始全面侵华战争，小杉未醒曾回忆说，《战时画报》是日俄战争时代最受大众欢迎的刊物。③

顺便一提，曾经与国木田独步一起在武藏野散步和举办读书会的田山花袋在1904年3月下旬也作为博文馆的从军记者奔赴日俄战争的战场，并且在次年1月出版了《第二军从征日记》（博文馆，1905）。在同一时间，《日本风景论》的作者志贺重昂也到达中国的旅顺，成了日军第三军的外交顾问和翻译

---

① 黒岩比佐子. 編集者国木田独歩の時代［M］. 東京：角川学芸出版，2007：95-96.
② 山本武利. 近代日本の新聞読者層［M］. 東京：法政大学出版局，1981：412.
③ 小杉未醒. 明治の戦争画［M］. 美術時代，1938（新年号）//黒岩比佐子. 編集者国木田独歩の時代. 東京：角川学芸出版，2007：98.

官，为乃木希典工作。志贺重昂后来将从军经历以及次年视察萨哈林岛的经历一起写成了《大役小志》（东京堂·博文馆，1909）。另外再加上由田山花袋参与编辑、由小杉未醒做封面设计的《爱弟通信》（左久良书房，1908），这三本书成了描写日本帝国在明治时代两场对外战争的代表作。

之所以要对上述历史背景做一番梳理，是因为这关系到我们对国木田独步所描写的"自然"与"人生"的理解。从一个更长的时段来看，国木田独步不仅积极地参与了甲午、日俄两场帝国主义性质的日本对外战争，而且都借助铅字印刷媒体、利用文字和图像宣传了战争，最大程度地动员了日本国民的民族主义热情。在对帝国日本的认同上，国木田独步与田山花袋、志贺重昂乃至德富苏峰之间并无根本区别。国木田在《战时画报》发刊时曾写了这样的广告语："战时画报是在全国报纸的文字性战争报道之外，利用画家的妙手让读者直接目睹战时的军队动作，是活写活报。战时画报第一号自2月中旬发行，为了将我国民空前的大活动的实况作千年的纪念，读者当自第一号起购买"①。国木田独步实际上是在以发行报刊的形式参战，这一点与他在甲午战争时亲身奔赴战场是相同的。如果说他在甲午战争的战场上内心还有一些摇摆犹疑乃至矛盾的话，那么到了日俄战争的时候这些都已经很难再看到了。

我们在上文讨论的《武藏野》《难忘的人们》《牛肉与马铃薯》中所表现的那个完全陷入苦闷中的国木田独步形象此时已经被帝国主义的冲动取代。我们可以看到，在日俄战争持续的一年多时间里，国木田独步基本上没有文学作品问世。与此同时，他在战争接近尾声的时候将两年前写作的几篇小说编辑成《独步集》（近事画报社，1905），这其中就包括《牛肉与马铃薯》以及下一章将会分析的《女难》《第三者》《少年的悲哀》《夫妇》等。有意思的是，《独步集》的出版广告就刊登在《战时画报》上：

此为独步君的小说集，收录杰作九篇。皆为<u>描写人情之真、自然之美</u>，内容坚实。已经厌倦了浅薄淫靡之文学的读者必将在这部小说集中得到满足。②

---

① 黒岩比佐子. 编集者国木田独步の時代［M］. 東京：角川学芸出版，2007：95.
② 同上，第141页。下划线为笔者所加。

"人情之真"和"自然之美"就这样与日俄战争的照片、素描和文字并列刊登在《战时画报》的版面上，被传递到每一个读者的眼前。两者之间毫无违和感。这一点实际上与志贺重昂在甲午战争中写作《日本风景论》（1894）是相通的，如本书第三章中已经介绍过的，志贺重昂就是一边歌颂战争一边赞美日本的自然风景之美（"江山淳美是吾乡"）。对日本帝国的民族国家想象与对自然风光的描写和赞美在这里实现了统一。国木田独步在《武藏野》和《独步集》中所探讨的自然与人生到日俄战争时与他对日本帝国的冲动实际上也实现了一定意义上的合流。所谓"人情之真"中的"人"是指谁？所谓"自然之美"中的"自然"又是谁的"自然"？当"人情之真"与"自然之美"同日俄战争照片、绘画中的暴力与死亡场景并置的时候，那么"人"将只会是战争胜利者的日本帝国国民，"自然"也只会是日本帝国的地理空间及其想象。在《武藏野》中，国木田想要建构一个理想世界与现实社会的地带；在《难忘的人们》中，"我不断苦恼于人生的问题却又被自己对未来的大愿望所压迫着"；在《牛肉与马铃薯》中，冈本为超越理想和现实之间的对立，走向了一种超验性的自然观。但是我们可以看到，两年后日俄战争爆发时，他所追求的普遍性和超越性再一次被战争以及被他对帝国的冲动所回收了。由此，所谓"普遍的和有效的真理""人情之真""自然之美"在这里成了日本帝国的普遍性。

厘清了这一点，就不难理解国木田独步的文学作品在后来尤其是在20世纪三四十年代被再次阅读的状况。比如文坛对《爱弟通信》的理解，第二次世界大战前和第二次世界大战后的理解就完全不同（参见本书第二章）。要特别提到的是《武藏野》在20世纪三四十年代的影响。甲午战争时来到东京的高滨虚子（1874—1959）有感于武藏野风景在都市化过程中渐渐消失，遂从1930年8月开始组织了一批文学青年每月探访武藏野中的一处景点，之后据此写出短歌或纪行文发表在《杜鹃》杂志上。这个活动持续了近十年，共一百回。高滨虚子此后将这些文章结集为《武藏野探胜》（1942）一书，在大东亚战争爆发时出版。整个"武藏野探胜"活动的时间跨度与九一八事变到第二次世界大战爆发的时间段重叠。因此，也就不难理解，在《武藏野探胜》这本书中，我们可以看到有的作者在怀念独步描写的杂木林，而有的作者描写的则是横须贺军港里的军舰，两者在这本书中都作为风景安定地相处。①

此外，版画家织田一磨（1882—1956）同样有感于武藏野的消失，在第二次世界大战中写了《武藏野之记录》（1944）一书，从自然科学和艺术的角度对武藏野分别进行了考察，他的目的是找回"武藏野之魂"。织田在《自序》中将武藏野描述为"大东亚的指导性阵地、大日本帝国的首都"②。邓尼察·加布拉科娃意识到了这种风景背后强烈的政治性。她考察了明治时代以来文学作品中的武藏野描写，发现正是在独步的《武藏野》之后，"武藏野"的表象在知识人的意识中越发暗示着对"公共的日本领土"的想象③，织田一磨的描写无疑是最好的例证。加布拉科娃的论述印证了本书第三章中讨论，只是笔者要将《武藏野》放在一个更加广阔的视野中追溯这种想象的历史根源，因为所谓的"公共的日本领土"要在国与国、宗主国与殖民地之间的关系中才能成立。正是这个历史前提决定了《武藏野》的政治性，这也是它能够成为"大东亚的指导性阵地"的前提。另外顺便一提，为织田一磨这本书作序的武者小路实笃，在序文中也表达了对独步《武藏野》的怀念。

一直以来，日本现代文学史对国木田独步的评价基本围绕以下两点展开，即自然主义和人道主义。如本章开头提到的岛村抱月最早将《独步集》界定为自然主义文学的作品，相马御风在《明治文学讲话》中更进一步将国木田独步放到了"自然主义文学先驱"这一文学史的位置。这个评价不仅影响了后来日本国内文学史的写作，也影响了中国的日本文学史写作。第二次世界大战结束后，如第二章分析《爱弟通信》时指出的，从 20 世纪 50 年代开始竹内好等人又尝试从国木田独步那里发掘"良性民族主义"，认为国木田独步的民族主义是"素朴且单纯的"。竹内好对国木田独步的再评价成了第二次世界大战以后大多数国木田独步研究者的共识。岛村抱月、相马御风等人为了将国木田独步描述为自然主义作家，完全遮蔽了国木田独步政治性的一面，为其构建了一个纯文学作家的形象。竹内好以降的研究者试图从国木田独步那里发掘可供利用的积极因素时，完全剔除了国木田独步与"大日本帝国"主义共谋

---

① 高浜虚子. 武藏野探勝 [M]. 東京：有峰書店, 1969：32, 320.
② 織田一磨. 武藏野の記録 [M]. 東京：洸林堂書房, 1944：1 - 2.
③ ガブラコヴァ（Dennitza GABRAKOVA）. 雑草の夢——近代日本における「故郷」と「希望」 [M]. 横浜：世織書房. 2012：243.

的历史。他们没有甚或不愿意看到一个更具历史性的国木田独步，反而只通过强调人道主义来彰显他的文学的普遍性。如果说这是一种普遍性的话，那么这的确是战后日本文学界的一种带有欺瞒性的普遍性。

　　克尔凯郭尔说，《约伯记》体现了"信仰的边界之争"。约伯在面对上帝的考验时，始终没有放弃对公平、正义的信念，从而通过了考验。如果换作国木田独步，当他怀揣着"大日本帝国"主义的冲动时，能够通过考验吗？笔者对此表示怀疑。

第五章

文本旅行：被突显的与被遮蔽的
——以周作人、夏丏尊的国木田独步文学译介为中心

5.1
中国的国木田独步文学研究述略

国木田独步与中国现代文学的关系问题至今仍是是一个有待发掘的新课题。当然，中国学术界对国木田独步文学的研究和关注早在20世纪80年代就已经开始了。比如刘光宇的一系列论文：《略论国木田独步短篇小说的现实主义倾向》（《社会科学战线》，1981）、《国木田独步及其短篇小说的艺术特色》（《吉林大学社会科学报》，1983）、《论国木田独步的短篇小说》（《日本学刊》，1994），还有杨守森、高万隆合作撰写的《诗化的小说艺术：论国木田独步前期作品艺术美》（《山东师大学报》，1983）等最早试图从总体上向国内读者介绍国木田独步本人及其作品的情况。国木田独步也基本上被定位为一个自然主义作家或有着现实主义倾向的自然主义作家。这些初期的论文为中国读者了解国木田独步提供了一个比较好的基础。

此后，王成写作的《自然与人生：论国木田独步的自然观》围绕国木田的《武藏野》和几篇代表性的小说讨论了作者的自然观。可以说，一定意义上是这篇文章最早将"风景之发现"这一论点介绍到了中国，但与此同时作者也较早地对这个论断保持了比较审慎的态度："笔者考察了在欧洲文学的影响下，国木田独步的自然观的形成及特点，试图强调他的自然突破了传统的自然，很少带有日本传统自然观的特点。但是并不否定他的自然观的深层结构与日本传统文化完全割断；正是由于他对传统自然观有深刻的认识，才能找到具有近代意义的自然观。"[①] 王成写作此文时应当意识到了日本国内现代文学研究界围绕"连续论"和"断裂论"的论争，像加藤周一是前者的代表，柄谷行人则是后者的代表，他在文末给出这个结论显然是要在两者间做出某种调和。正如笔者在上一章所梳理的，国木田独步的自然观有着多重的知识来源并且在不同的历史条件下有着不同的呈现。因此，断裂、连续与调和论都不应当将国木田的自然观想定为一个一成不变的实体，而应在复杂多变的历史前提下辩证地加以理解。

进入新世纪后，或许是受到柄谷行人《日本现代文学的起源》在中国出版的影响，过去十余年间也有不少具有针对性的研究论文出现。如李娜《国木田独步的文学主题初探》（《安徽文学》，2009 年第 9 期）、章霞《论国木田独步的〈少年的悲哀〉》（《语文学刊》，2011）、奚皓晖《国木田独步与〈武藏野〉的文体》（《浙江外国语学院学报》，2012 年第 6 期）、张杭萍《国木田独步〈爱弟通信〉与历史的隐秘脉络》（《日本问题研究》，2014）、李曼淇《从〈竹栅门〉看国木田独步自然主义倾向及其特点》（《文学教育》，2015 年第 3 期）等。此外值得一提的是，在此期间还有几部硕士论文出现：沈婷《国木田独步の「小民史」の文学》（上海外国语大学，2009）、吴辻《国木田独步文艺研究——有关〈源叔父〉〈河雾〉〈春之鸟〉的悲剧》（华中师范大学，2011）、吴旭《试论国木田独步少年题材作品——以少年人物形象为中心》（吉林大学，2012）、赵晓旭《国木田独步——新自然表现的黎明》（四川外国语大学，2016）。国木田独步文学受到越来越多的研究者的关注是一个值得高兴的现象，但或许是受研究条件的限制，以上这些研究在方法和视野上大都没能超出前辈研究者的范围。而且，在这些研究中国木田独步也都被当作一个纯文学作家看待。比较而言，其中张杭萍对《爱弟通信》的研究则试图以历史主义的态度展开讨论，值得一读。本书第一章分析《爱弟通信》时已经对这篇文章做过介绍，此处不再重复。

一个较为有趣的现象是，虽然自 20 世纪 80 年代以来已经有不少研究者撰写了国木田独步研究的论文，但是其中没有一篇提及国木田独步文学在现代中国的译介状况。据笔者初步的调查和整理发现，自五四运动至今，国木田独步

[①] 王成. 自然与人生：论国木田独步的自然观［J］. 北京第二外国语学院学报. 1991（3）：71.

第五章　文本旅行：被突显的与被遮蔽的——以周作人、夏□尊的国木田独步文学译介为中心

文学的中译作品实际上有相当大的数量。其中发表在杂志上的单篇作品有55篇，译者涵盖周作人、夏丏尊、徐蔚南、唐小圃、许幸之、黎烈文、孙百刚、汪馥泉、张我军、钱端义、金福（吴元坎）以及程在里等几代学人。单行本方面，不含重复出版的在内，自20世纪20年代至今已有十几部出版，其中有代表性的有：周作人与鲁迅合译的《现代日本小说集》（1923）、周作人与夏丏尊合译的《日本小说集》（1924）、夏丏尊的《国木田独步集》（1927）、金福的《国木田独步选集》（1978）、程在里的《远处的焰火：日本三人散文选》（1987）等〔以上内容参见本书附录二《国木田独步中译文学作品目录（1921—2015）》〕。总体而言，国木田独步整个创作生涯中的大部分作品都已经被译成了中文。但与之相关的研究在中国现代文学研究的范围内基本上还处在空白状态。

需要特别提到的是，崔琦在其博士论文《译者与作者的双重任务：晚清到五四汉译日本文学研究》（清华大学，2014）中第一次注意到了夏丏尊的《国木田独步集》，并结合这一时期夏丏尊自身的创作活动初步探讨了他译介国木田独步文学的目的。本文将在此基础上进一步发掘崔琦论文所没有充分注意到的部分，同时将讨论的对象扩展为周作人和夏丏尊两位最重要的早期译者。这不仅仅是因为他们最先译介了国木田独步的文学，更因为他们都在五四运动后以各自的方式实践参与了中国现代文学的发展进程。所以以下问题的答案就显得尤为重要：他们在什么样的前提下以怎样的方式将国木田独步的哪些文学作品译介到了中国？在从日本移动到中国的历史空间转换中，国木田独步的文学作品以怎样的方式被阅读和接受？作为译者的周作人和夏丏尊在这个过程中做了怎样的取舍？

5.2
《小说月报》革新、文学研究会的成立与《现代日本小说集》的出版

  1920年11月23日，郑振铎、周作人、耿济之、郭绍虞等七人联合召开了一次会议，商讨成立"文学研究会"一事。周作人在会议上被推举为《文学研究会宣言》的执笔人。这篇《宣言》明确提出了成立文学研究会的三点理由：第一，"联络感情"，即为新旧两派文学者提供一个交换意见的平台；第二，"增进知识"，即为整理旧文学的人提供新方法，为研究新文学的人介绍外国的资料；第三，"建立著作工会的基础"，即提倡文学被当作文字游戏或消遣品的时代已经过去，现在应当像劳动者或农民对待自己的工作一样，把文学当作人生中"很切要的一种工作"和"终身的事业"严肃对待。① 以周作人为代表的这一批文学工作者此时决定成立研究会当然不是心血来潮，而是根据各自既有的认识针对五四运动后文学发展现状做出的积极反应。三点理由中的前两点比较容易理解，最后一点明确提出的对文学的认识问题比较具有针对性和革新性，后来也成为文学研究会最主要的文学主张，即"为人生的艺术"。

  在郑振铎、周作人等人在北京讨论新文学的发展方向的同时，上海的商务印书馆在五四新文化运动的影响下也开始酝酿改革。在商务印书馆编译所英文部工作的茅盾于1919年11月被委派担任这次改革的主要推动人。所以，《小说月报》自1920年起每一期用三分之一的篇幅翻译、介绍欧洲文学和文艺思

---

① 文学研究会宣言[J].小说月报.1921, 12 (1)：附录1.

潮,《妇女杂志》也开始介绍欧洲妇女运动的相关内容。① 茅盾在该年 1 月连续发表了具有宣言性质的文章《现在文学家的责任是什么?》,文中明确提出,在新的社会形势下,"文学是为表现人生而作的。文学家所欲表现的人生,绝不是一人一家的人生,乃是一社会一民族的人生"②。半个月后他又在《小说月报》上同时发表了《小说新潮栏宣言》和《新旧文学平议之评议》两篇文章。前者主要指出了当前翻译欧洲文学的杂乱现象,然后又列出了有必要翻译的欧洲近代文学的主要作家和作品条目。而在后者中茅盾进一步明确了自己的文学主张:

> 我以为新文学就是进化的文学,进化的文学有三件要素:一是普遍的性质;二是有表现人生、指导人生的能力;三是为平民的非为一般特殊阶级的人的。唯其是要有普遍性的,所以我们要用语体来做;唯其是注重表现人生、指导人生的,所以我们要注重思想,不重格式;唯其是为平民的,所以要有人道主义的精神,光明活泼的气象。③

茅盾主导的《小说月报》改革实践很快在读者中间取得了较大响应,而保守派如时任《小说月报》编辑王莼农和《礼拜六》派在这一年则日渐式微,虽然时有反对的言论,但也阻挡不住读者对新文学的迫切要求,如黄厚生就针对《礼拜六》派明确提出"反对以小说为消遣品",认为"小说是改良社会、振兴国家,在教育上所占的位置,在文学上所占的价值,均能算括括叫的第一等"④。正是在这种革新动力的驱动以及读者的积极回应之下,商务印书馆经理张菊生和编辑主任高梦旦在 1920 年 11 月任命茅盾自次年 1 月起担任《小说月报》的主编,而王莼如在此时已经主动请辞。据《文学研究会会务报告

---

① 茅盾参与商务印书馆革新《小说月报》的前后经过可参阅茅盾的回忆文章《商务印书馆编译所》和《革新〈小说月报〉的前后》。参见:商务印书馆.1897—1987:商务印书馆九十年——我和商务印书馆[M].北京:商务印书馆,1987.

② 茅盾.现在文学家的责任是什么?[M].东方杂志,1920,17(1)//茅盾文艺杂论集.上海:上海文艺出版社,1981:3.

③ 茅盾.新旧文学平议之评议[M].小说月报,1920,11(1)//茅盾文艺杂论集.上海:上海文艺出版社,1981:12.

④ 黄厚生.读《小说新潮栏宣言》的感想[M].小说月报,1920,11(4)//商务印书馆.1897—1987:商务印书馆九十年——我和商务印书馆.北京:商务印书馆,1987:185.

（第一次）》可知，就在这个月的月初，张菊生和高梦旦曾在北京面见过郑振铎等人。郑振铎当时向二人表达了想要创办一份新文学杂志的愿望，"以灌输文学常识，介绍世界文学，整理中国旧文学并发表个人的创作"①。商务印书馆方面否决了创办新杂志的想法，表明只能为其改组《小说月报》。在此后经过多次商讨，郑振铎等人决定先在北京成立文学研究会，然后以此为基础再谋发展。而恰在此时刚刚被任命为《小说月报》主编的茅盾写信邀请郑振铎等人加入该杂志社，双方一拍即合，茅盾也决定加入文学研究会。所以到12月4日北京方面再次开会制定了《文学研究会简章》，进一步细化了组织结构，会员也增加到十二人②。最后，1921年1月4日，文学研究会在北京正式成立，而茅盾也正式上任《小说月报》主编。也可以说，《小说月报》从此时起正式成为文学研究会的会刊。

从本年第一期开始，茅盾将《小说月报》的内容改组为六个部分：评论文章（思想主张）、研究性论文（介绍西洋文学或中国文学的变迁过程）、译丛（翻译西洋名家名作，不限派别、国别）、创作（新文学作品）、特载（文艺评论）、杂载（文艺小品、作家传略、海外文坛消息、书评）。③ 可见，《小说月报》从此时开始转为以研究介绍西洋各国文学为主，同时辅以部分新文学的作品。与此相对应的是文学研究会内部的组织划分。研究会分别以国别和文类为标准分为甲乙两部，甲部又分为四组——中国文学组、英国文学组、俄国文学组、日本文学组；乙部亦分为四组——小说组、诗歌组、戏剧文学组、批评文学组。④ 从组织划分到杂志内容设置都可以看出北京、上海两地的参与者有一点是达成了默契的，即翻译、研究外国文学并以此为基础发展中国新文学。

周作人在文学研究会中既属于甲部的日本文学组，也属于乙部的小说组和诗歌组⑤，他也基本上是在入会的同一时间开始比较集中地翻译日本的现代小说和诗歌。查阅他的日记和书信可知，他在1920年11月16日翻译了第一篇

---

① 文学研究会会务报告（第一次）[J]. 小说月报，1921, 12 (2)：附录4.
② 周作人、郑振铎、沈雁冰、郭绍虞、朱希祖、瞿世瑛、蒋百里、孙伏园、耿济之、王统照、叶绍钧、许地山. 参见：文学研究会简章 [J]. 小说月报，1921, 12 (1)：附录2.
③ 茅盾. 改革宣言 [J]. 小说月报，1921, 12 (1)：2.
④ 文学研究会读书会简章 [J]. 小说月报，1921, 12 (2)：附录4.
⑤ 文学研究会读书会各组名单 [J]. 小说月报，1921, 12 (6)：附录1.

第五章　文本旅行：被突显的与被遮蔽的——以周作人、夏□尊的国木田独步文学译介为中心 | 209

小说《乡愁》（加藤武雄），这篇小说后来刊登于《小说月报》革新后的第一期（1921）。在此后的大约两年时间内，周作人与鲁迅一边商讨选定篇目一边进行翻译工作。从鲁迅的日记中也可以看到，1921年8月29日、9月17日鲁迅都曾去信周作人讨论小说集的篇目选定问题。① 最终，周作人翻译了19篇、鲁迅翻译了11篇小说。周作人将其编成《现代日本小说集》② 并写作了序言，于1923年6月列入商务印书馆世界丛书出版。其中的部分译作在此期间也曾分别在《小说月报》《新青年》《晨报副刊》等杂志上刊登过。当然，在翻译日本小说的同时，周作人还翻译了石川啄木、与谢野晶子的作品，还有东欧各国即被压迫民族的短篇小说。后者曾被结集为《现代小说译丛（第一集）》（1922），同样由商务印书馆出版。

将周作人放在文学研究会的成立及《小说月报》革新的脉络中看，并不是说他与整个组织在观点完全一致，而是有组织的文学活动的成立为他的翻译实践提供了客观条件和驱动力。实际上，文学研究会虽然是一个比较有组织性的文学团体，都赞同"为人生的文学"这一认识，但是在个人观点之间还是存在不少微妙的差别。以周作人和茅盾为例，周作人主张的"人的文学"是强调人的"灵肉合一"，理想的生活是每个人各尽所能、各取所需，人与人之间也以"爱、智、信、勇"为道德标准。他所主张的"人道主义"是一种"个人主义的人间本位主义"，个人首先要对自己负责，因为个人是人类的一员，所以对自己负责也就是对人类负责。③ 这个想法之后在《新文学的要求》中得到进一步发展，他继续提出了"人生的文学"。他首先将文学做了区分，即"艺术派"和"人生派"，并强调"人生的文学实在是现今中国唯一的需要"。据此他提出了两条标准："一、这文学是人生的；不是兽性的，也不是

---

① 鲁迅. 鲁迅全集：第十一卷［M］. 北京：人民文学出版社，2005：413，424.

② 周作人翻译的19篇为国木田独步2篇：《少年的悲哀》《巡查》；铃木三重吉3篇：《金鱼》《黄昏》《照相》；武者小路实笃2篇：《第二的母亲》《久米仙人》；长与善郎2篇：《亡姊》《山上的观音》；志贺直哉2篇：《到网走去》《清兵卫与壶庐》；千家元麿2篇：《深夜的喇叭》《蔷薇花》；江马修1篇：《小小的一个人》；佐藤春夫4篇：《我的父亲与父亲的鹤的故事》《"黄昏的人"》《形影问答》《雉鸡的烧烤》；加藤武雄1篇：《乡愁》。鲁迅翻译的11篇为夏目漱石2篇：《挂幅》《克莱喀先生》；森鸥外2篇：《游戏》《沉默之塔》；有岛武郎2篇：《与幼小者》《阿末的死》；江口涣1篇：《峡谷的一夜》；菊池宽2篇：《三浦右卫门的最后》《复仇的话》；芥川龙之介2篇：《鼻子》《罗生门》。

③ 周作人. 人的文学［M］. 新青年，1918，5（6）// 钟叔河. 周作人散文全集：第二卷. 桂林：广西师范大学出版社，2009：88.

神性的。二、这文学是人类的，也不是个人的；却不是种族的，国家的，乡土及家族的。"① 可见，周作人对个人意识的强调是一以贯之的。与之相对，茅盾在同一个月发表的文章中则主张："文学是为表现人生而作的。文学家所欲表现的人生，绝不是一人一家的人生，乃是一社会一民族的人生。"② 紧接着在《小说月报》革新后的第一期他又继续写道："人是属于文学的，文学的目的是综合地表现人生"，但是这文学不能脱离"时代的特色做它的背景"。中国的文学家的首要任务就是"创造我们的国民文学"③。

同样是提倡"人的文学"，周作人是以个人主义的人道主义为前提，强调个人的独立和完善，而茅盾的个人概念则以民族、国家、社会为前提，始终没有脱离历史的视角。众所周知，周作人在这一时期正与武者小路实笃频繁接触，并且在北京文化界鼓吹"新村主义"，甚至自己组织成立了"新村北京支部"（1920）。他在此前后也写作了数篇介绍新村主义的文章，深受白桦派人道主义思想的影响。另外，他在这期间还在阅读《圣经》，对基督教中的人道主义颇为亲近。与茅盾的《改革宣言》发表在一起的文章《圣书与中国文学》就是他阅读圣经的结果。他认为"宗教上的圣书即使不当作文学看待，但与真正的文学里的宗教的感情，根本上有一致的地方"，《圣经》中的人道主义精神和《圣经》的白话译本都是中国新文学可供借鉴的对象。④ 后来茅盾回忆说："周作人的论文提出的意见，只代表一个人；我与大多数文学研究会同人并不赞成"，相反《改革宣言》中的意见则是得到大多数成员首肯的。⑤

---

① 周作人. 新文学的要求 [M]. 晨报，1920（1）// 钟叔河. 周作人散文全集：第二卷. 桂林：广西师范大学出版社，2009：207.
② 茅盾. 现在文学家的责任是什么？[M]. 东方杂志，1920，17（1）// 茅盾文艺杂论集. 上海：上海文艺出版社，1981：3.
③ 茅盾. 文学和人的关系及中国古来对于文学者身份的误认 [J]. 小说月报，1921，12（1）：10.
④ 周作人. 圣书与中国文学 [J]. 小说月报，1921，12（1）.
⑤ 茅盾. 革新《小说月报》的前后 [M]// 商务印书馆. 1897—1987：商务印书馆九十年——我和商务印书馆. 北京：商务印书馆，1987：192 - 193.

5.3 发现国木田独步：
"思想革命"话语中的小说翻译

5.3.1 从《日本近三十年小说之发达》到《现代日本小说集》

个人在文学观念上的差异性决定了周作人在翻译小说时的选择对象。在《现代日本小说集·序》中，他这样写道：

> 我们的目的是在介绍现代日本的小说，所以这集里的十五个著者之中，除了国木田与夏目以外，都是现存的小说家。至于从文坛全体中选出这十五个人，从他们著作里选出这三十篇，是用什么标准，我不得不声明这是大半以<u>个人的趣味</u>为主。但是我们虽然以为纯客观的批评是不可能的，却也不肯以小主观去妄加取舍；我们的方法是就<u>已有定评的人和著作</u>中，择取<u>自己所能理解感受者</u>，收入集内，所以我们所选的范围或者未免稍狭；但是在这狭的范围以内的人及其作品却都有永久的价值的。①

周作人所说的"已有定评"暗示着他对<u>这些</u>日本作家作品的认识是有前文本的。众所周知，《日本近三十年小说之发达》（1918）是周作人系统地学习、介绍日本现代文学的第一篇文章，他在写作过程中也参考了不少日文著作。首先来看国木田独步在这篇文章中是怎样被描述的：

---

① 周作人. 现代日本小说集［M］.上海：商务印书馆，1923：序 1-2. 下划线为笔者所加。

自然派小说的兴盛，在日俄战争以后，前后共有七年（1906—1912）。其先有三个前驱；就是国木田独步、岛崎藤村、田山花袋。

　　国木田独步同一叶一样，也是一个天才。他先时而生；他的名作独步集在明治三十四年（1901）时，早已出版。待到自然主义大盛，识得他的才能的时候，也就死了。①

　　小林二男曾经对《日本近三十年小说之发达》做过比较细致的实证性研究，他发现周作人对日本作家作品的认识很大一部分直接来源于相马御风的讲义《明治文学讲话》和《现代日本文学讲话》。② 周作人在参考相马御风的过程中对原先的内容有的直接摘译，有的意译，更多的则是直接总结归纳成自己的文字。比如上面那段文字就是周作人直接从《明治文学讲话》中的《自然主义的勃兴：概观》和《自然主义的诸作家（其一）：独步、花袋、藤村》两小节直接归纳而来。③

　　相马御风的《明治文学讲话》收录在佐藤义亮编辑的《新文学百科精讲》中，其中还收录了岛村抱月的《艺术论讲话》和《艺术丛话》，野上臼川的《近代思想讲话》、生田长江的《自然主义讲话》和《新浪漫主义讲话》，相马御风、升曙梦、森田草平合撰的《西洋文学讲话》，本间久雄的《明治思想讲话》。众所周知，相马御风、岛村抱月、生田长江等人是明治后期自然主义文学主要旗手，此时明治时代刚刚结束不久，他们联合起来编订了一本《新文学百科精讲》，并将之作为青年学生的文学史参考书。从这本书中可见，他们以自然主义为论述中心的文学史观贯穿全书。而且，岛村抱月、相马御风都在各自的著作中对文学做了"艺术派"和"人生派"的区分。周作人在《新文学的要求》中对新文学所做的区分也很有可能直接来源于此。

---

① 周作人. 日本近三十年小说之发达［J］. 新青年，1918，5（1）：36.
② 小林二男. 中国における日本文学受容の一形態——周作人の《日本近三十年小説之発達》と相馬御風の《明治文学講話》《現代日本文学講話》をめぐって［M］//渡辺新一. 中国に入った日本文学の翻訳のあり方——夏目漱石から村上春樹まで. 2002年度至2004年度科学研究費補助金（基盤研究C-1）研究成果報告書，2005.
③ 相马御风. 明治文学講話［M］//佐藤義亮. 新文学百科講話：後編. 東京：新潮社，1914：766，777.

第五章　文本旅行：被突显的与被遮蔽的——以周作人、夏□尊的国木田独步文学译介为中心 | 213

本书第四章简要地梳理了国木田独步本人与自然主义的关系。他在岛村抱月发表《文艺上的自然主义》一个月后立刻写了《不可思议的大自然：华兹华斯的自然主义与我》（1908），并且在文中明确地将自己与当时流行的自然主义做了区分："今日文坛中所谓自然主义以及自然派作家的自然主义与华兹华斯的自然主义之间似乎存在很大的差别。至少华兹华斯不会将人与自然分开对待，他没有将这不可思议的大自然同人生分开思考。而在我国的自然主义者眼中，虽然有人、有人生，也将目光投向了社会深处，但是仍旧没有体察到，对人类而言，最大的事实乃是自然的胸怀。"① 这背后当然有着对"自然"和"自然主义"在概念上的理解分歧，但是尽管如此，相马御风和岛村抱月还是将国木田独步纳入了自己的自然主义文学史书写体系之中。

同时，周作人在《现代日本小说集·序》中说，他在选定篇目的时候有意识地跳过了自然主义或自然派的作品。② 那么为何当初在《日本近三十年说之发达》中的自然主义作家国木田独步又会入选呢？周作人在《现代日本小说集》附录中对国六田独步的介绍较之前发生了变化：

> 国木田独步名哲夫。普通被称作日本自然派小说家的先驱。他的杰作《独步集》在一九零四年出版，但当时社会上没有人理会他，等到田山花袋等出来，竖起自然主义的旗帜，这才渐渐有人知道他的价值，但是他已经患肺病，不久死了。《独步集》里《正直者》与《女难》这几篇，那种严肃的性欲描写，确为以前的小说所未有。但他兴味并不集中于这一方面，他的意见也并非从左拉一派来的；的他的思想很受威志威斯（Wordsworth）的影响，他的艺术史以都尔盖涅夫（Turgeniev）为师的，所以他的派别很难断定，说是写实派固可，说是理想派也无所不可，因为他虽然也重客观，但主张<u>"以慈母一般的（对于伊的爱儿的）同情之爱去观察描写"</u>为诗人的第一本义，这便与自然主义的态度很不同了。③

---

① 国木田独步. 不可思議なる大自然（ワーズワースの自然主義と余）[M]//定本国木田独步全集：第一卷. 東京：學習研究社，1978：542.
② 周作人. 现代日本小说集 [M]. 上海：商务印书馆，1923：2.
③ 同上，第364页。

这段介绍文字的前两句与较之前并无不同，但此后的内容则与相马御风等人的观点明显不同，后几句的介绍文字实际上直接来自江马修所写的传记《作为人和艺术家的国木田独步》(1917)。周作人直接参考了本书对国木田独步的评价，加下划线的那句话直接来自其中的《〈独步集〉与〈命运〉》一章。① 和国木田独步一样，江马修（1889—1975）也是一名基督教徒，在日俄战争后曾做过田山花袋的学生，之后由于对自然主义不满，遂逐渐接近白桦派的理想主义和人道主义。他 1916 年出版的代表作《受难者》，讲述了自己的宗教体验，可以说是一部精神自传式的作品。他在 20 世纪 20 年代后期又加入了日本的普罗文学运动。

江马修因为不满自然主义论者对国木田独步的评价，在写完《受难者》次年写作了《作为人和艺术家的国木田独步》。这也是国木田独步的第一部传记。江马修所看重的，是"与自然主义者的排斥理想、排斥主观、排斥技巧、无解决的主张相对，他（国木田）注重理想、主观、技巧，并想要解决"②。他在国木田的创作经历中看到了"明亮的睿智""坚强的意志""强烈的执着""修养"。他所说的"以慈母一般的同情之爱去观察描写"也可以说是对国木田"赤条条的大感情"（sincerity）的理解。也正是在这一年，江马修开始接近白桦派并倡导人道主义。顺便一提，白桦派代表人物武者小路实笃和志贺直哉都曾在文章中表达过对国木田独步的热爱，武者小路实笃说独步"让我感觉到了新的观察人生的方向"，而志贺直哉对此也有"同感"③。

很显然，周作人对国木田独步的评价之所以发生转变，江马修的评价起到了很重要的作用。而且一定意义上可以说，是江马修的人道主义视角将国木田独步和白桦派关联在了一起，也自然引导周作人注意到了国木田独步的作品。

另外，周作人对日本自然主义文学的态度还可以有待进一步的考察。在《日本近三十年小说之发达》中，周作人在介绍完"自然派小说"之后紧接着介绍了"非自然主义文学"，首先重点介绍了夏目漱石和森鸥外，之后又专辟一节介绍了"享乐主义"和"理想主义"：

---

① 江馬修. 人及び芸術家としての国木田独歩 [M]. 東京：新潮社，1917：150.
② 同上.
③ 志賀直哉. 愛読書回顧 [M]；武者小路実篤. 独歩について [M]// 西田毅. 民友社とその時代. 京都：ミネルヴァ書房，2003：307-308.

第五章　文本旅行：被突显的与被遮蔽的——以周作人、夏□尊的国木田独步文学译介为中心 | *215*

　　自然主义是一种科学的文学，专用客观描写人生，主张无技巧无解决。人世无论如何恶浊，只是事实如此，奈何他不得；单把这事实写出来，就满足了。但这冷酷的态度，终不能令人满足；所以一方面又其反动，普通称作新主观主义。一是享乐主义。

　　一是理想主义。自然派文学，描写人生，并无解决，所以时常引人到绝望里去。现在却肯定人生，定下理想，要靠自由意志，去改造生活；这就暂称作理想主义。法国 Bergson 创造的进化说，Rolland 的至勇主义，俄国 Tolstoj 的人道主义，同英美诗人 Blake 与 Whitman 的思想，这时也都极盛行。明治四十二年，武者小路实笃等一群青年文士，发行杂志《白桦》提倡这牌新文学。到大正三四年，势力渐盛，如今白桦派几乎成了文坛的中心。武者小路以外，有长与善郎、里见弴、志贺直哉等，也都有名。①

　　周作人在写作中虽然参考了相马御风的《明治文学讲话》，但这两段文字不是来自相马御风。而且相马御风作为自然主义的主要论者之一也不会将自然主义描述得如此不堪。如果仔细查阅这段时间周作人的日记可以发现，他在1918年4月19日在北京大学国文研究所做演讲时讲到了上述内容。此后，这个讲稿从5月20日开始在《北京大学日刊》上连载，至6月1日刊完。7月15日又在《新青年》上全文刊载。周作人在将演讲稿连载于《北京大学日刊》之前的5月9日做过修改，5月30日又将稿件重新抄录了一遍并于次日交给陈独秀，准备发表在《新青年》上。重要的是，5月25日他在日记中提到自己正在阅读《艺术上之理想主义》。② 这本书的作者赤木桁平曾是夏目漱石的学生。《艺术上之理想主义》中有两章专讲白桦派的文学，即《"白桦派"的倾向、特质、使命》和《"白桦派"的诸作家》。赤木比较详细地介绍了白桦派的人道主义和理想主义立场，并且明确指出白桦派的人道主义倾向是针对享乐主义和自然主义的人生观（即否定人生乃至回避人生）而出现的，是对

---

　　① 周作人．日本近三十年小说之发达［M］．北京大学日刊，1918：141-152//钟叔河．周作人散文全集：第二卷．桂林：广西师范大学出版社，2009：53．
　　② 鲁迅博物馆．周作人日记［M］．郑州：大象出版社，1996．

两者的反动。① 鉴于相马御风的《明治文学讲话》中完全没有涉及白桦派的内容，周作人很有可能在读了赤木的《艺术上之理想主义》后又对《日本近三十年小说之发达》做了修改或增补。至少从上面两段引用文字来看，他对自然主义的态度很明显是在对白桦派做了了解之后自己做出的判断。

实际上，周作人在介绍完"自然派小说"后紧接着介绍"非自然主义文学"，从文脉上讲也是明确将两者作为对立项的，而且后者都是以对前者的批判登场。只是就周作人个人的趣味而言，他此时已经表现出了对白桦派人道主义的亲近。如果再联想到他同样在这个月购得了第一本《新村》杂志、接着10月开始与新村支部联系、12月7日写作《人的文学》、20日又写《平民的文学》等，那么他对自然主义文学的回避态度就更容易理解。所谓"非自然主义"在日本现代文学中的意思就是指"非难""批判""反对"自然主义，如后藤宙外就专门写了一部《非自然主义》（1908）。

崔琦也曾对《日本近三十年小说之发达》和《明治文学讲话》做过比较研究。她发现周作人介绍夏目漱石的那部分文字直接来自相马御风，但是周作人在摘译的过程中将夏目漱石暗讽自然主义的文字省略掉了。因此，崔琦认为周作人在介绍的过程中完全忽视了夏目漱石和自然主义的紧张关系。这作为文字上的事实，固然不可否认，但是若将结论进一步扩大为周作人"也难逃日本自然主义文学史观的窠臼"，"对自然主义文学所发起的各种论争并没有表现出太大的兴趣"②，就略显急迫了。相反，从《日本近三十年小说之发达》到《现代日本小说集》，周作人也是在一边丰富自己的日本文学知识，一边又不断地刷新自己的认识。所以他在《现代日本小说集·序》中说："这部小集以现代为限，日本的现代文学里固然含有不少的自然派的精神，但是那以决定论为本的悲观的物质主义的文学可以说已经是文艺史上的陈迹了。"③ 这也可以看作是一种"非自然主义"的态度，而他对国木田独步的再发现也是在这个前提下实现的。

---

① 赤木桁平. 芸術上の理想主義［M］. 東京：洛陽堂，1916：71.
② 崔琦. 译者与作者的双重任务：晚清到五四汉译日本文学研究［D］. 北京：清华大学，2014：77.
③ 周作人. 现代日本小说集［M］. 上海：商务印书馆，1923：2.

5.3.2 《少年的悲哀》与《巡查》

根据周作人自己在作家介绍中的说法，他选定国木田独步的《少年的悲哀》和《巡查》两篇进行翻译是参考了江马修的看法，江马修在《作为人和艺术家的国木田独步》中也的确认为这两篇最佳。另外，查阅周作人的日记可以知道，他分别在 1918 年 5 月购得《独步集》，1919 年 3 月又购得江马修的《作为人和艺术家的国木田独步》和独步的小说集《命运》《涛声》，4 月又买了《第二独步集》和《武藏野》。① 也即是说，国木田独步创作生涯中的五部小说集都被他买到了。可以看出，他在不断接近白桦派人道主义的过程中，对国木田独步的兴趣也越来越大。他很显然也是根据这段时间内的"个人的趣味"，"择取自己所能理解感受者"进行了翻译。

《少年的悲哀》于 1920 年 12 月 10 日译成。故事以"我"的回忆展开，12 岁的主人公"我"居住在一个偏远的海滨山村。一个月色明亮的夜晚，管家德二郎说要划船带"我"去一个地方玩，到了之后"我"发现那里是一个妓楼。原来是妓楼里的女主人公万分想念自己失散多年的弟弟，她听德二郎说"我"与她的弟弟长得很像，而且是同岁，不过自己马上就要去朝鲜了，遂拜托德二郎想与"我"见上一面。女主人公见到"我"后泣不成声，临走时对"我"反复地喊着"请你不要忘记了我！" 17 年后的现在，那个可怜的女人成了我的"难忘的人"，每当回想起那一夜的事情，"也感着一种不可堪的，深而且静的，无可如何的悲哀的情绪"②。

《巡查》于 1921 年 10 月 15 日译成。主人公"我"偶然认识了一个名叫山田铣太郎的巡查。某日，"我"去山田的住处喝酒闲聊，听他讲述自己的故事。山田的妻子和五岁的儿子都住在乡下，他在乡下也有自己的田产，但是总觉得一个人过着舒服，遂到城里做了巡查。不过，山田的真正目的还是想要像"我"一样能够写文章。他向我展示了自己用汉文写的《题警察法》，之后又给我念了自己写的三首诗。之后山田就趁着酒意睡着了，我便静静地离开。当我在远处再次回头的时候，看见山田正在窗口向我点点头。

---

① 鲁迅博物馆. 周作人日记 [M]. 郑州：大象出版社，1996.
② 周作人. 现代日本小说集 [M]. 上海：商务印书馆，1923：12.

首先，周作人说的"个人的趣味"当然是指这一时期自己的思想取向。他在《思想革命》中说："文学革命上，文字改革是第一步，思想改革是第二步，却比第一步更为重要。"他这一时期论述的重点就是思想改革的层面。除上文已经提及的几篇论述人道主义的文章之外，《平民的文学》也是较有代表性的一篇。他指出，平民的文学与贵族的文学相反，核心在于它的精神是否具有普遍性，感情是否真挚。平民的文学应当以普通的文体，描写世间普普通通的男女而非英雄豪杰，因为他们是大多数，他们的事迹更具普遍性。写作者也要力求感情的真挚，关注的始终是自身和人类的共同命运。①《少年的悲哀》中的女主人公和《巡查》中的山田都是符合周作人的这种价值判断的。同样入选小说集的《小小的一个人》（江马修）中的鹤儿姑娘也符合这个判断。我们还可以看到，周作人后来就是仿照这种笔调用日文写了《一个乡民的死》（1921）和《卖汽水的人》（1921）。

其次，作为思想改革的重要一环，女性和儿童是周作人这一时期持续关注的对象。比如他在1918年翻译了由谷治七郎的《废娼问题之中心人物》②，该文介绍了美、英、法、德及北欧等国家在废止娼妓问题上的现状和具体措施。三个月后又翻译了与谢野晶子的《贞操论》，他在译者案中说："女子问题，终竟是件重大事情，须得切实研究。女子不管，男子也不得不先来研究。"③之后，在写完《平民的文学》后他又写了《中国小说里的男女问题》④。1920年年底做了题为《儿童的文学》（1920）的演讲，呼吁要将儿童作为独立的个人对待。⑤ 1921年又写了《资本主义的禁娼》（1921）。他选择翻译《少年的悲哀》，也应当与这篇小说中的妓女角色的设定有关。而综观周作人选译的19篇小说可以发现，女性和儿童这两种角色占据了其中大部分。

最后，周作人在这一时期与武者小路实笃频繁通信，并且在1919年初亲自到位于九州的日向访问了新村，回来后围绕"新村主义"做了很多宣传，

---

① 周作人．平民的文学［M］．每周评论，1919（5）//钟叔河．周作人散文全集：第二卷．桂林：广西师范大学出版社，2009．
② 由谷治七郎．废娼问题之中心人物［J］．周作人，译．北京大学日刊，1918：78-82．
③ 与谢野晶子．贞操论［M］．周作人，译．新青年，1918，4（5）//钟叔河．周作人散文全集：第二卷．桂林：广西师范大学出版社，2009：31．
④ 周作人．中国小说里的男女问题［J］．每周评论，1919（7）．
⑤ 周作人．儿童文学［J］．新青年，1920，8（4）．

甚至成立了新村北京支部，自己当联络人。或许是受了武者小路实笃和江马修等人的影响，周作人在这一时期也反复阅读《旧约》和《新约》。① 除了上文已经提及的《圣书与中国文学》外，他还写了《〈旧约〉与恋爱诗》（1921）、《宗教问题》（1921）等。在《山中杂信（六）》（1921）中他进而提出："要一新中国的人心，基督教实在是很适宜的。"② 一方面，周作人想要试图借用基督教人道主义中的思想要素为新文学的发展创造条件。在论述废娼问题的时候，他也经常以基督教会在西方国家废娼运动中起到的社会功能作参照。国木田独步在1889年也写过论述废娼论的文章。③ 在某种程度上，是基督教的人类主义世界观将他与白桦派、江马修乃至国木田独步勾连在了一起。另一方面，周作人此时在思想上也处在一个比较苦闷、混乱的时期，他在《山中杂信（六）》中写道："我的思想实在混乱极了。对于许多问题都要思索，却又一样的没有归结，因此觉得要说的话虽多，但不知怎样说才好"④。周作人因为该年初生病，此时已经搬至西山的寺庙中养病。在这段时间宗教也成为他调解心绪的一种方法。

不过，白桦派与国木田独步之间又是不同的。白桦派的主要成员都出身于贵族或财阀家庭，在物质生活上比较有余裕，因此有财力作为前提去构想一个新村那样的乌托邦世界。相反国木田独步则是来自一个下级官吏家庭，待他开始写小说的时候，他的父亲已经被免职了，生活十分艰苦。而在写作《巡查》（1902）、《少年的悲哀》（1902）以及下文将要提及的《第三者》（1903）、《女难》（1903）的时候，他已经完全失业了，而他的儿子国木田虎雄又刚刚出生。最终迫于无奈，他不得不将妻子和孩子送回老家，自己又托竹越与三郎介绍后寄住在西园寺公望的家中。《巡查》中的主人公就是他在西园寺的家中认识的。《巡查》虽然写的是山田的故事，但总体上还是映射自身的生活处

---

① 根据日记可知，周作人在1920年1月拿到了《新约》，9月收到了武者小路实笃的《耶稣》，另外还购买了一本《旧约的文学》。参见：鲁迅博物馆. 周作人日记[M].郑州：大象出版社，1996.
② 周作人. 山中杂信（六）[M].晨报，1921－9－6//钟叔河. 周作人散文全集：第二卷，桂林：广西师范大学出版社，2009：354.
③ 国木田独步. 感ずる所を記して明治二十二年を送る[M].女学雑誌，1889－12－25//定本国木田独步全集：第一卷. 1978：176.
④ 周作人. 山中杂信（六）[M].晨报，1921－9－6//钟叔河. 周作人散文全集：第二卷，桂林：广西师范大学出版社，2009：353.

境。山田在最后给"我"念的一首诗为："故山好景久相违，斗米官游未悟非，杜宇呼醒名利梦，声声复唤不如归。"① 这可以说是国木田此时心境的表达。国木田独步的小说比白桦派的小说在感情上显得更加厚重，原因也就在此。如本书第三章所分析的，此时的国木田独步已经经历了平民主义的洗礼、参加过甲午战争、去过北海道，个人生活上也经历了一系列的失败，经过十余年的反思和学习，思想上已经达到一个相对稳定的阶段。《巡查》表达的是对现实生活感到无奈又不愿放弃理想时的心境，但是又表现得比较达观。

夏目漱石说国木田独步的文学中有"低徊趣味"，指的就是《巡查》。在他看来，《巡查》的特点在于：

> 它写的不是巡查以前怎样，也不写之后怎样，即不写原因结果。那个巡查明天如何也无所谓。只是低徊在巡查这个人本身……低徊趣味的小说没有情节和结构，只要看着一个人的所作所为就可以了。②

本书第三章末尾处提到，夏目所说的"低徊趣味"的关键在于写作者观看事物的态度，即能否"打破生死的关门"。若不能打破这道关门，那么人生的第一要义就成了生死烦恼；若打破了这道关门，"眼中不再有生死"，那么生死烦恼都只不过是"梦"。一旦意识到有比生死烦恼更大的精神存在，我们随时可以回到那"幽深处的退避之地"，如此，世间的杀伐、恐惧、耻辱、愤怒、恸哭都不再是烦恼，"余裕"也由此而生。③ 在一篇名为《此之我之存在》的遗稿中，国木田独步表达了类似的意思。他说人生于世间又死于世间，世间是人的集合体。但人是物质，是大自然这个物质的一部分。不可思议的是，人在成长中只意识到自己身在世间，在其中喜怒哀乐、度过一生。那不可思议的宇宙、自然和生命却被人忘却了。只要意识到自己属于宇宙的一部分，意识到这生命是宇宙的呼吸，你就会感觉到"自己的存在"。那么人和生命的

---

① 周作人. 现代日本小说集 [M]. 上海：商务印书馆，1923：21.
② 夏目漱石. 独歩氏の作に低徊趣味あり [M]. 新潮，1908-7-15//漱石全集：第十六卷. 東京：岩波書店，1966：595.
③ 夏目漱石. 高浜虚子著《鶏頭》序 [M]//漱石全集：第十一卷. 東京：岩波書店，1965：558-559.

这种不可思议也会让你觉得"世间纷纷的劳苦和荣辱都不再是问题了"①。让夏目感到共鸣的，就是他通过《巡查》看到了国木田拥有这种超然的态度和对自我存在的自觉。

这种对生死问题的思考和对超验性存在的发现，恰恰是自然主义者没能充分理解的，周作人在《日本近三十年小说之发达》中也没有注意到。② 周作人只是将"余裕"理解为"从容的赏玩人生"，消解了夏目和国木田文本中的紧张感与超越性。他在意识到自然主义成为"陈迹"之后，立刻转向了白桦派的理想主义和人道主义。江马修看重的是国木田"以慈母一般的同情之爱去观察描写"，这实际上是用白桦派的人道主义去理解国木田独步。相反，国木田独步恰恰认为"同情是虚伪的，即便不虚伪，也是一种夸张的感情"，因为将他人的苦闷完全当作自己的苦闷一样去同情是不可能实现的，所谓同情也多是一厢情愿。③ 因此江马修也没有充分注意到国木田独步本人与整个时代的复杂关系以及他所做出的超越性的努力。或许正是白桦派和国木田独步之间的差异阻碍了周作人对夏目漱石和国木田独步的进一步理解。

5.4
国木田独步的女性观和婚姻观：
兼谈夏丏尊的《国木田独步集》

目前对国木田独步的女性观或婚姻观的研究还比较少，除中岛礼子外关注这方面问题的研究者寥寥无几。另外考虑到崔琦在其论文中讨论的重点在夏丏

---

① 国木田独步. 此の我の存在［M］//定本国木田独步全集：第九卷. 東京：學習研究社，1978：198-199.
② 崔琦在其博士论文中也注意到了这一点，笔者也受到了启发。
③ 国木田独步. 病休録［M］//定本国木田独步全集：第九卷. 東京：學習研究社，1978：27.

尊一方，所以笔者将在既有研究的基础上，对国木田独步的女性观或婚姻观做一个初步的梳理，为我们理解夏丏尊乃至周作人的翻译提供前提条件。

5.4.1 从"恋爱神圣论"到"女子禽兽论"

1895 年 6 月 9 日，在甲午战争中一举成名的国木田独步参加了佐佐城一家的从军记者招待会，国木田正是在这次宴会上邂逅了佐佐城信子，此后二人迅速开始恋爱关系。但是这件事遭到了母亲佐佐城丰寿的强烈反对，因此从国木田独步的日记中可以看出，他与佐佐城信子的交往关系基本上是以避开佐佐城丰寿的方式进行。后来《武藏野》中写到的国木田与友人在夏日里散步的场景即是指他与信子当时的约会。

根据川岸みち子综合各方资料调查后表明，佐佐城丰寿反对二人交往的原因大致有三点：第一，佐佐城丰寿希望信子去美国留学并在将来成长为一名新闻记者，她不希望这个计划被打破；第二，国木田独步当时还不具备经济能力；第三，佐佐城丰寿对从事文艺工作的人有轻薄之意。[①] 佐佐城丰寿（1853—1901）曾是东京妇人矫风会的负责人之一，该组织成立于 1886 年 12 月，隶属于美国的万国基督教妇人矫风会。佐佐城丰寿担任了《东京妇人矫风会杂志》（1888 年发刊）的编辑工作，是日本最早从事杂志编辑的女性。佐佐城丰寿作为明治前期最具代表性的女性活动家之一，针对女性的社会地位在当时也提出具有挑战性的主张。比如，她认为日本的女性首先要从认识上改变男尊女卑的观念，要争取男女同权，妻子要拥有一半财产权，废止娼妓和纳妾，主张一夫一妻制等。[②] 由于后来招致各方的反对和压制，佐佐城丰寿离开了矫风会，但又很快组织了妇人白标俱乐部继续活动。她与德富苏峰是亲戚关系，德富苏峰的母亲和妻子都曾是东京妇人矫风会的成员。

佐佐城丰寿基于女性解放的思想，倡导女性在经济和社会中独立，自然对经济尚未独立的国木田独步不满。但是尽管如此，此后在德富苏峰等人的多方调解和帮助下，国木田独步与佐佐城信子最终于 1895 年 11 月 11 日正式结婚，婚礼由植村正久主持，德富苏峰做媒，竹越与三郎为证婚人。不过遗憾的是，

[①] 川岸みち子. 定本国木田独步全集：别卷二［M］. 东京：学习研究社，2000：205-206.
[②] 同上，第181页.

第五章 文本旅行：被突显的与被遮蔽的——以周作人、夏□尊的国木田独步文学译介为中心

由于生活条件过于艰苦，在优厚的家庭环境中长大的信子内心发生了动摇，其间亦发生了佐佐城信子与他人的通奸事件，最终这桩婚姻只持续了五个月。尽管国木田原谅了信子，并且认为"婚姻是严肃的宗教上的仪式"，决不认同离婚。①

这桩失败的婚姻之所在日本近代史上为人所熟知，不仅仅是因为当事各方都是当时社会的知名人物，更重要的是，对国木田来说，婚姻和恋爱是他实现全部信仰的重要一环。但这次婚姻的失败成了他内心的一个隐痛，这个隐痛在他后来的小说中也以各种形式出现，并且不同程度地决定着他对女性的态度。

正如本书前几章提到的，国木田在甲午战争中内心受到压抑，战争结束后正在思考着如何重拾信仰，与此同时也开始了移民北海道的计划，佐佐城信子的出现也被他编入整个计划。在他看来，恋爱是神圣的，是追求自由、接近神圣真理的路径，是整个生命的一部分。这一点与北村透谷是一致的。在《厌世诗人与女性》中，北村认为"恋爱是人生的秘诀，因有恋爱才有人生，没有恋爱，人生索然无味"，"恋爱是自我的牺牲，同时也是映照出'自我'的明镜"②。北村透谷针对的是古来文学中对女性的压抑，因此呼吁赞美女性。这篇文章发表在岩本善治（1842—1946）主编的《女学杂志》，该杂志由岩本善治在成为基督教徒之后于1895年创办。岩本本人亦是明治女学校的发起人之一，也是《东京妇人矫风会杂志》的名誉编辑人，与该杂志的执行编辑佐佐城信子多有合作。在《男女交际论》中，岩本针对社会上男女关系的乱象，提出男女之间的交际要以发扬情感为主，男女之间要相互发现对方的美好特质，是相互的创造，女性的权力在其中可以得到伸张。他认为日本男女在交往中缺乏对恋爱神圣性的认识，在现实中缺少男女交际的"礼仪规范"③。国木田独步在正是在这一时期在岩本善治的《女学杂志》上发表了几篇主张废娼的文章。

有意思的是，德富苏峰在稍后发表了一篇《非恋爱》，批判在基督教青年

---

① 国木田独步. 欺かざるの記：後篇 [M]. 1896-4-22//定本国木田独步全集：第七卷. 1978：425.
② 北村透谷. 厭世詩家と女性 [M]//北村透谷選集. 東京：岩波書店，2011：81，87.
③ 岩本善治. 男女交際論 [M]. 女学雑誌，1888-06-02至1888-07-21//キリスト者評論集. 東京：岩波書店，2002.

中盛行的恋爱神圣论，他认为"恋爱是懒惰者的职业、战士的有害物、帝王的暗礁"①。德富苏峰当然是基于他实用主义和功利主义价值观来做批判的。对此岩本善治一周后又写了一篇《非〈非恋爱〉》作为回应，他一方面重申恋爱神圣的主张，一方面批评德富苏峰为虚伪的基督教徒。② 这一点与次年国木田独步在《民友记者德富猪一郎氏》（1892）中批评他缺乏"深透彻底"是一致的。

正是在恋爱神圣论的前提下，当信子决定放弃婚姻后，国木田独步认为事情的关键在于信子完全根据事业、利益、功名等现实条件做了考虑，从而忘记了"夫妇乃人伦最大之事"，"夫妇之爱是永恒的，功名只不过是短暂之梦"。在经过深思熟虑之后，他认为夫妇的相处之道在于：

> 据有经验的人说，新婚夫妇的危险产生于结婚后的半年间。忍耐着度过这半年，夫妇的真味便开始出现……人都是有缺点的，婚后的生活不再如婚前的空想一般，也都是正常的。如果都因为不能实现空想的生活而离婚，那么天下将没有可以成立的夫妇了。这里需要忍耐，需要工夫，要相互反省、相互鼓励。所谓同甘共苦不只是外在的，也要与互相的弱点中的人性之恶做斗争。夫妇的真义不就在此吗？③

国木田最后得出的相对理性的夫妻观念并没有得到信子的理解。这次婚姻的失败在精神层面给他造成的巨大苦闷是，在他看来如此神圣的恋爱和婚姻，佐佐城信子却轻易地放弃了，而且自己已经为了信子放弃了移民北海道的计划。两年后写出的《武藏野》可以说是对上述问题的一次回应。其中充满激情的风景描写算是对内心创伤的一次疗愈。本书上一章曾提到，前田爱与小森阳一都从个人感情层面来解读这个事件，但同时我们也要看到在《武藏野》中，国木田独步实际上在理想与现实之间做了一次积极妥协。正因为他对北海

---

① 德富蘇峰. 国民之友［M］. 1891-07-23//キリスト者評論集. 東京：岩波書店，2002：244.
② 岩本善治. 非恋愛を非とす［M］. 女学雑誌，1891-08-01//キリスト者評論集. 東京：岩波書店，2002.
③ 国木田独歩. 欺かざるの記：後篇［M］. 1896-04-22//定本国木田独歩全集：第七卷. 東京：学習研究社，1978；425.

道、对恋爱和婚姻的想象过于神圣化和理想化，所以在失败面前遭受的打击也更深。相反作为北海道的对比项，武藏野的风景则是人类社会与自然的混合物。

但是，曾经的恋人在《武藏野》中被替换为"某个友人"，正如前田爱指出的，正是信子的"缺席"才使得武藏野的风景变得更加鲜明。① 换句话说，国木田独步的写作是通过对恋人的排除来完成的。在此后的小说创作中，我们也可以看到，他对女性在恋爱或婚姻中的角色所持有的态度逐渐转向消极。《牛肉与马铃薯》（1901）虽然讨论的是个人信仰和人生观的问题，但是国木田根据个人趣味设定的人物近藤则讲述了自己的女性观。在冈本诚夫讲到自己的恋人死去的时候，近藤以一种蔑视的口吻插话道：

> 不管怎样，女人都是会厌倦的……厌倦有无数种，而其中尤为让人悲痛、让人可憎的有两种，一是厌倦了生命，一是厌倦了恋爱。厌倦了生命是男子的特色，厌倦了恋爱是女子的天性，一个最可悲，一个最可憎。
>
> 然而女子很少有厌倦生命的，虽然年轻的女子有时会出现那样的状况，但那只不过是渴求于恋爱时所生的变态罢了。当她们幸运地得到了恋爱之后，几乎会把全部的快乐字眼用尽吧。然而她们很快就会厌倦恋爱，没有比女子的恋爱更不能从一而终的了。我刚才说这是最令人憎恨的事，其实这更让人觉得可怜。男子则不是这样，往往会厌倦于生命。恋爱对他们而言是一条活路，所以他们会将全部身心投入恋爱之火中，这时恋爱就是男子的生命。②

近藤对女性的这段评价很显然是基于国木田独步自身的婚恋经历展开的。重要的是，作者在这里将对个人经历的评价扩展为了对全部女性的态度。这一点在此后的相关作品中表现得更为明显。《第三者》（1903）是国木田根据自己的离婚经历撰写的小说，讲述了男主人公江间因为爱着女主人公鹤姑却又得

---

① 前田爱. 国木田独步《武藏野》［M］//幻景の街——文学の都市を步く. 東京：小学館，1986：64.

② 国木田独步. 牛肉と馬鈴薯［M］. 小天地. 1901－11－20//定本国木田独步全集：第二卷. 東京：学習研究社，1978；380－381.

不到回应而苦恼，最终两人一同死去了。《女难》（1903）则讲述了一个靠吹箫谋生的盲人流浪者的故事。他在少年时曾被占卜者告诫将来会有女难，要留心女人。自己的母亲也时时刻刻提醒自己女人是如何可怕。但是尽管如此，他还是经历了三次"女难"，其中最后一次"女难"是他与有夫之妇做了情人之后，却又被抛弃了，之后眼睛也失明了，最终沦落到现在的状况。女性在小说中被描述为了会让男性遭难的对象，但讽刺的是每一次"女难"实际上都是主人公在最开始自己做出的选择。不过很明显的是，国木田其中关注的并不是这一点，相反女性被决定论式地描述为会带来女难。他在临终前写下的《病休录》中也提到，《女难》是根据自己少年时的经历虚构的。① 他自己在少年时曾被一个国学者占卜"有女难之相"，遂以此为基础结合自身的经历虚构出了《女难》。可见国木田独步将自身对女性的偏见本质化为了全部女性的共同特点。

实际上，根据中岛礼子的考察，国木田独步在开始创作小说之后曾在各种场合发表过"女子禽兽论"的观点。比如他的友人平田笃就曾回忆，国木田曾在青年会馆的一次活动中公开讲到了女子为禽兽的观点，让在场的人颇为震惊。原田秋浦也回忆说，国木田独步也曾在妻子在场的情况下毫无顾忌地谈论女子禽兽论。② 而直到临终时国木田也没有改变这种观点，相反，在《病休录》中他甚至写道："女子是禽兽，学着人的样子生活。将女子当作人类是旧时动物学者的缪见。"③ 中岛礼子也认为《牛肉与马铃薯》《第三章》《女难》等作品在不同程度上都是女子禽兽论的具体化。这应当是没有问题的。因为除了这几篇小说之外，他的《病休录》也是公开出版的。

所以这就不难解释下面这种情况。国木田独步在1901年7月结识了与谢野宽和与谢野晶子夫妇。与谢野宽在前一年刚刚创办杂志《明星》，与谢野晶子也刚刚到达东京不久，夫妇二人又相继出版了自己的诗歌集《紫》和《乱发》。国木田独步在7月27日给与谢野宽写了一封信，表示要写一篇《狂热

---

① 国木田独步. 病休録 [M]. 東京：新潮社，1908 - 07 - 15//定本国木田独步全集：第九卷. 東京：学習研究社，1978：74.
② 中島礼子. 国木田独步の研究 [M]. 東京：おうふう，2009；583，585.
③ 国木田独步. 病休録 [M]. 東京：新潮社，1908 - 07 - 15//定本国木田独步全集：第九卷. 東京：学習研究社，1978：53.

第五章　文本旅行：被突显的与被遮蔽的——以周作人、夏□尊的国木田独步文学译介为中心 | 227

日记》发表在《明星》上，而且认为这是自己的"灵魂苦恼记"和"恋爱忏悔记"，非《明星》不发表。① 这篇《狂热日记》虽然后来没有写出，但国木田摘取了自己恋爱时期的日记发表在了《明星》上，并将其取名为《独语》（1901—1901）。但是从可以查考的范围内来看，双方再也没有过交集。最有可能的原因就是国木田独步所持的女子禽兽论和与谢野夫妇倡导的妇女解放运动是相互矛盾的。

最后要指出的是，国木田独步在 1904 年 7 月写作的小说《夫妇》则较其他几部作品有些不同。这篇小说讲述的是男主人公坂本熊男和妻子若代千代之间的故事。夫妻双方是通过自由恋爱结婚的，但是结婚后由于热恋时期的感情逐渐冷却，双方在感情生活中出现了隔阂，以至于很难再继续下去。叙述者"我"和若代的哥哥也曾试图在中间调解。最后坂本在经过一段时间的思考之后终于打开了心结。对于夫妇的关系，他说道："所以我认为，不管发生什么事情，夫妇之间都要以发展相互间的情谊为责任，而且要相信是可以发展的。"这个观点与当初国木田劝解佐佐城信子的话意思是相同的，但坂本紧接着又加了一句："我是幸福的，这个结论有一半是千代的主张。"② 与青年时期不同，国木田在此处将这种对于夫妇关系的理解分享了一半给千代。这可以理解为国木田心态上的转变或成熟，不过我们也要注意到，在写作《牛肉与马铃薯》《第三者》《女难》这几篇小说时正值他人生中最为困窘的一段时期，这段时期的作品也多有悲观或宿命论的色彩。而到写作《夫妇》（1904）的时候，他已经从矢野龙溪手中接过《近事画报》，正在日俄战争中将这个画报经营得有声有色。他和第二任妻子国木田治子的生活也得以进入稳定的状态，生活境遇的改善应该对国木田独步的心态转变起到了作用。

5.4.2　夏丏尊和周作人对国木田独步的取舍

一个非常重要却往往被研究者忽略的事实是，明治政府在 1896 年 4 月 27 日颁布了《民法典》的《总则》《物权法》《债权法》，在 1898 年 7 月 16 日

---

① 国木田独步. 與謝野鉄幹宛 [M]. 1901-07-27//定本国木田独步全集：第五卷. 東京：学習研究社，1978：445.
② 国木田独步. 夫婦 [M]. 太陽，1904-07-01//定本国木田独步全集：第三卷. 東京：学習研究社，1978：435.

又在前三编的基础上颁布了《亲族法》和《继承法》，这也是日本近代第一部比较完整的民事法典。这部法典由法学者穗积陈重、富井政章、梅谦次郎三人采用德国民法典的体例起草完成。上文曾提到，在民法典颁布之前，佐佐城丰寿等人组织的妇人矫风会和岩本善治的《女学杂志》等曾为妇女的社会权利做过一定程度的斗争。但是，这部民法典却是在19世纪90年代各方经过长期争论之后，最终由保守派主导制订而成的。

《民法典》中的《亲族法》对家庭成员的关系做了明确规定，户主被赋予了极高的权力。家庭住址的选取、财产所有、户籍关系、收养子女等都由户主决定。男性的权力和夫权在制度层面被抬高，在家庭内部高高在上，与此相对，女性权力的低下和妻子的无能力的形象被制造出来。也即是说，在甲午战争结束后不久，"日本的'家庭'不仅在政治层面成了天皇制意识形态的社会基础，而且作为一种社会制度、在淳风美俗的名义下将男尊女卑转化为一种道德意识"[1]。如此，女性的社会地位和家庭地位在制度层面被钳制在一个较低的位置。以离婚为例，在满足离婚的条件方面，该法典对女性的要求要比男性苛刻得多。

之所以要对这一历史背景进行还原，是因为从时间上看，国木田独步与佐佐城信子的离婚正好与明治政府颁布《民法典》的前三编在同一个月，而当国木田独步写完《武藏野》并开始创作小说的时候，又恰逢《亲族法》的颁布。他对女性态度的转变也基本上与这个时间重叠。我们在此前也可以看到，虽然国木田独步满怀同情地描写过女性角色，如《少年的悲哀》（1902）中女主人公，但是这个角色更多的是作为他的人生中的一个"难忘的人"，是一个普通平民的角色。相反当他将女性作为女性来描写的时候，正如本书上一节提到的，他对女性还是比较有敌意的，而比较起来，《夫妇》则显得有些例外。因此可以说，国木田独步也或多或少地共享了同时代对女性的偏见。而与此同时，从1904年前后开始，早期的社会主义者已经通过平民社或社会主义协会开展各种形式的妇女解放运动了，如福田英子、今井歌子、神川代子等女性活动家，而且幸德秋水、堺利彦、安部矶雄等人也加入了讨论。这些社会主义性质的妇女解放运动的出现毫无疑问是在《民法典》颁布之后对国家制度和社

---

[1] 女性史総合研究会. 日本女性史④：近代［M］. 東京：東京大学出版会，1982：65.

会权利的回应。

　　经过上述的梳理之后，我们再来看夏丏尊是如何在翻译过程中取舍国木田独步的作品的。夏丏尊比周作人晚一年出生，生于浙江上虞（1886）。1902年夏丏尊16岁的时候进入美国传教士林乐知在上海创办的教会学校中西书院学习。1906年年初赴日本弘文学院留学，而此时已经从弘文学院毕业两年的鲁迅恰好从仙台返回了东京，决定弃医从文。次年夏丏尊考入东京高等工业学校，但最后由于经济问题，被迫于1908年春回国。崔琦推测夏丏尊在留学期间购买到了国木田独步的《独步集》（1905），这是有可能的。① 因为国木田独步虽然此时已经写作小说很长一段时间，并且出版了小说集《武藏野》（1901），但是他真正成为文坛的焦点是在连续出版了《独步集》（1905）和《命运》（1906）之后。此时正值日俄战争刚刚结束，自然主义文学论者也正在跃跃欲试。

　　不过，需要纠正的一点是，崔琦误认为夏丏尊翻译的全部五篇小说都来自《独步集》。因为其中的《疲劳》（《趣味》，1907）是在《独步集》出版两年后才发表的，此时刚刚考入东京高等工业学校的夏丏尊是否读过这一期的杂志，我们无法证实，但这篇小说真正出版是在国木田去世一个月后的1908年7月，即收录在《独步集 第二》中，夏丏尊此时已经回到中国了。

　　回国后的夏丏尊应沈钧儒之邀赴浙江两级师范学堂担任日本教习中桐确太郎的课堂翻译，与次年8月回国的鲁迅一起共事。② 中桐确太郎（1872—1944）与国木田独步曾是东京专门学校英语普通科的同学，只是在国木田独步退学后，他在1890年转到了新成立的文学科，1893年毕业。③ 因为期间夏目漱石曾在1892年在那里做过兼职教师，中桐很有可能听过夏目漱石的课程。但中桐的主要兴趣在哲学、伦理学和教育学，在学期间主要师从大西祝和坪内逍遥。

　　中桐可以说是国木田关系最好的友人之一。国木田自1893年开始就与中

---

① 崔琦. 译者与作者的双重任务：晚清到五四汉译日本文学研究 [D]. 北京：清华大学，2014：125.
② 关于这段时间的情况，请参阅夏丏尊的回忆文章《鲁迅翁杂忆》（《文学》，1936），收于《夏丏尊文集平屋之辑》（杭州：浙江人民出版社，1983）.
③ 川岸みち子. 定本国木田独步全集：别卷二 [M]. 東京：学習研究社，2000：88.

桐保持频繁通信，通信的内容也基本上都是讨论哲学问题或信仰问题。① 国木田独步也在中桐的影响下于1893年8月前后读了大西祝的《西洋哲学史》，这本哲学史是大西祝在东京专门学校时的讲义，开篇讨论的就是哲学的起源和"惊异"的问题。② 国木田最先认识卡莱尔的"sincerity"的概念也是在书信中跟中桐讨论的。③ 中桐之于国木田更像是一个精神伙伴。国木田独步在临终前经中桐的邀请见了西田天香一面。西田天香（1872—1968）是明治后期的宗教活动者，在1905年创办了一灯园，倡导人要过无欲无求、向大自然不断忏悔的生活。

中桐应当是在国木田独步去世后不久到达浙江两级师范学堂的，他所教的课程为教育学和伦理学。夏丏尊作为他的课堂翻译，应当也受过影响。据《夏丏尊年谱》，中桐曾赠予夏丏尊一只谢罪袋。④ 众所周知，夏丏尊后来与李叔同（弘一法师）较为亲近，并且成了一名佛教居士。他在1923年10月还写作了《日本的一灯园及其建设者西田天香氏》，该文专门介绍西田天香的宗教思想，他在文中还提到自己曾特意读过西田天香的《忏悔的生活》（1921）和《托钵行愿》（1922），并且还读过纲岛梁川的《回光录》（1907）。本书第三章也提到过国木田独步与纲岛梁川的关系。可以说，对宗教的亲近感将夏丏尊与这好几位日本作者联系到了一起。自1912年起，夏丏尊正式担任学堂的日文教师，他很有可能通过中桐获得过教学用的日文教材或文学作品，同时也有可能是在这期间接触到了国木田独步的小说集。

1915年以后，夏丏尊又到浙江一师任教，讲授国文课程。其间曾长期在课外时间为学生杨贤江讲授日文，并且用过托尔斯泰《人生论》的日文版作教材。⑤ 杨贤江后来还将部分内容翻译出来发表在浙江一师《校友会志》。1920年年初浙江"一师风潮"爆发，经历风波之后，夏丏尊于秋季赴湖南一

---

① 国木田与中桐的通信见《定本国木田独步全集》第五卷．

② 大西祝．西洋哲学史（東京專門學校文學科講義錄）［M］．東京：東京專門學校出版部，1901．

③ 具体讨论内容见国木田1893年8月3日给中桐的书信。参见：国木田独步．定本国木田独步全集：第五卷［M］．東京：學習研究社，1978：271-274．

④ 葛晓燕，何家炜．夏丏尊年谱［M］．北京：中国文史出版社，2012：8．

⑤ 同上，第22页。托尔斯泰《人生论》的第一个日文全译本参见：三浦関造．人生［M］．東京：玄黄社，1915．

第五章　文本旅行：被突显的与被遮蔽的——以周作人、夏□尊的国木田独步文学译介为中心 | *231*

师任教。1921 年 2 月又离开湖南赴上海，3 月 10 日至 4 月 21 日与李继桢合译《社会主义与进化论》（高畠素之）一书连载于《民国日报》副刊《觉悟》。6 月 24 日加入上海共产主义小组的出版机构新时代丛书社，任编辑之一。夏丏尊也是从这时开始接触陈独秀、茅盾、周作人等人的。

夏丏尊在翻译完《社会主义与进化论》之后又着手从日文转译瓦特的《女性中心说》（日文版为堺利彦所译），这次翻译从 1921 年 8 月 3 日开始直至 1922 年 5 月 23 日全部结束，译文连载在《民国日报》副刊《妇女评论》。夏丏尊开始翻译国木田独步的小说正是在同一时期。1921 年 12 月 10 日《女难》发表在《小说月报》上。根据夏丏尊和陈望道合写的译后记可知，夏丏尊是在本年初读到了周作人译的《少年的悲哀》（《新青年》，1921）。他应当是在周作人写在文末的作家介绍中看到了国木田是自然派作家这一点，遂在《女难》的译后记中完全将国木田评价为自然主义的代表者。他认为国木田以"描写的态度"，严肃地将"性欲当作人生的一件事实来看"，中国的新文学也需要一次自然主义的洗礼。① 陈望道对此也持相同的观点。

至于为何二人没有注意到周作人提及国木田独步的非自然主义的特点，一方面正如二人在译后记中所说的，是因为他们想借自然主义来批评当时的黑幕派和功利派小说；另一方面，根据崔琦的考察，夏丏尊在湖南一师（1919—1921）以及之后在春晖中学（1921—1925）的讲稿中，就已经基本确立了对文章的审美标准，即力求描写的"真实"和"明确"。而他的这个想法的来源则是经由陈望道参考了日本早稻田大学一派的修辞学理论，如坪内逍遥、岛村抱月、五十岚力等人的著作。②

夏丏尊在此后约六年时间里，先后又翻译了《夫妇》（《东方杂志》，1922）、《牛肉与马铃薯》（《东方杂志》，1925）、《疲劳》（《一般》），1926）、《第三者》（《一般》，1927）。其间在 1924 年 4 月，商务印书馆曾将《夫妇》与周作人等人的译作合编成《近代日本小说集》出版。到 1927 年 8 月，夏丏尊将自己的五篇译作编成了《国木田独步集》正式出版，他还为此写了一篇序言《关于国木田独步》。可见夏丏尊对国木田独步一直有着持续性的关注，

---

① 夏丏尊. 女难：译后记 [J]. 小说月报，1921，12（12）：25.
② 崔琦. 译者与作者的双重任务：晚清到五四汉译日本文学研究 [D]. 北京：清华大学，2014：126 - 127.

而且他所选译的五篇小说除《疲劳》外，都是关于婚姻、恋爱题材的，也有着明确的指向性。如上所述，这当然与他 1921 年到上海后接触了社会主义妇女解放理论有直接关系。关于这一点，崔琦在其博士论文中已经对夏丏尊译介国木田独步小说的动机和历史背景做了比较详细的梳理，笔者不在此重复。

此外，正如崔琦所发现的，夏丏尊虽然在此期间翻译了高畠素之的《社会主义与进化论》和瓦特的《女性中心说》（堺利彦日译本），但是这些著作从社会主义理论、经济独立、阶级等角度讨论的女性解放问题似乎并未引起夏丏尊的太多兴趣，而且，夏丏尊很有可能是在陈望道的劝说下翻译了这两部著作。[①] 夏丏尊的兴趣更多地在宗教方面，他更关注人在精神和道德层面对女性态度的改观。既然如此，一个不得不回答的问题是，他为何要将对女性抱有偏见的国木田独步的作品翻译到中国，并且将其作为社会革新的思想资源呢？

比较合理的解释应当是，首先，从时间跨度来看，夏丏尊翻译了五篇短篇小说，但是到最终结集出版为止先后共用了六年时间。如果一开始有一个详细的翻译计划的话，五篇短篇小说应该不至于用六年时间来完成。因此我们可以推测，夏丏尊决定将这五篇小说结集出版应当是后来的事。

其次，从翻译的时间点来看，夏丏尊翻译《女难》（1921）的时候在译后记中曾特别强调了这篇小说的自然主义风格和对性欲的描写。另外，他此时也正在翻译瓦特的《女性中心说》，这部著作不仅从各个方面阐述了以女性为中心的世界观，而且其中有不少章节讲的是性欲问题。因此可以看出，夏丏尊翻译《女难》的主要目的是关注这篇小说中的性欲描写问题。再看《夫妇》（1922），在这篇译作发表二十天前，夏丏尊写了《论单方面的自由离婚》一文，文章的主要目的是批判当时社会上很多男性借"自由离婚"的名义抛弃女性的行为。他认为夫妻之间有了纠葛、苦痛的时候，要本着人性的爱，相互谅解，把夫妻关系修补完好，"忍了苦痛，创造新的环境，使后人不至再受这苦"。[②] 这个观点与《夫妇》中坂本熊男的结论非常接近。夏丏尊在写作此文

[①] 崔琦. 译者与作者的双重任务：晚清到五四汉译日本文学研究 [D]. 北京：清华大学，2014：140.

[②] 夏丏尊. 论单方面的自有离婚（原题《男子对女子的自由离婚》）[M]. 妇女评论，1922 - 09 - 06//夏丏尊文集：平屋之集. 杭州：浙江人民出版社，1983：336.

时应当刚刚读过这篇小说，所以在20天后翻译出来发表，也符合他此时的目的。此外，夏丏尊翻译《牛肉与马铃薯》（1925）应当是被其中的宗教色彩所吸引。而《第三者》（1927）讲述的是男女双方感情破裂、难以为继的故事。四个月后《国木田独步集》出版时（1927），他特意写了一篇序言《关于国木田独步》。这篇序言对国木田独步的介绍侧重在两个方面，一为国木田独步是一个宗教色彩浓重的抒情诗人；二为国木田独步与佐佐城信子的恋爱事件，并且引用了国木田那段讨论夫妇之道的结论加以说明。

笔者做了这一番梳理之后想要说明的是：第一，当我们将夏丏尊对国木田独步的翻译放在同时代妇女解放的话语中加以审视，并且将此视为自明的前提时，他在翻译每一篇小说的时点上所表现出的不同动机就容易被忽略掉；第二，由于夏丏尊在六年的时间里、在不同的时点上对每一篇小说都有不同角度的侧重，正是这种非连续性的关注在一定程度上消解了国木田独步在小说中对女性的敌视态度。而且，夏丏尊写作那篇序言时参考的是国木田独步的日记《不欺记》，这个日记在1897年5月就停笔了，也即是说，夏丏尊只能看到国木田独步的"恋爱神圣论"的部分，相反1898年以后国木田独步逐渐表现出的"女子禽兽论"的部分他应当是读不到的。

最后，回到本章开篇时的问题，即国木田独步的文学在从日本到中国的历史语境转换中发生了什么变化？我们可以看到，与本书前三章中讨论的国木田独步不同，在周作人那里，国木田独步更近似一个基督教的人道主义者，是一个"以慈母一般的同情之爱去观察描写"的诗人。周作人先是通过相马御风的《明治文学讲话》接触了作为"自然主义文学先驱"的国木田独步，之后又通过江马修、赤木桁平以及白桦派作家发现了国木田独步的人道主义特点。正如本书上一章中所分析的，不管是前者还是后者都遮蔽了国木田独步与日本帝国主义的共谋关系，周作人所接触到的是经过自然主义和人道主义过滤的国木田独步。

我们还可以进一步推测，周作人去日本留学是在1906年9月前后，返回中国是在1911年9月前后。他到达日本时日俄战争刚刚结束不久，国木田独步凭借刚出版的两部小说集《独步集》（1905）、《命运》（1906）在东京正受到关注，他阐述自己与自然主义文学关系的几篇文章也在几个月后陆续发表。从日记中我们知道，周作人和鲁迅在东京经常逛书店、看报纸，所以对有关国木田独步的消息应该有所耳闻。同时，田山花袋的《第二军从征日记》（1905）、国木田独步的《爱弟通信》（1908）、志贺重昂的《大役小志》（1909）等几部战争作品也都是在周作人留日期间编辑成书并畅销的。周氏兄弟对此应该也有所了解。但是为何《现代日本小说集》的作家介绍中完全没有提到国木田独步与两场战争的关系呢？可能的解释是，第一，周作人故意回避了这一点，即他是按照"个人的趣味"选定篇目翻译的，他有意识地选取了国木田独步文学中可供中国现代文学参照的文学资源；第二，周作人完全没有意识到国木田对战争的积极参与，从他知识来源可以看到，相马御风在《明治文学讲话》中只是在作家简介中对国木田的从军记者经历一带而过，之后就把论述内容转向了自然主义论述；江马修虽然在《作为人和艺术家的国木田独步》中专辟一节介绍了国木田独步的甲午从军经历，但是篇幅较短，而且完全是把国木田独步描写成了一个战争的受害者。① 所以，国木田独步的政治性在周作人那里就被天然地屏蔽了。

再看夏丏尊，如上文所述，他对国木田独步的知识主要来自自己的直接阅读和周作人的翻译介绍。周作人的介绍自不必说，夏丏尊自己阅读的著作，除了国木田独步的小说集外，就是他的日记《不欺记》。《不欺记》分为前后两编出版，前编出版于1908年10月，内容的时间跨度是1893年2月至1894年4月，后编出版于1909年1月，时间跨度是1894年4月至1897年5月。根据夏丏尊所写的序文《关于国木田独步》可以推断，他前后两编都读过。但是国木田独步在1894、1895年间所记载的战争言论丝毫没有引起夏丏尊的注意。相反在他写的序文中，国木田独步只是一个有宗教情怀的抒情诗人、一个描写女性的小说作家。

由此可见，不管是周作人还是夏丏尊，他们在翻译国木田独步小说的过程中都有意或无意地进行了取舍。他们的取舍所造成的直接后果是，国木田独步的政治性，即他与"大日本帝国"主义的互动关系被抹消了。他们呈献给中国读者的国木田独步是一个经过多层过滤和提纯后而形成的人道主义者、自然主义者。周氏兄弟的《现代日本小说集》是20世纪20年代中国介绍日本文学的最具代表性的作品集，夏丏尊的《国木田独步集》是第一部被译成中文

---

① 江馬修. 従軍記者 [M] // 人及び芸術家としての国木田独步. 東京：新潮社，1917：55.

的国木田独步作品集，它们在 20 世纪 20 年代以后对中国读者的日本现代文学印象的建构起到了至关重要的作用。如果不对译本生成的历史过程加以考察的话，我们始终会被蒙蔽在译作呈现给我们的印象当中。

第六章

结　语

1908年6月23日晚，国木田独步因结核病与世长辞。也许是一种巧合，石川啄木（1886—1912）在两个月前只身飘零到了东京，就在独步去世的当晚，他再次文思如泉涌一般，在接下来的两天之内写出了142首短歌。这些短歌后来都收在《一握砂》中的"烟"一辑中。在大都市东京孤苦伶仃的生活让啄木起了乡愁："生了病似的／思乡之情涌上来的一天／看着蓝天的烟也觉得可悲"，"故乡的口音可怀念啊／到车站的人群中去／为的是听那口音"①。

此时能够让啄木排解忧愁的，除了短歌外，还有独步的小说集。1908年6月24日，在得知独步病死的消息后，他想起了《独步集》并且评价道："独步是明治创作家中的真作家——在所有意义上的真正的作家。"② 小说集中的《牛肉与马铃薯》一篇尤其让啄木感到共鸣，冈本诚夫"想要震惊一下的愿望"超越了理想主义和现实主义的对立，一切被称为"习惯"的经验世界的总和都被排除在这一愿望之外。这一点让啄木很激动："明治文人中与我最相似的人就是独步！"（7月16日）"心日复一日地麻痹下去！这是人生中最悲惨的悲剧。"（7月18日）独步在生活上最为困窘的时期里写出的这篇小说鼓舞了同样处在困境中的啄木。应该说，独步的热情与思考已经跳出了个人叙事的范围，在同时代获得了某种情感上的普遍性。如本书第五章所提到的，与啄木年龄相仿的江马修（1889—1975）、武者小路实笃（1885—1976）、志贺直哉（1883—1971）等人也都是独步的热心读者。同样年龄相仿的周作人（1885—1967）、夏丏尊（1886—1946）也是被这种普遍的情感所吸引。

不过，与那几位家境优渥的白桦派作家不同，啄木来自日本东北部的岩手，在生活上几经波折后飘零到东京追求文学梦想，这一点与独步的经历更为接近，他们都属于"上京邦"（加藤周一）。对独步和啄木而言，与自己身处且借以谋生的大都市生活的关系始终是一个重要的问题。小森阳一曾针对啄木的那首短歌（故乡的口音可怀念

---

① 石川啄木. 石川啄木诗歌集［M］. 周启明，卞立强，译. 北京：人民文学出版社，1962：41，53.
② 石川啄木. 明治四十一年日誌［M］//石川啄木全集：第五卷. 东京：筑摩书房，1983：287.

啊/到车站的人群中去/为的是听那口音）做过分析，他认为啄木在车站所听到的是脱离了故乡的、没有特定所指的"口音"，这个"口音"所代表的故乡是与都市生活对置的。啄木在这种对置中表达的是对双方的拒绝，即"拒绝被同一化"①。

如果这种解释是有效的，那么我们在独步的诗歌《自由在山林》（1897）和散文《武藏野》（1898）中可以看到类似的对置，尤其在后者中，独步不但拒绝了"东京"，而且他在《自由在山林》中憧憬的"故乡"也消失了。相反他试图创造出一个新的精神故乡。史蒂芬·多德注意到了独步和同时代青年文学者内心的这种焦虑，在他看来，以独步为代表的地方青年的作品是对在城市生活中的漂泊感的回应，书写成为在社会中确立自我认同的方式。更重要的是，个人借此得以确立的社会身份认同在一定意义上也预示着一种更为普遍的民族国家认同，独步恰恰加速了这一进程。② 换句话说，独步在拒绝中实现了另一种认同。这是一个比较吊诡的现象。我们应当怎样理解这种现象？

通过本书的研究我们可以看到，历史上围绕国木田独步文学的解读基本上表现为两种主要的趋势。第一种是试图从国木田独步的文学中提取出具有人类普遍意义的价值或观念。以岛村抱月和相马御风为代表的自然主义论者最先将国木田独步置于自然主义先驱的位置，认为他的文学特征只是关乎人生意义的思考和露骨的性欲描写等。他们把国木田独步描述为自然主义所倡导的那样，不介入社会现实、无解决、无理想的纯文学作家。石川啄木从自身的生活处境出发，在国木田独步早期对超越性的追求中得到精神上的慰藉。江马修为了反对自然主义论者对国木田独步的评价写作了《作为人和艺术家的国木田独步》。在他看来，国木田独步是一个理想主义者，是一个对人类充满同情的人道主义者。这个评价也引起了武者小路实笃、志贺直哉等白桦派作家的共鸣。此后，吉江乔松、盐田良平、中岛健藏、坂本浩、笹渊友一等早期的研究者围绕国木田独步的文学究竟是自然主义还是浪漫主义展开了长时间的争论（参见本书绪论部分）。

---

① 小森阳一．《一握の砂》——同一化への拒绝 [M]．现代思想，2005，33（臨時增刊）// 王中忱．走读记，北京：中央编译出版社，2007：23.

② Stephen Dodd. Writing Home: Representations of the Native Place in Modern Japanese Literature [M]. Cambridge, Mass.: Harvard University Asia Center, 2004: 70.

第二次世界大战结束后不久，竹内好秉着所谓"火中取栗"的态度，一边与战前的帝国主义历史告别，一边又试图从国木田独步的《爱弟通信》中打捞"良性民族主义"。福田容子基于同样的逻辑，试图将国木田独步在战争中表现出的"爱国心"与第二次世界大战后的民主主义国家认同嫁接到一起。以竹内好为代表的对国木田独步的再评价成了过去几十年间学院派研究者的基本共识。如最主要的研究者之一芦谷信和就反复将国木田独步描述成为一个人道主义者（《国木田独步的文学圈》，2008）。

日本国内对国木田独步的评价史也影响了中国读者的认识。周作人基本上继承了自然主义论者和白桦派作家的态度。夏丏尊则处在周作人的延长线上，在他那里，国木田独步成了一个有宗教情怀的抒情诗人。20世纪80年代以降在中国出现的研究论文大都和第二次世界大战后日本的研究者共享着同一个前提，即国木田独步被当作一个纯文学作家和人道主义者。其中只有张杭萍的论文是个例外，她以一种比较贴近历史脉络的态度分析了《爱弟通信》与日本帝国主义战争的关联性（参见本书第二章）。

第二种对国木田独步的解读趋势与第一种形成了鲜明的对照。《爱弟通信》（1908）在出版当时就成了歌颂战争的畅销书。国木田独步的好友斋藤吊花多年后在第二次世界大战中回忆起《爱弟通信》时仍然兴奋地不已（《国木田独步及其周围》，1943，参见本书第二章）。高滨虚子在九一八事变"九一八"事变前后组织了一批文学青年以纪行文的形式怀念国木田独步曾经描写的《武藏野》（《武藏野探胜》，1942），这项活动一直持续到第二次世界大战爆发。版画家织田一磨为了找回"武藏野之魂"写作了《武藏野之记录》（1944），在他那里，武藏野成了"大东亚的指导性阵地、大日本帝国的首都"（参见本书第五章）。此外，我们还可以看到，国木田在日俄战争爆发时再一次以媒体人的身份担当了鼓吹战争的急先锋。也就是说，国木田独步不但积极主动地参加了甲午战争、日俄战争，而且当日本在第二次世界大战中开拓太平洋战场的时候，人们又再次想起了他。是什么样的原因使国木田独步与日本的三次帝国主义侵略战争发生了关联？

同时代的自然主义论者和白桦派作家，也包括石川啄木和江马修在内，都有意或无意地回避了国木田独步与战争的关联。在《作为人和艺术家的国木田独步》（1917）中，江马修在讲到甲午战争和日俄战争时，也只是一笔带过，完全不提国木田独步的参战历史，相反把他塑造成了战争的受害者。早期的研究者也大都闭锁在纯文学的范围内争论国木田独步是自然派或浪漫派。竹内好在第二次世界大战后则故意回避了国木田独步与帝国主义战争的关联。为了在战后由美国主导成立的日本民主主义社会中确立新的自我认同，他将国木田独步的民族主义解释为"素朴且单纯的"，甚至从《爱弟通信》中读出了所谓"东洋人的亲近感"。这与他所论述的亚洲主义有着相通之处。更有甚者，福田容子直接将战前帝国主义性质的"爱国心"毫不费力地嫁接到了战后民主主义社会中，将其理解为竹内好所说的"良性民族主义"。此后出现的国木田独步研究者大部分也都对此持默认的态度。第二种对国木田独步的解读就在第一种解读所谓的"普遍性"话语中被刻意忘却了。在这种"普遍性"话语中，国木田独步始终都是以战争受害者的形象出现，而他积极参与战争的一面被完全剔除了。

　　基于这个问题意识，本书首先理清了国木田独步与甲午战争的关系。在绪论之后，第二章以国木田独步在从军时写作的战争报道为考察对象，通过对文本叙述方式的话语分析，阐明了国木田独步在话语层面与天皇制国家权力体系的互动关系。我们发现，国木田独步对日本帝国的民族国家认同正是在他对甲午战争的书写中，在他对西洋人和中国人的对比和观察中得以迅速确立。在《爱弟通信》中，我们可以看到，一个作为日本帝国国民的叙述人诞生了，而且这个叙述人通过新兴的铅字印刷媒体（报纸）不断地以书信的形式动员同样作为国民的读者参与战争中。但与此同时，我们也注意到，国木田独步在战争行将结束的时候内心也发生了少许的摇摆犹疑。但是这种动摇并没有促使他去批判日本的帝国主义性质，相反他想要退回到宗教信仰的世界中去。

　　第三章研究的是国木田独步的代表作《武藏野》。与以往的纯文学或理论化的解读不同，本章尝试将《武藏野》拉出日本本土的范围，将其放到甲午战争和北海道殖民这一更大的历史框架内重新审视。我们发现，武藏野风景的生成与甲午战争期间及之后出版的一系列地理学著作之间有着互文关系。这些地理学著作是日本在走向帝国主义民族国家时对国家领土的描绘和想象。国木田独步认真阅读了其中最具代表性的两部著作——内村鉴三的《地理学考》和志贺重昂的《日本风景论》，《武藏野》与这些地理学著作在认识论的层面或多或少地共享了对"大日本帝国"的空间想象。同样，殖民地北海道的风景和原住民也成了武藏野风景的参照项。国木田独步正是在甲午战争以及在北海道殖民的经验中获得了创作《武藏野》的历史参照。武藏野风景的得以成立的历史根源与"大日本帝国"通过战争和殖民确立其权力的过程是重叠的。国木田独步也借此获得了一种全新的自我认同。

第四章在前两章讨论的基础上将视角转向国木田本人的内心世界，探讨他的思想生成过程。首先，国木田独步对明治维新后的日本历史做了区分，认为自己身处的后自由民权运动时代应当是"精神开国"的时代。他通过德富苏峰的民友社和牧师植村正久获得了英美文学知识和基督教信仰。其次，他又通过对德富苏峰的批判发展自己的认识。他重组了爱默生、华兹华斯、卡莱尔三人的自然观念，确立了一种超验的、非英雄主义的自然观。正是这种自然观驱使他在甲午战争后决定移民北海道，计划在那里的大原野和大森林中过"独立独行"的生活。但是这次移民失败最终未能实现。《武藏野》可以看作是他对现实社会的一次积极妥协。但在之后写作的《牛肉与马铃薯》和《难忘的人们》中，他再次尝试超越理想与现实的对立。国木田独步将对人生意义的追问升华为对人的存在本身的思考。我们可以看到，正是这一点被后来的研究者逐渐放大，进而建构了他的人道主义者的形象。但是我们也要看到，国木田独步的内心自始至终存在着帝国主义的冲动，他所思考的人生意义和对存在本身的追问并不是对"大日本帝国"的批判或拒绝。相反当日俄战争到来时，国木田独步又摇身一变成了战争的狂热支持者。所谓的"普遍性"在帝国主义的侵略战争面前就变成了欺瞒性。而自然主义和人道主义的论者根本没有，甚至不愿意承认这一点。

第五章则将国木田独步拉出日本现代文学的范围，采用比较文学的方法考察周作人和夏丏尊对国木田独步文学的翻译活动。我们发现，周作人在"为人生的艺术"口号下开始了《日本现代小说集》的翻译。而在此前，他分别通过相马御风和江马修接触到了国木田独步，但是他对国木田独步的态度基本来自江马修的人道主义观。因此他翻译的《少年的悲哀》和《巡查》都是在他提倡的"人的文学"和"平民的文学"这一认识框架内选定的。夏丏尊对国木田独步的兴趣主要源于他的宗教情怀和当时对女性问题的关注。所以他选择翻译的是《女难》《第三者》《夫妇》《牛肉与马铃薯》等作品。不过夏丏尊没有充分注意到的是，国木田独步对女性的态度经历了从"恋爱神圣论"

到"女子禽兽论"的变化,这与同一时期明治政府颁布的《民法典》强调男权中心主义、贬低女性的地位有着直接关联。夏丏尊在五四运动后妇女解放的语境中译介了国木田独步对女性的描写,因此国木田对女性敌视的部分被忽略掉了。同样值得注意的是,周作人和夏丏尊受日本自然主义和人道主义论者的影响,都没能注意到国木田独步与战争的关系。国木田独步的文学在经过一系列的语境转换进入中国现代文学后再一次发生了变形。

通过本书的研究,我们试图还原一个更具历史真实性的国木田独步:这个国木田独步不再是一个对现实漠不关心的"自然主义文学先驱",也不再仅仅是一个人道主义者,更不再是一个"素朴且单纯的""良性民族主义者"。20世纪的日本文学史和思想史对国木田独步的解读从整体上遗忘了一个具有帝国主义冲动的国木田独步形象。而作为一个历史事实,国木田独步的文学实际上存在两种"普遍性",一种是所谓纯文学的或人道主义的,一种则是帝国主义的。但是后者一直被选择性地遗忘。我们强调从历史的、政治的而非纯文学的角度理解国木田独步,并非要忽视他的文学性。相反他的文学性必须要在历史和政治的前提下才能够被理解。同样,我们对国木田独步文学中的"普遍性"(人道主义)的理解也不能脱离他与日本帝国主义的共谋关系,否则所谓的"普遍性"就会变成欺瞒性。

附录一

国木田独步年谱简编

附录一　国木田独步年谱简编 | 247

年份	国木田独步履历	同时代大事记
1869	9月15日，出生于日本千叶县铫子市，取名国木田龟吉。	2月，《新闻纸印行条例》颁布，民间报纸发行得到许可； 3月，皇室迁都东京； 7月，明治政府在北海道设立开拓使。
1876	2月，因父亲工作调动，迁居山口县。	1月，以新岛襄为首的熊本教会团体成立； 8月，北海道札幌农学校开设； 同月，坪内逍遥抵达东京。
1882	3月，小学初等科毕业。	此前一年10月，自由党成立； 3月，福泽谕吉创办《时事新报》； 8月，中江兆民译《民约译解》刊行。
1885	7月，以优异成绩考入山口中学校初等科。	此前一年12月，朝鲜爆发甲申事变； 4月，日本政府与清政府签署天津条约； 7月，《女学杂志》创刊； 9月，坪内逍遥《小说神髓》刊行。
1887	3月，因山口中学校改革而退学； 4月，抵达东京，后在某法律学校学习。	此前一年10月，德富苏峰《将来之日本》出版； 1月起，鹿鸣馆欧化主义活动盛行； 2月，民友社成立，《国民之友》发刊； 3月，德富苏峰《新日本之青年》出版； 6月，二叶亭四迷《浮云》第一编刊行。
1888	2月，加入青年协会； 5月，入东京专门学校英语普通科。	2月，三宅雪岭等成立政教社； 7月，二叶亭四迷译屠格涅夫《幽会》在《国民之友》发表； 9月，森鸥外从德国回到日本； 12月，东京美术学校创立。
1889	7月，改名国木田哲夫； 冬，开始与教会成员来往。	1月，《大阪朝日新闻》《日本》创刊； 2月，《大日本帝国宪法》颁布； 8月，二叶亭四迷放弃《浮云》的写作，加入官报局翻译课。
1890	9月，升入东京专门学校英语政治科； 10月，作为发起人之一，创立青年文学会。	1月，森鸥外《舞姬》在《国民之友》发表； 同月，坪内逍遥提议在东京专门学校设立文学科； 2月，德富苏峰创办《国民新闻》； 3月，植村正久创办《福音周报》和《日本评论》； 6月，宫崎湖处子《归省》刊行； 10月，《教育敕语》颁布。
1891	1月1日，《明治二十四年日记》起笔； 4日，加入基督教，植村正久施洗； 18日，结识坪内逍遥、德富苏峰； 3月31日，从东京专门学校退学； 5月9日，在故乡参加征兵体检，未合格； 10月，创办波野英学塾。	2月，内村鉴三不敬事件； 3月，立宪自由党分裂，改称自由党； 10月，《早稻田文学》创刊，"没理想论争"开始。
1892	6月，再次到达东京，在青年文学会落脚； 9月21日，入手《华兹华斯诗集》。	2月，北村透谷的《厌世诗家与女性》在《女学杂志》上发表； 10月，《万朝报》创刊； 12月，正冈子规加入《日本新闻》社。

续表

年份	国木田独步履历	同时代大事记
1893	2月，加入金森通伦的自由社，任《自由新闻》编辑； 3月25日，访问田口卯吉； 4月14日，被自由社解雇； 6月，读二叶亭四迷译的屠格涅夫、卡莱尔等人的著作； 8月，第一次萌生移民北海道的想法； 9月，离京赴佐伯任乡村教师。	1月，北村透谷、岛崎藤村等人创办《文学界》； 4月，日本基督教妇人矫风会成立； 同年，教育与宗教的冲突论争、北村透谷与山路爱山的"人生相涉论争"盛行。
1894	2月，计划开设印刷所，但未成功； 8月2日，目睹日本海军出兵朝鲜的舰队； 23日作军歌《攻垒》，该文散佚； 9月17日，加入《国民新闻》社； 9月21日，第一篇战争报道《年少士官》发表； 10月13日，离开东京奔赴甲午战争战场。	5月，北村透谷自杀； 7月25日，中日丰岛海战； 同月，岛村抱月、后藤宙外等人从东京专门学校毕业； 8月1日，日本发布宣战诏书； 11月7日，日本侵占大连湾。
1895	3月，自战场返回东京；12日，战争报道工作结束； 4月16日，开始任《国民之友》编辑； 6月9日，结识佐佐城信子； 同月，开始筹备移民北海道； 9月19日，抵达北海道，次日访问新渡户稻造，月底返回东京； 11月11日，与佐佐城信子结婚。	1月，博文馆创办《太阳》杂志； 4月，《马关条约》签署，三国干涉还辽继起； 同月，夏目漱石赴松山中学任教。
1896	4月，与佐佐城信子离婚； 6月，赴京都内村鉴三处暂住，8月底回京； 9月，转居至武藏野涩谷村，开始举办读书会和记录自然观察日记； 11月16日，结识田山花袋、柳田国男等人； 12月，再次加入《国民新闻》社。	4月，夏目漱石赴熊本第五高等学校任教； 7月，东京美术学校设立西洋画专业； 同月，杂志《世界之日本》创刊。
1897	4月，诗集《抒情诗》出版； 5月，第一篇小说《源老头》写完，与此同时日记《不欺记》停笔； 7月，结识榎本治子； 11月，诗集《青叶集》出版。	3月，足尾铜矿矿毒受害者八百余名到东京抗议； 6月，高山樗牛任《太阳》杂志主编； 7月，德富苏峰任明治政府内务敕任参事官。
1898	1月5日，诗集《山高水长》出版； 1月10日，发表《武藏野》； 4月10日，《难忘的人们》发表； 8月6日，与榎本治子结婚。	1月开始，明治政府举办东京奠都三十周年纪念活动； 4月，美西战争； 10月，安部矶雄、片山潜、幸德秋水等人组织成立社会主义研究会； 同月，冈仓天心等人创办日本美术院； 11月，德富芦花《不如归》开始连载。
1899	9月20日，发表《无穷》，获《万朝报》悬赏小说一等奖； 10月9日，经田山花袋介绍入博文馆编辑局工作。	9月，田山花袋任博文馆编辑，二叶亭四迷任东京外国语学校教授； 10月，幸德秋水等人组织普选同盟； 11月，与谢野宽创办东京新诗社。

续表

年份	国木田独步履历	同时代大事记
1900	2月，作品《骤雨》获《万朝报》悬赏小说一等奖； 5月25日，访问福泽谕吉； 12月5日，发表《小阳春》，月底加入星亨主办的《民声新报》社。	1月，社会主义研究会改组为社会主义协会，安部矶雄任会长； 4月，与谢野宽创办诗歌杂志《明星》； 9月，夏目漱石、芳贺矢一等人赴英国留学； 同月，内村鉴三创办《圣书之研究》； 10月，第四次伊藤博文内阁成立。
1901	3月，出版第一部小说集《武藏野》； 同月，与星亨携手加入政界，后因星亨被刺杀而失败； 7月，结识与谢野夫妇； 11月20日，《牛肉与马铃薯》发表，月底到西园寺公望家中寄住。	1月，内田良平等人成立黑龙会； 5月，社会民主党成立，立刻被迫解散； 6月，星亨被刺杀； 8月，东亚同文书院在上海成立； 同年，高山樗牛倡导个人主义。
1902	1月5日，长子国木田虎雄出生； 2月1日，《巡查》发表； 8月10日，《少年的悲哀》发表； 11月1日，《空知川畔》发表； 11月30日，与高山樗牛相识； 12月1日，加入矢野龙溪的敬业社。	1月，《日英同盟协约》签订； 3月，森鸥外升任陆军第一师团军医部长； 11月，石川啄木到达东京； 12月，德富芦花与其兄德富苏峰决裂。
1903	3月1日，发表《非凡的凡人》，以桂太郎为原型； 3月5日，发表《运命论者》； 3月10日，任《东洋画报》编辑； 9月，将《东洋画报》更名为《近事画报》 10月1日，《第三者》发表； 12月1日，《女难》发表。	1月，夏目漱石回国； 5月，藤村操自杀事件； 6月，东京帝国大学七博士发表对俄强硬意见书； 10月，内村鉴三、幸德秋水等人为反对开战离开《万朝报》； 同月，尾崎红叶去世； 11月，堺利彦、幸德秋水等人创办平民社。
1904	2月开始，《近事画报》在日俄战争中销量大增； 3月1日，《近事画报》改名为《战时画报》； 3月15日，《春鸟》发表； 5月25日，《爱国者》发表； 6月，次女出生； 7月1日，《夫妇》发表。	1月，日俄战争爆发； 3月，二叶亭四迷加入朝日新闻社，田山花袋奔赴日俄战争战场； 11月，幸德秋水译《共产党宣言》发表； 12月，日本占领二〇三高地。
1905	5月，创办《新古文林》杂志； 7月，创办《妇人画报》； 同月，小说集《独步集》出版； 9月，创办《少年智识画报》，与岛村抱月等人相识； 10月，与纲岛梁川通信。	1月，日军侵占旅顺，夏目漱石开始连载《我是猫》； 4月，岛崎藤村携带小说《破戒》原稿抵达东京； 7月，纲岛梁川发表《我的见神体验》，给青年群体很大影响； 9月，《朴次茅斯条约》签订； 同月，岛村抱月留学归国； 10月，平民社解散； 11月，幸德秋水赴美。

续表

年份	国木田独步履历	同时代大事记
1906	1月，创办《美观画报》； 2月，加入文艺协会； 3月18日，小说集《命运》出版； 6月，将近事画报社更名为独步社； 8月1日，发表《号外》； 11月1日，发表《描写自然的文章》。	1月，堺利彦成立日本社会党； 2月，坪内逍遥、岛村抱月等人成立文艺协会，倡导革新戏剧； 4月，樱井忠温发表战争小说《肉弹》； 10月，夏目漱石与学生组织读书会"星期四会"； 同年，自然主义文论开始盛行。
1907	1月，发表《我是如何成为小说家的》； 4月，独步社破产； 5月15日，小说集《涛声》出版； 6月1日，《疲劳》发表； 6月15日，《穷死》发表； 6月19日，出席西园寺公望举办的文士招待会； 10月14日，发表《我与自然主义》； 10月18日，在此出席文士招待会。	1月，乃木希典就任学习院院长，《平民新闻》创刊； 4月，夏目漱石加入朝日新闻社； 6月，夏目漱石、二叶亭四迷谢绝文士招待会的邀请； 9月，田山花袋发表《棉被》； 10月，二叶亭四迷发表《平凡》； 同年，自然主义论争进入白热化。
1908	1月1日，《竹栅栏》发表； 1月15日，《两个老人》发表； 2月1日，《不可思议之大自然》发表； 2月，因病住院； 3月，二叶亭四迷将《牛肉与马铃薯》翻译成俄文发表； 5月19日，向牧师植村正久祷告； 5月24日，中桐确太郎来访； 6月23日，去世； 7月15日，《病休录》《独步集第二》出版； 10月15日，《不欺记》前编出版； 11月23日，《爱弟通信》出版。	1月，《早稻田文学》出版"自然主义文学"特辑，岛村抱月发表《文艺上的自然主义》，夏目漱石发表《矿工》； 6月，堺利彦、大杉荣等人因赤旗事件被捕，二叶亭四迷赴俄； 7月，永井荷风归国； 9月，后藤宙外出版《非自然主义》； 10月，高滨虚子加入《国民新闻》社，开设"国民文学"专栏。

附录二

国木田独步中译文学作品目录

（1921—2015）

一、发表于报刊上的单篇作品（按发表时间先后）

序号	译文篇名	译者署名	译文出处	原作篇名	原作出处
1	《少年的悲哀》	周作人	《新青年》第8卷第5号，1921年1月1日	少年の悲哀	《小天地》第2卷第11号，1902年8月10日
2	《小说巡查》（未完）	仲密	《晨报副刊》，1921年10月19日	巡査	《小柴舟》二编，1902年2月1日
3	《小说巡查》（续）	仲密	《晨报副刊》，1921年10月20日	同上	同上
4	《巡查》（选）（未完）	仲密	《民国日报·觉悟》，1921年第10卷第21期	同上	同上
5	《巡查》（选）（续）	仲密	《民国日报·觉悟》，1921年第10卷第23期	同上	同上
6	《女难》（文末有夏丏尊、陈望道合写的译后记）	丏尊	《小说月报》第12卷第12号，1921年12月10日	女難	《文芸界》第2卷第7号，1903年12月1日
7	《汤原通信》	美子	《小说月报》第13卷第2号，1922年2月20日	湯ヶ原より	《やまびこ》第2号，1902年6月5日
8	《星》	蔚南	《民国日报》1922年2月19日第四版	星	《国民之友》第19卷第328号，1896年12月26日
9	《二旅客》	蔚南	《民国日报》1922年3月12日第四版	不详	不详
10	《夫妇》	丏尊	《东方杂志》第19卷第18号，1922年	夫婦	《太陽》第10号，1904年7月1日
11	《夫妇》（续）	丏尊	《东方杂志》第19卷第19号，1922年	同上	同上
12	《哭耶笑耶》	小圃	《小说世界》第4卷第12期，1923年12月21日	泣き笑い	《新古文林》第3卷第3号，1907年3月1日
13	《一张画的悲思》	徐蔚南	《新南社社刊》，1924年第1期	畫の悲しみ	《青年界》第1卷第2号，1902年8月1日
14	《牛肉与马铃薯》	丏尊	《东方杂志》第22卷第7号，1925年	牛肉と馬鈴薯	《小天地》第2卷第3号，1901年11月20日
15	《运命论者》	唐小圃	《小说世界》第12卷第4期，1925年10月23日	運命論者	《山比古》第10号，1903年3月5日
16	《运命论者》（附译者后记）	唐小圃	《小说世界》第12卷第5期，1925年10月30日	同上	《山比古》第10号，1903年3月5日
17	《画友》	小圃	《小说世界》第14卷第1期，1926年7月2日	畫の悲しみ	《青年界》第1卷第2号，1902年8月1日

续表

序号	译文篇名	译者署名	译文出处	原作篇名	原作出处
18	《马上之友》	小圊	《小说世界》第14卷第12期，1926年9月17日	馬上の友	《青年界》第2卷第6号，1903年5月1日
19	《马上之友》（续完）	唐小圊	《小说世界》第14卷第13期，1926年9月24日	同上	同上
20	《疲劳》	丏尊	《一般》第1卷第2期 1926年10月5日	疲労	《趣味》第2卷第6号，1907年6月1日
21	《第三者》	许幸之	《洪水》第3卷第29期 1927年3月16日	第三者	《文芸倶楽部》第9卷第13号，1903年10月1日
22	《二少女》	涓涓	《贡献》第2卷第9号，1928年5月25日	二少女	《国民之友》第23卷第371号，1898年7月10日
23	《入乡记》	颖父	《山雨》第1卷第1期，1928年8月16日	入郷記	《中央公論》第10号，1906年10月1日
24	《春天的鸟》	涓涓	《贡献》第4卷第7期，1928年11月5日	春の鳥	《女学世界》第4卷第4号，1904年3月15日
25	《沙漠之雨》	黎烈文	《文学周报》第5卷第11、12期合刊，1928年	砂漠の雨	《読売新聞》，1908年1月5日
26	《酒中日记》（未完）	孙百刚	《建国月刊》，1930年第3卷第1期	酒中日記	《文芸界》第1卷第10号，1902年11月15日
27	《酒中日记》（续）	孙百刚	《建国月刊》，1930年第3卷第2期	同上	《文芸界》第1卷第10号，1902年11月15日
28	《酒中日记》（续）	孙百刚	《建国月刊》，1930年第3卷第3期	同上	同上
29	《帽子》	一生	《清华周刊》第33卷第3期，1930年	帽子	《新古文林》第2卷第4号 1906年3月1日
30	《老实人》	谢婴白	《文学周报》，1931年第1卷第8期	正直者	《新著文芸》第1卷第4号，1903年10月1日
31	《沙漠之雨》	丁毅夫	《新垒》，1933年第2卷第2期	砂漠の雨	《読売新聞》，1908年1月5日
32	《恋爱日记》（未完）	汪馥泉	《绸缪月刊》，1934年第1卷第2期	欺かざるの記	隆文館・左久良書房，1909年1月
33	《恋爱日记》（未完）	汪馥泉	《绸缪月刊》，1934年第1卷第3期	同上	同上
34	《恋爱日记》	汪馥泉	《绸缪月刊》，1934年第1卷第4期	同上	同上
35	《马上之友》	孙百刚	《现代学生》，1934年第3卷第4期	馬上の友	《青年界》第2卷第6号，1903年5月1日

续表

序号	译文篇名	译者署名	译文出处	原作篇名	原作出处
36	《少年之悲哀》	开元	《黄钟》，1934 年第 4 卷第 9 期	少年の悲哀	《小天地》第 2 卷第 11 号，1902 年 8 月 10 日
37	《沙漠之雨》	若木	《申报》增刊《谈言》，1934 年 8 月 24 日	砂漠の雨	《読売新聞》，1908 年 1 月 5 日
38	《少年的悲哀》	张我军	《日文与日语》第 1 卷第 11 期，1934 年 11 月 1 日	同上	《読売新聞》，1908 年 1 月 5 日
39	《少年的悲哀》（续完）	张我军	《日文与日语》第 1 卷第 12 期，1934 年 12 月 1 日	同上	同上
40	《春鸟》	魏都丽	《中日文化》第 2 卷第 1 期，1942 年	春の鳥	《女学世界》第 4 卷第 4 号，1904 年 3 月 15 日
41	《穷死》	钱端义	《文艺杂志》第 1 卷第 3 期，1943 年 9 月 1 日	窮死	《文藝俱楽部》第 13 卷第 9 号，1907 年 6 月 15 日
42	《少年的悲哀》（未完）	无署名	《立言画刊》，1943 年第 254 期	少年の悲哀	《小天地》第 2 卷第 11 号，1902 年 8 月 10 日
43	《竹栅门》	钱端义	《文艺杂志》第 2 卷第 5 期，1944 年 5 月 1 日	竹の木戸	《中央公論》第 1 号，1908 年 1 月 1 日
44	《穷死》	古知	《锻炼》第 5 号（同期发表古知的文章《国木田独步的一生》）1944 年 5 月 1 日	窮死	《文藝俱楽部》第 13 卷第 9 号，1907 年 6 月 15 日
45	《忘不了的人们》	张我军	《日本研究》第 4 卷第 2 期，1945 年 2 月 25 日	忘れえぬ人々	《国民之友》第 22 卷第 368 号，1898 年 4 月 10 日
46	《二老人》	张我军	《文艺杂志》第 3 卷第 3 期，1945 年 3 月 1 日	二老人	《文章世界》第 3 卷第 1 号，1908 年 1 月 15 日
47	《哭笑》（附图）	张我军	《读书青年》，1945 年第 2 卷第 2 期	泣き笑い	《新古文林》第 3 卷第 3 号，1907 年 3 月 1 日
48	《纪念近逝的契友》	北乃木	《文艺》，1948 年第 4 期	不详	不详
49	《哭笑不得》	帅德全	《日语学习与研究》，1982 年第 5 期	泣き笑い	《新古文林》第 3 卷第 3 号，1907 年 3 月 1 日
50	《野菊花》	潘金生	《国外文学》，1983 年第 2 期	野菊	《家庭雑誌》第 11 卷第 112 号，1898 年 1 月 15 日
51	《野菊》	卞铁坚	《日语学习与研究》，1984 年第 1 期	同上	同上
52	《友爱》	马斌	《日语学习与研究》，1984 年第 2 期	友愛	《家庭雑誌》第 5 卷第 54 号，1895 年 5 月 25 日

续表

序号	译文篇名	译者署名	译文出处	原作篇名	原作出处
53	《画的悲哀》	张明杰	《日语学习与研究》，1990年第5期	畫の悲しみ	《青年界》第1卷第2号，1902年8月1日
54	《武藏野》（选译）	叶子	《日语知识》，1996年第3期	武藏野	《国民之友》第22卷第365－366号，1898年1月10日—2月10日
55	《画的悲哀》	金福	《少年文艺·阅读在线》，2009年第10期	畫の悲しみ	《青年界》第1卷第2号，1902年8月1日

二、单行本（按出版时间先后）

序号	书名	所收国木田独步作品篇目	译者署名	出版社	年份
1	《现代日本小说集》	《少年的悲哀》（周作人译）、《巡查》（周作人译）	周作人、鲁迅合译	商务印书馆	1923
2	《近代日本小说集》	《夫妇》（国木田独步著，丐尊译），书后附作者传略。	夏丐尊、周作人、韬玉、仲持等译	商务印书馆	1924
3	《日本小说集》（小说月报丛刊第四十七种）	《乡愁》（加藤武雄，周作人译）、《到网走去》（志贺直哉，周作人译）、《女难》（夏丐尊译）、《汤原通信》（美子译）	周作人、夏丐尊、美子合译	商务印书馆	1924
4	《国木田独步集》	《关于国木田独步》（夏丐尊作）《牛肉与马铃薯》《疲劳》《夫妇》《女难》《第三者》	夏丐尊译	开明书店	1927
5	《少年的悲哀》	《少年的悲哀》《巡查》	周作人译	启明书局	1941
6	《夫妇》	《夫妇》	夏丐尊等译	上海三通书局	1941
7	《国木田独步选集》	《武藏野》《源老头儿》《难忘的人们》《两个少女》《河雾》《少年的悲哀》《画的悲哀》《酒中日记》《不平凡的凡人》《富冈先生》《号外》《穷死》《节操》《竹栅门》《两个老人》	金福译	人民文学出版社	1978
8	《日本散文选》	《武藏野》（金福译）	陈德文编选	江苏人民出版社	1985
9	《远处的焰火：日本三人散文选》	《猎鹿》《山的力量》《初恋》《啼笑皆非》《日出》《难忘的人们》《空知川畔》《面向落日》《篝火》《星》，《国木田独步生平》（译者作）	程在里译	湖南人民出版社	1987
10	《世界散文经典·日本卷》	《武藏野》（金福译）	柳鸣九主编	春风文艺出版社	1997
11	《日本经典散文》	《武藏野》（金福译）	高慧勤主编	上海文艺出版社	2004

续表

序号	书名	所收国木田独步作品篇目	译者署名	出版社	年份
12	《现代日本小说集·两条血痕》	《少年的悲哀》《巡查》	周作人译	中国对外翻译出版公司	2005
13	《日本随笔经典》	《武藏野》（金福译）	叶渭渠主编	上海文艺出版社	2006
14	《日本散文经典》	《武藏野》（金福译）	谢大光主编	学林出版社	2010
15	《武藏野》	《武藏野》《难忘的人们》《两个少女》《河雾》《少年的悲哀》《画的悲哀》《酒中日记》《富冈先生》《号外》《穷死》《节操》《竹栅门》《两个老人》	吴元坎（金福）译	文汇出版社	2011
16	《初恋》	《初恋》《武藏野》《离别》《郊外》《消息》	董璐译	上海译文出版社	2014
17	《诗思》	《小春》	董璐译	上海译文出版社	2014

参考文献

爱默生，2006.爱默生随笔全集［M］.蒲隆，译.北京：国际文化出版公司.

爱默生，2015.论自然·美国学者［M］.赵一凡，译.北京：生活·读书·新知三联书店.

安德森，2011.想象的共同体——民族主义的起源与散布（增订本）［M］.吴叡人，译.上海：上海人民出版社.

卞之琳，1996.英国诗选［M］.北京：商务印书馆.

柄谷行人，2006.日本现代文学的起源［M］.赵京华，译.2版.北京：生活·读书·新知三联书店.

伯科维奇，2008.剑桥美国文学史：第二卷［M］.史志康，等译.北京：中央编译出版社.

崔琦，2014.译者与作者的双重任务：晚清到五四汉译日本文学研究［D］.北京：清华大学.

董炳月，2009.茫然草：日本人文风景［M］.北京：生活·读书·新知三联书店.

格林菲尔德，2010.民族主义：走向现代的五条道路［M］.王春华，祖国霞，魏万磊，等译.上海：上海三联书店.

葛晓燕，何家炜，2012.夏丏尊年谱［M］.北京：中国文史出版社.

郭勇，2012."畅销书"的策略：透视《不如归》的帝国主义话语［J］.日本教育与日本学（1）.

国木田独步，1927.国木田独步集［M］.夏丏尊，译.上海：开明书店.

韩东育，2009.从"脱儒"到"脱亚"——日本近世以来"去中心化"之思想过程［M］.台北：台湾大学出版中心.

华兹华斯，1986.华兹华斯抒情诗选［M］.黄杲炘，译.上海：上海译文出版社.

霍布森，1960.帝国主义［M］.纪明，译.上海：上海人民出版社.

基尔克郭尔，2011.重复［M］.京不特，译.北京：东方出版社.

加藤周一，2000.日本文化论［M］.叶渭渠，译.北京：光明日报出版社.

加藤周一，2011.日本文学史序说（下）［M］.叶渭渠，唐月梅，译.北京：外语教学与研究出版社.

间宫林藏，1974.东鞑纪行［M］.黑龙江日报（朝鲜文报）编辑部，黑龙江省哲学社会科学研究所，译.北京：商务印书馆.

近代日本思想史研究会，1991.近代日本思想史：第二卷［M］.李民，贾纯，华夏，等译.北京：商务印书馆.

卡莱尔，2004.拼凑的裁缝［M］.马秋武，等译.桂林：广西师范大学出版社.

卡莱尔，2005.论英雄、英雄崇拜和历史上的英雄业绩［M］.周祖达，译.北京：商务印书馆.

卡莱尔，爱默生，2008.卡莱尔、爱默生通信集［M］.李静滢，纪芸霞，王福祥，译.桂林：广西师范大学出版社.

康德，2001.论优美感和崇高感［M］.何兆武，译.北京：商务印书馆.

李漫琪，2015.从《竹栅门》看国木田独步自然主义倾向及其特点［J］.文学教育（3）.

李娜，2009.国木田独步的文学主题初探［J］.安徽文学（9）.

李维屏，张定铨，等，2012.英国文学思想史［M］.上海：上海外语教育出版社.

李新，2011.中华民国史·大事记（全12册）［M］.北京：中华书局.

林少阳，2012."文"与日本学术思想：汉字圈1700至1990［M］.北京：中央编译出版社.

铃木贞美，2011.文学的概念［M］.王成，译.北京：中央编译出版社.

刘光宇，1981.略论国木田独步短篇小说的现实主义倾向［J］.社会科学战线（4）.

刘光宇，1983.国木田独步及其短篇小说的艺术特色［J］.吉林大学社会科学学报（4）.

刘光宇，1994.论国木田独步的短篇小说［J］.日本学刊（2）.

刘若端，1984.十九世纪英国诗人论诗［M］.北京：人民文学出版社.

刘勇，李怡，2015—2017.中国现代文学编年史（1895—1949）：全11卷［M］.北京：文化艺术出版社.

刘岳兵，2012.近代以来日本的中国观：第三卷（1840—1895）［M］.南京：江苏人民出版社.

鲁迅，2005.鲁迅全集：第十一卷［M］.北京：人民文学出版社.

鲁迅博物馆，1996.周作人日记［M］.郑州：大象出版社.

罗钢，1986.浪漫主义文艺思想研究［M］.西安：陕西人民出版社.

茅盾，1981.茅盾文艺杂论集［M］.上海：上海文艺出版社.

内藤湖南，2012.日本历史与日本文化［M］.刘克申，译.北京：商务印书馆.

齐美尔，1991.桥与门——齐美尔随笔集［M］.涯鸿，宇声，等译.上海：上海三联书店.

钱满素，1996.爱默生和中国：对个人主义的反思［M］.北京：生活·读书·新知三联书店.

萨义德，2003.文化与帝国主义［M］.李琨，译.北京：生活·读书·新知三联书店.

萨义德，2009.世界·文本·批评家［M］.李自修，译.北京：生活·读书·新知三联书店.

萨义德，2014.开端：意图与方法［M］.章乐天，译.北京：生活·读书·新知三联书店.

三好将夫，2008.日美文化冲突［M］.李宝洵，王义国，译.北京：中国社会科学出版社.

商务印书馆，1987.1897—1987：商务印书馆九十年——我和商务印书馆［M］.北京：商务印书馆.

石川啄木，1962. 石川啄木诗歌集［M］. 周启明，卞立强，译. 北京：人民文学出版社.

特里林，2006. 诚与真［M］. 刘佳林，译. 南京：江苏教育出版社.

托尔斯泰，1999. 人生论［M］. 许海燕，译. 成都：四川人民出版社.

王成，1991. 自然与人生：论国木田独步的自然观［J］. 北京第二外国语学院学报（3）.

王屏，2004. 近代日本的亚细亚主义［M］. 北京：商务印书馆.

王向远，2012. 日本古典文论选译：近代卷（下）［M］. 北京：中央编译出版社.

王芸生，1980. 六十年来中国与日本：第二卷［M］. 北京：生活·读书·新知三联书店.

王志松，2012. 20世纪日本马克思主义文艺理论研究［M］. 北京：北京大学出版社.

王中忱，林少阳，2013. 重审现代主义：东亚视角或汉字圈的提问［M］. 北京：清华大学出版社.

王中忱，2007. 走读记［M］. 北京：中央编译出版社.

威廉斯，2013. 乡村与城市［M］. 韩子满，刘戈，徐珊珊，译. 北京：商务印书馆.

吴辻，2011. 国木田独步文艺研究——有关《源叔父》《河雾》《春之鸟》的悲剧［D］. 武汉：华中师范大学.

吴旭，2012. 试论国木田独步少年题材作品——以少年人物形象为中心［D］. 长春：吉林大学.

希法亭，1994. 金融资本：资本主义最新发展的研究［M］. 福民，等译. 北京：商务印书馆.

奚皓晖，2012. 国木田独步与《武藏野》的文体［J］. 浙江外国语学院学报（6）.

夏丏尊，1983. 夏丏尊文集：平屋之辑［M］. 杭州：浙江人民出版社.

夏目漱石，1984. 夏目漱石小说选（上）［M］. 陈德文，译. 长沙：湖南人民出版社.

小森阳一，2003. 日本近代国语批判［M］. 陈多友，译. 长春：吉林人民出版社.

小森阳一，2015. 作为事件的阅读［M］. 王奕红，贺晓星，译. 南京：南京大学出版社.

幸德秋水，1925. 帝国主义［M］. 赵必振，译. 上海：国耻宣传部.

亚里士多德，1995. 形而上学［M］. 吴寿彭，译. 北京：商务印书馆.

杨守森，高万隆，1983. 诗化的小说艺术：论国木田独步前期作品艺术美［J］. 山东师范大学学报（5）.

佚名，2016. 智慧书［M］. 冯象，译注. 北京：生活·读书·新知三联书店.

于治中，2013. 意识形态的幽灵［M］. 台北：行人文化实验室.

詹姆逊，1999. 政治无意识：作为社会象征行为的叙事［M］. 王逢振，陈永国，译. 北京：中国社会科学出版社.

张杭萍，2014. 国木田独步《爱弟通信》与历史的隐秘脉络［J］. 日本问题研究（5）.

章霞，2011. 论国木田独步的《少年的悲哀》：从《少年的悲哀》到"时代的悲哀"［J］.

语文学刊（外语教育教学）（10）．

赵晓旭，2016．国木田独步——新自然表现的黎明［D］．重庆：四川外国语大学．

中共中央马克思恩格斯列宁斯大林著作编译局，2012．列宁选集：第二卷［M］．北京：人民出版社．

中共中央马克思恩格斯列宁斯大林著作编译局，2012．马克思恩格斯选集：第二卷［M］．3版．北京：人民出版社．

钟叔河，2009．周作人散文全集：第二卷［M］．桂林：广西师范大学出版社．

周作人，1923．现代日本小说集［M］．上海：商务印书馆．

赤木桁平，1916．芸術上の理想主義［M］．東京：洛陽堂．

安藤宏，2006．自然を一人称で語ること［M］//新日本古典文学大系 明治編：第28巻月報20．東京：岩波書店．

朝日新聞社社史編修室，1979．朝日新聞の九十年［M］．大阪：朝日新聞社．

朝日新聞社編，1966．史料明治百年［M］．東京：朝日新聞社．

芦谷信和，1989．独歩文学の基調［M］．東京：桜楓社．

芦谷信和，1992．国木田独歩の見た中国——愛弟通信［M］//芦谷信和，上田博，木村一信．作家のアジア体験——近代に日本文学の陰画．東京：世界思想社．

芦谷信和，2008．国木田独歩の文学圏［M］．東京：双文社．

丁貴連，2011；2012．もう一つの小民史——国木田独歩と日清戦争［J］．宇都宮大学外国文学研究会．外国文学（60）；（61）．

丁貴連，2014．媒介者としての国木田独歩——ヨーロッパから日本、そして朝鮮へ［M］．東京：翰林書房．

ドーデー，2003．巴里の三十年［M］．萩原弥彦，訳．東京：本の友社．

江馬修，1917．人及び芸術家としての国木田独歩［M］．東京：新潮社．

藤井淑貞，2011．国木田独歩と武蔵野［J］．武蔵野文学館紀要（創刊号）．

ガブラコヴァ（Dennitza GABRAKOVA），2012．雑草の夢——近代日本における"故郷"と"希望"［M］．横浜：世織書房．

後藤宙外，1908．非自然主義［M］．東京：春陽堂．

博文館，1898．奠都三十年：明治三十年史・明治卅年間国勢一覧［M］．東京：博文館．

原田敬一，2007．シリーズ日本近現代史③：日清・日露戦争［M］．東京：岩波書店．

東アジア近代史学会，1997．日清戦争と東アジア世界の変容［M］．東京：ゆまに書房．

平岡敏夫，1983．短篇作家国木田独歩［M］．東京：新典社．

平岡敏夫，2009. 北村透谷と国木田独歩［M］. 東京：おうふう.

檜山幸夫，2001. 近代日本の形成と日清戦争——戦争の社会史［M］. 東京：雄山閣.

家永三郎，1997. 家永三郎集：第一巻［M］. 東京：岩波書店.

岩波書店編集部，2001. 近代日本総合年表：1853（嘉永6）—2000（平咸12）［M］. 4版.
　　東京：岩波書店.

伊藤隆博，2006. 国木田独歩《空知川の岸辺》論——北海道移住計画と"自然"表現
　　［J］. 滝川国文（2）.

伊藤久男，2001. 国木田独歩——その求道の軌跡［M］. 東京：近代文芸社.

女性史総合研究会，1982. 日本女性史④：近代［M］. 東京：東京大学出版会.

金子明雄，高橋修，吉田司雄，2000. ディスクールの帝国——明治三〇年代の文化研究
　　［M］. 東京：新曜社.

川岸みち子，2000. 定本国木田独歩全集：別巻二［M］. 東京：学習研究社.

桑原伸一，1972. 国木田独歩——山口時代の研究［M］. 東京：笠間書院.

桑原伸一，1974. 国木田独歩と吉田松陰［M］. 山口：白藤書店.

木股知史，1988.《イメージ》としての近代日本文学［M］. 東京：双文社.

木村洋，2008. 平民主義の興隆と文学——国木田独歩《武蔵野》論［J］. 日本近代文学
　　（79）.

木村直恵，2001.《青年》の誕生——明治日本における政治的実践の転換［M］. 東京：新
　　曜社.

近代日中関係史年表編集委員会，2006. 近代日中関係史年表：1799—1949［M］. 東京：
　　岩波書店.

北村透谷，2011. 北村透谷選集［M］. 東京：岩波書店.

北野昭彦，1974. 国木田独歩の文学［M］. 東京：桜風社.

北野昭彦，1981. 国木田独歩《忘れえぬ人々》論他［M］. 東京：桜楓社.

北野昭彦，1993. 宮崎湖処子 国木田独歩の詩と小説［M］. 大阪：和泉書院.

小林二男，2005. 中国における日本文学受容の一形態——周作人の《日本近三十年小説
　　之発達》と相馬御風の《明治文学講話》、《現代日本文学講話》をめぐって［M］// 渡
　　辺新一. 中国に入った日本文学の翻訳のあり方——夏目漱石から村上春樹まで. 2002年
　　度~2004年度科学研究費補助金（基盤研究C-1）研究成果報告書.

幸田露伴，2009. 一国の首都［M］. 東京：岩波書店.

小島烏水，1905. 不二山［M］. 東京：如山堂.

小森陽一，1994. 変死への欲望——戦死報道と軍神神話の成立［J］. 文学（夏季号）.

小森陽一，1998.「ゆらぎ」の日本文学［M］.東京：日本放送出版協会.

小森陽一，2001.ポストコロニアル［M］.東京：岩波書店.

小森陽一，2003.つくられた自然［M］.東京：岩波書店.

小森陽一，2012.文体としての物語・増補版［M］.東京：青弓社.

紅野謙介，2004.想像の戦争 戦場の記録——《愛弟通信》《第二軍従征日記》《大役小志》を中心に［M］//小森陽一，成田龍一.日露戦争スタディーズ.東京：紀伊国屋書店.

国木田独歩，1908.愛弟通信［M］.東京：左久良書房.

国木田独歩，1978.定本国木田独歩全集：全十一巻［M］.東京：学習研究社.

栗林秀雄，2001.国木田独歩・志賀直哉論考——明治・大正時代を視座として［M］.東京：双文社.

黒岩比佐子，2007.編集者国木田独歩［M］.東京：角川学芸出版.

曲莉，2012.独歩《田家文学とは何ぞ》に対する一考察：蘇峰文学論の受容を視座に［J］.東京大学国文学論集（7）.

前田愛，1986.幻景の街——文学の都市を歩く［M］.東京：小学館.

前田愛，1986.明治国権思想とナショナリズム——志賀重昂と日露戦争［J］.伝統と現代（3）.

前田愛，1989.前田愛著作集2：近代読者の成立［M］.東京：筑摩書房.

丸山信，1995.福沢諭吉門下［M］.東京：日外アソシェーツ株式会社.

丸山真男，2003.日本思想史における問答体の系譜［M］//丸山真男集：第十巻.東京：岩波書店.

増野恵子，2008.志賀重昂《日本風景論》の挿図に関する報告［M］.神奈川大学21世紀COEプログラム.人類文化研究のための非文字資料の体系化研究成果報告書.

松本三之介，1996.明治思想史［M］.東京：新曜社.

松本三之介，2011.近代日本の中国認識——徳川期儒学から東亜共同体まで［M］.東京：以文社.

宮島利光，1996.アイヌ民族と日本の歴史［M］.東京：三一書房.

森鴎外，1976.鴎外全集：第35巻［M］.東京：岩波書店.

村田訓子，1999.《武蔵野》論——《資本》の境界領域として［J］.フェリス女学院大学国文学会編.玉藻（35）.

永井秀夫，大庭幸生，1999.北海道の百年［M］.東京：山川出版社.

中島健蔵，1956.国木田独歩論［M］//現代日本文学全集57：国木田独歩集.東京：筑摩書房．

中島健蔵，1984．国木田独歩論［M］//明治文学全集66：国木田独歩集．東京：筑摩書房．

中島礼子，1988．国木田独歩——初期作品の世界［M］．東京：明治書院．

中島礼子，2000．国木田独歩——短編小説の魅力［M］．東京：おうふう．

中島礼子，2009．国木田独歩の研究［M］．東京：おうふう．

中島礼子，2012．国木田独歩《欺かざるの記》《牛肉と馬鈴薯》《空知川の岸辺》におけるアイヌ民族に関する記述の欠落について［J］．国文学論輯（33）．

中野目徹，1993．政教社の研究［M］．東京：思文閣．

夏目漱石，1913．社会と自分［M］．東京：実業之日本．

夏目漱石，1966．漱石全集：第三巻［M］．東京：岩波書店．

夏目漱石，1966．漱石全集：第九巻［M］．東京：岩波書店．

夏目漱石，1966．漱石全集：第十一巻［M］．東京：岩波書店．

夏目漱石，1967．漱石全集：第十二巻［M］．東京：岩波書店．

夏目漱石，1967．漱石全集：第十六巻［M］．東京：岩波書店．

年表の会，2006．近代文学年表［M］．東京：双文社．

西田勝，2007．近代日本の戦争と文学［M］．東京：法政大学出版局．

西川長夫，松宮秀治，1995．幕末・明治期の国民国家形成と文化変容［M］．東京：新曜社．

西野嘉章，2011．装釘考［M］．東京：平凡社．

織田一磨，1944．武蔵野の記録［M］．東京：洸林堂書房．

大谷正，2006．兵士と軍夫の日清戦争——戦場からの手紙を読む［M］．東京：有志舎．

王成，2004．近代日本における「修養」概念の成立［J］．日本研究．京都：国際日本文化研究センター（29）．

小野末夫，2003．国木田独歩論［M］．東京：牧野出版．

大西祝，1901．西洋哲学史（東京専門学校文学科講義録）［M］．東京：東京専門学校出版部．

大田英昭，2013．日本社会民主主義の形成——片山潜とその時代［M］．東京：日本評論社．

ラボック，1905．自然美論［M］．正岡芸陽，訳．東京：金色社．

ラバック，1933．自然美と其驚異［M］．板倉勝忠，訳．東京：岩波書店．

斎藤弔花，1942．独歩と武蔵野［M］．京都：晃文社．

斎藤弔花，1943．国木田独歩及其周囲［M］．東京：小学館．

斎藤勇，1939.植村正久文集［M］.東京：岩波書店.

酒井直樹，1996.死産される日本語・日本人［M］.東京：新曜社.

坂本浩，1969.国木田独歩：人と作品［M］.東京：有精堂.

笹淵友一，1970.文学界とその時代——《文学界》を焦点とする浪曼主義文学の研究（下巻）［M］.東京：明治書院.

佐藤春夫，宇野浩二，1943.明治文学作家論：上巻［M］.東京：小学館.

佐藤義亮，1914.新文学百科講話：後編［M］.東京：新潮社.

佐藤義亮，1932.日本文学講座 13：明治時代：下編［M］.東京：新潮社.

成蹊大学文学部学会，2003.文学の武蔵野［M］.東京：風間書房.

沈婷，2009.国木田独歩の「小民史」の文学［D］.上海：上海外国语大学.

志賀重昂，1894.日本風景論［M］.東京：政教社.

志賀重昂，1995.日本風景論［M］.近藤信行，校訂，東京：岩波書店.

新保邦寛，1996.独歩と藤村——明治三十年代文学のコスモロジー［M］.東京：有精堂.

塩田良平，1931.国木田独歩［M］.東京：岩波書店.

塩田良平，1956.解説［M］//現代日本文学全集 57：国木田独歩集.東京：筑摩書房.

塩田良平，1970.国木田独歩集解説［M］//日本近代文学大系 10：国木田独歩集.東京：角川書店.

末木文美士，2004.明治思想家論［M］.東京：トランスビュー.

鈴木秀子，1999.国木田独歩論——独歩における文学者の誕生［M］.東京：春秋社.

鈴木久仁夫，1991.国木田独歩の《愛弟通信》について［M］//安川定男先生古稀記念論文集編集委員会.近代日本文学の諸相.東京：明治書院.

鈴木貞美，1992.現代日本文学の思想［C］.東京：五月書房.

高浜虚子，1969.武蔵野探勝［M］.東京：有峰書店.

高山樗牛，1912.樗牛全集：第二巻［M］.東京：博文館.

高山樗牛，1913.樗牛全集：第四巻［M］.東京：博文館.

武田清子，吉田久一，1984.明治文学全集第 46 巻：新島襄・植村正久・清沢満之・網島梁川集［M］.東京：筑摩書房.

武井弘一，2015.江戸日本の転換点——水田の激増は何をもたらしたか［M］.東京：NHK 出版.

西田毅，2003.民友社とその時代［M］.京都：ミネルヴァ書房.

竹内好，1993.竹内好評論集第三巻：日本とアジア［M］.東京：筑摩書房.

滝藤満義，1986.国木田独歩論［M］.東京：塙書房.

田中実，須貝千里，1999.新しい作品論へ、新しい教材論へ［M］.東京：右文書院.

徳富蘇峰，1887.将来之日本［M］.東京：経済雑誌社.

徳富蘇峰，1887.新日本之青年［M］.東京：集成社.

徳富蘇峰，1894.大日本膨脹論［M］.東京：民友社.

徳富蘇峰，1904.文学断片［M］.東京：民友社.

徳富蘇峰，1915.蘇峰文選［M］.東京：民友社.

徳富猪一郎，1935.蘇峰自伝［M］.東京：中央公論社.

トルストイ，1915.人生［M］.三浦関造，訳.東京：玄黄社.

堺利彦，1926.堺利彦伝［M］.東京：改造社.

ツルゲーネフ，1896.片恋［M］.二葉亭四迷，訳.東京：春陽堂.

内村鑑三，1894.地理学考［M］.東京：警醒社.

内村鑑三，1980.内村鑑三全集：第二巻［M］.東京：岩波書店.

上田英明，1990.北の海の交易者たち——アイヌ民族の社会経済史［M］.東京：同文館.

植村正久，1983.植村正久集［M］.東京：岩波書店.

福田容子，1970.独歩における愛国心［J］.文学（5）.

臼井隆一郎，高村忠明，2001.記憶と記録［M］.東京：東京大学出版会.

石倉和佳，2010.独歩と蘇峰：《国民新聞》における日清戦争報道より［J］.関西英学史研究（5）.

藪貞子，吉田正信，出原隆俊，2002.キリスト者評論集［M］.東京：岩波書店.

関肇，1992.国木田独歩と北海道——自然の表象をめぐって［J］.学習院大学文学部研究年報（38）.

山田博雄，1973.山の思想史［M］.東京：岩波書店.

山田博光，1978.国木田独歩論考［M］.東京：創世紀株式会社.

山田博光，1990.北村透谷と国木田独歩——比較文学的研究［M］.東京：近代文芸社.

柳父章，1981.翻訳の思想——"自然"とNATURE［M］.東京：平凡社.

柳父章，1982.翻訳語成立事情［M］.東京：岩波書店.

有精堂編集部，1993.日本文学史を読むⅣ：近代2［M］.東京：有精堂.

吉江喬松，1932.国木田独歩研究［M］//日本文学講座（13）.東京：新潮社.

芳澤鶴彦，1984.国木田独歩論——シンセリティーへの道［M］.東京：林道舎.

YIU A, 2006. Beautiful Town: The Discovery of the Suburbs and the Vision of the Garden City in the Late Meiji and Taisho Literature [J]. Japan Forum, 18 (3).

KEENE D, 1984. Dawn to the West: Japanese Literature of the Modern Era, Fiction [M]. New York: H. Holt.

ROBERTSON J M, 1899. Patriotism and Empire [M]. London: Grant Richards.

MASON M M, LEE H J S, 2012. Reading Colonial Japan: Text, Context, and Critique [M]. Stanford, California: Stanford University Press.

MASON M M, 2012. Dominant Narratives of Colonial Hokkaido and Imperial Japan: Envisioning the Periphery and the Modern Nation-State [M]. New York: Palgrave Macmillan (a division of St. Martin's Press LLC.).

DAY N A, 2012. The Outside Within: Literature of Colonial Hokkaido [D]. Los Angeles: University of California.

DODD S, 2004. Writing Home: Representations of the Native Place in Modern Japanese Literature [M]. Cambridge, Mass.: Harvard University Asia Center.

ZACHMANN U M, 2009. China and Japan in the Late Meiji Period: China Policy and the Japanese Discourse on National Identity, 1895 – 1904 [M]. London and New York: Routledge.

后　记

　　这本小书初版于2020年的中秋时节。自出版以后，本书得到了国内外日本文学研究界同仁的关注，并于2023年冬季荣获了第十届"孙平化日本学学术奖"。这些都是我始料未及的。

　　早在本书写作的过程中，我有幸与《日本现代文学的起源》一书的作者柄谷行人先生多次讨论过国木田独步的文学。柄谷先生在给我的信中这样写道："国木田独步是日本明治时代最具内向性（inward）和反讽性（ironical）的作家。他的影响深远且广泛，但是他对日本的战争和殖民主义的积极介入几乎没有受到关注。简单的批判是远远不够的，我们更需要去理解他的处境以及他的文学成就与他所抱有的问题之间的关系。……我们还需要思考这一点为何对中国也同样重要。"柄谷先生的建议与我的设想不谋而合，给予了我巨大鼓励。当然，我的写作也不可避免地要同柄谷行人、小森阳一、爱理思俊子、岛村辉、铃木贞美等日本文学研究界坐标式的学者进行对话。这让我倍感压力，但同时也心生愉悦。在北京和东京的不同场合，他们给予我的关照和建议让我至今难忘。

　　不过如今回头望去，这本小书远未完成当初设想的目标，甚至可以说，在新视角下对国木田独步文学的讨论还只是刚刚开始。业师王中忱教授曾提醒我，国木田独步文学的问题，是日本近代文学与帝国主义日本现代性之间关系的问题，也是那个时代中国作家乃至东亚作家面临的问题。同为授业恩师的王成教授也提醒我，在从大历史角度解读文本的同时，也要重新梳理国木田独步与明治大正时代日本文学思想史脉络之间的内在关联。两位老师的建议和鞭策，为我今后的工作指明了方向。令人高兴的是，国木田独步近年受到的关注度越来越高。早稻田大学的十重田裕一教授告诉我，他在美国加州大学指导的学生目前正在撰写关于国木田独步的博士论文；王成教授、刘晓芳教授也都有博士生选取国木田独步文学作为博士论文的研究对象。期待关于国木田独步文学乃至日本近现代文学的研究能够得到进一步的发展，把问题推进到区域国别文学、世界文学的层面重新探讨。此外，我要特别感谢王志松、汪晖、格非、解志熙、刘研、赵京华、林少阳、董炳月、韩东育、国蕊诸位教授，他们的著述和建议给予了我巨大启发和帮助。

在此需要说明的是，本书引文中出现的诸如"大日本""大日本帝国"之类的表述均出自日文原文，为保持原文的本来面貌，遂予以保留，不代表本书作者和出版社的政治立场。

最后，衷心感谢四川大学外国学院原院长段峰教授、现任院长王欣教授、王彬书记、石坚教授、王安教授、叶英教授、方小莉教授、日文系林敏教授和原主任张平副教授，正是他们不断的鼓励与无私的帮助，使我能够全身心地投入到科研、教学与行政工作。感谢四川大学出版社张晶老师、于俊老师，没有两位老师的督促和高度专业的编校工作，也不会有这本书的出版及其后续命运。

刘凯

2024 年 4 月于成都神仙树